lubie

Dépôt légal : Mai 2022
Prix unité : 16,90€ TTC

TOME 1

KIUJU

L'APPEL DE TORN

écrit par

CHLOÉ BATIA

Pour ma première lectrice,
ma plus fidèle,
ma préférée,

Fanny

PROLOGUE

Dans la ville de Torn, il y a un lieu interdit d'accès : le Kiuju. Personne ne sait exactement ce qu'il renferme ni pourquoi il a été créé, mais certains racontent que la mort attend tous ceux qui y pénètrent.

Chaque mois, les hauts dirigeants qui gouvernent la ville d'une main ferme et invisible Appellent des dizaines de jeunes femmes et hommes. Les malheureux, s'ils ne peuvent y échapper, doivent se rendre au Kiuju et disparaissent entre ses murs pour répondre à leur triste destin. Rares sont ceux qui parviennent à en sortir et les pauvres reviennent déformés, sans âme et sans joie — incapables même d'expliquer ce qu'ils ont vécu.

Torn est une grande ville étalée sur une petite île où s'entassent plusieurs millions d'habitants. Malgré l'uniformité trompeuse de la population, elle est scindée par de fortes inégalités menant parfois à la rébellion. Afin de faire régner l'ordre, les hauts dirigeants ont alors imposé une pièce d'identité unique que chaque habitant doit toujours porter autour du cou : une plaque métallique sur laquelle figure leur nom et la marque de leur classe respective.

Parmi celles-ci on compte : les Possédants, aisés à très fortunés — marqués d'un « I » ; les Moyens, modestes et vivants de leur travail acharné – marqués d'un « II » ; les Impécunieux, extrêmement pauvres – marqués d'un « III » et les Glorieux, survivants du Kiuju – marqués d'un « G ».

D'abord créées pour canaliser les foules, ces distinctions n'ont fait qu'accroître les inégalités et la vie à Torn est devenue froide. Les habitants envient la classe qui les surplombent et ne donnent guère de crédit aux malheureux qui porteraient la marque inférieure à la leur.

Certains racontent que les hauts dirigeants ont créé le Kiuju pour offrir une chance aux jeunes d'échapper à leur classe d'origine pour profiter du respect réservé aux Glorieux. Mais à quel prix ? Rares sont les survivants et personne ne sait ce qui les attend pour atteindre la gloire.

II

CHAPITRE 1

Assise en tailleur devant la petite cheminée, je regarde le liquide trouble au fond de ma tasse. Il remue doucement, en formant de jolis cercles lorsque je tapote mon doigt sur le métal chaud. Une agitation me fait lever la tête et j'aperçois, sur le plateau en pierre sombre de la cheminée, une petite bête se précipiter vers la fenêtre alors que ma grand-mère brandit un torchon pour l'écraser.

- Saleté de bestiole, marmonne-t-elle en frappant un premier coup qu'elle loupe.

Je pose aussitôt ma tasse sur le sol et me lève pour faire barrage de mon corps devant la petite créature.

- Arrête. C'est juste une araignée, dis-je en m'approchant pour mieux l'observer.

C'est la première fois que j'en vois une de cette couleur, me dis-je en observant un arc-en-ciel se former sur les poils de son dos alors qu'elle traverse un rayon de soleil. Je tends mes mains vers elle pour l'entourer de mes doigts.

- Fais attention. Elle m'a presque mordu, reprend ma grand-mère en grimaçant.

Elle ouvre vivement la fenêtre et j'emprisonne l'insecte dans mes mains.

- Fais-la sortir ou je la tue.

Je lève les yeux au ciel face à sa crainte démesurée envers les insectes et jette l'araignée d'un mouvement vif. Je préfère la savoir dehors dans le froid que morte sous un torchon. Ma grand-mère referme la fenêtre et s'éloigne. Je redresse alors la tête pour apercevoir les premières neiges à travers la vitre. L'hiver arrive à grands pas et j'ai peur de ce qu'il nous réserve. J'ai prié tout l'été pour que le paysage ne blanchisse pas, mais on ne peut pas contrôler les saisons. Cette année, mon frère s'est blessé en tombant du toit de la maison alors qu'il remettait des tuiles emportées par le vent et mon père est tombé gravement malade. Avec ma mère, nous avons dû travailler durement dans les fermes avoisinantes afin de pouvoir nourrir la famille et chauffer la maison. Mais malgré tous nos efforts, nous allons sûrement manquer d'argent et de bois.

Je récupère ma tasse et vais la poser dans l'évier de la cuisine avant de monter dans ma chambre en trottinant. Sur le petit lit près de la fenêtre, Dann regarde dehors la jambe bandée jusqu'en haut de la cuisse.

- Il commence à neiger, soupire-t-il.
- Je sais. (J'attrape un pull dans un tiroir de la commode) Nous allons bientôt être sans boulot et mourir de faim et de froid.
- Ne dis pas ça, on va s'en sortir !
- Pas grâce à toi en tout cas. (J'enfile le pull gris) Je vais voir si je trouve des médicaments pour Papa. À ce soir.

Je sors de la chambre sans rien ajouter. Le jour où Dann est tombé du toit, il pleuvait beaucoup et mes parents s'étaient opposés à son intervention. Mais têtu comme il est et voulant absolument stopper la fuite d'eau dans le salon, mon frère a grimpé sur les tuiles glissantes sans s'attacher. Une rafale l'a fait décoller, puis ce fut la catastrophe. On l'a retrouvé sur le tas de bois à l'arrière de la maison, la jambe droite complètement fracturée. George, un ami de mon père, est venu immédiatement pour nous aider à le transporter jusqu'à l'hôpital puis son opération a coûté toutes nos économies pour l'hiver, en plus de le laisser handicapé. Depuis ce jour, il a la jambe bandée et ne peut rien faire, incapable même de faire deux mètres sans aide.

Il fait déjà un froid de canard dehors. En sortant, je salue de la main notre voisine Rosette, la femme de George, qui nous apporte souvent quelques légumes de son jardin. Elle est très sympathique et ma mère l'apprécie tellement que nous avons souvent à la supporter lors des fêtes. Son plus grand fils, Robert, n'est jamais revenu de l'Appel, mais je n'ai pas l'impression que ça l'a vraiment affecté. Cela est étonnant de la part d'une mère si proche de son plus jeune garçon, Ben.

J'ajuste le lourd manteau en cuir de mon père que j'ai pris avant de sortir et pars en direction du centre-ville les mains dans les poches. Torn est si étendue que je me suis déjà perdue plusieurs fois. Je prends depuis soin de rester près de la grande avenue qui mène tout droit jusqu'au centre-ville.

Torn est sur une île isolée au milieu d'un océan agité. Elle forme une baie plate sur quelques kilomètres de long. Au Nord, on retrouve les grands immeubles grisés où habitent la plupart des Possédants. Au Sud, c'est la rase campagne. Avec ma mère, nous partons tous les matins y travailler. C'est un endroit chaleureux pour ceux qui y vivent, mais mal compris par les gens de passage – notamment lorsqu'on s'y promène seul. Des Impécunieux y font la manche et menacent de vous agresser pour avoir le peu de bien que vous possédez, comme votre veste ou vos chaussures, en plus de votre argent évidemment. Je n'apprécie pas particulièrement ce lieu. Au centre, les habitations sont plus ou moins écartées. On trouve quelques zones plus urbanisées et pas mal de champs. C'est ici que vit la classe Moyenne, comme ma famille.

J'avance sur le grand boulevard au goudron sale. Bientôt, il sera recouvert d'une épaisse couche blanche et la circulation sera plus compliquée. J'aime marcher sur ce sol dur en regardant les passants. Les habitations qui jonchent la route sont souvent petites et sans terrain, mais lorsqu'on emprunte les ruelles qui les séparent on trouve de belles maisonnettes entourées d'un grand jardin souvent mal entretenu. Chez moi, le jardin est soigné par ma grand-mère qui y met toute son âme. D'ici, le magasin le plus proche est une petite épicerie qui se situe à cinq minutes. On y trouve de bons produits à prix raisonnables. Mais l'endroit où je veux me rendre est bien plus loin. Je dois aller jusqu'aux quartiers des Possédants pour trouver une pharmacie.

À mesure que j'avance, le sol est mieux entretenu, les maisons sont plus grandes, plus belles. Je croise de moins en moins de personnes dans les rues. Les riches restent chez eux au chaud. Ils n'ont pas à aller acheter des cachets pour leur père. Et si c'était le cas, ils paieraient sûrement quelqu'un pour le faire à leur place. Ils sont tous bedonnants et puent l'argent. S'ils avaient seulement le cran de venir voir ce qui se passe plus bas dans la ville, peut-être arrêteraient-ils de se gaver sur le dos des pauvres. *Si la loi obligeait tout Appelé à se rendre au Kiuju nous serions un peu débarrassés de ces gros lards,* songé-je amèrement.

En passant devant une grande bâtisse, j'imagine les habitants se goinfrer de sucreries. Une femme d'une cinquantaine d'années écarte les rideaux et me regarde fixement alors que je passe devant son portail brillant. Elle doit sûrement mépriser mes vêtements abîmés et mes cheveux mal peignés. Je m'en moque. Depuis le temps où les Possédants me dévisagent, j'ai oublié d'en tenir compte. Je détourne les yeux et continue ma route.

Je retrouve enfin du monde dans les rues. Des plus riches aux plus infortunés, ils vivent tous dans les grands immeubles, dans des appartements plus ou moins grands. Je suis arrivée au centre-ville. La pharmacie n'est pas très loin et je m'y rends sans détour.

Arrivée sur le seuil, je me surprends à laisser passer un étrange personnage qui s'engouffre dans la boutique en courant. J'entre à mon tour en poussant la lourde porte humide et me place derrière une petite queue de quelques personnes silencieuses. J'enfouis mes mains dans mes poches et apprécie la chaleur des lieux qui remonte dans mon dos jusqu'à mes omoplates. Plus bas dans la ville nous n'avons pas le luxe de chauffer les boutiques. Généralement, elles sont humides et mal éclairées.

- Oui, merci ! s'exclame une voix grave au comptoir.

Je me penche pour mieux voir et reconnais l'homme pressé de tout à l'heure. Il ne s'est apparemment pas gêné pour passer devant toute la file d'attente. Je me demande ce qui peut bien le hâter. Il attrape une boite de médicament et court vers la sortie, ouvrant brutalement la porte. Je le regarde s'éloigner en courant à travers la grande avenue puis s'éclipser dans une ruelle de l'autre côté. Un énorme camion-citerne passe soudain devant la boutique ne laissant apparaître que mon reflet dans la vitrine. *Peut-être que lui aussi est au chevet d'un proche malade et qu'il ne peut pas s'éclipser très longtemps,* songé-je.

Je me retourne et démêle, entre mes doigts, mes longues mèches brunes en observant les trois dernières personnes passer devant la pharmacienne. Vient ensuite mon tour.

- Bonsoir, me sourit-elle.
- Bonsoir. (Je fais un semblant de rictus) Je voudrais un médicament pour mon père, le même que celui-ci. (Je sors de la grande poche du blouson en cuir un morceau de carton où figure le nom des cachets) Vous en avez ?
- Oui, bien sûr. (Elle attrape le carton) Attendez-moi une seconde.

La femme s'éloigne dans l'arrière-boutique en faisant claquer ses hauts talons et disparait. J'attends, les mains dans les poches et les yeux scotchés au plafond. Mais le son de la porte d'entrée me sort de mon monde. Je me retourne et aperçois un jeune homme, chiquement vêtu, franchir le seuil. Il retire son béret noir et me sourit.

- Bonsoir.

Scotchée devant son sourire écarlate, je n'arrive même pas à lui répondre. Je hoche alors bêtement la tête. Je me suis certainement empourprée à sentir la chaleur sur mes joues. Il avance et s'arrête à côté de moi sans bruit. Discrètement, j'observe ses vêtements ; chaussures cirées, pantalon tailleur, chemise bien repassée et cravate sous un gilet de costume rajusté d'une longue veste. *Celui-là, ce n'est pas un Impécunieux.*

- Vous avez de la chance, c'est ma dernière boite !

Les hauts talons reviennent bruyamment. La pharmacienne pose la boite de cachets sur le comptoir.

- Voilà. Ça vous fera 120 ciènes, s'il vous plaît.
- Très bien, réponds-je en retenant une grimace face à la fortune que cela représente.

Je cherche au fond de la poche du blouson le portefeuille de mon père sans résultat. Je l'aurais oublié ? Soucieuse, je tapote les autres poches : celles de l'intérieur et de l'extérieur. Rien. Je sens la femme impatiente derrière le comptoir froncer les sourcils.

- Je suis désolée. (Je retire la veste et fouille partout) J'étais sûre de l'avoir.
- Vous l'avez peut-être mis dans votre jean, propose le garçon.
- Non... je ne le mets jamais là.

Ce merdeux me fait encore plus perdre mes moyens et ses grands yeux bleus ne m'aident en rien. Sans l'argent j'aurais fait toute cette route pour rien. Si jamais je l'ai perdu, ou qu'on me l'a dérobé furtivement mes parents vont m'étriper !

- Si vous ne pouvez pas payer alors sortez, dit soudainement la pharmacienne. Je ne veux pas d'Impécunieux dans ma boutique.

Mon cœur bat la chamade. Je m'embrouille. Ça ne me ressemble pas de partir sans argent, ni même d'être négligente.

- Je ne suis pas Impécunieuse, clamé-je comme si mon honneur en dépendait. J'appartiens à la classe Moyenne ! J'ai seulement...
- Peu importe, si vous ne pouvez pas payer, sortez !
- Ne vous affolez pas. Je vais payer.

Le jeune homme sort un billet de sa poche, laissant paraître une montre à plus de 8 000 *ciènes* et le tend à la femme. Je reste sans voix.

- Tenez. (Le garçon pose l'argent et fait glisser la boite dans sa main) Je prendrais deux boites de désinfectant s'il vous plaît.

La pharmacienne reste bête un instant puis retourne dans son arrière-boutique chercher la commande. Le garçon lui a cloué le bec avec une telle finesse que c'en est déconcertant. Il est resté calme et poli. Il se tourne vers moi et me tend le médicament, sa belle montre aux contours dorés scintillant sous mes yeux troublés.

- Merci. (Je prends timidement la boite) J'aimerais bien vous rembourser, mais...
- Ne vous inquiétez pas. Vous pouvez garder votre argent.
- Merci, répété-je hébétée.
- Mais faites attention, les gens ont tendance à avoir peur de tomber sur des Impécunieux, surtout ici en ville.
- Oui. (Je regarde mes pieds, car je n'arrive pas à le regarder dans les yeux) Je vous remercie encore.

Je me dirige vers la sortie sans rien ajouter. Il ne dit rien non plus. Je tire la lourde porte et sens un courant d'air froid me glacer le sang. Sans attendre, je remets le blouson de mon père et sors.

Je rentre en scrutant le sol déjà blanc dans l'espoir de

retrouver le portefeuille de mon père. Mais mon esprit n'est pas concentré. Je repense au jeune homme de la pharmacie. Des vêtements de haute couture et une montre à 8 000 *ciènes*, ce ne pouvait être qu'un Possédant. *C'est la première fois que j'en rencontre un si gentil.* Cela me trouble. J'aurais bien aimé le connaître plus, mais nous ne vivons pas dans le même monde. Je suis Moyenne et lui Possédant. La classe est très importante dans cette ville. Chacun de nous porte constamment une plaque qui nous rappelle à quel rang nous appartenons. Sur la mienne sont inscrites deux barres : « II ». Les Glorieux ont un « G », les Possédants « I » et les Impécunieux « III ». Je suppose que les barres verticales signifient notre niveau de richesse et que les Glorieux sont si rares et spéciaux qu'ils ont une lettre. On porte cela, comme les chiens portent un collier ou le bétail une boucle d'oreille. Pour nous trier. C'est notre pièce d'identité, au dos est inscrit notre nom, sexe et date de naissance. Vu comme ça, c'est étrange et même répugnant. Je me demande ce que serait Torn si nous n'avions pas ces distinctions sociales.

J'arrive plus rapidement que je ne l'avais imaginé à la maison. À mon grand regret, aucune trace du portefeuille sur la route. Je m'essuie les pieds sur notre vieux paillasson et remarque un petit attroupement devant la maison d'un de nos voisins. J'y reconnais Rosette prenant dans ses bras une femme au visage déformé par les pleurs. Avant qu'ils ne remarquent ma présence, je pousse la porte et entre rapidement.
- Je suis rentrée, dis-je en murmurant.

Je ferme la porte, heureuse de retrouver la chaleur de notre petite cheminée. Je quitte le blouson en cuir et le pose sur le porte-manteau près de la porte puis sors de sa poche droite la boite en carton. Je tire sur le talon de mes bottes pour les retirer avant d'avancer dans la cuisine. Ma mère et ma grand-mère sont assises autour de la table en bois. Elles trient les haricots verts en silence. *Comment vais-je leur expliquer que j'ai perdu le portefeuille*, pensé-je en posant les cachets sur la table.

- Nous avons de la chance, il n'en restait qu'une, commencé-je. Comment va Papa ?
- Il dort encore, répond ma mère. Il est très faible aujourd'hui.

Ma mère a pour habitude de répondre sans regarder les gens. Ça ne me gêne pas, pourvu qu'elle réponde.

- Oui, voyons si nous pouvons lui administrer plus de ce médicament, dit ma grand-mère en essuyant ses mains sur son tablier. (Elle attrape la boite de médicament et me demande :) Va me chercher mes lunettes, elles sont restées sur la table du salon.

Je fais volte-face et traverse le couloir pour me rendre au salon. Si mon père peut prendre plus souvent ce médicament, ce serait vraiment génial. Il pourrait se rétablir et même peut-être reprendre son travail pour nous aider à rapporter de l'argent. Je devrai toutefois me rendre à la pharmacie plus souvent ce qui n'est pas très réjouissant. Les vieilles lunettes sont sur la petite table en bois du salon et juste à côté se trouve le portefeuille de mon père. Je soupire grossièrement. Si j'avais su qu'il était là, j'aurais profité un peu plus de mon escapade au Nord.

J'attrape les lunettes et les ramène à la cuisine. Ma grand-mère les ajuste à son nez et lit silencieusement la notice. Je tire une chaise pour m'y asseoir dans un souffle de soulagement. Ça fait du bien de reposer ses jambes et d'avoir l'esprit tranquille. Je n'ai plus à chercher ce maudit portefeuille. La prochaine fois, je l'enfoncerai dans ma poche et l'agripperai dans ma paume pour m'assurer de ne pas l'égarer. J'attrape une poignée de haricots et commence à les équeuter.

- Il y avait du monde dehors quand je suis rentrée. Rosette consolait la voisine en pleurs. (Je lève un instant les yeux) Il s'est passé quelque chose au port ?

Ma mère se redresse et me regarde comme les rares fois où elle veut dire quelque chose de grave.

- Le bateau n'est pas rentré. On pense qu'il a coulé au large des côtes.

J'avale ma salive péniblement. *Papa aurait pu être dans ce bateau.* Notre quartier n'étant pas loin de la côte Est de Torn, les hommes des familles avoisinantes sont pour beaucoup des pêcheurs. Chaque matin, ils s'en vont au port, et montent sur des chalutiers à la recherche de zones abondantes. Ces dernières années, les prises sont de moins en moins bonnes et les marins s'éloignent de plus en plus de la côte, affrontant les courants puissants de l'océan. Papa était l'un d'eux avant qu'il ne tombe malade. Je ne saurais dire combien de bateaux disparus nous avons constatés depuis ma naissance.

- Encore un enterrement sans corps, soupiré-je. Entre le Kiuju et l'océan, nos cimetières sont bien vides.

CHAPITRE 2

Le réveil sonne. Son son strident me sort de mon sommeil en une fraction de seconde. Il s'éteint sous le lourd poids de ma paume et je me redresse en frottant les yeux. Du givre recouvre déjà la petite fenêtre au-dessus de Dann qui dort toujours. J'attrape mon pull gris au pied de mon lit et descends déjeuner : une tranche de pain recouverte de confiture avec une tasse de thé, en compagnie de ma mère. Le même schéma chaque matin. Je remonte me débarbouiller et donner un coup de brosse dans mes cheveux. Je les noue en une queue de cheval basse puis vais compléter ma tenue. Habituellement, mon vieux pull et un jean suffisent, mais aujourd'hui j'ai peur qu'il fasse un peu plus froid que les autres jours. J'ajoute donc une écharpe en grosse laine, des gants et un bonnet.

Ma mère m'attend déjà sur le pas de la porte. Elle me tend le blouson de mon père d'une main. J'enfile mes bottes puis nous sortons.

La température est si basse que j'ai froid à travers mes gants. Je frotte mes mains entre elles pour les réchauffer en vain. Alors, je les enfonce dans les grandes poches du blouson. Il fait encore nuit et ma mère allume une lampe torche pour éclairer le chemin. D'ici quelques minutes, le soleil se lèvera et nous pourrons l'éteindre, mais pour l'instant elle est bien utile pour ne pas trébucher sur une motte de terre.

Pour se rendre au Sud, il faut une heure et une quinzaine de minutes. Une heure quinze bien trop silencieuse, dans le froid et l'obscurité. Ma mère n'est pas très bavarde, à part quand elle est avec Rosette. Là, c'est un moulin à paroles. Je ne sais pas ce qu'elles arrivent à se raconter, notre vie n'est pas très mouvementée.

Après une bonne heure de marche, nous arrivons dans la rase campagne. Le soleil a légèrement fait son apparition et j'arrive à distinguer les grandes collines au loin. Ma mère et moi travaillons dans une grande exploitation d'élevage agricole. Contrairement aux hommes, les femmes ne travaillent pas sur les chalutiers. Habituellement, elles servent les Possédants au Nord ou tiennent de petites épiceries. Nous, nous préférons retourner la terre et travailler au milieu de la bouse de vache et du crottin plutôt que cirer les pompes des riches. Je mentirais en disant que je m'épanouis dans cette routine, mais c'est ce qui nous sert à survivre.

L'exploitation est immense, elle regroupe sept bâtiments plus des pâturages et des champs agricoles. Nous arrivons devant l'étable, où le propriétaire affiche les tâches à effectuer. Il écrit chacune d'elles sur un bout de papier où il inscrit la paie attribuée puis il les épingle sur un tableau en liège. Ici, pour avoir du travail c'est au premier arrivé.

- Alors... dis-je en scrutant les annonces.

Ce matin, il reste encore pas mal de tâches. J'en arrache deux assez bien payées. Nourrir les vaches : 15 *ciènes* et les traire pour 45 *ciènes*. Je reviendrai plus tard pour en reprendre d'autres s'il en reste. Les employés n'ont le droit de prendre que deux tâches simultanément. Ma mère choisit de s'occuper des champs et va récolter des poireaux. *Je n'aurais jamais choisi ça,* songé-je. Rester accroupi dans le froid toute la matinée, ça me donne des frissons. Je préfère rester avec les vaches, au

chaud.
- On se voit plus tard.
- Oui, essaie d'en faire le plus possible, dit ma mère.
- Je ferai de mon mieux.

Nous nous séparons et je rentre dans l'étable pour effectuer mes tâches. L'odeur est forte, mais j'ai l'habitude. Je choisis souvent de travailler avec les animaux, c'est plus chaleureux à mon goût. Le bâtiment est très grand, à l'entrée se trouve la salle de traite où peuvent rentrer trente vaches en même temps. Je m'y rendrai après. Je traverse le long couloir qui sépare deux enclos pour aller dans la réserve. J'y rencontre Hale, un ami qui travaille aussi ici. Souvent, les tâches sont assignées plusieurs fois pour un meilleur rendement. Je suis contente qu'il ait pris les mêmes que moi.
- Salut !

Hale est déjà en haut de la montagne de bottes de foin à essayer d'en faire tomber une pour la donner aux vaches. Il se retourne et sourit en me voyant.
- Salut Laura ! Heureux que tu aies choisi le bonheur de la bouse de vache.
- Ravie également. Tu veux faire tomber laquelle ?
- La plus haute, histoire de rendre l'exercice un peu plus palpitant. (Il pointe une botte au sommet du tas) Reste pas en bas, elle va te tomber dessus.

Je grimpe comme je peux sur le foin sec. Étant donné que chaque étage fait à peu près ma taille, c'est assez compliqué, mais je m'en sors et arrive à son niveau. Nous nous mettons chacun d'un côté puis tirons la botte, elle roule légèrement puis dégringole bruyamment jusqu'au sol. Une bonne chose de faite. Nous renouvelons l'expérience avec une deuxième puis descendons. Hale découpe de son couteau les filets qui les entourent puis nous les faisons rouler l'une après l'autre de chaque côté du long couloir qui sépare les deux enclos pour éparpiller le foin.

Nous finissons enfin, à l'aide de râteaux, à rabattre le foin près des mangeoires à carcan.

- Et voilà ! se réjouit Hale.
- Tu as pris la traite ?
- Ouais.
- Cool, allons-y directement.

Il acquiesce et nous partons traire. Ce travail est bien plus long que le premier qui n'a pris qu'une demi-heure. À présent, il faut trier les vaches puis les passer à la traite une part une.

Je vais ouvrir la salle pendant qu'Hale rabat les vaches. J'en laisse entrer trente puis je la referme. Il me rejoint pour installer la trayeuse.

- Voilà, il n'y a plus qu'à attendre, dit mon ami en installant le dernier siphon à traire. Bon dit-moi (Il passe une main sur son front) comment va ton père ?
- Il dort beaucoup. À vrai dire, la maladie l'affaiblit tellement qu'il ne sort jamais de son lit. Nous voulions augmenter la dose de son traitement pour qu'il soit en meilleure forme, mais c'est impossible. Ça pourrait provoquer des effets secondaires.
- Alors il n'y a rien à faire ?
- À part attendre, non.
- Et ton frère ?
- Mon frère ? (J'échappe un rire nerveux) Dann ne bouge pas de son lit non plus. Il est incapable de poser le pied par terre. Je ne sais pas qui l'a opéré, mais il faut qu'il repense son métier ! Il n'y a plus que ma mère et moi pour rapporter un peu d'argent.
- Vous gagnez suffisamment pour passer l'hiver ?
- Je ne sais pas. C'est difficile à dire avec les médicaments et le bois de chauffage, nous aurons probablement un peu de mal.

Hale baisse la tête en soupirant. Il ne sait probablement pas quoi répondre. Je me mords la lèvre pour faire disparaître une bouffée de tristesse. Quand mon père est tombé malade, nous avions déjà Dann alité. Ma mère a pleuré des journées entières disant que nous allions mourir de faim et de froid l'hiver venu. Alors j'ai pris mon courage à deux mains et suis allée chercher du travail. D'abord en ville où l'on m'a rejeté, puis j'ai trouvé cet endroit. Au début, je venais seule et travaillais du matin au soir sans rien manger. Mais ma grand-mère est intervenue, clamant que j'allais me tuer en continuant. Seulement, je n'avais pas vraiment le choix. C'était ça, ou mourir de faim. Elle a alors convaincu ma mère de venir avec moi. Ce qu'elle fit. Depuis, nous venons chaque jour pour gagner un peu d'argent. La vie n'est pas facile, mais nous survivons, en attendant que Dann et mon père retrouvent la forme.

Hale relève la tête. Pour couper le blanc qui s'installe, je lui lance :

- Et chez toi ? Ta petite va bien ?
- Ouais super, dit-il avec un large sourire de fierté. Elle a fait ses premiers pas. (Son visage s'assombrit soudainement) La famille s'est agrandie un peu cette semaine.
- Tu vas avoir un autre enfant ? demandé-je surprise.
- Non, s'exclame-t-il d'un rire nerveux. Mon neveu est rentré.

Je fronce les sourcils. Je ne me souvenais pas qu'il ait un neveu.

- Rentré ?
- Ouais, du Kiuju.

Ma mâchoire se crispe au seul son de ce mot.

- Tu as un Glorieux dans la famille alors, dis-je les dents encore serrées.
- Il n'y a rien de glorieux dans ce qu'il est devenu. On dirait que toute sa joie a été aspirée. Quand nous avons reçu la lettre des hauts dirigeants nous demandant de venir le chercher, nous étions réjouis. Notre humeur a changé radicalement dès l'instant où nous l'avons aperçu.
- Que lui est-il arrivé ? demandé-je en sachant déjà à quoi m'en tenir.
- On ne sait pas. Personne ne sait. Aucun Glorieux n'a jamais réussi à parler du Kiuju, je ne vois pas pourquoi ce serait

différent avec lui. Il arrive à peine à demander à boire ou à se laver. (Les traits de son front se froncent) Tu ne peux pas imaginer le nombre de contusions et cicatrices qui recouvrent son corps. La première fois que je lui ai retiré ses vêtements, j'ai échappé un cri d'effroi. Tu sais ce qu'il m'a répondu ?

Je secoue la tête doucement.

- Il s'est mis à caresser une longe balafre qui lui couvre le bras en disant : J'aime bien celle-là.

Hale lève les yeux au ciel comme encore abasourdi par la réaction de son neveu. Neveu, qu'il ne reconnait plus, j'imagine.

- Il a dû être torturé ou utilisé à des fins scientifiques, je n'en sais rien. Il n'est plus que l'ombre de lui-même, finit-il en secouant la tête.

Nous finissons la traite en silence, nos pensées centrées sur le Kiuju, cherchant à deviner ce qui s'y cache. Après deux ou trois heures de travail, j'ai le dos en compote. Je m'étire maladroitement en levant les bras au ciel puis nous quittons l'étable. Nous avons accompli nos deux tâches dans un temps plutôt convenable. Je suis contente. Je vais pouvoir aller récupérer mes 60 *ciènes* et prendre une pause.

Hale et moi nous rendons sans attendre au bureau du propriétaire qui se trouve dans le septième bâtiment, au bout de la ferme. Nous croisons plusieurs employés, les mains dans les champs ou dans la paille, travaillant d'arrache-pied. Je salue certains d'entre eux que je connais vaguement. Seules quelques femmes osent venir travailler ici. Le travail y est rude et un grand nombre d'entre elles préfèrent faire office de femmes au foyer ou servir les Possédants.

Mon ami m'ouvre la porte du bâtiment et me laisse passer devant. Je retire mon bonnet que je lui tends et défais mes cheveux. Je vais devoir jouer de mes charmes. *Si ma mère savait, elle me tuerait*. Je mordille mes lèvres pour les faire rougir, rajuste mes sourcils et ébouriffe légèrement mes cheveux pour être plus séduisante.

- Si je ne suis pas sortie dans 5 minutes, tu entres, dis-je vivement à Hale.

Puis, je pousse la porte du bureau.

La pièce est petit et sombre. Au fond, tapis dans l'obscurité un homme est enfoncé dans son fauteuil en cuir : le propriétaire. Il bondit presque lorsque j'entre en fracas, prêt à me sauter dessus de colère, puis son visage décroche un sourire de satisfaction quand il me reconnait.

- Laura, dit-il de sa voix sucre-amer.
- Monsieur, réponds-je en tirant la chaise en face de son bureau.

Je m'y assois. Il se penche légèrement en avant laissant son visage entrer dans un faisceau lumineux qui s'échappe d'entre les volets en bataille. Son regard perçant traverse le mien, je sais ce qu'il veut. Je pose les deux tâches sur son bureau.

- Je voudrais ma paie pour ça, lancé-je.

Il sourit de nouveau avant de se lever.

- Pas si vite, murmure-t-il. (Il laisse glisser ses doigts sur son bureau à mesure qu'il le contourne pour venir jusqu'à moi) Nous venons tout juste de nous retrouver.

Il arrive au-dessus de moi et fait glisser sa longue main de Possédant sur mon épaule. Je retiens un sursaut quand elle arrive au niveau de mon cou. Je sais ce qu'il veut. Je serre les dents.

- Tu m'as manqué hier, dit-il en approchant son visage tout près de mon oreille.

Un frisson me parcourt le corps. Je me ressaisis aussitôt et dis :

- J'étais en ville.
- En ville ? demande-t-il en s'écartant.
- J'avais besoin de quelque chose qu'on ne trouve que là-bas.

Ses sourcils tressaillent, je sens qu'il en veut plus. Je me redresse et me lève et balançant méticuleusement mes cheveux en arrière. Je pose mes mains sur sa poitrine et les remonte doucement jusqu'à la base de son cou où j'agrippe les pans de sa veste de costume. Il échappe un gloussement de plaisir. Je le déteste tellement. Son sourire, son odeur, sa façon de s'habiller et même sa voix me répugnent. C'est en lui, c'est inscrit dans ses veines. C'est un Possédant. Un homme qui a le pouvoir et qui prend plaisir à voir les autres ramper à ses pieds. Mais moi je suis différente. Je serre sa veste et le tire vivement vers moi, ma tête penchée vers son cou.

- Quelque chose que vous ne pouvez pas m'offrir, dis-je en frôlant son oreille de mes lèvres.

Le souffle de ma voix dans son cou le fait frissonner. Je le connais par cœur, il tuerait pour qu'on lui reprenne un peu de son pouvoir, pour qu'on lui donne quelques ordres. Il en a marre de sa potiche de femme qui ne le contrarie plus. Il veut du sang neuf. Il me veut moi. Je sens ses mains s'approcher et se poser sur mes hanches. Je le stoppe immédiatement.

- Non, non, non, murmuré-je. (Je m'éloigne pour le regarder dans les yeux) Où est mon argent ?

Son regard devient plus froid, mais il aime ça. Il hésite, il serait si facile pour lui de prendre le pouvoir et de me jeter hors de sa vue mais il n'en a pas envie. Il aime la sensation de désir que je lui apporte, cette rivalité qui pimente sa journée. Depuis qu'il est debout, il attend de me voir débarquer dans son bureau pour le défier de m'en donner un peu plus.

- Qu'en est-il de ce que je veux moi ? demande-t-il un sourire aux lèvres.
- Vous aurez ce que vous voulez une fois que vous m'aurez donné ce qui me revient, insisté-je en intensifiant mon regard.

Je relâche mon emprise et retire ses mains de mes hanches. Je lui lance ensuite un regard de désapprobation et attends de le voir sortir son argent. Ce qu'il fait sans me quitter des yeux en retournant de l'autre côté de son bureau. Il ouvre un tiroir et en sort une liasse de billets. Il me quitte enfin du regard pour en compter le montant de mes deux tâches. Il brandit les billets comme pour me dire Voici puis les lance sur le bureau en rangeant le reste dans la poche arrière de son pantalon.

- Maintenant approche, dit-il nerveusement en me faisant signe du doigt.

Mon cœur se serre. Je n'en ai pas fini avec lui. Je m'approche doucement en faisant rouler ma tête sur mes épaules afin qu'il voie un peu plus de ma peau. Je pensais pourtant qu'il avait compris depuis tout ce temps que je vaux plus que quelques billets jetés sur un bureau.

- Il va en falloir un peu plus, dis-je en arrivant devant lui.
- Et tu auras le reste quand je serai satisfait, grogne-t-il le regard affamé.

J'inspire profondément, pourvu que Hale vérifie sa montre. Avant que j'aie pu finir de formuler ma pensée, mon corps est soulevé et plaqué contre le mur.

- Doucement, lâché-je en sursaut.

J'entends son rire tout près de ma peau puis son contact dans mon cou. Je ferme les yeux de dégoût alors que ses mains se resserrent à ma taille. Je prie intérieurement que mon compagnon vienne me sauver. Mais au lieu de ça, je sens ses doigts sur mon ventre. Il a soulevé mon pull pour s'approcher un peu plus de mon corps. Je dois reprendre le contrôle. Encore quelques secondes. Je plaque mes mains contre son torse et le repousse.

- Regardez-moi dans les yeux au moins, dis-je le cœur battant.
- Tes désirs sont des ordres, répond-il avant de se pencher sur moi pour m'embrasser.

Je plisse les yeux et c'est à ce moment que j'entends le fracas de la porte du bureau qui s'ouvre. Le propriétaire retire aussitôt ses mains de ma peau et se retourne vivement. Il serait vraiment

mal venu qu'il soit aperçu en train de tromper sa femme.
- Qui ? crie-t-il en s'éloignant de moi.
J'aperçois Hale sur le pas de la porte. Je lâche un soupire de soulagement. C'était moins une.
- Je viens chercher ma paie, monsieur, dit-il en brandissant ses deux tâches du bout des doigts.

Aussitôt, je glisse ma main dans la poche arrière du pantalon du propriétaire et saisis la liasse qui s'y trouve. Il se retourne et me dévisage du regard :
- Ça suffira, lui dis-je en un souffle avant de le contourner pour rejoindre la sortie.

J'attrape au passage les quelques billets jetés sur le bureau et les tends à mon camarade à l'entrée. Il les attrape et remercie en un mot le propriétaire avant que je le tire hors du bâtiment.

Mon cœur est encore tout affolé quand l'air de l'extérieur nous fouette le visage. Je range nerveusement l'argent dans la poche de ma veste en cuir et récupère mon bonnet que j'avais laissé à Hale. D'une main tremblante, je l'enfonce sur mes oreilles.
- Ça va ?

J'acquiesce rapidement de la tête. Cette fois-ci, ça a bien failli mal finir. Si Hale n'était pas intervenu, qui sait comment cela se serait terminé ? Je ne pourrais plus jouer à ce petit jeu très longtemps. Un jour viendra où il s'impatientera de mes petits tours et où il me coincera dans un angle de son bureau pour me faire je ne sais quelles choses obscènes que je n'ose imaginer.
- Tu y vas un peu fort, tu ne crois pas ? reprend mon camarade alors que nous nous éloignons du bâtiment.

Il a raison, je fais cette petite manœuvre chaque fois que c'est le propriétaire qui trône au bureau et non sa femme. Habituellement, elle prend le relais l'après-midi. Je ferais mieux de ne pas venir chercher ma paie le matin pendant quelque temps après ce qu'il vient de se passer. Je plisse les yeux, n'arrivant pas à oublier la sensation de sa bouche sur ma peau. *Pourvu que la journée se finisse vite pour que j'aille retirer cette odeur qu'il a laissée sur moi.*

Déjà plusieurs ouvriers se sont assis sur les tables en bois et déjeunent en petits comités. Je me sépare de Hale et cherche ma mère en vain. Elle a dû rester aux champs. Je vais manger sans elle cette fois. J'ai des amis qui ont l'habitude de déjeuner à la grange sur les bottes de paille. Je les rejoins en veillant à reprendre mes esprits.

- Tiens, salut Laura !
- Salut vous deux, dis-je en forçant un sourire que j'ai encore du mal à trouver après mon épisode chez le propriétaire.
- Tu es en pause ? On a bien cru que tu ne viendrais pas.

Moi aussi, pensé-je. Je grimpe sur les bottes de foin et rejoins mes amis.

- De quoi t'es-tu occupé aujourd'hui Miss Proprio ? demande Oly avec un clin d'œil.
- J'étais à l'étable. (Je me laisse tomber sur la paille) Je t'ai déjà dit de ne pas m'appeler comme ça.
- Pourtant c'est ce que tu es. Montre-nous combien tu as raflé cette fois.

J'aurais préféré ne pas avoir à me rappeler ce qu'il m'en a coûté d'avoir cet argent, mais je sors les billets de ma poche pour leur faire plaisir.

- La vache, s'exclame Marc en apercevant la liasse.

Je compte silencieusement, me rendant compte que je n'ai même pas vérifié le montant et déclare :

- 190 ciènes.
- Au lieu de... ?
- 60.
- De mieux en mieux, ajoute Marc d'un air admiratif.

S'il savait, pensé-je. Je range les billets dans ma poche et sors un bout de pain de l'autre.

- Évitez de le crier sur les toits.
- Tu n'as pas de souci à te faire pour ça. On sait garder les secrets. (Il me tend un bout de jambon cru) T'en veux ?
- Je veux bien. (Je saisis le morceau de viande) Merci. Vous étiez aux champs ?
- Ouais, répond Marc la bouche pleine. Quel froid de canard ce matin, j'ai cru qu'on allait y rester ! Les champs étaient blancs de givre. Il fallait redoubler d'efforts pour récolter les légumes, mes doigts m'en tombaient presque.
- Il n'y a évidemment aucune exagération dans cette description, rétorque Oly à son ami avec un sourire neutre.

Je souris de les voir se chamailler puis mords dans le jambon. Je ne sais pas si j'ai vraiment faim, mais je ne peux pas refuser de la viande. Oly me propose un deuxième morceau que j'accepte avec plaisir. Son père travaille en tant que boucher, alors il ne manque pas de viande. Oly devrait normalement l'accompagner dans cette profession, mais étant le dernier d'une famille de quatre fils, il n'a pas de place à l'atelier. Il vient alors travailler ici sans rancune. Je l'admire beaucoup. Marc et lui sont voisins dans le Sud. Ils n'appartiennent pas à la classe des Impécunieux, mais préfèrent la rase campagne à l'urbanisation. Marc a vu ses deux parents se suicider quand sa plus jeune sœur a été Appelée et n'est pas revenue. Cela fait déjà trois ans. Il vit à présent avec sa deuxième sœur et sa compagne dans la maison familiale. On peut dire que son histoire est bien plus triste que la mienne et pourtant, il garde la tête haute et ne perd jamais espoir. Je l'admire également beaucoup.

Quelqu'un entre dans la grange. C'est Hale. Je me demande ce qu'il fait ici. Habituellement, il préfère manger seul et fait une petite sieste avant de reprendre le travail.

- Salut mec, lui lance Oly.
- Qu'est-ce qu'il se passe ? demandé-je aussitôt par peur que notre petit tour de tout à l'heure ait eu des répercutions.

- Ouais, qu'est-ce qui t'amène ? demande Marc étonné à son tour.

Hale s'approche de la grande porte coulissante de la grange et ajoute :

- Je viens juste vous montrer quelque chose.

Sans en dire plus, il tire sur la poignée et fait lentement et bruyamment glisser la lourde porte pour l'ouvrir de quelques mètres. Oly arrête aussitôt de mâcher. Il se penche en avant comme pour mieux voir. Hale n'a pas besoin de nous dire où regarder, tous les regards sont rivés sur un seul et même point à l'horizon.

- On est déjà la fin du mois ? demande Oly.
- Oui.
- Déjà, soupiré-je.

Oly passe ses longs doigts dans ses petites boucles blondes, le visage crispé. J'ai moi aussi cessé de manger. Je range le petit morceau de pain dans la grande poche du blouson en cuir puis je bondis sur une botte plus basse pour mieux voir. J'aperçois au loin, derrière quelques collines, les hauts grillages surplombés de fils barbelés se déplacer. Les grandes portes du Kiuju s'écartent pour accueillir les nouveaux arrivants. Je ne peux m'empêcher d'avoir une pensée pour Robert, le fils de mes voisins parti là-bas il y a plusieurs années, puis pour la sœur de Marc et enfin le neveu de Hale revenu sans son âme. *Comment une telle atrocité, qui déchire des familles entières, peut-elle avoir lieu si souvent ?*

Je sens derrière moi quelqu'un descendre de la paille et s'approcher de la porte dans de grandes enjambées.

- Vous avez reçu quelque chose ? demande fermement la voix de Marc.
- Non, répondent Hale et Oly en chœur.
- Non, dis-je aussi. Enfin je...
- Alors fermons cette porte. (Il saisit la longue poignée) Tant qu'elle ne t'a pas choisi, il ne sert à rien de regarder la mort en

face, lâche-t-il avant de refermer l'ouverture.

Marc s'éloigne aussitôt d'un pas décidé et quitte la grange.

- ... ne regarde jamais dans la boite aux lettres, dis-je à voix basse.

CHAPITRE 3

La journée se finit rapidement. Oly et Marc retournent travailler aux champs, Hale va s'occuper des volailles dans le deuxième bâtiment et je choisis de rester avec les vaches et fais la deuxième traite de la journée avec un vieil inconnu. Il me raconte ses expériences dans le métier, ses amours, ses peines, mais je ne l'écoute pas vraiment. Seule ma tête est présente pour acquiescer toutes ses paroles. Mon esprit est plongé dans les profondeurs des horreurs du Kiuju. Je revois le visage de Rosette quand Robert a répondu à l'Appel. J'imagine la peine de Marc quand ses parents ont sauté de la falaise. J'ose à peine deviner ce que le neveu de Hale cache si profondément en lui qu'il ne peut en parler à personne. J'imagine toutes les familles qui pleurent leurs proches en ce moment, mais je ne peux m'empêcher d'imaginer la réjouissance des Possédants qui payent la taxe pour échapper au Kiuju. Je ressens le toucher insupportable du propriétaire sur ma peau, les mêmes doigts qui comptent des billets et les jettent sur la table des hauts dirigeants pour acheter la liberté. Je rêverais de pouvoir en faire autant.

Je vais chercher ma paye auprès de la femme du propriétaire, en veillant au préalable à ce que ce soit bien elle et non son mari. Il est bientôt dix-neuf heures. J'hésite à faire une tâche supplémentaire, mais croise Oly et Marc revenir des champs, le pantalon couvert de boue. Ils me sourient et courent chercher leur paye, me faisant alors réaliser que j'ai déjà gagné beaucoup d'argent aujourd'hui.

Je sors discrètement de ma poche la liasse de billets amassés : 250 *ciènes*. Je m'en suis vraiment bien sorti cette fois. Si j'arrivais à faire aussi bien chaque jour nous pourrions passer l'hiver sur les plages privées du Nord à siroter un cocktail. Mais j'ai bien conscience que je ne pourrais pas jouer à ce petit jeu très longtemps et qu'il faudra me contenter de moins dans les jours et semaines à venir.

Les garçons ressortent du septième bâtiment et trottinent vers moi. En arrivant, Oly me tapote l'épaule et s'exclame :

- Devine qui a eu une prime !
- J'hésite, dis-je d'un air sarcastique.
- Ne crois pas être la seule à savoir jouer de tes charmes Miss Proprio, ajoute-il en faisant un clin d'œil.

J'ai un haut-le-cœur rien qu'en entendant ce surnom, mais souris pour partager la bonne nouvelle avec lui.

- Tu n'aimes pas mon prénom en fait, lancé-je.
- Il est absolument adorable, mais je préfère quelque chose qui te ressemble.
- Évidemment, dis-je en feintant un sourire.
- On va aller fêter ça dans un bar pas loin. Ça te dirait de venir avec nous ? demande Marc.

La perspective d'une bière en leur compagnie me paraît merveilleuse, mais je dois me résigner, forcée d'aller assister ma famille.

- Il faut que je rentre.

Oly fait la moue, mais je sais qu'il comprend. C'est pourquoi il n'insiste pas et saisit son ami par l'épaule avant de s'éloigner doucement.

- Tant pis, dit-il. On se voit demain.
- Les gars ?
- Ouais, se retourne Oly.

- Vous ne devriez pas passer cet argent dans l'alcool, dis-je en grimaçant. C'est idiot.
- Ma petite Laura, il faut profiter des choses de la vie avant qu'on soit Appelé.

Il me fait un grand signe de la main et s'éloigne. Je lui renvoie silencieusement et replace mes mains dans les grandes poches. Peut-être qu'il a raison et qu'il faut profiter de la vie tant qu'on le peut toujours. Si seulement je n'avais pas à m'occuper de toute ma famille, je pourrais venir avec eux et rire pour de vrai.

Je rentre à la maison en poussant un gros gravier du talon de ma botte. Je n'ai pas croisé ma mère de la journée. Elle doit déjà être rentrée à la maison. Je ne me presse pas pour la rejoindre. Le jour est déjà bien bas à l'horizon et il fera nuit lorsque j'arriverai. Il n'y aura rien d'autre à faire que d'assister mon crétin de frère et mon pauvre père. Au moins à la ferme je me sens utile et comprise. C'est aussi le seul endroit où j'ai des amis.

Je traîne le pas jusqu'à la grande avenue, passant en boucle mon pouce sur la petite liasse au fond de ma poche. Mon argent tant attendu. Maintenant que je l'ai, je ne sais même pas quoi faire avec. Après tout, je pourrais utiliser une partie de ces billets pour me faire plaisir. Rien qu'une fois. Je ne suis pas habituée à être gâtée ou à acheter tout ce qu'il me plaît. Il m'arrive de contempler les jolies robes dans les vitrines du Nord, mais je n'ai même pas l'imagination de les porter un jour ; même pour essayer. Ce serait me tromper moi-même. Que ferait une Moyenne avec de la soie ? Pour quelle occasion la porterais-je ? Je suis habituée aux vieux vêtements, aux jouets de mon frère ou même de mes parents. Soudain, le visage du garçon de la pharmacie m'apparait. Je soupire tout haut, envieuse de ses beaux habits et de son sourire. Souffre-t-il de quoique se soit lui ? Hésite-t-il quand il repère une belle chemise dans une vitrine ? *Idiote, s'il la veut il entre, pose les billets sur le comptoir et repart sans même s'assurer qu'elle est à sa taille.*

Quand j'atteins enfin la grande avenue, je m'arrête un instant et me retourne pour regarder la grande exploitation d'élevage. Je n'y vois toujours pas ma mère, mais autre chose me saute aux yeux. Plus loin, à l'Ouest, les hauts grillages du Kiuju sont grand ouverts. C'est comme si une noirceur immense en sortait, comme si elle voulait m'attraper et me piéger à l'intérieur de son étrangeté. *Pourquoi diable ouvre-t-il ce portail avant le jour J ? Pour que des volontaires s'y introduisent ? Personne ne serait assez fou.*

D'ici, on n'aperçoit que le sommet des grillages, mais si je le voulais je pourrais m'en approcher pour contempler leur immensité. Il ne m'est arrivé qu'une fois de m'y rendre. Les gens disent que si vous n'y êtes pas forcé, il vaut mieux en rester le plus éloigné possible. C'est pourquoi, même pour son fils Robert, Rosette ne s'y est pas rendue. C'est dire si le lieu effraye la population.

Nous étions très jeunes. Cinq ans, peut-être six pour moi, Dann lui, devait en avoir huit. Nous jouions à nous attraper quand j'ai déboulé dans cette étrange clairière. Les hauts grillages trônaient, si grands que je ne me souviens pas en avoir vu le bout. Dann m'a attrapée par le bras et m'a tirée violemment en direction de la maison. Je ne comprenais pas. Il n'y avait ni cri ni odeur, pas même le souffle glacial du vent en hiver. C'était une clairière comme une autre pour une petite fille de mon âge. Mais aujourd'hui, je comprends la peur que Dann a dû ressentir lorsqu'il m'a vu, si petite, devant ce temple de la mort. Je n'y suis jamais retournée depuis. Ce n'est pourtant pas faute de croiser chaque jour les panneaux directionnels vers le Kiuju, sur chaque intersection de chaque rue de Torn. Les hauts dirigeants n'ont pas oublié de nous indiquer la direction. Ils ont peut-être peur que nous nous perdions le jour de l'Appel.

J'essuie mes pieds sales sur le paillasson et pousse la porte de ma maison en retirant mon bonnet. J'hésite à annoncer que je suis rentrée. Finalement, je retiens mes mots et quitte mes bottes en silence. Je reconnais celles de ma mère sous le porte-manteau. *Elle est donc déjà là.* Je retire le gros blouson de mon père sans oublier d'en sortir la liasse de billets que je glisse dans ma main. J'aplatis quelques-unes de mes mèches électrifiées par mon bonnet et traverse silencieusement le couloir jusqu'aux escaliers. En passant, je ne vois personne dans la cuisine ni dans le salon. *Où sont-ils tous ?* me demandé-je. Je monte dans la chambre en essayant de faire grincer le moins possible les lattes du parquet. Dann est toujours là, allongé sur le petit lit. Il dort. J'en profite pour retirer une petite boite en bois de sous mon matelas et y placer mes bénéfices de la journée. Je garde l'argent respectif des tâches : 120 *ciènes*, que je loge dans la poche de mon pantalon puis je remets la boite à sa place. J'ai pris l'habitude de cacher l'argent soutiré au propriétaire depuis que ma mère m'a demandé d'où tous ces billets provenaient. La connaissant, elle ne supporterait pas mon comportement. Elle est trop naïve pour croire qu'on s'en sort grâce aux économies de mon père. Celles-ci ont disparues depuis belle lurette.

Je sors de la chambre et ferme la porte en douceur pour ne pas réveiller Dann. J'entre ensuite dans la chambre de mes parents où mon père, à demi endormi sur son lit, respire bruyamment. Je m'approche en lui caressant les cheveux et lui embrasse le front. Ma mère n'est pas à son chevet, c'est étrange.

Je quitte la chambre silencieusement et descends, cherchant ce que je pourrais préparer pour le dîner. Arrivée en bas, je place le reste de l'argent dans notre coffre près de l'escalier et j'aperçois ma grand-mère près du feu en compagnie de ma mère. J'entre dans le salon en écrasant mes pieds sur le parquet afin qu'elles me remarquent.

- Je suis rentrée ! annoncé-je. (J'aperçois alors ma grand-mère se recroqueviller, ma mère penchée sur elle) Qu'est-ce qu'il se passe ?

Ma mère se retourne et c'est à ce moment que je constate ses yeux remplis de larmes.

- Oh ma petite chérie, bafouille-t-elle.

Elle se détache de ma grand-mère et s'approche doucement de moi, laissant entrevoir, dans ces vieilles mains gercées, une lettre signée du blason exécutif des dirigeants. Je fais un pas de recul, mon cœur se serrant à mesure que je projette ce qu'il y a écrit dessus.

- Pour qui est-ce ? demandé-je vivement. (Ma mère baisse la tête sans formuler de réponse) Dis-le-moi !

Ma mère éclate en sanglots, elle porte ses mains à son visage pour essuyer au plus vite ses grosses larmes. Elle ouvre la bouche pour répondre, mais un frisson me parcourt alors que je réalise qu'il n'y a qu'une personne dans cette famille à qui cette lettre pourrait être adressée.

- C'est moi, n'est-ce pas ? dis-je en commençant à trembler.

Ma mère hoche doucement la tête, son regard flou plongé dans le mien. Un trop plein d'émotion monte soudainement en moi, passant de la peur à la tristesse. Ma respiration devient haletante, je suis prise de panique. Sur le moment choquée, je ne bouge pas, accrochée à l'huisserie de la porte. *Ça n'en finira donc jamais,* pensé-je en me rappelant toutes les épreuves que j'ai déjà dû surmonter. J'échappe une larme trop lourde et m'enfuis dehors en courant.

Je n'arrive pas à m'arrêter de courir. Pourtant, mes pieds, bientôt dépourvus de la moindre fibre qui constituait mes chaussettes en cotons, hurlent de douleur. Je cours sans m'arrêter, traversant routes et champs. Toute l'eau de mon corps se vide en formant de grosses larmes qui brouillent ma vue et glissent sur mes joues. Mon corps se raidit, je trébuche sur une motte de terre et m'écroule sur le sol déjà humidifié par la rosée. Je n'ai pas la force de me relever et reste au sol en sanglotant, au beau milieu d'un champ. *Comment est-ce possible ? Ça ne devrait pas arriver, pas à moi. C'est comme nous enterrer tous.* Je suis prise de tremblement. J'ai peur. J'ai si peur. Les hauts grillages tournent en boucle dans ma tête. Ils se tordent, se penchent sur moi et rient. Je ferme les yeux pour échapper à ce malheur, c'est un cauchemar. Je les aperçois, comme ce jour d'hiver. Ils sont immenses. Une ombre noire grandit de l'intérieur des bâtiments et s'échappe jusqu'aux grillages qui les laissent s'éparpiller jusqu'à moi. L'enveloppe de ténèbres m'encercle et je sombre.

- Laura réveille-toi. Laura.

Quelqu'un me secoue. J'ouvre les yeux et aperçois un visage familier : celui de Dann.

- Enfin. Tu m'as fait peur, tu n'arrêtais pas de marmonner.

Je remue pour me remettre de mon mauvais rêve. Mes yeux me piquent. Je les frotte d'une main rapide, redresse légèrement ma tête et demande à mon frère :

- Est-ce que la lettre...

Il hoche la tête pour acquiescer. Son visage est triste. Je n'ai pas rêvé de ce moment alors. J'ai été Appelée. Ma tête retombe lourdement sur un coussin et je me remets à trembler. Comment va-t-on surmonter cette épreuve supplémentaire ? Je regarde autour de moi, je suis dans le salon. Il n'y a que Dann et moi.

- Où sont-elles ?
- Dans la cuisine avec Rosette et George. C'est lui qui t'a porté jusqu'ici. Laura, tu es partie en courant vers l'Ouest. On a cru que tu voulais y aller directem...
- Non, dis-je aussitôt. J'avais juste besoin d'air. Je n'ai pas réfléchi, j'ai juste... couru.
- D'accord, répond-il simplement.

Je me redresse et m'assois correctement sur le sofa, à côté de

Dann. Il y a tellement de choses qui tournent dans ma tête. Je porte mes mains au visage et essaie de respirer calmement.

- Dann, comment va-t-on faire ?
- On va trouver une solution.

Encore cette phrase. C'est comme s'il n'avait que ces mots à la bouche *On va s'en sortir*. On va trouver une solution. Ce n'est rien de plus que de l'optimiste d'ignorant. Il ne sait rien, il ne se rend pas compte que nous n'avons pas l'argent. Nous avons à peine de quoi passer l'hiver au chaud. De nouvelles larmes montent jusqu'à mes yeux, je ne vois qu'une issue à cette situation.

- Dann, (J'échappe un sanglot) j'ai peur.
- Je sais. (Il m'attire contre lui) On va arranger ça, d'accord ?
- Comment ? pleuré-je.

Si seulement il y avait une solution miracle.

- Papa avait prêté de l'argent à George, s'il nous le rend on aura surement assez pour payer.

Je ris nerveusement. Je suis fatiguée par tous ces efforts. J'ai travaillé chaque jour, dans le froid, sous la pluie, sans manger parfois et voilà ce qu'on m'offre. Et personne ne comprend.

- George n'a pas cet argent, dis-je en me redressant. (Je sèche mes yeux) S'il l'avait eu, il aurait payé la taxe de son fils.
- Nous irons demander à quelques autres de nous aider alors.
- À qui ? dis-je vivement.

Je me surprends à mélanger colère et désespoir. *Pourquoi ne fait-il pas l'effort de comprendre ?* songé-je. *Lui qui reste cloîtré à la maison toute la journée, ne voit-il pas le malheur qui habite cette île ?*

- Tu veux aller demander aux veuves de bien vouloir nous donner le peu d'argent qu'il leur reste alors qu'elles pleurent encore sur la tombe vide de leur mari ? Elles n'ont pas cet argent. Personne ne l'a. (Je me lève) Nous n'avons que nos yeux pour pleurer.
- Et les économies de Papa ? reprend Dann.

Je secoue la tête.

- Dann, tu ne sembles pas te rendre compte. La taxe s'élève à 50 000 ciènes. Nous n'avons pas cet argent. Même si c'était le cas, il ne nous resterait rien pour passer l'hiver. Imaginons que, par miracle (Je lève les mains, anticipant la bêtise que je m'apprête à dire) nous trouvions 50 000 ciènes. Même si Maman et moi gagnons 250 ciènes par jour, nous aurons à peine de quoi payer le bois de chauffage et la nourriture. Sans oublier les médicaments de Papa qui nous coûtent une fortune, ajouté-je en levant les yeux au ciel. C'est du n'importe quoi.

Dann soupire longuement.

- On peut quand même essayer de demander à George, dit-il.

Je saisis sa main, essayant d'être bienveillante et concise pour qu'il comprenne une bonne fois pour toutes.

- Si nous faisons ça, ni Georges ni nous ne passerons l'hiver. Tu comprends ? Je préfère que vous gardiez cet argent.
- Mais enfin Laura, il s'agit du Kiuju. Tu en as conscience ?

Je rejette sa main devant son entêtement. *Je me demande bien qui a conscience de quoi ici,* pensé-je vivement. Sait-il que s'accrocher à ce genre d'espoir me fait encore plus mal ?

- Oui, j'en ai conscience merci, réponds-je agacée. J'ai aussi conscience que je me suis promis de vous garder en bonne santé et au chaud cet hiver et c'est le seul moyen à mes yeux.
- Oh je t'en prie Laura, ne prends pas cet air, déclare-t-il d'une voix nonchalante. Personne ne t'a jamais demandé de te sacrifier pour nous.
- C'est sûr que ce n'est pas toi qui nous sauveras de la famine, allongé dans ton lit toute la journée, renchéris-je d'un ton plus ferme.
- Comme si je pouvais faire autrement ! s'exclame-t-il en pointant sa jambe.
- Tu as provoqué ce qui est arrivé à ta jambe !
- J'essayais d'empêcher notre maison d'être inondée.
- Et finalement, on a eu une inondation et un infirme !

- Comme si j'avais pu anticiper ça !
- C'est bien ça le problème, tu n'as pas essayé d'anticiper, d'évaluer les risques. Maintenant, tu n'es plus bon à rien. Tu n'es qu'une bouche à nourrir !
- Laura ! s'écrit ma mère que je découvre à l'entrée du salon en tournant la tête.

Je baisse les yeux, ma mâchoire crispée. En réalité, j'ai tellement peur, je voudrais qu'il comprenne. Plus que tout au monde j'aimerais qu'on puisse payer cette taxe. Qu'on puisse me sortir de cette tourmente et que je puisse retourner à ma vie difficile et morne. Mais c'est impossible. Quand je relève les yeux, je découvre que ma grand-mère et les voisins sont aussi sur le pas de la porte, juste derrière ma mère. Nos échanges sont parvenus jusqu'à la cuisine et les ont attirés dans le salon. Comment réagir aux yeux rouges de ma mère qui serre encore un mouchoir entre ses doigts ? Comment lui dire que malgré tout ce qu'on pourra faire je n'aurai d'autre choix que d'entrer dans le Kiuju ? Je passe une main sur mon visage pour faire disparaître ma colère puis tends ma main dans un silence vers ma grand-mère.

- Fais-moi voir la lettre s'il te plaît.

Elle déplie le papier qu'elle tient et s'approche pour me le donner. Je saisis le papier et inspire profondément avant de lire :

Madame, Monsieur,
Recevez dans ce courrier, l'Appel de Laura Diven, qui devra se présenter au Kiuju pour répondre à son devoir.
L'Appelé(e) est dans l'obligation de se présenter au Kiuju où il/elle pourra faire valoir son droit de rétractation (en payant une taxe de 50 000 ciènes) ou continuer son Appel.
Le cas contraire, il/elle sera emprisonné(e) pour manquement à l'honneur et condamné(e) aux travaux forcés pour une durée indéterminée. Cet isolement sera financé par les plus proches parents de l'Appelé(e) ci-nommé(e) à hauteur de 800 ciènes par

mois et ceux, jusqu'à sa libération.

Mes yeux évitent volontairement la signature des hauts dirigeants imprimée avec de l'encre rouge et mon sang se glace. Il n'est même pas question de s'enfuir, la peine est encore pire si l'on me retrouvait. J'ose à peine relever les yeux pour croiser ceux de ma mère qui a repris ses sanglots.

- Je pensais que ce serait... plus instructif sur ce qui m'attend là-bas, dis-je en faisant doucement vaciller la lettre.

Personne ne parle ou n'ajoute de commentaire. C'en est encore plus effrayant. Que pourraient-ils dire ? Ils me savent condamnée. La question est : combien de temps reste-t-il avant que je meure ? Ma pauvre mère, tremblante de chagrin, va devoir faire un trait sur une personne de plus dans la famille.

Dann brise le silence et ajoute :

- George, je me disais que peut-êtr...

Je me retourne vers lui aussitôt.

- Non, lâché-je sévèrement en le fusillant du regard.

Il se tait, mais la légère crispation de sa mâchoire ne m'échappe pas. Je le contrarie. Nous n'avons pas besoin d'inclure plus de monde dans notre malheur.

- Nous ne pouvons rien y faire, c'est comme ça.

Les sanglots de ma mère me serrent encore plus la poitrine. Je retiens mes larmes et ajoute :

- Nous savions que ça pouvait arriver. Maintenant, il faut nous organiser.
- Mon Dieu, échappe ma grand-mère comme si elle réalisait soudainement qu'elle ne me reverrait plus d'ici quelques jours. N'y a-t-il donc rien que nous puissions faire ?
- Je pensais qu'on pourrait aller demander aux voisins s'ils ont un peu d'argent, reprend Dann.

Je ferme les yeux. *Arrêtez,* pensé-je. Pourquoi ne comprennent-ils pas ?

- Je pense que les Morins pourraient vous aider, ajoute Rosette.

- Qu'en est-il des Jutrots ?

Arrêtez.

- Peut-être. Ils ont quelques économies.
- Et les Marchals ? ajoute Dann.

Arrêtez.

- Je vais leur demander.
- Non ! crié-je soudainement en écarquillant les yeux. Arrêtez. Pourquoi ne comprenez-vous pas que si je n'y vais pas nous allons tous crever cet hiver !

Mes lèvres tremblent alors que je réalise la violence de mes paroles. Je me retourne, une main plaquée sur la bouche pour couvrir ma honte et sors du salon devant leurs visages silencieux. Je cours dans les escaliers et les monte trois par trois jusqu'au palier où je m'écroule en larmes. Je sais qu'ils ne veulent que mon bien, mais c'est trop. Leur espoir est comme un coup de couteau supplémentaire dans ma poitrine. À chaque parole, à chaque idée j'ai un sursaut d'espoir qui s'écrase aussitôt sous le poids de la réalité. Je gère cette maison silencieusement depuis que Papa est malade. Je sais ce qu'il en est. Je voudrais qu'ils l'entendent. Je frotte mon visage et mon nez du revers de ma manche et essaie de me calmer le temps d'entrer dans la chambre de mes parents.

- Papa ? (Je referme la porte calmement pour ne pas le réveiller) Papa, je suis tellement désolée.

Je m'accroupis à son chevet en passant une main dans ses cheveux gris puis j'échappe quelques sanglots jusqu'à ne plus pouvoir m'arrêter.

- J'aurais tellement voulu que ça n'arrive jamais.

CHAPITRE 4

J'ai dormi jusqu'au matin, agenouillée au chevet de mon père. Lui n'a pas bougé non plus, les yeux fermés, l'air apaisé. Je me demande s'il m'a entendu pleurer. Je me lève sans bruit remarquant ma mère encore endormie à côté de lui, puis quitte la chambre. Demain, à la première heure du jour, je devrai me rendre devant les grandes portes du Kiuju et y pénétrer et cette idée me fait trembler d'effroi.

Je passe dans la salle de bain pour débarbouiller mon visage gonflé par les pleurs en faisant de grands cercles avec de l'eau fraiche. Ça me réveille un peu et fait rougir mes joues déjà abimées par le froid de l'hiver qui approche. Dans le miroir, j'aperçois ma mine fatiguée : deux poches violettes sont sous mes petits yeux, dont le bleu de l'iris peine à apparaître derrière mes pupilles dilatées. D'un vif mouvement, je porte mes paumes sur mes paupières et appuie violemment. C'est douloureux, mais ça détourne mon attention du poing que j'ai dans la poitrine. J'aimerais mourir d'une crise cardiaque sans rien sentir, là tout de suite car j'ai peur de ce Kiuju. Je ne veux pas m'y rendre. Mes mains glissent jusqu'à la base de mon cou et je souffle. Je ne dois pas perdre la face, pas avant d'être sûre que tout ira bien ici.

En quittant la salle de bain, j'attrape de nouveaux vêtements et descends dans la cuisine. Un nuage de mouchoirs usagés tapisse le vieux parquet. Je le contourne et je me glisse jusqu'aux placards au-dessus de l'évier. Je sors un verre que je remplis de lait puis arrache un morceau de pain de la miche posée sur la table. Mes yeux se posent sur un objet puis je me fige. C'est la lettre exécutive des hauts dirigeants. Je l'ai laissée tomber à terre hier avant de monter me réfugier auprès de mon père. Quelqu'un a dû la poser là. Je serre les dents et un frisson me parcourt les entrailles. Mon arrêt de mort signé juste devant mes yeux. Je me force à détourner le regard et avale mon petit déjeuner.

Je n'ai plus qu'aujourd'hui pour organiser mon départ. Je dois d'abord me rendre à l'exploitation agricole et trouver Oly et Marc. Je ne supporterai pas de partir sans leur dire au revoir.

J'enfile alors mes bottes, le gros blouson en cuir de mon père, mon bonnet et sors. Il fait plus froid qu'hier. Je n'ai pas oublié la lampe de ma mère qu'elle avait posée sur le buffet du salon. Je l'allume et m'engage en direction de l'exploitation, le pas actif. Le trajet se veut long, mais il l'est encore plus aujourd'hui alors qu'à l'Ouest les hauts grillages semblent guetter ma venue. C'est comme s'ils savaient que j'avais été choisie. La noirceur des lieux s'échappe jusqu'à moi dans un vent glacial qui me pétrifie les membres. Mes jambes flageolent quand j'ose lever les yeux et des nausées me prennent quand j'imagine ce qui m'attend dans le Kiuju. *Comment vais-je sortir d'ici ?* me demandé-je quand j'arrive à tenir dix secondes sans baisser la tête.

J'aperçois l'exploitation. Dehors, déjà plusieurs employés s'affairent dans la cour. Le panneau d'affichage est, comme habituellement, bien rempli. Je jette un petit coup d'œil curieux, mais sans grand intérêt puisque je ne viens pas travailler. Traite des vaches, collecte dans les champs, nourrir les volailles, les bovins, les chevaux… Une journée des plus banales en apparence. Je ne m'attarde pas et cherche Oly et Marc. Ces deux-là sont toujours ensemble alors je ne devrais pas avoir trop de mal. Je fais le tour des sept bâtiments, personne. Il ne reste que les champs. Je m'en doutais un peu, mais j'avais espoir qu'ils restent dans le coin pour m'éviter le voyage.

Je quitte l'exploitation sans attendre et me dirige activement vers les terres agricoles à quelques minutes de là. J'enjambe la clôture en bois alors que j'aperçois mes deux amis au loin. Oly est accroupi au milieu du champ, Marc debout un peu plus loin. Quand il remarque ma présence, ce dernier me fait un signe de la main et prévient son camarade qui se lève à son tour pour me rejoindre. Le poids de ce que je m'apprête à leur annoncer est si lourd que l'émotion me vient déjà. Je me ressaisis.

- Salut vous deux, déclaré-je.
- Tiens Laura, que fais-tu ici ? demande Marc en s'essuyant le front. Quelqu'un t'a pris la place à l'étable ?
- Non, souris-je. Ce n'est pas ça.

Je ferme les yeux un instant. Je n'arriverai donc pas à faire taire cette boule qui me serre l'estomac et fait trembler mes lèvres. Incapable de cacher la vérité plus longtemps, je lâche d'une voix faible :

- J'ai été Appelée.

Marc reste figé. Il ne bouge même pas un sourcil. Sa main a glissé le long du manche de la pelle qu'il tenait, comme dépourvue de force.

- Quoi ?

Je regarde par terre. Les larmes me montent aux yeux dans un torrent de sentiments qui me noue la gorge. Oly s'est exclamé si fort que des faisans picorant quelques graines non loin ont pris leur envol.

- J'ai... (Je relève la tête en bafouillant) J'ai reçu la lettre. J'ai été Appelée.

Mes amis sont tous deux muets comme figés dans le temps.

Nous étions si sereins ces derniers mois, échappant à l'Appel, que nous en avions oublié la possibilité que cela puisse nous atteindre. Le choc n'en est alors que plus violent. Le choc de la réalité qui, comme tombé du ciel, nous rappelle que la vie à Torn est misérable. Oly passe une main dans ses bouclettes blondes et finit par ouvrir la bouche, mais rien n'en sort. J'aimerais qu'il dise quelque chose, qu'il me rassure, mais il semble aussi terrorisé que moi. J'ose tourner mon regard vers Marc immobile. Ses pensées sont sûrement perdues dans des souvenirs douloureux qui le pétrifient.

- Je voulais vous voir une dernière fois avant d'y aller, dis-je la voix tremblante.
- Mon Dieu, Laura, lâche enfin Oly en m'attirant contre lui.

Je n'ose même pas bouger. Des images terrifiantes défilent dans ma tête et m'entrainent dans le monde des peurs où gisent des cadavres d'hommes sans visage dans des flaques d'un rouge vif. Je ferme les yeux, il faut que je fasse disparaître ces atrocités de mon esprit. Si je commence à trop réfléchir, je vais finir par devenir folle. Oly s'écarte et repasse une main dans ses bouclettes.

Après un moment de silence, les garçons me demandent comment cela est arrivé, pourquoi je ne l'ai pas su hier avant de venir travailler. La réponse est toute simple, le courrier est relevé par ma grand-mère la journée, je l'ai donc découvert en rentrant le soir. Je leur explique brièvement pourquoi il m'est impossible de payer la taxe de rétractation et essaie de les dissuader de me donner toutes leurs économies. Mon estomac se tord dans tous les sens. Je voudrais arracher l'argent de toutes les personnes que je croise pour survivre à cette épreuve, mais je ne me le pardonnerais jamais. Je sais par ailleurs que leur famille dépend beaucoup des revenus de l'exploitation, mais si Oly continu avec ses grandes phrases il va finir par me convaincre d'accepter son offre et ce n'est pas ce que je veux.

- Ne complique pas les choses s'il te plaît, lui dis-je.

- Laura...
- S'il te plaît, répété-je fermement.
- D'accord. (Il soupire) Alors, vas-y.

Je serre les dents. Ces mots sont horribles. *Vas-y*, comme : *Va mourir*. Je sais que ce ne sont pas ses pensées, mais pour moi c'est comme un coup de poignard.

Marc qui a enfoui sa tête dans le creux de ses mains et s'est accroupi me regarde sans mots, mais son regard me parle. Il a de la compassion et je crois que c'est ce dont j'ai le plus besoin. Quand sa sœur est partie, il a dû faire le même long discours qu'Oly, mais aujourd'hui il sait que ces mots sont inutiles. Il sait qu'ils ne servent à rien et qu'on ne peut échapper à l'Appel.

Oly m'a proposé de passer la journée avec lui avant mon départ, mais j'ai refusé. Il faut que je rentre, ma famille doit déjà s'inquiéter. Je serre dans mes bras mes deux amis et me nourris de leurs mots d'encouragement et de soutien. Puis, je leur fais promettre de veiller sur ma mère et ma famille. Je finis par les quitter, le cœur serré, et passe de l'autre côté de la clôture puis repars en direction de l'exploitation. Peut-être devrais-je annoncer aussi à Hale ce qui m'arrive ? J'oublie immédiatement cette idée, il ne saurait pas l'accepter et je n'ai plus la force de convaincre une personne de plus de me laisser partir. Je passe dans la grande cour sans m'arrêter et ne quitte pas mon chemin des yeux. En fin de compte, cet endroit va me manquer. Je me mords la lèvre. Cette odeur à la fois répugnante et familière et le bruit permanent des engins qui circulent formeront un vide en moi quand ils ne seront plus là. J'en viens presque à me demander si je ne regrette pas non plus de ne plus aller soutirer quelques *ciènes* de plus au propriétaire.

***

Je pousse la porte de la maison et quitte immédiatement mes bottes — recouvertes de boue humide, mon bonnet et le blouson en cuir de mon père.

- Je suis rentrée, marmonné-je.

Ma grand-mère déboule à grands pas dans le couloir en brandissant un chiffon sale.

- Mais enfin où étais-tu passée ? Nous nous sommes inquiétés.
- J'étais à l'exploitation. Il fallait que je voie Oly et Marc.

Elle fronce les sourcils.

- Nous te croyions déjà partie au...

Elle ne finit pas sa phrase et repart dans la cuisine. Elle se faisait du souci c'est vrai, mais de toute façon, mon départ pour le Kiuju est demain. Il faudra qu'elle supporte l'angoisse de mon absence pendant longtemps et si je ne reviens pas... Je n'ose y penser. Je la rejoins dans la petite salle chauffée par le four en marche. Une odeur de poisson flotte dans l'air et j'en délecte chaque particule. Peut-être que ce délice est le dernier que j'ai le bonheur de humer.

- Où est Maman ?
- Ta mère est partie travailler.
- Elle dit que ça l'aide à oublier.

Dann assit sur une chaise en bois me regarde.

- Je t'ai vu partir ce matin. Il était très tôt.
- Je n'arrivais plus à dormir, dis-je.

Je m'assois.

- Moi aussi, j'ai mal dormi, dit-il en fixant une rainure dans le bois de la table.

Je souris, il dormait pourtant profondément quand je suis sortie de la chambre.

***

Ma mère ne rentre qu'après la nuit tombée. Nous l'attendons assis dans le salon. Moi, je n'ai pas choisi le canapé. Il est trop mou et j'y ai mal au dos. Je préfère m'asseoir par terre près du feu qui crépite. J'entends la porte claquer, c'est elle. Je me retourne et aperçois son visage qui passe dans l'ouverture de la porte. Elle nous sourit timidement et retourne enlever son manteau.

Elle a réussi à remplir quatre tâches aujourd'hui. Elle étale son butin sur la table en bois alors que nous allons dîner. Je reconnais plusieurs pièces de 2 *ciènes* et quelques billets de 10. Ça ne fait pas beaucoup, mais c'est déjà ça. J'espère que mes petites économies feront l'affaire pour l'hiver. Elles devraient au moins couvrir les frais des médicaments de Papa. Pour le reste, ma mère devra gagner assez d'argent.

Nous mangeons en silence. Personne n'a vraiment envie de discuter. Tout le monde sait que demain je devrai partir pour le Kiuju et ça ne réjouit personne.

Après le dîner, je débarrasse et monte. Je n'ai aucune idée de l'heure, mais je cours me coucher. J'ai déjà l'estomac qui se tord et la tête qui tourne. Peut-être que si je fais un malaise on me laissera échapper à cette horreur. J'oublie l'idée et me ressaisis en me souvenant des travaux forcés mentionnés dans la lettre. Je caresse les draps usés de mon lit avant de m'y asseoir. Ils vont me manquer. J'ôte mon pantalon puis mon pull et me faufile sous la grosse couverture. En fait, je n'ai pas sommeil. Mon regard est perdu sur le mur sombre en face de mon lit, mes pouces l'un contre l'autre, frottant mes dents de devant. J'imagine ce qu'il va advenir de moi demain. Ma plus grande crainte est de servir de cobaye pour des expériences douteuses ou bien d'être emprisonnée dans une minuscule pièce sombre. Je me force à respirer calmement. *Tout va bien se passer,* me dis-je à répétition. Comment puis-je en être aussi sûre ? Combien de personnes sont revenues du Kiuju ? Une poignée. Qu'est-il arrivé aux autres alors ? Finissent-ils noyés au large des côtes comme les marins désespérés ou bien ne sortent-ils jamais des murs de ce lieu maudit ?

Je ferme les yeux, mais seules des images terribles viennent prendre la place des contours de ma chambre. Mes yeux s'écarquillent aussitôt. *Je ne vais pas y arriver. Je vais mourir là-bas et ne reverrai plus jamais ma famille*, réalisé-je soudainement. Ma couette vole et je retourne le matelas en un geste. Je ne peux pas y aller, il faut que je trouve cet argent. J'attrape ma petite boîte d'économie, le cœur serré. Mes mains agitées sortent précipitamment les billets qui s'éparpillent sur le sol à mesure que j'essaie de les compter. Mais à mesure que mes yeux slaloment sur les chiffres je me rends compte que le contenu de ce coffre ne représente même pas un dixième du montant de la taxe. Comment ai-je pu oublier si vite que ces économies servent en partie à payer les médicaments de mon père et qu'à peine placées dans ce coffre elles s'envolent. Je me mets à sangloter, réalisant une nouvelle fois que rien ne pourra me sauver.

Je m'attrape la tête et enfouis le reste de mes ongles rongés dans ma chevelure brune. Je tombe sur le côté et roule en boule au milieu des billets. Si seulement Papa et Dann avaient pu travailler. Si seulement nous avions des économies. Si seulement…

***

Une forte lumière me fait ouvrir les yeux. J'ai oublié de fermer les volets hier soir. Je remarque la couette sur son épaule et mon oreiller sous ma tête. Tout autour, des billets étalés sur le sol. Je m'assieds en refoulant la honte d'avoir été bordée sur le sol sûrement le visage couvert de larmes et aperçois Dann assis sur son lit, les yeux portés à la fenêtre. C'est sûrement lui qui m'a couvert hier. Il est silencieux. J'ai un pincement au cœur en pensant que c'est la dernière fois que je vois ses cheveux bruns briller au soleil matinal. Je me frotte brièvement le visage d'une main et me lève péniblement.

- Tu as encore le temps.

Dann ne tourne pas la tête. Il rajuste son sweat noir et se gratte l'oreille.

- N'est-ce pas ?

Ma gorge est serrée je n'arrive pas à répondre.

- Les arbres sont blancs de givre. C'est beau. (Il me fait signe de m'approcher) Tu devrais regarder.

Je m'approche en silence puis arrivée à son chevet je me penche au-dessus de son lit pour regarder à travers la petite fenêtre.

- Je ne sais pas ce qu'il y a dans cet endroit, mais j'espère que tu verras d'aussi belles choses là-bas.

Ma poitrine se serre. Il est vrai que le paysage est beau vu d'ici. Les arbres sont blancs et les collines aussi. Le ciel est dégagé, ça aurait pu être une magnifique journée si je ne devais pas abandonner tous mes proches.

- Et, qui sait, peut-être que ce n'est pas si terrible.

À cet instant, j'aimerais être assez naïve pour croire ses mots, mais la réalité me semble moins féérique. Dann ne croise pas mon regard. Sa gentillesse est presque déconcertante. Lui qui trouve toujours quelque chose à me reprocher, il a décidé de faire table rase de nos querelles pour aujourd'hui. Il a certainement peur, au fond, de me perdre. Nous avons beau nous disputer sans arrêt il reste mon frère et moi sa sœur ; rien ne nous enlèvera jamais l'amour fraternel que nous partageons. Je jette un coup d'œil derrière mon épaule. Dann a dû remarquer ma crise de folie et les billets étalés sur le sol. A-t-il compris que je ne me sentais pas prête pour affronter cette journée et que dans un élan de désespoir j'avais cherché refuge dans les quelques *ciènes* volés sous mon matelas ?

Je lève les yeux et regarde le soleil qui n'est pas très haut dans le ciel. Il est encore tôt. Je me retourne et vais fouiller dans mes tiroirs.

- Choisis des vêtements chauds, me lance Dann.
- Ils vont certainement me les confisquer, je préfère les laisser pour mon retour.

Je sors alors de vieux vêtements que mon frère m'a légués : un vieux pantalon à moitié troué et un t-shirt trop grand pour moi. Je me dirige vers la sortie et pose ma main sur la poignée de la porte le regard posé sur ma petite fortune, étalée sur le sol.

- Dann, s'il arrive quoi que ce soit, utilise cet argent, déclaré-je en sortant.

Je n'ai encore entendu ni ma mère ni ma grand-mère. Elles dorment probablement encore. Je me glisse alors silencieusement jusqu'à la salle de bain. Je me déshabille et fais couler l'eau en attendant qu'elle se réchauffe avant de savourer ma dernière douche. J'y reste longtemps par simple égoïsme certainement ou par colère d'être Appelée et privée de ce luxe. Je voudrais bien vider les réserves d'eau de Torn afin d'énerver les dirigeants. Je me sèche et m'habille rapidement. Je passe à mon bras plusieurs élastiques en attendant que mes cheveux sèchent puis je descends à la cuisine.

Toute la famille est réunie dans la petite pièce, un silence de mort tapissant l'atmosphère. Je suis contente de les voir. Nous prenons le petit déjeuner sans un mot. Ma grand-mère me pousse à plusieurs reprises à manger plus, mais mon estomac n'est pas en état d'avaler quoi que ce soit. Je me force à boire un verre de lait et à manger un petit morceau de pain. Rien ne sert de faire durer l'angoisse alors je me lève brusquement et annonce :

- Allons-y.
- Maintenant ? s'exclame ma grand-mère.

- Oui. Attendre ne rendra les choses que plus difficiles.

Ma mère éclate en sanglots.

- Maman. (Je refoule un sanglot qui me vient aussi) Tu dois rester forte, Dann et Papa auront besoin de toi !

Elle acquiesce brièvement de la tête en séchant ses larmes.

Je monte et me rends au chevet de mon père. Encore une fois, ma gorge se noue et je me force à ne pas pleurer pour ne pas faire rougir mes yeux. Je ne veux pas arriver au Kiuju l'air faible, ils doivent comprendre qu'ils ne me briseront pas aussi facilement. Je m'accroupis auprès du lit, le regard posé sur les traits apaisés de mon père. Au moins, lui ne sait pas. Je voudrais pourtant qu'il ouvre les yeux et me serre dans ses bras. Au lieu de ça, je lui caresse une dernière fois les cheveux et l'embrasse sur le front, lui promettant de faire tout mon possible pour revenir.

Je me redresse et quitte la chambre, l'impression de l'abandonner derrière moi et redescends dans le couloir où m'attend ma grand-mère. Je l'embrasse fortement. Elle est incapable de marcher jusqu'au Kiuju et ne se sent pas capable d'affronter les hauts grillages. Elle me serre contre elle plus fort qu'elle ne l'a jamais fait et laisse échapper quelques larmes. Je lui souris, l'embrasse à nouveau puis attrape le blouson en cuir de mon père que ma mère me tend faiblement. Dann a pris ses béquilles et nous accompagne dehors. Là, je croise Rosette qui vient m'enlacer. Georges et elle guettaient notre arrivée par la fenêtre pour ne pas manquer mon départ. Bien qu'ils ne viennent pas jusqu'au Kiuju, je suis heureuse qu'ils m'embrassent une dernière fois. Même Ben est sorti pour me dire au revoir. Cela me touche beaucoup et je finis par échapper un sanglot quand je vois tous les habitants des alentours venir m'enlacer. Je ne connais même pas toutes ces personnes et elles me serrent comme un proche le ferait.

Nous repartons à trois sur la grande avenue, je n'ai pas mes mains dans les poches, comme à mon habitude, mais sur mon visage pour essuyer au mieux les larmes qui ont trahi ma peur. *Ça y est,* pensé-je en réalisant vraiment que je marche en direction du Kiuju. Nous tâchons d'avancer doucement pour que Dann puisse nous suivre ce qui me laisse le temps de regarder les visages des adultes et enfants qui m'observent marcher depuis leur fenêtre. Le jour de l'Appel est férié de façon à ce que les familles puissent accompagner leur Appelé. Ces jours, les autres familles ont pour coutume de rester chez eux.

Nous suivons les panneaux en direction du Kiuju. Il est impossible de se tromper de chemin, il est indiqué à toutes les intersections. Nous quittons la grande avenue pour une plus petite, le goudron y est vieux et fissuré, puis le sol dur disparaît, faisant place à un chemin en terre. Nous passons dans une forêt sombre pour enfin déboucher sur la grande clairière.

La vue des hauts grillages me donne aussitôt la nausée et mon cœur accélère. Je baisse les yeux et m'efforce de marcher droit en effaçant mes premières pensées terrifiantes. Entre les nausées provoquées par mon estomac contracté et les vertiges dus à la peur, chaque pas est une épreuve. J'ai l'impression que je vais m'écrouler jusqu'à ce que nous arrivions devant l'entrée gigantesque.

À trente mètres devant moi, le passage est grand ouvert sur une cour en terre légère. Je suis étonnée d'y voir autant de monde. Il y a d'abord les Appelés au visage crispé par la peur et leur famille que des militaires ou gardes empêchent d'entrer. Leurs joues sont couvertes de larmes et certains crient leur désespoir au visage de ceux qui leur barrent le passage. Un peu plus loin dans la cour, un poste d'accueil a été installé de manière sommaire : trois bureaux en métal abrités d'un chapiteau en toile. Malgré la qualité du matériau, on peut distinguer les traits d'usure qui montre leur vieil âge. Derrière eux, trois hommes sont confortablement assis. Tout à droite, je reconnais la file réservée aux Possédants. Deux d'entre eux sont déjà devant le bureau, une grosse valise à la main. Ils affichent un grand sourire en payant la taxe de leur liberté puis s'en vont en dévisageant les autres Appelés. Au centre, la file des Moyens, là où je dois me rendre. Quatre personnes attendent de se présenter. Leur pauvre mine est si accablée que certains paraissent plus vieux qu'ils ne le sont. Enfin, la file des Impécunieux. Ils sont une dizaine à attendre. Certains sont extrêmement sales. Je me suis toujours demandée comment ces gens recevaient leur courrier. Certains n'ont même pas de domicile fixe.

Le spectacle est impressionnant et surtout terrifiant. Je déglutis difficilement et prends une grande bouffée d'air. Je me retourne vers ma mère en larmes devant cette scène et l'enlace. Elle suffoque entre deux respirations. Dans un coin de ma tête je revois son visage quand elle m'annonçait que j'étais Appelée puis le son de ses sanglots à table. Le tapis de mouchoir qui jonchait le sol revient en flash. Je me détache de son étreinte pour me tourner vers Dann. Son visage est figé. Pourtant, il lâche une béquille et me serre contre lui. Nous restons silencieux pendant quelques secondes puis nous nous séparons. Je souris malgré la peur et la tristesse qui me ronge. Je voudrais qu'ils gardent l'image d'une Laura forte qui ne va pas se laisser maltraiter. J'ôte le grand blouson en cuir de mon père et hume son odeur une dernière fois avant de le tendre à ma mère effondrée.

- Prends soin de lui. (J'échappe une larme, puis une deuxième qui se transforme en un sanglot inarrêtable.) Vous allez me manquer.

Où est passée ta fierté Laura ? me dis-je en constatant que je n'arriverai manifestement pas à faire taire mes pleurs. Mon frère s'arrache les cheveux, ses yeux brillants retiennent leurs larmes alors qu'à côté ma mère cherche les mouchoirs qu'elle n'a plus dans ses poches. Je recule d'un pas, puis de deux et me retourne le cœur serré.

Leurs visages, comme ceux qu'on observe à un enterrement tournoient dans ma tête. Maintenant, c'est clair, je cours à la mort. Alors que je passe une main sur mon visage, une phrase de ma grand-mère me revient : *Ne plains pas les morts, plains les vivants qui souffrent de leur départ* et j'avance en direction du Kiuju.

CHAPITRE 5

Alors que je m'avance dans la cour du Kiuju, le vent qui se lève effleure ma joue dans une caresse givrée. Il s'empare des fines fibres de mes vêtements et me gèle. Mon estomac est noué et mon corps tremble de toutes parts. Je me souviens des jours passés, du temps où mon père et mon frère couraient avec moi dans l'herbe verte du printemps. Je vois, dans mes pensées, le visage souriant de celui qui m'apprenait à courir, mais alors que j'essaie d'imaginer notre futur, je ne vois que du vide.

J'approche en titubant du chapiteau en toile et me range derrière le seul Appelé de la file du milieu : un petit homme d'une vingtaine d'années visiblement pétrifié. Ses mains sont jointes alors qu'il écoute les dires de l'homme assis.

- Suivant !

Je sursaute et regarde partir le premier derrière le chapiteau en direction de l'immense bâtiment en pierre noire.

- Avancez, déclare l'homme derrière le bureau en me pointant du doigt.

J'avance d'un pas et pose ma plaque sur le bureau accompagné de la lettre que j'avais fourrée dans ma poche de pantalon. L'administrateur me toise rapidement puis attrape les éléments.

- Vous voulez vous rétracter ? me demande-t-il comme si c'était une simple question de volonté.

- Non, réponds-je d'une voix tremblante.

Il coche quelques cases sur une feuille et gribouille quelques lignes illisibles avant de repousser ma plaque vers moi.

- Faites pas cette tête, me dit-il en décrochant un large sourire narquois. (Je découvre une dentition noircie par la cigarette) Ce n'est pas si terrible. Surtout si vous avez une bonne génétique.

Je force un rictus non convaincu et il replonge dans ses documents. Après avoir griffonné une page supplémentaire, il me tend un stylo et pointe un rectangle blanc.

- Faut signer.

Ma main à peine valide tant elle tremble saisit le crayon et écrit maladroitement mon nom.

- Voilà, très bien. (Il récupère les documents) Galerie 2.

Je hoche bêtement la tête, pose le stylo et reprends ma plaque pour m'éloigner en vitesse.

Je découvre rapidement que la Galerie 2 est l'une des entrées du bâtiment ou devrais-je dire du Kiuju. C'est un grand trou percé dans la pierre qui donne directement sur un escalier qui s'enfonce en profondeur. Un porche en métal le surplombe, empêchant la lumière de pénétrer dans le tunnel. J'avance jusqu'à son antre avec de petits pas puis m'arrête devant l'entrée trop sombre à mon goût. J'ai peur de ce qui m'attend en bas. Mes jambes tremblent tellement qu'elles refusent de faire un pas de plus. Il me faut pourtant descendre. La mâchoire crispée je me retourne doucement. Au loin, derrière une rangée de gardes j'aperçois une dernière fois mes proches. Ma mère, en apercevant mon visage, me fait un signe de la main, faible, mais plein d'espoir. J'échappe un sourire transi et lui renvoie son geste. Dans ma main droite, les arêtes en métal de ma plaque entrent dans ma chair douloureusement. J'expire franchement et passe vivement la chaînette autour de mon coup puis j'avance sur la première marche.

L'escalier est très sombre. Bien que les premiers pas soient difficiles, je descends sans bruit dans le ventre du Kiuju. Les murs noirs sont humides et froids. On entend parfois une goutte tomber sur le sol dur dans un bruissement qui me fait frissonner. Sur le plafond ont été installés des néons qui n'éclairent que les mouches qui tournent autour. L'endroit est si silencieux que j'entends mon cœur taper contre ma poitrine. Mes yeux parcourent chaque parcelle du mur, du plafond ou du sol à la recherche d'un piège, mais ce n'est qu'un tunnel qui mène à un couloir souterrain.

Arrivée en bas, un garde me fait signe de prendre à gauche vers un petit groupe d'hommes assis contre le mur. Sans comprendre vraiment ce que nous faisons ici, je m'assieds sur une chaise libre. J'aimerais leur adresser la parole, essayer de discuter pour évacuer le stress qui monte toujours plus en moi, mais le silence est si lourd qu'on dirait qu'il nous enjoint de nous taire. Je reste alors immobile, le regard fixé sur les quelques portes en métal sur le mur d'en face. *Pourvu que nous ne soyons pas des cobayes,* supplié-je les dents serrées.

Après une minute à peine, une porte s'ouvre sur la droite et tous les regards s'y dirigent en un réflexe. Un homme en blouse blanche, tenant un porte-document en métal, fait un signe au garde qui nous surveille. Ce dernier avance alors vers nous et s'arrête à ma plus grande crainte juste à mes pieds.

- La fille, déclare-t-il nonchalamment.

J'ai d'abord du mal à réaliser et parcours le groupe du regard. Je suis la seule femme. Ma peau se glace. *Pourquoi ne nous appellent-ils pas par ordre d'arrivée ?* J'arrive péniblement à me hisser sur mes jambes à peine capables de supporter mon poids et j'avance en direction de l'homme en blanc sous le regard apeuré des autres Appelés. Quand j'arrive à sa hauteur, il me salue et me fait entrer dans une petite pièce éclairée par trois néons blancs. Au fond, elle est séparée par un rideau en toile fine devant lequel un garde se tient immobile. L'homme en blanc referme la porte derrière moi et va s'installer rapidement derrière une table sur notre droite. Je me fige encore plus quand je reconnais, sur des plateaux métalliques posés sur une étagère, des outils médicaux.

- Avancez, déclare calmement l'homme en blanc qui doit donc être un scientifique ou un médecin.

Mes pieds bougent d'un demi-mètre et je m'immobilise de nouveau.

- Il va me falloir votre plaque. (Je la fais passer autour de mon cou et la pose sur la table en un même geste) Merci, dit-il en la saisissant.

Il se tourne vers un ordinateur au coin de son bureau et pianote.

- Laura, dit-il comme s'il me demandait de confirmer ce qu'il y a sur ma plaque.

J'acquiesce sans décrocher mon regard du garde en face de moi dont l'attitude m'effraie. J'écoute quelques pianotemments supplémentaires puis le médecin déclare d'une voix détendue :

- Très bien Laura, je vais vous examiner.

Je me raidis.

- Je vous en prie, allez vous déshabiller, continue-t-il en m'indiquant le rideau en toile derrière le garde.

Je finis par tourner le regard vers lui.

- Qu'est-ce que vous allez me faire ? demandé-je d'une voix si tremblante qu'elle en déforme les mots.
- Ce n'est qu'un simple examen de routine, vous n'avez aucune crainte à avoir. (Il tend de nouveau son bras vers le rideau) Allez-y, dit-il d'une voix douce.

Son regard est plein de gentillesse et je sens qu'il ne me veut pas de mal, mais je me demande pourquoi il a besoin d'un homme en uniforme pour l'accompagner. Résolue ou devrais-je dire contrainte, je m'avance vers le rideau. Le garde m'arrête d'abord et me demande d'écarter les bras. Avant même de réaliser que je m'exécute sans broncher il parcourt tout mon corps de ses mains rigides. Une fois de plus, mon corps se raidit. *Il cherche une arme, tout va bien,* me dis-je en retenant un geste de recul. L'homme s'écarte finalement et tire le rideau. Je m'éclipse derrière. Mes mains tremblantes retirent un à un mes vêtements qui tombent sur le sol puis je ressors les mains croisées sur ma poitrine. Le médecin s'approche de moi et me toise rapidement. Son regard est professionnel et je sens qu'il n'a aucune arrière-pensée, ce que je ne pourrais pas affirmer de la part de l'autre.

- Avez-vous des antécédents médicaux dont nous ne serions pas au courant ? demande le médecin en massant ma gorge à la recherche, je suppose, de ganglions.
- Non.
- Êtes-vous sous traitement ? (Il sort un stéthoscope de la poche de sa veste et le pose sur ma poitrine en écartant mes bras) Respirez fort.
- Non.
- Des douleurs quelque part ?

Il me fait tourner sur moi-même.

- Non.

Viennent alors une suite d'autres examens dont je ne saurais justifier l'utilité. J'affirme ne prendre aucune drogue et n'avoir rien avalé ou dissimulé dans mon corps avant de venir, puis fais même quelques flexions pour vérifier mon activité cardiaque. Le médecin prend finalement un échantillon de mon sang et de ma salive et m'indique qu'il a terminé. À mon grand regret, tout va bien. M'aurait-il renvoyée chez moi s'il avait décelé une anomalie ?

- Très bien, merci Laura. Vous pouvez y aller, déclare-t-il enfin en retournant derrière son bureau.

Sans que j'aie le temps de retourner chercher mes vêtements, le garde me saisit par le bras et m'entraine vers une porte que je n'avais pas remarquée dans un coin de la pièce. Il la pousse vivement et me jette de l'autre côté avant de la refermer aussitôt. Je laisse échapper un cri quand je sens un jet glacé sur ma peau. Mes yeux s'écarquillent. *Qu'est-ce qu'il se passe ? Est-ce maintenant que les choses commencent ?* Ce n'est qu'après avoir tambouriné contre le métal pour qu'il rouvre que je m'aperçois, effrayée, qu'on m'asperge d'eau. Les jets, arrivant de toutes parts, sont si puissants qu'ils pourraient retirer la crasse à travers mes vêtements si je les portais encore. Les yeux cachés derrière les paumes de mes mains, je m'accroupis en attendant que ça s'arrête. Mais à mon plus grand désarroi, un second jet s'enclenche dans un bruit strident et vient fouetter de nouveau mon corps tremblant. Je sens alors des picotements sur mes yeux. *Du savon.* Puis un troisième jet, qui semble encore plus vif finit le travail avant de s'arrêter brusquement. Prête à recevoir un deuxième shampoing, je reste accroupie en silence avant d'échapper un sanglot. J'ai eu si peur.

- Processus de nettoyage terminé, déclare une voix féminine électronique.

Transie de froid et de peur, je me retourne en entendant le coulissement d'une porte automatique dans mon dos. Derrière, dans un couloir à peine éclairé, un nouveau garde me dévisage. Comprenant qu'il faut que je le suive et n'ayant aucune envie de revivre une douche glacée, je me redresse. J'essore mes longs cheveux et essuie mon visage en espérant que le garde confonde mes larmes et l'eau qui ruisselle sur mes joues.

- Nom, me demande-t-il sèchement quand je m'arrête devant lui.
- Laura Diven, hésité-je à répondre.

Il consulte un registre. Un vent venu de nulle part vient caresser ma peau et mon corps échappe un violent tremblement.

- Matricule *559 07.* (Il soulève une feuille afin d'en découvrir une deuxième plus petite au-dessous) Porte 07 à droite. (Il recule d'un pas et tend son bras dans le long couloir sombre) Allez circule ! finit-il en ne me voyant pas bouger.

Je hoche la tête, déjà animée par des tremblements incontrôlables et avance en me demandant ce que me réserve cette prochaine porte. Le sol est gelé sous mes pieds nus et cet air qui s'engouffre jusqu'à moi est insupportable. À mesure que je m'aventure dans le long couloir, je remarque des flaques d'eau sur le sol qui semblent toutes se diriger dans la même direction. C'est surement la trace d'Appelés qui, comme moi, ont eu le droit à une douche surprise. Après quelques mètres, le couloir forme un arc et s'élargit. Je découvre alors plusieurs portes marquées d'un numéro. À gauche, les nombres sont impairs tandis qu'ils sont pairs à droite. J'avance vers celle qui semble être la mienne, inscrite du numéro 07. Je caresse le métal de la paume tremblante de ma main. *Que caches-tu ?* Finalement, poussée par l'envie d'échapper au vent glacial et avec l'espoir de trouver un endroit un peu moins effrayant que ce couloir sombre, je saisis la poignée ronde et l'actionne.

Pas de bruit. Pas de scientifique ni même de jet d'eau. Juste une salle d'une vingtaine de mètres carrés. Il y a même un lit. Qu'est-ce que cela signifie ? Est-ce un dortoir ? J'avance plus sereinement dans la pièce, vide et peu lumineuse. Tout de suite à ma droite, une petite étagère sur laquelle est pliée une serviette éponge. Je l'attrape aussitôt sans même vérifier si elle m'est destinée et m'enroule dedans en essayant de faire taire mes claquements de dents. J'avance un peu plus jusqu'au lit, gris et propre, si bien fait que cela semble artificiel. En appuyant légèrement mon poing sur les draps, je constate que le matelas n'est pas très confortable. Je contourne le lit et découvre une penderie derrière une petite porte coulissante. Dedans, une pile de t-shirts, des pantalons, des vestes, des chaussures et une multitude d'autres vêtements en tout genre. Je suis un peu perdue. Est-ce que je vais résider ici ? Devrais-je me servir et m'habiller ? Mon corps me crie *Oui*. Je referme la porte coulissante et me retourne à la recherche d'un indice. Il est tout trouvé quand je remarque, derrière la porte d'entrée, un petit bureau métallique. Je ferme la porte pour y accéder et attrape la petite enveloppe posée au centre. L'inscription *559 07* écrite à l'encre noire semble justifier qu'elle m'est adressée si j'en crois le matricule que m'a attribué le garde du couloir. En commençant à l'ouvrir, je vais m'asseoir sur le lit. Si ce que j'y découvre est trop violent, je préfère ne pas tomber de trop haut.

Appelé 559 07,

Merci de considérer cette plaque comme votre nouvelle pièce d'identité. Ne la perdez pas et ne l'échangez sous aucun prétexte.

Buvez, mangez, reposez-vous et habillez-vous chaudement.

Je ne suis pas tellement convaincue par ce que je lis, mais retiens que je peux utiliser les vêtements de la penderie. Je jette la petite feuille sur le lit et fais glisser le contenu de l'enveloppe dans ma paume : une plaque scintillante. Elle n'a rien de différent de la mienne si ce n'est qu'elle parait un peu plus lourde et qu'elle est neuve. Je découvre toutefois qu'au dos, en dessous de mon nom figure mon matricule *559 07*. Décidément, j'ai l'impression qu'il est important. Je caresse le « II » inscrit sur le recto et la passe autour de mon cou.

Toujours gelée, je ne perds pas une minute de plus et m'agite pour sécher ma peau et mes cheveux au plus vite. Je me précipite ensuite vers la penderie que j'ouvre en un geste vif. Je saisis le premier pull que j'aperçois et l'enfile. Je fais la même chose avec un pantalon de survêtement et de grosses chaussettes. Enfin, je pousse un soupir de soulagement. Mon corps semble se réchauffer doucement. Les tremblements, eux, sont encore trop animés par la peur qui tord toujours mon estomac pour s'interrompre. Je retourne m'asseoir sur le lit et m'étonne à rouler en boule sur le côté après quelques instants. Je suis fatiguée. J'ai peur. Je ne sais pas où je suis ni pourquoi je suis là. *Que va-t-il m'arriver maintenant qu'ils m'ont enfermée.* Je me redresse aussitôt à cette seule pensée et me précipite vers la porte pour actionner la poignée. Elle est verrouillée. Un nouveau vent de panique monte en moi. Je suis une captive. J'entoure mon corps de mes bras et vais me remettre en boule. Je n'arrive pas à retirer ces pensées terrifiantes qui hantent mon esprit depuis que j'ai reçu la lettre. Entre deux images d'horreur, je me demande si ma famille va bien. Dann et maman ont-ils pleuré sur le chemin du retour ? Ont-ils assez d'appétit pour avaler le dîner que grand-mère a dû préparer ? J'imagine les autres Appelés logés derrière leur porte, comme moi, la peur au ventre. Leurs pensées doivent être tournées vers leurs proches elles aussi. Mon estomac se noue à nouveau puis après ce qui me semble être des heures, je succombe à la fatigue des larmes.

***

Des bruits soudains me sortent de mon sommeil. Je saute aussitôt sur mes pieds quand je réalise que je me suis assoupie dans le Kiuju. J'entends un bruissement, quelqu'un entre une clé dans la serrure puis la fait tourner. Mon cœur s'accélère. Qui ? Je cherche quelque chose à agripper pour me défendre, mais avant même que mes yeux aient fait le tour de la pièce, la porte s'ouvre vivement. Un nouveau garde vêtu de gris clair, presque blanc, apparaît. Il me toise et grimace avant de me lâcher l'air surpris :

- Qu'est-ce que c'est que cet accoutrement ? Retirez ça tout de suite.
- Pardon, bégayé-je.

Il jette un regard derrière son épaule et entre dans la pièce en vitesse. Avant qu'il ne referme la porte, j'arrive à distinguer l'agitation qui règne dans le couloir. Des gardes sont en train de sortir tous les Appelés de leur cellule. De gré pour certains, de force pour d'autres.

- Dépêchez-vous, nous n'avons pas beaucoup de temps.

Je fronce les sourcils. Dois-je comprendre qu'ils nous emmènent quelque part ? Combien de temps ai-je dormi ? Sans réfléchir, je retire mon pull. Le garde se précipite vers la penderie et en sort des vêtements qu'il me jette presque à la figure. Je ne comprends pas ce qu'il se passe.

- Que se passe-t-il ? demandé-je en attrapant un juste au corps noir et un sous-pull au vol.
- Enfilez ça, m'ordonne-t-il sans répondre à ma question. (Il marque un temps d'arrêt avant de m'envoyer ce qui ressemble à une brassière) Ça aussi.

Je suis perdue, mais je me retourne pour remplacer mon soutien-gorge encore humide. J'enfile par-dessus le juste au corps à manches longues puis le sous-pull en laine fine qu'il m'a envoyé.

- Plus vite, m'enjoint-il en me tendant un pantalon doublé. Mais enfin à quoi vous pensiez habillée comme ça ?

Je passe le pantalon et le dévisage sans savoir quoi répondre. Personne ne sait rien du Kiuju. Je suppose que je n'ai pas réfléchi plus que ça et j'ai enfilé les premiers vêtements chauds que j'ai trouvés avant de m'écrouler de fatigue. Il se retourne et fouille encore dans la penderie avant de me donner une veste noire elle aussi doublée. L'extérieur semble être imperméable et son col remonte jusqu'à la base de mes oreilles. Je la mets aussi et j'enfile les chaussettes épaisses qu'il me tend ainsi qu'une paire de rangers montantes noires.

- Prenez ça, me dit-il vivement en enfonçant une paire de chaussettes de rechanges dans une poche de ma veste.
- Qu'est-ce qu'il se passe ? répété-je.

Il me contourne sans me répondre et me lance :

- Vous devriez nouer vos cheveux.

- Pourquoi ? demandé-je dans l'incompréhension.
Ma voix est tremblante, mais il ne semble pas résolu à me donner plus d'informations. Il attrape la poignée de la porte puis me saisit le bras.
- Maintenant, taisez-vous et suivez-moi.
Sans que je ne puisse réagir, il ouvre la porte sur le brouhaha du couloir et me tire dehors. Sa force est telle qu'il me projette en avant d'un geste vif. Je découvre alors avec stupeur les autres Appelés au regard apeuré se faire sortir de leur dortoir dans un vacarme d'ordre et d'incompréhension. Mon garde passe une main dans mon dos et me pousse sur la droite.
- On avance, m'ordonne-t-il sur un ton calme en pointant le couloir.
Mon estomac commence à se nouer. *Ça y est,* me dis-je. J'avance, les jambes tremblantes, les yeux balayant la scène qui m'entoure. Deux files d'Appelés se suivent dans le long couloir humide et sombre. Derrière chacun d'entre eux, un garde veille à ce qu'ils ne quittent pas le rang et marchent à allure soutenue. Je me retourne un instant et demande à demi-mots à mon escorte :
- Où nous emmenez-vous ?
En guise de réponse, il pose son index sur les lèvres et me glisse en un souffle :
- Vos cheveux.
Je me remets dans le sens de marche et saisis mes cheveux sans rouspéter. Je les noue ensuite grâce aux élastiques que j'avais passés à mon bras hier, en une haute queue de cheval.
- Ils sont trop longs, vous auriez dû les couper avant de venir, déclare le garde dans mon dos sur le ton de l'évidence.
Mais de quoi je me mêle ? pensé-je.
- Faites plutôt une tresse, continue-t-il en un murmure.
Je fronce les sourcils, désabusée de tous les ordres qu'il me donne et surprise qu'il n'ait pas pris son ton autoritaire. Puis, forcée de reconnaître qu'il ne me donne que des conseils

depuis tout à l'heure et que s'il le voulait il pourrait me maltraiter — comme certains ne se privent pas de le faire avec leur Appelé autour de moi – je saisis mes mèches libres. Je ne suis pas réputée pour mes talents de coiffeuse et mes mains tremblantes n'aident en rien, mais je pense que mon travail fera l'affaire.

Les gardes nous emmènent plus en profondeur et nous poussent dans d'étroits escaliers. Étrangement, tout est très silencieux. Seul l'éclat des gouttes d'eau tombant des canalisations fixées au plafond rythme notre marche.

Après plusieurs minutes et des milliers de questions dans ma tête, nous arrivons dans une immense pièce toute en longueur. Je me surprends à lever la tête pour constater l'impressionnante hauteur sous plafond. À notre droite, tout le pan de mur semble détaché, comme s'il s'agissait d'une porte coulissante faite de roche noire. Devant, sont rangées une multitude de box, pareilles aux stalles de départ d'une course hippique. Je m'interroge et constate qu'ils sont tous numérotés. Mon garde me conduit dans le numéro 07. Le même sort est réservé aux autres Appelés qui se laissent plus ou moins faire. Quand je décide de quitter des yeux les malheureux qui se débattent, je constate que mon box est rempli de matériel. Les petits murs qui me séparent des Appelés 06 et 08 sont creusés. À l'intérieur, de profondes étagères abritent toutes sortes de couteaux. Je fais un pas de recul. Qu'est-ce que cela signifie ? Mais avant que je ne comprenne, mon garde me contourne et s'avance vers un mannequin sans tête intégré dans le mur de droite. Il en saisit le sac à dos qui était installé dessus et se retourne vers moi.

- Enfilez ça, me dit-il.

Je saisis le sac avec réticence et constate qu'il est plutôt lourd, mais très compact. Quand je le passe dans mon dos, je remarque qu'il ne descend pas jusqu'à mes hanches et que les lanières sont très serrées. Le garde me regarde faire avec attention puis attrape deux attaches qui relient les lanières droite et gauche entre-elles pour les attacher sur la poitrine.

- Serrez bien, me dit-il en tirant sur les élastiques. Dans le dos, vous avez un cordon, il s'attache à la ceinture. Ça évite que le sac bouge trop.

Il se retourne à nouveau et retire la fameuse ceinture noire du mannequin qu'il me tend.

- Passez-la à votre taille, m'ordonne-t-il.

Je m'exécute et trop inquiète de ce qu'il m'attend je lâche :

- À quoi ça va me servir ? Qu'est-ce que vous allez nous faire ? Pourquoi tous ces couteaux ?

Le garde lève les yeux vers moi et me fixe l'espace de deux secondes, me laissant découvrir le vert si clair de ses yeux.

- Tu poses trop de questions, me dit-il en changeant de ton.

Il passe ensuite à côté de moi et se penche vers les couteaux placés dans le mur. Il en saisit un et s'approche de moi. Je recule.

- Il est pour toi, déclare-t-il en m'attrapant par le bras pour me rapprocher et placer la lame à ma ceinture.
- *Départ dans 30 secondes,* annonce soudainement une voix de femme électronique.

Une lumière jaillit alors dans mon dos. Quand je me retourne, je découvre un hologramme bleu très clair qui flotte à hauteur de mon visage. Je n'avais jamais eu l'occasion de voir cette technologie et reste bouche bée devant le décompte qui s'anime sous mes yeux. Une main me saisit l'épaule et m'attire doucement vers l'arrière. Je tourne la tête à nouveau vers le garde qui me fixe de ses yeux perçants.

- Une fois dedans, commence-t-il. Cours. Même si tes jambes te brûlent, même si tu as peur. Tu ne t'arrêtes pas. Sous aucun prétexte.
- *20 secondes.*

Je tourne la tête à droite et à gauche, tous les gardes se sont reculés et ont laissé leur Appelé seul dans le box. Dois-je comprendre que le mien est en train de m'aider ? Il attrape mon menton et me force à le regarder dans les yeux.

- N'aide pas les autres.

A-t-il le droit de faire ça ? songé-je en plongeant mon regard apeuré dans ses yeux calmes. J'acquiesce en silence. Il me lâche et recule mais mon cœur se comprime. J'ai finalement peur qu'il me laisse. Je lui saisis alors vivement le bras et capture son regard du mien.

- Est-ce que je vais mourir ? demandé-je d'une voix qui trahit ma peur.
- Pas si tu cours, dit-il simplement avant de s'éloigner.
- *10 secondes.*

Je me tourne face à l'hologramme, mon cœur tambourinant dans ma poitrine. *Après quoi dois-je courir ? Que dois-je fuir ?* Le décompte se termine et l'hologramme disparaît. Puis, sans prévenir, un grondement monstrueux fait trembler toute la pièce. Je sens le sol sous mes pieds remuer et je comprends que le pan de mur face à moi est en train de se soulever. De la poussière tombe de sa paroi pour atterrir sur nos têtes anxieuses et doucement, des rayons de lumières s'échappent de l'ouverture pour nous éblouir. Je porte une main vers mes yeux pour me protéger d'un vent glacial qui pénètre jusqu'à nous. Et soudain, une pression dans mon dos me force à faire un pas en avant.

- *Avancez.*

CHAPITRE 6

La lumière est vive, elle attaque violemment mes yeux jusqu'à m'en donner mal au crâne. Peu à peu, alors que ma vue s'habitue, je distingue quelques détails. D'abord le sol, fait d'une terre dure et craquelée. Je ne m'en suis pas rendu compte tout de suite, mais on m'a poussé de l'autre côté de la porte en roche noire. Elle se referme en retombant lourdement et me fait sursauter. À ma droite et à ma gauche, les autres Appelés scrutent les alentours. Ils ont eux aussi été contraints d'entrer dans ce lieu. Quand je me retourne, j'espère voir apparaître le visage de mon garde, mais à la place je n'y trouve qu'une immense porte en pierre.

Alors ça y est. Me voilà véritablement dans le Kiuju. Je lève les yeux sur la vaste étendue de terre plate qui s'étend devant moi, entourée de murailles d'au moins vingt mètres de hauteur. Nous sommes donc encore enfermés. Au loin, je distingue une ouverture dans laquelle un numéro holographique scintille en grosse lettre : *40*. C'est une porte.

Ma mâchoire se contracte et je me force à respirer pour calmer le stress qui monte en moi. Si ma vie se joue à cette épreuve, alors je dois me surpasser. Mes yeux parcourent le paysage avec attention pour essayer de comprendre pourquoi on nous a amenés jusqu'ici. Je distingue alors un peu plus loin des obstacles au milieu de la plaine. Je reconnais parmi eux, un mur dressé en travers puis derrière, ce qui semble être une rivière qui nous sépare de l'étrange porte holographique. Soudain, la voix du garde se met à résonner en moi : *Une fois dedans, cours. Ne t'arrête pas.* Je me demande si je dois l'écouter ou attendre. À en croire l'immobilité des autres Appelés, je suis la seule à avoir reçue cet indice. *Soit c'était un mensonge, soit c'est une aide*, songé-je indécise. Dans les deux cas, je pars à l'inconnu alors autant se raccrocher à quelque chose. Je passe alors une main dans mon dos à la recherche de l'élastique de mon sac à dos. Je saisis le petit crochet qui y est relié et le tend jusqu'à ma ceinture pour l'y accrocher.

Je ne prends pas le temps de partager les regards que les Appelés perdus se lancent et m'élance dans une course précipitée. Je sens que derrière moi les autres Appelés n'ont pas tardé à comprendre et se sont mis à courir à leur tour. Je suis rapidement rattrapée par des hommes que j'aperçois me dépasser sur ma gauche. Il va falloir que je me surpasse si je ne veux pas être distancée trop rapidement.

Mon souffle est court, mais régulier, je remercie là mes longues heures de travail qui m'ont habituée aux efforts physiques. Face à moi se rapproche peu à peu un mur de deux à trois mètres de hauteur, escaladé déjà par les plus rapides. Même si je n'arriverai surement pas la première il me faut aller plus vite pour rester dans la tête de la course. Alors, en serrant les dents j'en demande plus à mes jambes qui prennent des foulées plus rapides. Je ralentis tout de même alors que j'arrive face à l'obstacle. Je calcule mes foulées puis bondis à un mètre de lui. Mes mains tapent son sommet et je saisis la pierre fermement. Puis, sans perdre mon élan, je me hisse en haut et balance ma jambe pour m'asseoir à califourchon. Mais, avant de balancer la deuxième pour retomber de l'autre côté, j'aperçois un garçon. Le pauvre, si jeune et si petit n'arrive pas à se hisser sur le mur, il recule et saute en vain. *Il n'y arrivera jamais.* Je me demande pourquoi un si jeune garçon se trouve ici et maudit les hauts dirigeants de l'avoir condamné. Malheuresement, je dois penser à moi et, plutôt que de lui tendre la main, je me détourne pour continuer mon chemin — en basculant ma deuxième jambe dans le vide : *N'aide pas les autres.*

Mes genoux amortissent ma chute puis je reprends une course effrénée. L'adrénaline et la peur ont beau augmenter mes capacités, les hommes de tête sont déjà loin devant. Je me convaincs de ne pas me décourager et continue gardant la porte au milieu de mon champ de vision. Elle me semble plus près, mais encore trop loin. Entre elle et moi se dressent encore des obstacles pour me ralentir. Le plus proche semble être un méli-mélo de cordes à franchir. Je plisse les yeux en étudiant leur emmêlement. Et, alors que je m'en rapproche, je me déporte sur la droite en repérant un passage plus simple. Je freine ma course et m'arrête devant les cordes. J'enjambe la première, le souffle court, puis passe sous la deuxième. Je m'allonge sur le sol et pousse mon corps avec mes bras et mes pieds pour passer sous des cordes basses. Je me relève et me contorsionne pour en passer d'autres et enfin je plonge entre deux dernières pour finir sur le sol. Je suis déjà épuisée, mais j'use de toutes mes forces pour me relever et continuer la course. Ma vitesse est fortement réduite et j'avance difficilement vers une rivière boueuse. Je ne connais pas sa profondeur, mais constate, en observant les autres, que le liquide devrait m'arriver aux genoux. Cela suffira à me ralentir grandement. Il faut que j'essaie de passer le plus vite possible pour ne pas rester engourdie. J'accélère puis bondis dans la boue. Je passe trois mètres grâce au saut. Six autres restent à être parcourus à la force de tout mon corps qui lutte contre l'étreinte boueuse. Plusieurs fois, je manque de tomber en avant, mais me rattrape de justesse. Haletante, la bouche grande ouverte, je m'aide de tout le haut de mon corps comme d'un balancier. Plus que quelques mètres. Mes pieds glissent au fond de la rivière et à chaque pas je recule de plusieurs centimètres. J'arrive enfin de l'autre côté de la rive où je pose un genou à terre. *C'est si dur,* pensé-je la tête penchée en avant, observant les gouttes de sueur qui perlent et tombent sur le sol. Je regarde par-dessus mon épaule pour vérifier la position des derniers Appelés.

Tu ne dois pas t'arrêter ! Une force venue de nulle part me pousse et j'appuie sur mes jambes pour me relever une dernière fois. Je la vois, la porte, plus près que tout à l'heure. Dans son antre le nombre a changé, il est maintenant : *6.* J'avance difficilement et commence une course ultime vers la sortie. C'est bien simple, je n'ai pas le choix. Je dois y arriver, sinon j'aurais abandonné ma famille pour rien. Je dois leur faire honneur. À ma gauche, un homme est sorti de la boue et court au même niveau que moi. *Ne le laisse pas te dépasser,* dit une petite voix dans ma tête alors que j'accélère encore un peu. Je crois ne jamais être allée aussi vite. Je m'approche de la porte, le nombre a encore changé : *1.* Je franchis la limite de l'arche mais vois à ma droite l'homme me rattraper. Alors, pour arriver la première, je plonge dans l'hologramme et traverse la porte en roulant sur le sol.

Avant même que je puisse souffler, la porte retombe de tout son poids dans une violence considérable sur mon poursuivant, l'écrasant au sol. J'échappe un cri d'horreur alors que la seule partie de son corps passée de l'autre côté de l'hologramme est son bras qui gît devant moi.

Je recule en roulant sur le sol pour m'éloigner du bout de chair. Mon corps s'est mis à trembler de toutes parts. La voici, l'horreur du Kiuju !

- Numéro 07 ! cri une voix à ma droite.

Je tourne doucement la tête et aperçois un homme vêtu de gris clair me faire signe de le rejoindre. Je le vois et comprends son ordre mais pourtant je reste figée. Mon esprit ne peux pas retirer l'image du bras inerte. Je comprends vite à son allure décontractée que l'homme est un garde. N'a-t-il pas vu ce qu'il vient de se produire ? Je me lève, mais peine à rester sur mes jambes, prise de vertiges. *C'est impossible,* répété-je silencieusement comme pour retrouver la réalité. De toute ma vie, je n'ai jamais croisé une telle atrocité. Même auprès du bétail de l'exploitation. Je m'accoude contre le mur pour reprendre mes esprits. Quel est cet odieux endroit où les gens ne souffrent pas de la mise en morceaux d'êtres humains ?

Je lève doucement les yeux et reste stupéfaite devant ce lieu étrange : un long couloir d'une dizaine de mètres de largeur, encadré de murailles immenses. À droite la grande porte à présent fermée, avec le bout de chair qui me fait suer d'horreur et derrière moi, un autre mur qui s'élève jusqu'au ciel. C'est une prison sans barreaux. Une prison faite de gigantesques remparts en pierre. Je les observe et sais que jamais je ne pourrai les escalader. Je suis piégée dans ce cauchemar. Vu de l'extérieur, le Kiuju n'est qu'un immense bâtiment sombre entouré de hauts grillages, mais à l'intérieur, il est bien plus terrifiant. Jamais je n'aurais imaginé me retrouver réduis à cette petitesse face à des murs si menaçants. Ils ne sont pas seulement hauts, ils sont gris foncés — presque noirs ; confondant alors leurs contours avec leur ombre qui s'étend jusqu'à moi et me recouvre d'une enveloppe ténébreuse et menaçante. La surface des murs à l'air lisse mais en l'examinant davantage, je remarque qu'ils portent les cicatrices du passages de nombreux Appelés avant moi. Ils sont tantôt gravés à la pointe d'une lame, tantôt usés par les tentatives probables de tout ceux qui ont voulu les escalader. Même le temps les a marqués, traçant de longues failles partant de leur sommet et descendant presque jusqu'au sol. Du sable et de la terre portés par le vent s'y sont même logés.

L'homme en gris crie de nouveau mon numéro. Je sursaute puis me hâte de le rejoindre en titubant avant de m'appuyer contre le mur près de lui. Il se retourne et saisit quelque chose dans une trappe d'à peine quelques centimètres de profondeur, creusée dans la muraille derrière lui. C'est un sac en toile.

- Ton rationnement, lâche-t-il en me tendant l'objet sur lequel est inscrit mon numéro : *559 07*.
- Vous avez vu ? esquissent mes lèvres frêles. Pourquoi la porte s'est-elle refermée ?
- Tâche de ne pas te le faire prendre, c'est le seul que tu auras ici, finit-il avant de s'éloigner.
- Et pour lui ? Vous ne ramassez pas son...

Je n'arrive pas à finir ma phrase. Je suis prise d'une puissante nausée. Mon corps est sur le point de lâcher. Mes yeux se remplissent déjà de larmes. Je suis fatiguée et perdue. Autour de moi, je ne distingue que des inconnus et ce garde. J'ouvre le sac en toile pour analyser son contenu mais une odeur de viande séchée me monte immédiatement à la tête et me tord l'estomac. Ne pouvant refouler une nausée de plus, je vomis lamentablement aux pieds du garde qui me décroche un regard de dégoût. Tremblante, j'essuie mon visage d'un revers de la main et me redresse faiblement. Le surveillant passe à côté de moi et s'éloigne de manière nonchalante, portant son index à une oreillette logée dans son oreille pour demander à ce qu'on vienne : *Nettoyer les corps indésirables.* Mon estomac retient une seconde nausée à ces mots et je balaye la scène face à moi pour y chercher un peu de réconfort auprès des autres Appelés. Ils sont environ quarante, peut-être plus.

- Qu'est-ce que c'était ? demandent certains eux aussi choqués par la fermeture de la porte sur le pauvre homme.
- Que doit-on faire maintenant ? demandent d'autres.

Une femme, un peu plus âgée que moi propose même de s'en prendre au garde pour qu'il nous libère mais personne ne bouge. Tous préfèrent attendre et s'interroger en espérant que la suite soit plus clémente. Je n'ai pas la force de les accompagner dans leur débat mais je suis heureuse de partager ma stupeur avec eux. Ma vue est trouble est vacillante. Je déambule dans le long couloir surement pâle comme un linge, l'estomac en vrac. *Il faut que je m'assoie,* songé-je en perdant l'équilibre. Je me déporte sur la droite et heurte le grand mur. Puis, je laisse tout mon corps dégringoler jusqu'au sol. Je balance ma tête en arrière en serrant le sac en toile contre moi. Des sensations nouvelles trouvent mon corps, une vague désagréablement agréable remonte dans mon ventre. Elle est tantôt chaude et douce, tantôt vive et acide. Elle me fait tourner la tête. J'ai la sensation de tomber dans le néant et d'être aussi lourde qu'un rocher. Mes yeux s'ouvrent et se ferment à leur gré, les gens bougent et tournent. Leur voix est forte, si forte, elle résonne dans ma tête.

Une main me saisit le bras et me secoue vivement.

- Ne t'endors pas !

Soudain, je ressens une claque sur la joue. Je grogne et ouvre les yeux. Un homme plutôt jeune cherche mon regard en s'agitant. Ses yeux couleur océan m'encadrent et leur vivacité m'oblige à les fixer.

- Si tu fermes les yeux, ce sera pire et tu risques de t'évanouir, reprend-il. Personne ne viendra t'aider ici, alors ressaisis-toi.

Il saisit mon sac de rationnement sans le retirer d'entre mes mains et fouille à l'intérieur.

- Tu devrais manger quelque chose, ça t'aiderait à te sentir mieux.
- Laisse-moi, dis-je en bouchant l'entrée du sac d'une main pour que l'odeur de la viande disparaisse.

Il ne m'écoute pas et repousse mon geste pour attraper une miche de pain au fond du sac avant d'en casser le quignon.

- Avale ça. (Il attend un peu et insiste en voyant aucune réaction de ma part) Fais-moi confiance, ça va te faire du bien.

Je repousse d'une main frêle la nourriture. Si je mets cette chose dans ma bouche, elle va ressortir aussitôt.

- S'il te plaît.

Il avance tout doucement sa main jusqu'à poser le petit quignon sur mes lèvres puis plonge son regard au plus profond du mien. C'est comme s'il me disait *Tout va bien se passer,* à la manière d'un ami attentionné. Alors, lentement, j'ouvre la bouche et sens le pain rouler sur ma langue dans une saveur exquise. Mes dents tombent sur la matière molle et élastique et mâchent avec appétit. En fin de compte, j'avais faim.

- Tu vois, se réjouit le garçon avec un sourire radieux. (Il me tend la miche de pain) Maintenant, manges-en plus.

Il se décale et s'assied à ma droite en retirant son sac à dos qu'il pose entre ses jambes.

- Merci, dis-je doucement en arrachant un morceau de pain.
- Pas de souci.

Je mets le deuxième morceau dans ma bouche et mâchouille silencieusement. Je n'ai pas mangé depuis que je suis partie de chez moi. Ça n'a certainement pas dû m'aider à me garder en forme après cette course imprévue.

Petit à petit, je sens que je reprends possession de mes esprits et réalise que j'ai été dans une bien mauvaise posture. Et s'il m'était arrivé quelque chose ? Le garçon à raison, je ne pense pas qu'on me serait venu en aide si je m'étais vraiment évanouie. Je me tourne alors vers lui.

- Pourquoi m'as-tu aidée ? Rien ne t'y obligeait.

Il me regarde l'air un peu surpris et répond :

- Je pense que dans notre situation il est préférable de s'entre-aider plutôt que de nous regarder sombrer dans la peur et le désespoir.

Je réfléchis une seconde à ce qu'il vient de dire puis ajoute d'une voix tremblante :

- Je viens de regarder un homme se faire écraser par un bloc de pierre.
- Je ne pense pas que tu aurais pu l'aide. Ce n'est pas comme si tu régissais cet endroit. Tu n'es qu'une Moyenne.

Comment sait-il cela ? pensé-je aussitôt en lui jetant un regard interrogatif.

- N'ait crainte, je ne suis pas un espion ou quoique ce soit du genre, dit-il sur un ton rieur en voyant que je me pose des questions. Nous nous sommes déjà rencontrés à Torn. À la pharmacie exactement.

Soudainement, je réalise qu'en effet son visage, ses yeux bleus et sa chevelure brune me disent quelque chose et en une fraction de seconde je me souviens de cet homme qui avait payé pour moi il y a quelques jours. Il n'a plus l'allure du Possédant bien habillé qu'il était. Ici, il porte comme nous autres Appelés, des vêtements noirs avec des rangers montantes.

- Je me souviens, lâché-je en avalant mon morceau de pain. Est-ce que ce n'est pas plutôt pour ça que tu m'as aidée ? Pour continuer ce que tu avais commencé là-bas.

Il sourit, faisant briller ses yeux bleus.

- Peut-être bien.

Je souris avec lui, mais nos sourires s'effacent rapidement. On ne peut pas vraiment dire que l'atmosphère est propice aux rires. Nous sommes enfermés dans cet endroit froid sans même savoir pourquoi. Je brise le silence qui s'installe en lui posant une question qui me pique les lèvres :

- Pourquoi es-tu ici ? Tous les Possédants payent leur taxe de rétractation d'habitude.
- Je ne suis pas Possédant.

Une montre à 8 000 ciènes au poignet et il n'est pas Possédant, pensé-je. *Il se fiche de moi.* Je le toise rapidement pour vérifier ce qu'il dit, mais je me souviens parfaitement de ses vêtements et de son allure à la pharmacie. Seuls les Possédants sont assez riches pour parader en costume en dehors des jours de fête.

- Je suis Moyen. (Il sort sa plaque et me montre le « II » qui y est gravé) Ma famille tient une entreprise d'horlogerie renommée. Nous vivons donc dans le Nord, auprès de nos clients. Malgré cela, nous ne sommes pas très riches et loin d'être Possédant.

- Alors ton apparence et tes manières...
- Tout cela n'est qu'une parade qui nous est imposée si nous voulons vivre et faire du commerce au Nord. Il ne faut pas effrayer le client, finit-il en riant.

J'ai l'impression de mieux comprendre tout à coup. C'est vrai qu'il est acquis pour les constructeurs automobiles de rouler avec le dernier modèle de voiture — bien qu'ils ne soient pas très riches — alors pourquoi pas les horlogers avec leurs montres ? C'est une manière de promouvoir le produit, de le montrer. Ce qui m'étonne toutefois c'est qu'avec toutes ces belles montres — surement très chères, il n'ait pas pu s'offrir sa liberté.

- Et la taxe ? demandé-je timidement.

Le jeune homme pousse un soupir profond et plein de peine. Apparemment, la vie au Nord n'est pas si facile que ça.

- Nous vendons des objets très précieux, mais nos acheteurs se comptent sur les doigts de la main, alors nous n'avons pas beaucoup d'économie. (Il lève les yeux au ciel) C'était moi ou l'entreprise.
- Je suis désolée, dis-je en comprenant que sa famille n'a pas voulu le sauver au profit de leur business.

Ses yeux se mettent à briller un peu plus. Sa peine doit être insupportable. Savoir qu'il aurait pu échapper à l'Appel et se sentir abandonné par ses proches. Quelle idée atroce ! J'ai une pensée pour mes parents. Jamais il ne m'aurait fait ça. Ma mère était prête à sacrifier le peu que nous avions au péril de nos vies à tous, pour payer la taxe.

Pendant un instant, nous ne disons rien. Nous écoutons juste le silence, ou plutôt les voix des autres Appelés qui font déjà du troc de nourriture. Un homme préfère le pain à la viande. Sa voisine, n'est pas très friande de féculents. Ils discutent de nourriture comme un dimanche lors d'un repas de famille. *C'est irréel,* songé-je en ayant l'impression que tout le monde ne prend pas l'ampleur de la situation au sérieux. Nous sommes coincés entre quatre murailles d'une immensité telle que leur sommet pourrait se fondre dans les nuages ; l'heure est mal trouvée pour parler chiffon.

Le garçon à ma droite reprend ses esprits et se met à ouvrir son sac à dos pour inspecter son contenu. Je regarde d'un œil curieux, remarquant que tous les Appelés ont reçu ce même bagage. Il sort successivement : une gourde à la forme curieuse, une couverture si fine que je me demande si elle sert à quelque chose, quatre barres comestibles dont je ne reconnais pas la composition, des bandages, du baume et une corde de quelques mètres aussi fine que la couverture. Je suis très étonnée que tant de choses tiennent dans un si petit sac. L'horloger peine d'ailleurs à tout remettre à sa place. Il examine ensuite les quelques objets accrochés à sa ceinture. Je constate que lui aussi a eu le droit à un couteau et son étui à côté duquel sont attachées deux petites bourses. La première contient un petit chiffon et une petite pierre, surement de quoi entretenir la lame de notre couteau. La deuxième est remplie de petits sachets rectangulaires en plastique translucide, par lequel je distingue les couleurs vives des substances qu'ils contiennent. Pour certains, le liquide visqueux qui y est emprisonné est rouge, pour d'autres il est bleu ou même vert. *Du gel ?* songé-je en grimaçant. *Quelle est la différence entre les trois ?*

Je me demande à présent ce qu'il va se passer. Si nous allons retourner dans cette plaine ou bien sortir d'ici. Il faut que je comprenne pourquoi on nous a amené dans cet endroit. Je me lève en m'appuyant contre le mur mais ma jambe fléchit et je glisse maladroitement, par réflexe je retrouve mon équilibre, mais je n'étais pas loin de rejoindre le sol. Je crois que mon petit malaise m'a un peu affaibli.

- Tu devrais faire attention, dit l'horloger qui a sauté sur ses pieds pour me rattraper. Je ne pense pas que tu sois encore prête à te lever.

- Ça va aller, marmonné-je sans être vraiment convaincue par mes propres mots.
- Tu devrais te reposer encore un peu.

Je l'écarte de mon chemin avec ma main et avance en tâchant de ne pas trop tituber. Je veux visiter les lieux. L'horloger n'insiste pas, mais me suit timidement. Peut-être qu'en fin de compte il a peur de rester seul.

J'avance le long du couloir. Le soleil commence déjà à se coucher et ses rayons ne nous atteignent plus pour éclairer mon chemin. En fait, il fait bientôt nuit. J'ai dû rester dans le néant un long moment, et la hauteur des murs qui nous enferment écourtent nettement la course du soleil.

À première vue, le couloir est long, droit et sombre ; sans porte ni issue pour s'enfuir. Mais en avançant plus, on découvre un grand espace après un virage sur la gauche. Trente mètres sur quarante peut être plus, où des inconnus veillent, assis sur le sol. Et, intégrée à la muraille tout à gauche, une immense porte. Je m'arrête net, l'estomac serré, en reconnaissant le même bloc de pierre qui, quelques heures plus tôt, a écrasé un homme sous mes yeux.

- Oh, s'étonne l'horloger derrière moi, en voyant la grande porte devant laquelle flotte un hologramme : *30*.

J'ai soudainement une envie de vomir alors que l'image du bras me revient. Je porte rapidement ma main à la bouche et réussis à retenir mon malaise. *Encore cette même porte ?* pensé-je. Ma tête tourne de nouveau, le garçon avait raison, je devrais me reposer. Je m'avance alors et m'appuie contre la muraille la plus proche, puis me laisse glisser jusqu'au sol. Les jambes tendues, les bras tombants et les yeux fermés, je respire lentement.

- Eh, est-ce que tout va bien ? demande précipitamment mon compagnon.

Bof, voudrais-je répondre, mais les mots ne sortent pas. En réalité, je suis exténuée. Tout ce que je désire, c'est un lit. Juste un endroit où m'allonger. Je frissonne. Je remonte mes genoux pour me mettre en boule. Je sais que j'ai une couverture dans mon sac, mais je n'ai pas la force de le décrocher de mon dos. Il est serré si fort contre moi que les lanières font presque corps avec mes épaules. Je repense au garde. Il m'a probablement sauvé la vie en m'habillant tout à l'heure. Je n'ose imaginer le froid que je ressentirais en ce moment s'il ne m'avait pas fait enfiler de vrais vêtements.

L'horloger s'assied doucement à ma droite.

- Je crois que nous ne devrions pas rester ici, tente-t-il de me dire calmement.
- Nous n'avons nulle part où aller, soupiré-je la tête enfouie entre mes bras.
- Si ça ne te dérange pas, je préfèrerais retourner dans le couloir, continue-t-il en me secouant légèrement l'épaule.

J'ouvre les yeux. *Mais qu'est-ce qui l'agite ?* Soudain, devant mes yeux fatigués apparait un commando de plusieurs soldats armés. Je me relève d'un bond et les regarde s'avancer vers nous.

- Je n'aime pas trop ça, me souffle mon compagnon.

Mes jambes tremblent, mais la peur semble me donner le courage de tenir debout. Il a raison, je n'ai pas non plus un bon pressentiment. Je lui fais alors signe de nous extirper d'ici et nous nous glissons vers le couloir. Malheureusement, alors que je vais pour tourner à droite, un soldat surgit face à moi, me barrant le passage. Mon sang ne fait qu'un tour. Nous sommes pris au piège. Je tente une nouvelle fois de passer à gauche du soldat, mais un deuxième apparaît face à moi. Je recule d'un pas apeuré en examinant ce qui m'entoure. Apparemment, nous sommes une vingtaine à être piégés, encerclés par ces soldats impassibles. Devant moi, l'un d'entre eux porte une main à son oreille puis tourne la tête vers son voisin et fait un signe vers l'arrière.

- Il en manque trois, aligne-t-il.
Alors, le deuxième recule et part dans le couloir en trottinant. On entend soudain un cri, un homme qui se débat :
- Lâchez-moi !
En fait, ce ne sont pas des cris, ce sont des implorations. Quelques secondes plus tard, l'homme apparaît, tenu par le bras par le soldat qui le jette parmi nous avant de retourner dans le couloir. *Ils nous comptent,* compris-je. Le soldat ramène un deuxième homme, puis une femme, sans afficher la moindre émotion. Il les lance parmi nous puis se replace dans son rang. Son voisin remet la main à son oreille et hoche de nouveau la tête. Et, à l'instant même où sa main se repose sur son arme ; on entend un grondement qui fait trembler le sol. Je me retourne alors qu'un courant d'air m'aspire les cheveux : l'immense porte s'ouvre.

CHAPITRE 7

Tout cela ne présage rien de bon. En réalité, ce n'est pas bon du tout. Les soldats avancent face à nous, doucement, sans bruit. Leur visage est impassible. Ils ne font qu'avancer, nous poussant dans l'antre de la porte. Nous savons que derrière celle-ci se trouve une autre grande plaine. Je jette un petit coup d'œil dans l'ouverture, mais n'aperçois que la noirceur de la nuit qui tombe. Je serais tentée de m'engouffrer dedans et de m'élancer à nouveau mais quelque chose en moi m'ordonne de ne pas franchir le pas de cette porte. Ma main se met à trembler et je laisse tomber mon sac de vivres. À ma gauche, un homme bondit sur un soldat. Il essaie de le frapper pour se frayer un chemin et s'échapper mais, du revers de son arme, le garde l'envoie rejoindre le sol avant même qu'il puisse le toucher. *Nous sommes piégés*, me répété-je. *Nous sommes piégés*.

- Laissez-nous, dis-je en suppliant le soldat face à moi. (Impassible, il ne répond pas) Je vous en prie.

Rien n'y fait. Les soldats ne réagissent pas, ils nous poussent doucement, si doucement. Je fais un nouveau pas de recul et heurte quelqu'un qui ne se résout pas à franchir la ligne. Et, alors que nous sommes tous agglutinés devant l'ouverture, les soldats nous poussent en un bloc pour nous faire entrer. Surprise je trébuche et tombe entre deux Appelés sur le sol humide. Il ne ressemble pas à celui de la plaine précédente, qui était dur et sec. Celui-ci est moue et humide, presque boueux.

Un cri parvient jusqu'à mes oreilles. Je redresse la tête alors qu'un garde me secoue déjà pour me relever. Derrière, un homme qui avait passé la ligne vient de se faire attaquer. Je n'ai vu qu'une ombre lui bondir dessus, mais cela suffit à confirmer le mauvais pressentiment qui m'habitait. Je saute aussitôt sur mes pieds, un frisson de panique me parcourant le dos.

- Qu'est-ce que c'était que ça ? demande agité une Appelée au milieu du groupe.
- J'en sais rien, murmure un homme plus calme à ma gauche.
- Putain, c'était quoi ? s'affole la même en pointant quelque chose du doigt.

La foule devient de plus en plus agitée et je reconnais dans le visage des Appelés qui m'entourent la peur qui grandit. Je sais ce que provoque cette émotion, et cela m'effraie. J'essaie de rester le plus calme possible et de réfléchir, mon regard scrutant les moindres recoins du paysage qui m'entoure pour trouver une issue.

- Vous l'avez vu vous aussi ! s'écrie un Appelé sur un soldat. (Il lui saisit le bras) Aidez-nous ! (Le soldat rejette vivement son étreinte) Aidez-nous !

Alors que tout était arrêté, un soldat fait un signe de sa main et le commando avance d'un pas. Nous reculons. Ils ne sont pas décidés à nous épargner. Nous allons nous retrouver dans cette nouvelle plaine à se courir après au milieu de ces ombres mystérieuses. Mes jambes sont trop faibles, si c'est une course que nous devons faire, je n'y parviendrai pas. Peut-être même que ce sont mes morceaux que nous retrouverons coincés sous une lourde porte. Je serre les poings. Ces soldats ne lâcheront rien. Nous sommes voués à entrer dans cette plaine et à surement y mourir. Je me retourne et me faufile dans la foule. J'entends des murmures. Des Appelés se demandent ce qu'il me prend. *Je prends une longueur d'avance*, ai-je envie de leur souffler en espérant que cela suffira à me faire franchir la porte d'arrivée avant les autres. J'arrive à l'autre extrémité du groupe et me stoppe soudainement en apercevant un nuage de points luisants.

- Des envies d'héroïsme ? me lance une femme à ma droite. Je t'en prie, pars devant, continue-t-elle en essayant de retenir la foule qui nous pousse de l'autre côté de la porte.

Des yeux, voilà ce que sont ces lumières, des yeux verts luisants qui nous fixent. Cela rend les choses plus compliquées. Quand j'étais de l'autre côté de la foule, je ne m'étais pas rendu compte qu'il y en avait autant. Je n'avais aperçu qu'une ombre, à peine identifiable.

- Je ne m'attendais pas à voir ça, déclaré-je les dents serrées.

Comment sommes-nous sensés survivre à ça ? pensé-je. *C'est irréaliste.* Le groupe recule à nouveau et je manque de trébucher. Le premier qui entrera dans cet endroit est un homme mort. Je m'efforce de trouver une solution, mais je ne vois aucune issue. Ces bêtes doivent être plus rapides et plus trapues que n'importe lequel d'entre nous. Même si j'arrive à me faufiler discrètement sur le côté, mon odeur les mènera jusqu'à moi.

Le groupe recule de nouveau et mon pied franchit la limite de la porte. Les créatures lâchent un raclement de gorge et se précipitent sur nous. C'est alors qu'un homme plus loin sur ma droite fléchit sous la pression de la foule et tombe en avant. Mes yeux s'écarquillent quand une horde de bêtes presque aussi hautes que des ours se jettent sur lui. L'homme se met à hurler de douleur. C'est à ce même moment que mon corps me crie de fuir. Je cède alors à la foule que je retenais faiblement et m'élance à toute vitesse dans l'obscurité. Derrière moi, j'entends d'autres Appelés me suivre et profiter de la malheureuse diversion.

J'avance dans la nuit. Par chance, c'est un soir de lune alors je distingue les reliefs face à moi. Je cherche mon couteau à ma ceinture et le saisis. Quand j'étais plus petite, je m'amusais à sculpter de petits totems en bois ou à lancer des couteaux. Je dois admettre ne pas être un as dans ce domaine, mais je sais comment tenir une arme blanche.

Cette fois-ci, le sol n'est plus aussi plat que la plaine de ce matin. Je trébuche souvent sur des pierres plus hautes que mes genoux alors que mes pieds glissent dans une boue grasse. Mes mains touchent parfois de gros rochers que je m'applique à contourner. Je ne sais pas où je suis. Il fait sombre et je ne vois pas la sortie. Il devrait pourtant y avoir un hologramme scintillant quelque part. Je m'arrête un instant pour me concentrer. Aucun bruit, pas même le pas d'un Appelé. C'est encore plus effrayant alors que mes sens devraient être décuplés dans cet état de stress. J'essaie de ne pas repenser à l'homme qui doit maintenant être dévoré par ces bêtes et essaie de reprendre mon souffle. Mes jambes flageolent, je suis à bout de force et pourtant je ne peux pas m'arrêter. Soudain, j'entends un crissement dans mon dos. Je bondis sur place et me retourne en brandissant mon couteau droit devant moi.

- Qui est là ? demandé-je timidement.

Je me tais aussitôt, réalisant que ma voix empêche mon ouïe de parfaire son écoute. Le bruit reprend, il est à peine perceptible. Ce sont des pas, rapides et fluides dans la boue. Quelque chose se déplace, vite. Il se rapproche. Je regarde à droite, à gauche, derrière moi. *Mais pourquoi faut-il qu'il fasse nuit ?* songé-je en cédant peu à peu à la panique. Je suis tiraillée entre deux solutions : partir en courant ou faire face à l'ennemi. Ma tête est décidée à prendre mes jambes à mon cou, mais celles-ci, clouées au sol, ne le sont pas. Je suis tétanisée de peur alors qu'on me fonce droit dessus. Soudain, j'aperçois une silhouette, élancée et rapide, sur deux pattes. *C'est un humain,* compris-je soulagée. Alors qu'il approche petit à petit je distingue son visage crispé. La bouche grande ouverte, les yeux écarquillés. Ses jambes battent le sol à toute allure.

- Cours ! crie-t-il alors en m'apercevant.

Surprise, je reste immobile, puis il répète :
- Ils arrivent ! Cours !
Sans même avoir à supplier mes jambes, je fais volte-face et m'élance dans une course effrénée. L'homme me rattrape sans problème et s'éloigne rapidement devant moi. Je ne cours pas assez vite. La boue me fatigue et je n'ai presque plus de force. Des images de mort envahissent alors mes pensées. Des monstres bondissant sur mon corps frêle et me dévorant jusqu'à la moelle.

Les voilà, je les entends qui approchent. Je distingue les raclements de leur gorge pleine du sang du pauvre homme condamné parce qu'il a trébuché. J'entends leurs pattes piétiner le sol pâteux. Je les entends si bien, que j'arrive à imaginer leurs griffes fendre la boue et les muscles puissants de leurs pattes les propulser en avant. Je ressens leur haine, leur faim. Je pressens ma mort. Alors, en courant avec toutes les parties de mon corps, je sens mon cœur se serrer. Agressée par le son plus fort des assaillants dans mon dos, je plisse les yeux. Ils se rapprochent et je crie pour les faire taire, usant alors de mes dernières forces pour tenter d'échapper à l'inévitable. Mais, mon pied se prend dans un rocher et mon corps bascule en avant. Mon buste heurte la boue et je me stoppe net. C'est trop tard ! Je me retourne vivement et distingue l'espace d'une seconde, à travers la nuit, une trainée colorée qui s'illumine sous le clair de lune. Puis, un monstre incroyablement haut se dresse au-dessus de moi. Plus que sa taille menaçante, son odeur, forte et étouffante me recouvre et me surplombe dans un spectacle terrifiant. Avant même que je puisse bondir sur mes jambes, la créature se jette sur moi. Ses crocs plongent dans la boue à droite de mon cou alors que j'esquive son attaque. Dans un réflexe, je profite de l'occasion pour plonger la lame de mon couteau dans la chair molle de son cou. L'acier s'enfonce lentement et la bête lance un cri effroyable. Son sang gicle sur mon visage puis son corps vidé de toute vie tombe sur le mien, me coupant le souffle.

Il est mort ? me demandé-je haletante et effrayée. *Je suis vivante.* Je comprends soudainement que je suis écrasée sous la créature. À l'idée même de devoir en affronter une deuxième, je tente de toutes mes forces de m'extirper du piège ensanglanté. Mais je n'y parviens pas. La bête est trop lourde. *C'est pas vrai !* pensé-je. *Non, pas ça.* J'ai survécu à l'attaque de ce qu'on pourrait comparer à un tigre immense aux poils sombres et je vais mourir coincée sous son poids. Je lâche mon couteau et essaie de rouler sur le côté pour sortir. Mes bras poussent de toute leur force la bête alors que mes jambes essaient de me faire bouger. Mais rien n'y fait. Je suis piégée.

- C'est pas possible, soufflé-je alors que la panique monte et que ma gorge se noue. À l'aide ! crié-je désespérée.

Personne. Si un Appelé est quelque part, que pourrait-il bien avoir à faire d'une fille coincée ? Il est déjà occupé à sauver sa propre vie.

Je crie sans relâche tout au long de la nuit, mais personne ne vient — ni bête ni homme. Après un moment, je sens un sanglot m'échapper. Je suis coincée, gisante sur le sol sous une créature que j'ai abattu de mes mains et j'ai peur. J'ai si peur. Je ferme les yeux, remplis de larmes et me laisse aller au désespoir. Je voudrais tellement rentrer chez moi.

***

J'ouvre les yeux, éblouie par le soleil déjà haut dans le ciel bleu. C'est un nouveau jour et je suis en vie. Sous la bête, mais en vie. La boue a séché et je me retrouve dans un trou peu profond, protégée du froid par une lourde couverture puante.

Quand je m'aperçois que son odeur a changé, je ne peux m'empêcher de la trouver nauséabonde à chaque inspiration.

Je suis là, vivante, mais affamée, affaiblie et coincée. Je regrette même la viande séchée. Je sens également sur mon visage le sang de la bête, à moitié séché qui fige mes expressions. Je jette un coup d'œil de part et d'autre de mon corps et je découvre un paysage nouveau. C'est une plaine recouverte de rochers comme je le pensais, mais je distingue également des arbres, dont je ne soupçonnais pas l'existence. Si j'avais su, j'aurais grimpé dans l'un d'eux en attendant que tout se termine.

Qu'en est-il de la porte ? pensé-je soudainement. *S'est-elle refermée, me piégeant dans cet endroit ?* On nous demande de courir pour atteindre un but, mais nous ne savons même pas pourquoi. Peut-être que tout cela n'est qu'une diversion ou un mensonge. Peut-être même que ceux qui s'entêtent à sortir sont les perdants et que ceux qui restent malencontreusement ici sont renvoyés chez eux ; Glorieux. Je secoue la tête et chasse cette réflexion, je dois d'abord trouver un moyen de me sortir de là. Je remue doucement, sans parvenir à bouger. Avec le temps, la créature s'est un peu plus enfoncée dans le sol, me bloquant pour de bon. Il ne me reste qu'un espoir, que quelqu'un vienne me sortir de là. Je crie alors : *À l'aide*. Une fois, puis deux qui se transforment en des dizaines de fois. Sans réponse, les secondes s'éternisent, elles deviennent des minutes et peut-être même des heures.

***

Alors que mes yeux sont clos pour parer à la lumière éblouissante du soleil, j'entends du bruit. Des voix d'hommes qui marchent non loin d'ici.

- La régie n'a pas menti, ils sont tous morts.

- J'ai toujours trouvé que cette *plane* arrivait trop tôt. Faisons un tour pour être sûrs.

Les pas se rapprochent. Ils sont tout près. Je saisis ma chance et ouvre la bouche pour les appeler, mais aucun son ne sort. J'ai la gorge si sèche que mes cordes vocales ne fonctionnent plus. On dirait que je suis restée trop longtemps ici et que je me suis déshydratée. Une vague de stress m'envahit. J'essaie de déglutir le peu de salive qu'il me reste pour humidifier ma gorge. Si je ne parviens pas à les appeler alors je vais rester là, encore et encore, sous ce soleil de plomb. Je réessaie, mais ne parviens pas à faire mieux que de petits chuchotements à peine audibles. Par chance, une ombre s'approche et me recouvre.

- Aidez-moi, dis-je en un murmure.

La personne s'approche et se penche par-dessus mon visage.

- Je retire ce que j'ai dit, déclare l'homme. Il y en a un vivant ici.

Son collègue le rejoint et passe à son tour la tête par-dessus moi, cachant alors les rayons du soleil. J'arrive à distinguer quelques traits de leurs visages à contre-jour. Ils ont l'air plutôt jeunes. Le premier porte une casquette. Tous les deux sont en uniforme gris clair, presque blanc. *Ce sont des gardes,* pensé-je. Mais je m'en moque, pourvu qu'ils me sortent de là.

- S'il vous plaît, aidez-moi, soufflé-je.

L'homme à la casquette se penche un peu plus sur moi.

- Elle a dit quelque chose ?
- Peu importe, dit l'autre en relevant son ami d'une main sur la poitrine. Sortons-la de là.

Les deux hommes passent alors leur arme dans le dos, s'accroupissent à côté de la bête et font doucement basculer la créature sur le côté, me libérant lentement de ce poids qui m'étouffait.

- J'ai toujours détesté ces bestioles, affirme l'homme à la casquette en se relevant un regard dégoûté tourné vers la bête.

Ma poitrine se gonfle brusquement et mes poumons se remplissent alors d'air. J'avais oublié le plaisir de pouvoir respirer pleinement. Je m'accorde quelques secondes pour déguster mes premières inspirations puis doucement recule mes coudes pour me redresser. Ma tête tourne aussitôt. Je devrais peut-être attendre un peu avant de me hisser sur mes pieds. Je roule sur le côté et m'assieds péniblement. Prise d'un vertige, je pose ma main sur mon front bouillant d'être resté en plein soleil et attends un peu. C'est alors que le deuxième garde s'approche et s'accroupit près de moi.

- Est-ce que tu peux te lever ? demande-t-il en posant une main dans mon dos pour me soutenir.

Son camarade, soucieux saisit son arme et la pointe vers moi.

- Fais attention, lance-t-il. Elle a peut-être une arme.
- Vig, baisse ce truc. Elle ne va rien faire.

J'ai l'impression d'être passée sous les roues d'un camion. Je ne sais pas si c'est le fait d'être resté sous ce soleil ou si je me suis redressée trop vite, mais je n'arrive pas à me défaire de ce mal de tête. Je redescends ma main sur mes yeux avec l'espoir qu'en me mettant dans l'obscurité, mes maux vont s'atténuer.

- Va faire un tour et vérifie qu'il n'y a pas d'autres survivants. Je vais m'occuper d'elle.

J'entends des pas et devine que l'homme à la casquette s'éloigne.

- Est-ce que ça va ? me demande le garde resté à côté de moi.

Je découvre mes yeux et tourne mon regard vers lui.

- Vous, lâché-je aussitôt en reconnaissant son regard vert émeraude.

Il sourit simplement sans acquiescer. Il n'a pas besoin, je ne me trompe pas. On n'oublie pas un regard comme le sien. À la lumière du soleil et malgré ma migraine, je distingue enfin les traits de son visage qui m'étaient masqués dans les couloirs sombres du bâtiment. Une mâchoire fine et une bouche charnue. *Il est si jeune,* songé-je en constatant qu'il ne doit avoir que quelques années de plus que moi. J'ouvre la bouche pour lui dire que je ne suis pas sûre de tenir sur mes jambes, mais ma voix déraille aussitôt.

- Attends, dit-il en ouvrant mon sac à dos pour en sortir quelque chose.

Il me tend alors la petite gourde à la forme arrondie en la débouchant.

- Bois.

J'attrape la gourde et la porte à mes lèvres pour boire à grandes gorgées. C'est ce qu'il me fallait.

- Je ne te pensais pas si téméraire, reprend-il. (Il pointe la bête) Abattre ça à toi seule.
- Je n'ai pas fait exprès.

Je tourne la tête et observe la créature. Je n'avais pas rêvé, elle était immense et semblable à un félin. Son corps est musclé et ses poils sombres sont très épais. Le long de sa colonne vertébrale, ils forment comme une crinière piquante aux reflets colorés. On pourrait croire que ces poils ont la même composition que la carapace d'un scarabée tant leur couleur turquoise foncée reflète la lumière du soleil. Je me penche un peu pour observer la tête de la bête. Malgré ses yeux sans vie, elle est encore plus terrifiante à la lumière du jour. Une boule me serre l'estomac quand je revois en flash le moment où elle m'a sautée dessus et où j'ai plongé ma lame dans son cou. *Est-ce que ça fait de moi un assassin ?* me demandé-je. Je n'avais jamais ôté la vie à quoi que ce soit avant ça.

- Sers-t'en pour ton visage aussi, reprend le garde en pointant ma gourde. Tu es couverte de sang.

J'acquiesce, imaginant l'apparence de mon visage. Je porte la gourde à mon visage et au moment où l'eau se met à couler je sens des bras m'entourer et me soulever. Doucement, mon corps quitte le sol et je manque d'échapper ma gourde pour pouvoir saisir avec vigueur mon couteau resté dans la boue. Il ne manquerait plus que je laisse ma seule arme ici.

- Pas de bêtises avec ça, me prévient le garde en me fusillant de ses magnifiques yeux.

Je secoue la tête. Là-dessus il n'a pas de souci à se faire. J'ai attendu trop longtemps qu'on vienne me sortir de sous cette créature pour m'en prendre à mon sauveur. Il se redresse et fait volte-face en direction d'une grande porte. Un hologramme flotte à l'intérieur affichant le chiffre : 4. *Dire qu'elle était si proche*. À bout de force, j'hésite à poser ma tête sur le buste de l'homme qui me tient contre lui et lui voler un peu de la chaleur qui émane de son corps. Je pourrais profiter un peu plus de son aura protectrice avant qu'il me laisse de nouveau dans ce maudit Kiuju. *Le soleil t'a grillé les neurones ma pauvre fille,* pensé-je. *Ne va surtout pas imaginer qu'il fait ça par compassion.*

Le pas lent et équilibré, nous nous rapprochons peu à peu de l'objectif. Autour de nous, je découvre des corps dévorés ou déchiquetés, me glaçant le sang. Je ne m'étais pas rendu compte de ça. Mon corps se met à trembler de nouveau, réalisant que j'ai échappé à la mort. *Ces bêtes étaient donc si voraces,* souligné-je.

En regardant plus attentivement, je constate avec étonnement que certaines victimes semblaient bien plus robustes que moi et pourtant elles n'ont pas eu ma chance. Tout à l'heure, ce n'était pas l'odeur de la bête qui me répugnait, mais celle de tous les corps sans vie : un mélange d'odeur d'excréments et de chair en décomposition. Je me tiens le nez alors que le garde paraît si naturel. Je me demande comment il peut supporter cela. *L'habitude*, pensé-je. Il enjambe deux êtres, un homme et une femme enlacés. Le visage de l'homme est à demi arraché. La femme git avec le dernier membre qui lui reste : son bras droit. Leur visage a capturé la peur à jamais, traçant de profonds traits sur leur peau. *Est-ce que je ressemblais à ça moi aussi quand la bête m'a attaquée ?* songé-je. Je me demande alors ce que vont devenir tous ces corps. Je culpabilise. Je suis en vie et dans les bras d'un garde qui m'emmène en lieu sûr. L'un de ces mêmes gardes qui nous ont poussés dans la gueule de ces créatures et qui, de cause à effet, sont en partie responsables de ce massacre.

Je remarque plusieurs visages qui me fixent de l'autre côté de l'hologramme. Il serait naïf de penser que cet accueil va être jovial. Au contraire, je pense plutôt que les Appelés voient l'aide de ce garde comme un traitement de faveur dont ils n'ont pas bénéficié. En proie à l'espoir, je croise les doigts pour que ce ne soit que des curieux venus admirer le spectacle.

Nous arrivons à la portée de l'hologramme. Le garde passe un pied dans l'antre de la porte et avant qu'il ne passe l'écran numérique j'aperçois sa photo et son nom apparaître : Tom Martins.

- Je ne vais pas plus loin, me dit-il.

Il avance de quelques derniers pas, s'agenouille et me laisse au sol retirant au passage l'aura protectrice qui m'entourait. Il se lève et m'enjambe avant d'aller voir son collègue planté là.

- Donne-moi son rationnement, dit-il.
- C'est bien rare que vous en trouviez à cette heure, répond le garde en attrapant un sac en toile dans une trappe dissimulée dans la muraille.
- Toutes les bêtes sont mortes. (Tom Martins saisit le sac que lui tend l'autre) Avec les mutants, j'ai compté dix-huit cadavres.

Dix-huit cadavres ! répété-je silencieusement, ne pouvant rationnellement pas accepter ce nombre. Nous étions pourtant si nombreux au départ. Je me souviens de ce groupe qui luttait pour ne pas franchir cette porte. Ces pauvres gens ont été envoyés à la mort. J'ai soudainement une pensée pour l'horloger. *Pourvu qu'il s'en soit sorti,* pensé-je. Je jette un coup d'œil dans le couloir à la recherche des survivants, mais ne reconnais personne. L'horloger, sec et chétif n'a pas pu survivre jusque là. Des larmes me montent peu à peu aux yeux en réalisant que je suis à nouveau seule.

- Ça va faire du travail à l'équipe de nettoyage, finit le garde chargé du rationnement.

Je retiens une interjection de colère. Si sa seule préoccupation est la quantité de travail de ses collègues alors il ferait mieux de tenir sa langue dans cet endroit rempli d'Appelés. Il serait certainement surpris de la rapidité à laquelle ses jours peuvent se terminer.

Tom Martins revient près de moi et s'accroupit. Je retiens des larmes de désespoir et saisis le sac de vivres qu'il me tend.

- Prends-en soin. Il paraît bien rempli, mais il se vide plus rapidement qu'on le pense, alors ne laisse personne te le prendre. D'accord ?

Je hoche la tête.

- Merci Tom.

Il me sourit, comprenant certainement que j'ai volé cette information sur l'hologramme et m'offre à nouveau son regard hypnotisant. Sans que je puisse le contrôler une chaleur grandit soudainement en moi. Elle s'estompe aussitôt quand il se retourne, attiré par une agitation. Son attitude change alors et il saisit l'arme qu'il avait tout ce temps rangée dans son dos. À mon tour, je glisse ma gourde dans le sac de rationnement et empoigne mon couteau plus fermement.

- Toi là-bas, t'as rien à faire ici. Dégage de là ! crient les mécontents.

Alors que les hommes s'approchent, Tom se lève et les met doucement en joue tout en gardant son calme.

- Non, c'est vous qui allez reculer, dit-il d'un ton sec. (Il intensifie son regard et, ne voyant pas les Appelés reculer, insiste :) Maintenant.

L'agitation se fait ressentir autour de nous et d'autres Appelés s'approchent pour observer. Ma mâchoire se contracte à mesure que j'imagine l'issue de cette situation. Sentant que l'atmosphère est tendue, le garde chargé des rationnements rapplique aux côtés de Tom et braque à son tour son arme.

- Vous avez pas compris le message ? Cassez-vous de là, lance-t-il alors.

Son manque de subtilité va déclencher les hostilités, pensé-je en observant la scène. Je comprends que les relations entre gardes et Appelés ne sont pas terribles dans le Kiuju. J'espère qu'il n'y a pas des règlements de compte trop souvent. Nous avons déjà bien assez d'épreuves à supporter. Voyant que les choses dégénèrent, je me lève malgré mon mal-être. Ce sera toujours mieux que d'être assise sur le sol.

- Reculez, reprend Tom.

Son camarade d'arme monte sa main à son oreillette et marmonne quelque chose très rapidement. Les Appelés se calment comme par magie et je discerne de la crainte dans leur regard. Le garde a peut-être appelé des renforts.

- On ne va pas en arriver là, déclare Tom à l'autre garde en lui faisant un signe de la main.

Il baisse son arme lentement en gardant du regard les Appelés qui reculent et retournent dans les couloirs puis me rejoint. Je sens qu'il est nerveux.

- Laura, commence-t-il d'un ton franc et rapide. (Je rougis presque en entendant mon prénom) À ta ceinture, tu as un puissant énergisant. C'est un petit sachet bleu. Prends-le immédiatement et va te mettre à l'abri.

Soudain, j'ai peur. Veut-il dire par là que je suis en danger maintenant ? Est-ce que cette altercation va me porter préjudice par la suite ?

- Est-ce qu'ils vont s'en prendre à moi ? demandé-je avant qu'il se sauve.
- Pas ici, non. Mais si tu as un problème, va trouver un *macker.*

Il me contourne et retourne dans la plaine sans se retourner. Je ressens un vide quand je le regarde s'éloigner et sans attendre je range mon couteau dans son étui puis cherche à ma ceinture la petite bourse. Je l'ouvre, les mains tremblantes et fouille parmi les sachets multicolores jusqu'à en trouver un bleu. Je l'attrape avec vigueur et le déchire avec mes dents. Le liquide glisse dans ma bouche en un goût amer et sucré. Je ne sais pas si je trouve ça agréable ou non. Je passe ensuite mon sac de rationnement sur l'épaule et m'éloigne le cœur battant à la recherche d'un lieu sûr.

CHAPITRE 8

Je déambule timidement entre les murailles de ce nouvel endroit dont j'ignore tout. Ce que je remarque c'est qu'il y a bien plus de monde que dans le précédent long couloir. Par contre, ce qui n'a pas changé, ce sont ces immenses murs qui m'emprisonnent. Ils sont faits d'une pierre si sombres que je peine à les croire naturelles. Je ne m'attarde pas longtemps sur eux, bien que je suis sûre qu'ils auraient beaucoup à m'apprendre sur le Kiuju et préfère inspecter les autres Appelés. Mes yeux sont à l'affût du moindre mouvement suspect, du moindre danger et cherchent à reconnaître les hommes menaçants de tout à l'heure. *Va te mettre à l'abri*, m'a dit Tom Martins. Mais qu'entend-il par là ? Existe-t-il un pareil endroit dans le Kiuju ? Partout où j'avance, les gens me regardent bizarrement et j'ai l'impression que je suis l'une des rares personnes à déambuler seules. Je me demande comment je vais pouvoir dormir ou me reposer sans laisser tomber ma garde. Cela me semble impossible. Ces gens n'attendent que ça, pour venir jouer avec moi et me dépouiller de mon rationnement. J'aimerais tellement que Tom Martins soit encore avec moi. Mais il ne faut pas rêver, les gardes ne poussent pas les Appelés au milieu de bêtes féroces pour les en sortir par la suite. Si cet homme m'a posé ici, c'est pour débarrasser la plaine. Je n'étais surement qu'une gêne et le sourire qu'il affichait n'était qu'un masque.

Le sachet énergisant commence à faire effet et je me

sens un peu plus en forme, mais les regards qu'on me lance et l'attitude agressive de certains Appelés m'obligent à m'arrêter dans le premier recoin calme que je trouve. Je ne reconnais plus les regards terrifiés des Appelés qui sont entrés avec moi dans le Kiuju. Ici, tous ont l'air dangereux, presque menaçants. Je m'assois alors timidement entre une vieille femme et un homme amaigri appuyés contre une muraille. Mes mains frêles tentent de ne pas faire tomber mon précieux sac de vivres.

Arrivée au sol, je sors de nouveau ma gourde encore bien remplie. Mes doigts sales retirent le bouchon et je fais s'écouler le précieux liquide dans ma gorge sèche. Je dois combler des journées de soif et de faim. J'écarte alors un peu plus l'ouverture de mon sac de rationnement pour en étudier son contenu, mais je suis rapidement interrompue par un immense fracas qui me fait bondir de peur. La grande porte de la plaine vient de retomber sur le sol en pierre du couloir. Je balaye le paysage du regard et constate, stupéfaite, que je suis l'une des seules à sursauter. Les autres semblent insensibles. *Depuis combien de temps ces gens sont-ils ici ?* me demandé-je en essayant de trouver une raison à leur indifférence. Je replonge mon nez dans mon rationnement et fouille à la recherche d'un morceau de pain, mais quelqu'un me donne un coup de pied dans la jambe.

- Eh toi ! m'interpelle l'homme.

Je lève la tête et serre aussitôt mon sac contre ma poitrine en repensant à l'avertissement de Tom Martins. Un grand homme aux cheveux très blonds me surplombe. Je ne le reconnais pas et en conclue donc qu'il n'était pas dans le groupe de tout à l'heure, mais je ne peux retenir la méfiance qui s'éveille en moi.

- Suis-moi, ordonne l'homme.

Ce n'est pas un garde, tu n'as pas à lui obéir, me dis-je. Je jette discrètement un regard autour de moi, il semble être seul. Je pose alors doucement ma main sur le manche de mon couteau sans le sortir de son étui.

- Je préfère rester ici, dis-je calmement.
- Fais pas ta timide. On a de quoi manger et un feu pour te réchauffer, ajoute-t-il en pointant un petit groupe dans son dos que je n'avais pas remarqué. (Il s'accroupit face à moi) Si tu préfères, je pourrai me charger de te réchauffer moi-même.

Je retiens une vague de panique devant cette nouvelle menace que je n'avais pas anticipée et essaie de rester impassible.

- J'ai tout ce qu'il me faut, merci, réponds-je en resserrant un peu plus ma main autour du manche de mon couteau.
- Viens au moins jeter un coup d'œil. On a privatisé une petite place juste derrière. Si ça ne te plaît pas, tu n'auras qu'à repartir.

Je serre ma mâchoire. *C'est un piège*, me préviens-je.

- Je pourrais t'aider à retirer toute cette saleté que tu as sur le visage, reprit-il en approchant sa main de ma joue.

S'il te touche, tranche-lui la main, m'ordonné-je tétanisée. Mais alors que ses doigts sont sur le point d'atteindre ma peau et que je m'apprête à dégainer mon arme, une voix aiguisée interrompt son geste :

- Pose ta main sur elle et je t'assure que tu ne toucheras plus rien d'autre.

Je m'autorise à quitter mon assaillant du regard pour observer la personne qui se tient debout derrière. C'est un homme, la trentaine, trapu et assuré. Il tient une longue machette pointée droit sur le cou de mon agresseur. Ce dernier décroche un petit sourire en coin quand il comprend ce qu'il se passe puis lève les mains en signe de reddition.

- Voilà, maintenant tire-toi, reprend l'homme debout.

L'autre obéit et se relève doucement après m'avoir glissé d'une voix mielleuse :

- Si tu changes d'avis, tu sais où me trouver.

Je le regarde s'éloigner pétrifiée par la seule pensée qu'il puisse accomplir ses désirs sur moi puis je tourne la tête vers l'homme à la machette. *Que me veut-il lui ?* pensé-je en avec l'intuition qu'une personne plus puissante ne peut avoir que des intentions plus mauvaises. Mais à ma grande surprise, je découvre qu'il est accompagné par deux autres hommes dont l'un d'eux se trouve être l'horloger. Ma main se desserre aussitôt de mon couteau quand il bondit vers moi.

- Je te pensais morte !
- C'était presque le cas, réponds-je en haussant les sourcils.
- Quand as-tu franchi la porte ? Je t'ai cherchée toute la journée, reprend-il vivement. Qu'est-il arrivé à ton visage ? Il est couvert de... (Il hésite) Qu'est-ce que c'est ?
- Du sang.

Il fait un mouvement de recul, comme s'il comprenait ce que cela signifiait. *Oui, j'ai tué une bête et je suis restée coincé dessous toute la journée,* pensé-je. Mais je n'ai pas la force de lui raconter pour le moment.

- Il ne faut pas rester ici, lance alors l'homme à la machette qui est resté en retrait.

Mon camarade acquiesce et m'aide à me relever. Accrochée à son bras, je réalise que je suis vraiment chanceuse de l'avoir rencontré dans cette pharmacie à Torn. C'est la deuxième fois qu'il me sauve la vie.

- Je suis contente de te voir, lui glissé-je.
- Moi aussi, répond-il de son plus beau sourire.

Je me tourne vers les deux hommes qui nous accompagnent. Ils sont musclés et robustes. L'homme à la machette me fixe de ses yeux sombres. *Il m'a sauvé la vie, je devrais le remercier,* pensé-je et pourtant j'hésite. Je n'arrive pas à le cerner. Son regard est autoritaire et je me demande comment l'horloger a fini par s'allier avec lui et l'homme qui l'accompagne. Ont-ils fait une sorte de pacte ? Je me demande bien ce que mon chétif camarade leur a promis. De quoi deux hommes comme eux pourraient-ils bien avoir besoin ?

L'homme à la machette fait un mouvement de la tête comme pour dire : *En avant*, et nous partons. Je me sens un peu plus en sécurité à présent, et déambuler dans les couloirs de pierre m'effraie un peu moins. Je prends quand même toujours soin de vérifier si nous ne croisons pas les rebelles qui s'en sont pris à Tom Martins.

À l'image de l'endroit de césure entre les deux précédentes plaines, nous avançons dans un long couloir entouré de murs immenses, mais celui-ci est bien plus étendu. On croirait se déplacer dans un labyrinthe. Il n'est pas seulement plus grand, il abrite aussi beaucoup plus d'Appelés. Dans chaque recoin se trouve un homme ou une femme. J'ai l'impression que certains sont là depuis toujours, ils sont barbus et usés par le temps. Certains ont même monté des tentes avec des couvertures.

Je tourne la tête à droite et je vois un homme au visage marqué secouer une jeune femme pour lui voler le rationnement qu'elle serre contre-elle. J'ai l'impression de me regarder moi, il y a quelques minutes. Je la tourne à gauche et ce sont deux garçons à peine plus âgés que Ben — mon voisin — qui font une partie de morpion de la pointe de leur couteau sur une muraille. Un peu plus loin, un groupe de quatre femmes discutent en cercle puis, me dévisagent quand elle remarquent mon regard sur elles. Je baisse aussitôt la tête et me contente d'écouter les dialogues qui remplissent l'endroit d'un vacarme inédit. Je n'aurais jamais pensé que le Kiuju abritait une telle vie. Ici, les gens sont différents et pourtant si proches de ce qu'ils auraient pu être à Torn. Je suis sûre que ces enfants auraient fait leur partie de morpion sur une feuille à l'école ou que ces femmes auraient été amies dans leur quartier s'ils n'avaient pas été Appelés. La seule différence, c'est qu'ici nous portons tous une arme blanche à la ceinture.

L'horloger, les deux hommes et moi longeons un couloir, puis nous tournons à une intersection dans une petite place au milieu de laquelle crépite un feu. Au fond, plusieurs tentes plutôt grandes ont été installées. Je compte une dizaine de personnes assises sur le sol ou appuyées contre les murailles. Et de la pierre, partout. *Le Kiuju n'est donc fait que de ça,* songé-je.

- Nous y voilà, déclare mon compagnon. Tu seras en sécurité ici.

Je regarde un peu plus autour de moi. *Cet endroit ressemble étrangement au lieu décrit par l'homme dont on vient de me débarrasser,* pensé-je suspicieuse. Les compagnons de l'horloger nous font signe d'attendre et ajoutent :

- Restez là, nous allons négocier ta place.

Je les regarde s'éloigner et à la seconde où ils entrent dans une des tentes au fond de la place je demande :

- Est-ce qu'on peut leur faire confiance ?
- Je crois, oui, dit l'horloger.
- Où les as-tu rencontrés ?
- Ce sont eux qui sont venus me trouver, juste après que je sois arrivé ici.

C'est encore plus suspect, pensé-je.

- Ils m'ont appris beaucoup de choses sur cet endroit et j'ai pu profiter du feu, ajoute-t-il en me faisant signe de m'avancer vers ce dernier.

Mes mains sont naturellement attirées vers les flammes qui fendent la froideur de l'air. Je les frotte l'une contre l'autre pour les réchauffer. L'horloger s'accroupit devant le feu et s'en approche pour profiter un peu plus de sa chaleur. Après un instant, il tourne la tête vers moi.

- J'y pense, je ne me suis même pas présenté, reprend-il. (Il me tend la main) Je m'appelle Gabin.
- Moi c'est Laura, réponds-je en la saisissant.
- Enchanté, répond-il avec un sourire.

Je me demande comment il peut être aussi serein. Je n'arrive pas à baisser ma garde ou à oublier les horreurs que je viens de voir.

- Nous nous sommes perdus quand les gardes nous ont poussés dans la plaine. Comment s'est passé ta traversée ?

demandé-je pour combler le blanc qui s'installe.
- Je me trouvais à l'arrière du groupe si bien que je n'ai pas compris immédiatement que nous devions échapper à ces créatures. Il se trouve que j'étais en train de me frayer un chemin parmi les gardes. Mais quand la foule s'est dissipée brusquement et que tous les Appelés se sont mis à courir, j'ai fait comme eux. Ce n'est qu'après une minute que j'ai compris que ce qui courrait derrière moi n'était pas humain.

Il pose une main sur son épaule gauche et je remarque que sa veste a été recousue maladroitement à ce même endroit.
- Tu es blessé ? demandé-je.

Il secoue la tête en se relevant.
- Ce n'est rien de grave.
- Je peux regarder si tu veux. Tu ne devrais pas laisser une plaie sans surveillance dans cet endroit, elle va s'infecter.
- Je te remercie, mais Juq s'est occupé de moi.

Juq ? pensé-je en devinant qu'il s'agit certainement de l'un des deux hommes qui nous ont amenés ici.
- Je peux t'aider avec les tiennes si tu le souhaites, reprend Gabin en pointant mon visage encore recouvert de sang.

Je comprends qu'il fait fausse route et secoue à mon tour la tête.
- Ce n'est pas mon sang. Je n'ai rien à vrai dire.
- Dois-je comprendre que tu as tué une des créatures sans qu'elle te touche ? demande-t-il le ton impressionné.

Je hoche timidement la tête. Je ne réalise que maintenant, mais il est vrai que j'ai été très chanceuse. Quand la bête s'est jetée sur moi, j'ai réussi à éviter de justesse son attaque et à riposter aussitôt. Sans cette adrénaline, je serais certainement encore dans cette plaine gisante dans le sol boueux. Tom Martins m'aurait retrouvée morte.

Après quelques minutes, je reconnais les deux hommes sortir de la tente. Ils s'approchent de nous à grands pas.

- C'est bon, tu peux rester, déclare le plus grand des deux qui a par ailleurs rangé sa machette dans son dos.
- Merci, esquissent mes lèvres alors que je suis encore sceptique vis-à-vis de l'intérêt qu'ils nous portent à Gabin et moi.

Mon camarade, lui, se réjouit. Je reste de longues secondes à partager un regard avec l'homme, mais n'y perçois rien de plus que de la froideur. *Qui es-tu ?* songé-je en m'enfonçant un peu plus dans le noir de ses yeux sombres. Il interrompt notre contact en cherchant quelque chose dans l'intérieur de sa veste.

- Viens, me dit Gabin en m'attrapant par le bras. Il y a de quoi te laver à l'intérieur.

Je passe alors devant l'homme et le suis jusqu'à l'une des tentes de la placette. Je suis étonnée de la trouver remplie de sacs, d'armes et de choses en tout genre. Gabin me mène jusqu'au fond où se trouve une grande bassine d'eau claire.

- Tu peux te servir de toute l'eau, nous irons la changer après.

Je m'approche de la bassine et observe mon reflet dans l'eau. Toute la partie droite de mon visage est rougie par le sang qui la recouvre et mes vêtements en sont imprégnés jusque dans mon cou. Je pose mon sac de rationnement à terre et retire mon sac à dos non sans difficulté. Il était si serré qu'il a laissé des traces sur mes épaules. Je découvre avec surprise qu'à l'image de tout ce qui recouvre mon corps il est couvert de boue. Je retire alors aussi ma veste et mon sous-pull. Ce n'est pas grave si mon pantalon reste sale. Je veux retirer le sang qui est incrusté dans le col de mes vêtements pour ôter l'odeur de fer qui m'accompagne depuis hier. Je remonte alors mes manches et, sous le regard de Gabin, les plonge dans l'eau glacée. Je m'efforce de nettoyer mon visage pour y retirer tout le sang collé. L'eau se colore petit à petit et, comprenant qu'elle devra être changée totalement, j'attrape une petite éponge en tissu posée non loin et me mets à nettoyer toutes mes affaires. Je donne aussi un léger coup d'éponge dans mes cheveux pour les nettoyer sans les tremper. *Enfin propre,* pensé-je en remettant ma veste et mon sac à dos que je ne serre pas autant que Tom Martins l'avait fait.

Gabin m'emmène ensuite changer l'eau hors de la placette dans un lieu surveillé par des gardes : la salle d'hygiène. Heureusement pour notre sécurité, elle se trouve juste à côté. La salle est encastrée dans une muraille et abrite plusieurs bassins d'eau pour s'y laver, une rangée de toilettes fermées et des robinets d'eau potable. L'intimité y est limité mais, au moins, cet endroit a le mérite d'exister. Nous remplissons rapidement des seaux pris dans la tente que nous vidons d'abord de l'eau souillée puis rentrons rapidement.

Après avoir rempli la bassine à nouveau, nous sortons et allons nous installer près du feu pour manger. Je me réjouis de la chaleur qui vient combler le froid de mes cheveux humides et m'assois en posant mon sac entre mes jambes. Je remarque à peine les deux personnes en face de nous qui discutent sagement. Je prends le sac en toile marqué de mon numéro : *559 07* que j'avais attaché à la lanière de mon sac à dos et l'ouvre. La même odeur de viande séchée que la dernière fois, mélangée à celle du pain dur monte jusqu'à mon nez. L'eau me vient à la bouche. Je n'ai pas mangé depuis longtemps et malgré cette boule au ventre qui ne me quitte pas, je meurs de faim. J'extirpe le morceau de viande du sac et dégaine mon couteau tout propre. J'entame aussitôt la découpe du talon de jambon. Incapable de couper correctement une tranche de viande, je fais de petites entailles d'où ressortent de petits morceaux charnus. Je prends ensuite la chair avec précaution dans mes doigts et pose mon repas sur ma langue. La viande s'écrase petit bout par petit bout sous mes dents, délivrant une saveur exquise et réconfortante.

- Tu as du chocolat au fond du sac, me dit une voix dans mon dos.

Je crois d'abord que c'est Gabin, mais découvre que c'est l'homme à la machette qui vient se placer à ma droite.

- Voici donc ton vrai visage, dit-il. (Il s'assoit) Ce n'est pas comme ça qu'on coupe de la viande. (Il tend la main vers mon talon de jambon et, par réflexe, je m'écarte de lui) Je vois qu'on t'a déjà bien esquintée, me dit-il. Laisse, je vais t'aider.

Il approche de nouveau la main et, le regard dans le mien à la recherche d'un nouveau geste dangereux, prend lentement la viande. Il sort ensuite un petit couteau à la lame lisse de sa poche. Je ne peux m'empêcher d'être sur mes gardes et pourtant j'ai le sentiment qu'il pourrait m'être d'une grande aide si j'arrive à m'allier à lui.

- Mon nom est Simon, reprend-il. Mais appelle-moi Sim (Il coupe une tranche d'une extrême finesse et me la tend) c'est plus rapide à dire.
- Qu'est-ce que ça change de le dire plus vite ? demandé-je en attrapant le morceau de viande qui semble maintenant si noble.
- Quand tu seras coincée dans une *plane* et que tu appelleras à l'aide, une syllabe sera plus vite dite que deux.

Sous-entend-il que je vais me tourner vers lui quand je serai en danger ? songé-je. Il ne manque pas de culot, je le connais à peine.

- Moi je m'appelle Laura, dis-je. Il faudra prononcer deux syllabes si tu veux m'appeler.

Il sourit du coin de la bouche, fendant sa joue couverte d'une barbe de quelques jours, en comprenant certainement qu'il ne gagnera pas ma confiance si aisément.

- Tu te méfies de moi ? demande-t-il alors.
- Je me méfie de tout le monde ici. À l'exception de Gabin, je suis regardée comme du gibier par tous les hommes que je croise. J'ai connu plus rassurant, dis-je en portant la fine tranche de viande à ma bouche.
- Tu es une jolie fille. On n'en croise pas beaucoup ici, alors les

Appelés en profitent.

Je manque d'avaler de travers. Je n'ai jamais été regardée de ma vie quand je vivais à Torn et étrangement ici tous les hommes s'intéressent à moi.

- Tu aurais peut-être dû garder ce sang sur ton visage si tu voulais passer inaperçu.
- Le sang n'y change rien. Je voudrais juste ne pas avoir ce sentiment d'insécurité partout où je vais dans le Kiuju.
- C'est ce genre de sentiment qui te sauvent la vie. (Il tranche vivement le jambon) Fie-t'en. Connaître les intentions des autres c'est pouvoir anticiper leurs actes. (Il me tend la tranche de viande) Mais n'aie aucune inquiétude, les *decks* sont bien protégés et la violence y est interdite.
- Les *decks* ? Qu'est-ce que c'est ? demandé-je en attrapant la tranche.
- C'est ça. (Il fait un large signe et me montre la placette) Un *deck*, c'est l'étape intermédiaire entre deux *planes*.

Je fronce les sourcils, comprenant que je suis ignorante sur bien des sujets dans ce Kiuju.

- Je vois, dit-il en remarquant mon incompréhension.

Il me rend mon talon de jambon, recule et chasse les quelques cendres qui recouvrent la pierre grise.

- Le Kiuju est un immense bâtiment enterré, sans plafond. (Il grave un grand rectangle sur la pierre avec la pointe de son couteau) C'est pour cette raison que nous voyons le ciel. Toute cette structure est découpée en plusieurs lieux distincts alternant entre *planes* et *decks* ; les *planes* étant les grands espaces où se passent les épreuves et les *decks* les lieux de repos.

Il se tourne vers moi en cherchant à savoir si j'ai compris. Je n'acquiesce pas tout de suite. Je veux qu'il m'en dise un peu plus.

- Le Kiuju commence par une *plane* (Il coupe le rectangle dessiné au sol par un long trait à quelques centimètres du bord) suivie d'un *deck*. (Il dessine un couloir partant du centre de son précédent trait) Viennent ensuite une nouvelle *plane* et un nouveau *deck*. (Il les dessine et pointe le *deck* de la pointe de son couteau) Nous sommes ici. Et le schéma se répète. Une autre *plane* puis un *deck*, et ainsi de suite, finit-il en gribouillant une suite de traits.

- Combien de *planes* reste-il avant la fin ?
- Je n'ai pas la réponse à cette question, dit-il en rangeant son couteau.

Je grimace. J'aurais aimé savoir jusqu'à quand je dois vivre dans le Kiuju avant d'en sortir.

- Mais tu sais que le schéma se répète, reprends-je.
- Oui.
- Et que la violence est interdite dans les *decks*.
- En effet. Tu es libre de te battre avec qui tu veux, mais seulement dans les *planes*.
- Comment sais-tu tout ça ?
- Tout le monde le sait. (Il hausse les épaules) C'est le règlement.
- Il y a un règlement ?
- Non, pas exactement, dit-il sur le ton de l'évidence. Tu vois ces hommes en gris ? (Il pointe deux gardes qui passent devant l'entrée de la placette) Ce sont des *mackers*. C'est eux qui veillent à ce qu'il n'y ait aucun débordement. Ils sont partout dans les *decks* mais ne mettent pas un pied dans les *planes*.

Les gardes, appelés donc *mackers*, sont donc les gardiens de ces lieux. Ils nous protègent des agressions des autres Appelés, mais ne manquent pas de nous faire traverser des *planes*. Leur rôle est particulier.

- De quel côté sont-ils exactement ? demandé-je partagée entre la gentillesse de Tom Martins et la cruauté de ceux qui m'ont poussé dans la *plane* hier.

Sim grimace et me demande après un instant :

- Je ne comprends pas ta question. Est-ce qu'un *macker* t'a déjà fait défaut ?

- Non, réponds-je en baissant la tête.

L'un d'entre eux a même été très gentil avec moi, me dis-je en pensant de nouveau à Tom Martins.

- J'essaie simplement de comprendre comment cet endroit fonctionne pour rester en vie, ajouté-je.

Je relève la tête et fixe Sim. Je me demande s'il a peur lui aussi. Il semble être bien renseigné et bâti pour survivre au Kiuju et pourtant, il reste un être humain qu'on a jeté dans cet endroit.

- Ils ne prennent pas parti, ils suivent juste les ordres. Si un Appelé enfreint le règlement, il est tué sur place ou donné aux mutants. Le Kiuju n'est pas une cour de récréation. Les *mackers* sont formés pour être impitoyables.

Son regard se perd dans les flammes et un silence s'installe. *Depuis combien de temps est-il enfermé ici ?* songé-je en observant la lumière des flammes danser sur son visage.

- Tu as déjà assisté à ça ? demandé-je timidement.

Il secoue lentement la tête, comme pour effacer des images qui passent dans son esprit.

- J'ai vu bien plus de choses que tu ne peux imaginer. (Il tourne la tête pour me regarder et prend une longue inspiration) Et pourtant je n'ai traversé que deux *planes*, comme toi. À l'exception que ça t'a pris deux jours et moi sept mois, ajoute-t-il en tapotant son matricule cousu, comme le mien, sur sa veste.

Sept mois ? pensé-je soudainement prise d'une sueur froide. Je n'avais jamais imaginé qu'on pouvait rester si longtemps dans le Kiuju. Cela signifie que mon voisin, Robert, est peut-être quelque part ici alors que nous le croyions mort tout ce temps. Je baisse les yeux sur son matricule et y lis : *552 02.* Je réalise alors qu'il est Possédant. J'ai remarqué, en observant les Appelés avant qu'on nous pousse dans la première *plane*, que les numéros allant de un à cinq sont ceux des Possédants, de six à vingt ceux des Moyens et les autres ceux des Impécunieux.

Ma méfiance à son égard augmente un peu plus en comprenant ça. *Que fait-il là ?* pensé-je les dents serrées. Il aurait pu s'épargner ces sept mois d'enfer, mais au lieu de ça, le voici.

Une main se pose sur mon épaule. C'est Gabin qui discutait tout ce temps avec Juq — le compagnon de Sim.

- Laura, je vais rentrer pour me reposer un peu.
- D'accord, je te suis, réponds-je en rangeant précipitamment ma viande dans mon sac en toile.
- Tu peux rester là si tu préfères.
- Non, j'ai besoin de me reposer aussi, mens-je.

La vérité c'est que je ne veux pas rester seule avec Sim ou même être séparée une nouvelle fois de Gabin. C'est la seule personne dont je ne me méfie pas ici. Nous nous levons et nous dirigeons vers une petite tente. À l'intérieur, un Appelé est allongé sur le sol, enroulé dans une couverture. Gabin me fait signe de m'installer à droite de l'entrée. Je pose mon sac de rationnement au sol, retire mon sac à dos et le place tel un oreiller sous ma tête en m'allongeant. Mon compagnon se place à côté de moi.

- Tu ne sors pas ta couverture ? me demande-t-il doucement.
- J'ai peur qu'on me la vole, réponds-je en chuchotant.
- Justement, dit-il en sortant la sienne. Place ton sac de rationnement près de toi (Il colle son sac sur son ventre) puis enroule-toi dans la couverture. (Il le fait) Maintenant, les affaires sont en sécurité, chuchote-t-il en souriant.
- Tu es surtout coincé. Si tu dois t'enfuir, tu vas perdre du temps à dérouler tout ça.

Son sourire retombe.

- Laura, tu n'as rien à craindre. Cette place est protégée par des Appelés qui se relaient tour à tour. De plus, puisque nous sommes près de la salle d'hygiène, il y a toujours deux *mackers* à l'entrée.

Je secoue la tête. Je ne me ferais pas avoir deux fois. Nous avons baissé notre garde dans le précédent *deck* et avons fini dans une *plane* poursuivis par des bêtes affamées.

- Comme tu voudras. Essaie quand même de te reposer, finit Gabin en fermant les yeux.

Je le regarde de longues minutes, impressionnée par son aptitude à s'endormir si vite et à être si paisible dans le Kiuju. Je ne me rappelle pas la dernière fois que j'ai fermé les yeux. Ce devait être sous cette bête, quand la fatigue m'a fait sombrer.

Je n'ai pas l'heure, mais en vue de la luminosité extérieure, je devine que la nuit va bientôt remplacer le jour. Je me recroqueville un peu plus sur moi-même. Dès qu'il fera noir, je reverrai les yeux luisants de ces bêtes et je serai pétrifiée. Il faudrait que j'arrive à me reposer, mais chaque fois que j'essaie de fermer les yeux un petit bruit quel qu'il soit me les fait rouvrir, la peur au ventre. Pourtant, ce n'est qu'une brise d'air qui fait battre la toile de la tente ou l'Appelé du fond qui se tourne.

Après un long moment à regarder les yeux grands ouverts la pierre froide sur laquelle je suis allongée, je finis par fermer les yeux. Je vois alors pour la première fois depuis que je suis ici le visage de mes proches défiler dans ma tête. D'abord ma mère, son regard fatigué et ses longs cheveux secs. *Va-t-elle toujours à l'exploitation ?* songé-je. Puis, apparaissent Oly et Marc. Avec qui ont-ils déjeuné aujourd'hui ? Je voudrais pouvoir entendre leurs rires et passer ma main dans les boucles dorées d'Oly pendant qu'il est allongé sur le foin. Il grognerait surement. Il ne supporte pas qu'on lui touche la tête. Vient alors le visage de Dann. Je repense au jour de l'Appel, alors qu'il regardait par la fenêtre. Il était si calme, mais si triste à la fois. Quand j'ai vu ses larmes lors de mon départ, j'ai ressenti ce même sentiment. Celui que nous n'aurions jamais dû nous cacher : notre amour fraternel. Nous avons passé tant de temps à nous haïr pour un malheureux accident. Et aujourd'hui me voici à regretter de ne pas avoir partagé plus de moment avec lui. Les rides de ma grand-mère surgissent alors, son sourire franc et ses absences. Enfin, mon père. *Qui va chercher ses médicaments à la pharmacie ?* songé-je. *Est-ce que Dann va lui caresser les cheveux comme j'avais l'habitude de le faire chaque jour ?* Lui qui est le seul à ne pas savoir que je suis ici, il me manque tant.

Je sens quelque chose glisser sur ma joue et me rends compte que je suis en train de pleurer en silence. J'avais retenu ces larmes depuis si longtemps. Si Gabin et cette tente ne me cachaient pas du regard des autres Appelés je les aurais certainement retenues, mais je n'en peux plus. Je suis épuisée et apeurée. Je peux faire la forte tête quand je suis dehors, mais en réalité je reste une petite fille recroquevillée sur le sol froid d'un lieu terrifiant qui essaie d'étouffer le bruit de ses larmes.

CHAPITRE 9

Je suis secouée par une main sur mon épaule. D'un geste vif, la mienne se porte à ma ceinture et empoigne le manche de mon couteau. Puis, dans un élan d'adrénaline, je pointe l'arme vers mon assaillant, mais je suis rapidement arrêté d'un coup vif à mon poignet. Mes yeux s'écarquillent et je laisse tomber la lame quand je réalise que je viens d'agresser Gabin.

- Je suis désolée, dis-je aussitôt.

Le visage figé et les fesses au sol d'avoir reculé brusquement pour éviter mon assaut, Gabin me lance :

- Tu t'étais endormie.

Je me redresse vivement pour l'aider à se relever.

- Gabin, je suis vraiment désolée, dis-je en lui attrapant la main en précipitation. Est-ce que je t'ai touché ?
- Non, je n'ai rien, dit-il en se relevant. J'aurais dû être plus prudent, nous sommes dans le Kiuju, ton geste était prévisible.

Oui, tu n'aurais pas dû me secouer, j'ai bien failli te tuer ! pensé-je encore stressée de ce qui aurait pu advenir. Je ramasse mon couteau et le range à ma ceinture.

- Est-ce que quelque chose est arrivé ? demandé-je encore animée par l'adrénaline.
- Non. Sim et Juq veulent nous montrer le *deck*.
- Le *deck* ? Pour quelle raison ? Ce n'est qu'un enchevêtrement de couloirs.

Il hausse les épaules.

- Pour visiter.

Pour visiter ? répété-je silencieusement en pensant que ce n'est clairement pas une raison valable pour risquer sa vie.

- Ce n'est pas un peu dangereux avec tous ces Appelés ? dis-je en passant mon sac à dos.
- Je pense que nous ne craignons rien en leur compagnie.

Je serre la mâchoire, mais je dois m'incliner. Il est vrai que Sim et Juq m'ont l'air de deux super êtres humains et puisque je ne veux pas me séparer de Gabin, je le suis en dehors de la tente.

En sortant, je fixe mon sac de rationnement sur ma poitrine à l'aide des lanières de mon autre sac — pour éviter d'avoir à le porter à la main. Sim et Juq nous attendent à l'entrée de la placette. Je suis étonnée de voir le premier ôter une cigarette de ses lèvres et la lancer en direction du feu. *Où a-t-il trouvé ça ?* me demandé-je sans pour autant y réfléchir davantage. Je rajuste mon col, fouettée par un air frais, et vais à leur rencontre accompagnée de Gabin. Ils nous saluent en nous voyant. Je n'avais pas remarqué hier, mais Juq a d'incroyables yeux marrons, on dirait des noisettes. Ses cheveux sont châtains et se marient bien avec son regard. Il n'est pas très grand, mais toujours plus haut que moi. Sim lui, est fidèle à l'homme avec qui j'ai discuté hier soir. Calme et sombre.

- On peut y aller ? demande-t-il en me jetant un regard.

Je hoche la tête et nous quittons la placette. D'instinct, je place ma main sur mon couteau. Je ne suis pas convaincue par cette excursion. Le *deck* n'est qu'une suite de couloirs, il n'y a rien à voir. Je me demande bien pourquoi ils veulent nous le faire parcourir. *Reste sur tes gardes Laura,* me dis-je.

Sim est devant avec Juq, ils parlent discrètement alors que Gabin et moi fermons la marche. Nous les suivons silencieusement en regardant où nous mettons les pieds. Ce *deck* est bien plus encombré que le précédent, avec des objets qui jonchent le sol et des corps avachis contre les murs. Ces hommes ne sont pas morts non, mais immobiles et secs. Nous passons devant la grande porte où m'a déposé Tom Martins hier. Le *macker* chargé de la distribution des vivres est encore là, mais en temps que patrouilleur puisque la *plane* est fermée. Nous ne nous attardons pas et traversons sans arrêt, slalomant entre les débris et les corps. Je suis une nouvelle fois subjuguée devant le nombre de personnes que contient ce *deck*. Certains remuent quand ils nous entendent arriver puis nous observent silencieusement. *Ils vérifient que nous ne venons rien leur voler,* pensé-je en croisant le regard d'un Appelé méfiant. Nous tournons à une intersection puis nos deux guides s'arrêtent brusquement devant une place semblable à celle que nous venons tout juste de quitter. Sim fait un pas de recul et m'attrape par le bras pour me tirer vers lui. Ma main se resserre par réflexe sur le manche de mon couteau, surprise par ce geste. Il relâche aussitôt son étreinte quand je m'arrête à côté de lui. *Ne refais plus ça,* lui fais-je comprendre d'un regard menaçant. Mais au lieu de s'excuser, il me glisse :

- Voici ce qu'on appelle le Cœur du *deck*.

Je quitte ses yeux du regard et me tourne vers une place impressionamment vaste. Au centre se dresse une tente immense autour de laquelle patrouillent des dizaines de *mackers*. Je fronce les sourcils, un si grand nombre de gardes ne peut signifier qu'une chose : le lieu n'est pas sûr.

- C'est un endroit très important où l'on peut se ravitailler et voler quelques informations.
- Pourquoi y a-t-il autant de *mackers* ? demandé-je les dents serrées.
- Parce que la moitié des Appelés de ce *deck* passent leur temps ici.
- Le Cœur est le lieu le plus surveillé du *deck*, continue Juq.

Je n'aime pas ça, songé-je en observant un Appelé sortir de la grande tente. Sim me passe devant et part en direction de la place. Mon sang se glace en réalisant qu'il veut nous y faire entrer. Je me tourne aussitôt vers Gabin qui s'est remis en marche, l'implorant de mon regard de ne pas le suivre.

- Allons-y, me dit-il en remarquant que mes deux pieds sont encore bien ancrés dans le sol.

Contrainte, je prends mon courage à deux mains et suis le petit groupe.

À l'entrée de la place, trois *mackers* nous arrêtent. Les garçons montrent leur plaque. Bête et disciplinée je sors la mienne et la tends au premier *macker*. Il se penche puis me fait signe de circuler. J'entre alors dans le Cœur. Je ne sais pas comment décrire le sentiment qui monte en moi. Une sensation de protection par la présence des *mackers*, mais également de peur, justement parce qu'ils sont là. D'un rapide coup d'œil, j'en compte douze, treize, peut-être même plus qui patrouillent dehors. Certains parlent dans leur oreillette, d'autres sont aux aguets et nous dévisagent bizarrement. Sim tire la toile de la grande tente et nous nous engouffrons tous à l'intérieur. Je découvre alors un endroit sombre, grouillant de monde. Des femmes et des hommes, tous plus grands les uns que les autres parlent forts et traversent vivement devant nous. Je me fige. Mon corps me hurle de sortir de cet endroit au plus vite. Ma main est si fortement cramponnée à mon couteau qu'elle me fait mal. Gabin repère mon malaise et s'approche de moi.

- Laura, est-ce que tout va bien ?
- Pourquoi nous emmènent-ils ici ? murmuré-je le poil hérissé et le regard à la recherche de la moindre menace. Je n'aime pas du tout cet endroit.

Il se retourne et contemple l'intérieur de la tente.

- Je ne sais pas, mais j'ai l'impression d'être de retour à Torn, sourit-il. Les ruelles derrière l'horlogerie grouillent de monde.

Le visage de Gabin s'illumine. Le mien grimace. Est-ce moi qui suis trop suspicieuse ou lui qui est trop naïf ? Il s'avance dans la foule et suit Sim et Juq qui sont eux, imperturbables. *C'est comme un marché couvert*, pensé-je en scrutant les alentours. Je reconnais des stands où sont entreposés des armes, de la nourriture, des choses en tout genre et même des bijoux. Quand j'aperçois une dizaine de paquets de cigarettes éparpillés sur l'un d'eux je comprends d'où viennent celles de Sim. *C'est donc d'ici qu'elles proviennent*. Les gens se sont installés ici, comme ils se seraient installés dans un petit magasin à Torn. Je remarque aussi les sourires des marchands fiers de leurs produits. Ils n'ont pas le visage des rescapés de la *plane*, j'en viens à me demander si ce sont des Appelés.

Nous traversons la grande tente puis Sim et Juq s'arrêtent devant une porte en toile gardée par un homme aussi imposant qu'une armoire. *Les ennuis commencent,* pensé-je quand je remarque la manière dont il nous dévisage Gabin et moi. Il glisse un mot à nos deux guides puis écarte la toile sans nous lâcher des yeux. Sim passe de l'autre côté et Juq se retourne.

- Nous n'en avons pas pour longtemps, dit-il avant d'entrer à son tour.

L'homme retire la toile derrière lui nous séparant définitivement de Sim et Juq. Quand je comprends ce que cela signifie, une bouffée de chaleur remonte jusqu'à mon visage. J'ai eu le temps d'apercevoir une table entourée d'Appelés, mais le passage s'est refermé avant que je puisse identifier leurs visages. Ils nous ont menés jusqu'ici volontairement et nous les avons suivis naïvement. Nous ne sommes pas à l'abri d'un piège. Je fais un pas de recul.

- Gabin, allons-nous-en.

Mon compagnon se tourne vers moi toujours décontracté et ajoute :

- Juq a dit que ça ne prendrait pas longtemps, faisons plutôt un tour en les attendant.

Avant que je puisse m'opposer à cette idée, il s'éloigne vers un étal. Apeurée à l'idée de rester seule, je lui emboîte le pas en scrutant la foule agitée.

- Tu ne veux pas plutôt qu'on attende dehors ? demandé-je. Tu ne trouves pas bizarre qu'ils nous laissent seuls ?
- Non. Ils sont ici depuis bien plus longtemps que nous, ils ont surement des affaires à régler, dit-il en se penchant sur un étal de bijoux. Je me demande s'ils ont une montre de mon père.

Je serre ma mâchoire. Le stand est recouvert de bracelets en tout genre. On trouve des chaines, des montres et même des bagues en or. J'imagine qu'ils ont été volés à des Appelés trop faibles pour les défendre. Je tourne la tête, cela ne m'intéresse pas, je suis préoccupée par le bruit et l'agitation. Gabin farfouille dans l'étal, discutant même avec le vendeur. Pendant un long moment, ils parlent d'un bijou puis passent à un autre, et ce durant plusieurs longues minutes.

En attendant, j'observe les Appelés sous la tente. Certains rient et s'enlacent chaleureusement comme s'ils ne s'étaient pas vus depuis des jours. D'autres se disputent un article. Les plus pressés jouent des coudes pour traverser la foule. J'en distingue quelques-uns à l'attitude suspicieuse qui s'échangent discrètement des objets. Après un moment, j'ai l'impression que les Appelés sont un peu plus agités et que l'atmosphère se tend peu à peu. Il y a moins de rires, et petit à petit, des hommes désertent le Cœur sans que de nouveaux les remplacent. Je tire la manche de mon compagnon.

- Gabin, allons-nous-en. Sim et Juq devraient déjà être revenus.

Il ne répond pas. Une femme à ma gauche se met à marcher rapidement. Elle me bouscule et s'agite en direction de la sortie. Non loin, un homme ouvre la bouche pour crier, mais est retenu par un autre qui lui prend la bouche. Cette fois c'est trop.

- Gabin !

Mon attention est attirée par autre chose, de l'autre côté du stand. À travers le fin voile de tissu qui sépare les deux rangées

d'étalages, j'aperçois des hommes comploter. L'un d'eux sort quelque chose de sa poche, petit et rond puis le cache rapidement. *Ce n'est pas normal,* pensé-je alors que mon corps me hurle de m'enfuir. Je saisis durement le bras de mon ami et le regarde droit dans les yeux.
- On y va maintenant.
- Laura, c'est lourd à la fin, lâche-t-il en se retirant de mon étreinte. Peux-tu arrêter d'être effrayée par tout et n'importe quoi juste une minute ?

Il ronchonne, mais mon sentiment est bien réel. S'il ne veut pas me suivre, je partirai seule.
- Je t'attends dehors, lâché-je en reculant.

Il hoche la tête et retourne à son étal. Je culpabilise à le laisser là, voyant bien que quelque chose se trame, mais je n'ai pas le choix.
- Fais vite quand même, ajouté-je craignant qu'il lui arrive malheur.

Il ne répond même pas et je m'engouffre dans la foule en précipitation.

Soudain, comme à l'unisson, je remarque tous les marchands s'échanger des regards puis lancer un drap sur leur étal avant d'abandonner leurs marchandises. Mon attention est vite attirée ailleurs. Deux hommes en viennent aux mains et la foule s'agite. Mon sentiment était donc juste, il y a danger. Je me retourne pour prévenir mon compagnon, mais je suis déjà entourée par trop d'Appelés et n'aperçois même plus l'étal de bijoux. Je suis poussée et coincée dans la foule. Les doigts cramponnés au manche de mon couteau, je me retiens à l'utiliser pour me frayer un passage, me rappelant que la violence entre Appelés est interdite dans les *decks*. Au lieu de ça, je fais comme les autres, je crie et pousse, mais c'est la ruée. Tout le monde court, hurle, et bouche la sortie. Je ne sais même pas pourquoi. Soudain, des *mackers* surgissent de toutes parts : à droite, à gauche, par la porte, sous les toiles de la grande tente et pointent leur arme sur nous. J'en viens même à me demander comment ils peuvent être si nombreux et surtout d'où ils sortent. C'est comme s'ils étaient apparus par magie. L'un d'eux se met à crier, mais je ne l'entends pas. J'ai peur. Je sais que s'ils décident de lancer un assaut, nous serons sans défense contre leurs armes automatiques. Et si je trébuche et tombe, je serai piétinée par la foule affolée. Le pire, c'est que nous ne savons même pas ce que nous fuyons.

J'arrive à passer au travers de quelques Appelés, mais ne m'approche pas beaucoup de la sortie. La tension ne fait qu'augmenter sous cette tente et je sens qu'à tout moment quelque chose de terrible va se produire. Je m'en veux de céder, comme les autres, à cette menace invisible qui me tord les boyaux, mais le Kiuju m'a déjà appris que tout était plus terrible ici qu'à Torn. Je lutte alors de toutes mes forces pour sortir au plus vite quand soudain, une main derrière moi me saisit par le sac. Je laisse échapper un cri de surprise et suis attirée vers l'arrière. Une force contre laquelle je ne peux lutter m'écarte de la foule vers le fond de la tente, m'éloignant un peu plus de la porte de sortie. *Non*, songé-je avec regret en l'observant s'éloigner de moi. Quand la force diminue un peu et qu'elle décide maintenant de me faire changer de direction, je vois s'abattre devant moi une machette menaçante qui écarte les derniers Appelés bloquant le passage. Je passe au travers d'un groupe d'hommes et de femmes au visage défiguré par l'angoisse puis m'arrête devant la toile de l'aile gauche du Cœur. En un coup vif, la machette tranche la paroi et crée une ouverture vers l'extérieure de la tente. J'aperçois enfin la lumière du jour et suis poussée vers l'avant pour traverser le passage. Surprise, je trébuche et m'écroule sur le sol. La main me saisit à nouveau, au bras cette fois, et me relève vivement. Je suis ensuite trainée vers le couloir du *deck* à travers la foule qui sort au compte-goutte de la porte principale du Cœur.

Pan pan pan. Les *mackers* ont donné l'assaut à l'intérieur du Cœur. Mes mains tremblent réalisant qu'à quelques secondes près j'aurais pu être sous le feu des balles. Ma fuite s'arrête vivement quand on me plaque contre la muraille d'un couloir du *deck*.

- Tu m'expliques à quoi tu jouais ? me crie Sim rouge de colère face à moi. Quand tu vois que ça s'agite et que la foule se rassemble, tu ne suis pas bêtement. Tu te barres par les côtés !

Sa voix est grave et forte, mais mes oreilles n'entendent rien. Mon attention est rivée sur la tente qui se vide de monde derrière lui. Ma vue se trouble et devient floue à mesure que des larmes sortent de mon corps figé.

- Je savais qu'il ne fallait pas venir ici, pleuré-je en imaginant le corps de Gabin tué par les balles des *mackers* alors que je l'ai abandonné.
- Tu n'as pas remarqué que ça s'agitait ? gronde Sim sans m'écouter.
- Si, réponds-je les dents serrées. Si.
- Alors pourquoi tu n'es pas sortie ?

Je secoue la tête de droite à gauche incapable de répondre quand soudainement : *Boum*. Une détonation assourdissante coupe net notre conversation. Des morceaux de tissus volent en éclat et Sim est projeté contre moi. Le souffle de l'explosion nous plaque au mur et mes oreilles se mettent aussitôt à siffler.

Quand je rouvre les yeux, je découvre horrifiée que du sang a taché le sol. Ma respiration devient haletante et je manque de vomir quand je découvre un morceau de chair à notre droite. Les gens se mettent à hurler. Des Appelés qui avaient réussi, comme nous, à sortir du chapiteau se précipitent sur le lieu de l'explosion pour secourir leurs amis. Mais tout n'est que chaos. Si je pouvais voir mon reflet dans un miroir, je ne le reconnaîtrais pas tant mon visage est tordu par l'effroi. À quelques mètres sur ma droite, une femme est étendue face contre terre, sans ses jambes. Elles ont été pulvérisées par l'explosion. Un peu plus loin, des morceaux de chair son éparpillés un peu partout. L'horreur n'est que plus terrible proche de la tente dont il ne reste que de vulgaires morceaux de toile. Une nausée me submerge à la vue de tant de corps mutilés. Parmi les pauvres Appelés victimes de l'explosion, je vois des *mackers* se relever difficilement ou succomber à leurs blessures.

Sim s'écarte de moi en se tenant la tête. Il a été violemment projeté par le souffle. Il ramasse sa machette qu'il a échappée sur le sol et la passe dans son dos en un geste fluide. Mes larmes ne cessent de couler. Je le regarde s'éloigner lentement vers le Cœur qui n'est plus que l'ombre de ce qu'il était. *J'aurais dû le trainer de force,* me dis-je en pensant à Gabin. S'il était encore sous la tente lors de l'explosion, il n'a pas pu s'en sortir. Je réalise que si c'est le cas cela signifie que je suis seule à nouveau. Mon regard se pose sur Sim qui slalome entre des corps inertes. Il cherche surement Juq à travers les femmes et les hommes qui hurlent et les *mackers* qui se rassemblent. S'il l'a perdu lui aussi, cela signifie-t-il que nous ne sommes plus que tous les deux ? Devrais-je le suivre ? Je ne sais rien de lui. L'explosion n'a pas eu l'air de l'étonner. Il s'est retrouvé plaqué contre la paroi, il m'a surement sauvé en faisant barrage de son corps. Comment peut-il rester si impassible après ça ? Moi je suis tétanisée.

J'essuie mes yeux du revers de ma main. *Ressaisie-toi Laura, ne leur montre pas que tu as peur*. Ma vue devient plus nette et je vois les quelques *mackers* encore en vie s'agiter. Leur regard s'est noirci et leur nombre grandi à mesure que des renforts arrivent. Cette fois, ils ne sont plus les gentils gardiens du *deck*, ils font régner l'ordre et s'empressent de repousser tous les Appelés hors du Cœur en hurlant. Ils sont en furie. Certes, eux-aussi défigurés par l'effroi mais habités par la colère. Quelqu'un a semé le trouble dans leur *deck* sous leur surveillance. C'est inacceptable. J'observe l'un d'entre-eux saisir un Appelé par le col avant de le projeter avec violence sur le sol. Il le pointe de son fusil et lui hurle quelque chose. *Il cherche le coupable ? Non, il chasse tout le monde hors du deck.* En quelques secondes à peine les *mackers* forment une ligne face à nous, nous excluant de la zone de l'explosion. Un à un, ensuite, il font sortir les rescapés.

Avant qu'ils rejettent tous les Appelés, je m'avance non loin de Sim et cherche parmi les corps au sol le visage de Gabin, priant pour ne pas le trouver. Il y en a tellement que je ne sais pas par où commencer. *Je croyais que la violence était interdite dans les decks*, songé-je le corps tremblant. La main encore agrippée à mon couteau, je déambule le regard baissé. Des Appelés passent en courant. Certains cherchent un ami, d'autres se précipitent sur les dépouillent des malheureux pour voler les vivres et ressources qu'ils transportaient. Les *mackers* les repoussent aussitôt, mais ils arrivent tout de même à arracher un sachet coloré ou un morceau de pain avant de s'échapper dans un couloir. J'imagine que la mort ici est banale et qu'avec le temps je ne serai plus effarée de voir des Appelés voler un corps encore chaud.

J'arrive à la hauteur de Sim et aperçois une silhouette traverser la ligne des *mackers*. Mes yeux s'écarquillent quand je reconnais Gabin. Je m'élance aussitôt à sa rencontre, mais la main ferme de Sim me retient. Je réalise alors que les *mackers* ont leur arme braquée sur tous ceux qui veulent s'avancer un peu trop. Leur rage est telle qu'il n'hésiteront pas longtemps s'ils pensent que je représente une menace. Je me fige alors aussitôt et attends que Gabin vienne jusqu'à nous avant de l'enlacer fortement. Il tremble de tout son corps.

- Tu n'as rien ? demandé-je précipitamment.
- Où est Juq ? enchaine Sim.

Gabin secoue la tête. Je ne sais pas à laquelle des questions il répond, mais il n'ajoute rien de plus. Les yeux de Sim se remplissent d'un sentiment que je n'avais encore jamais rencontré ici : la colère. Elle est mêlée à de la peine qui teinte de rouge ses yeux. *Juq est mort ?* pensé-je en imaginant la douleur que ressent son ami. Je balaye les lieux du regard une nouvelle fois. Je ne le vois nulle part. Tout n'est que sang et larmes. Ce lieu me terrifie. Même à l'abri de la *plane* des Appelés veulent semer le chaos et provoquent des explosions. Sans Sim qui m'a sorti de la tente, je serais un de ces morceaux de peau qui jonchent le sol. Un débris aux yeux des Appelés qui, comme moi, ont gardé la vie sauve.

Après une minute à peine, les *mackers* nous chassent du couloir pour sécuriser la zone. L'un d'eux s'approche si vite de moi que je n'ai pas le temps de partir en courant. Il m'attrape par le bras et me traine dans le couloir avant de me jeter au sol sans ménagement. Mes camarades subissent le même sort. Sim a beau négocier, ils ne laissent personne rester. Ils sont habités par la haine, plus aucune discussion ne saurait les raisonner. Leur regard nous méprise et s'ils le pouvaient, ils nous tueraient peut-être tous pour venger leurs camarades restés au sol.

Chassés, nous repartons alors en direction de la placette. Sur notre route, des gens courent, c'est la folie dans le *deck*. Les *mackers* ont tous été rapatriés et il n'y a plus personne qui surveille les couloirs.

Tous les Appelés, même les plus mal en point, sont portés par la curiosité et s'agglutinent tout près du Cœur pour voir les cadavres. *Ils seront vite dégagés par les mackers*, songé-je alors que défilent encore dans ma tête les corps mutilés des victimes. J'avance, à moitié sonnée, à moitié éteinte en soutenant Gabin alors que Sim ouvre la marche d'un pas vif. Il a perdu son ami et pourtant il veille toujours sur nous deux. Je me demande pourquoi.

Nous faisons une rapide escale à la salle d'hygiène où nous projetons de l'eau sur nos visages pâles. Gabin n'a pas été touché. C'est un miracle. Nous n'échangeons pas un mot puis nous retournons dans la placette devenue déserte. Le feu y est même éteint. Sim le rallume d'une allumette qu'il brûle et jette dans les bûches après s'être allumé une cigarette avec. Je m'assieds en tailleur et essaie de profiter de la moindre parcelle de chaleur. Mon corps est encore tremblant de peur et mes yeux rouges d'avoir pleuré. Les images tournent en boucle dans ma tête. Elle apparaissent même dans les flammes qui déforment un peu plus les mutilations des Appelés décédés sous mes yeux. Elles sont partout. Je sors ma gourde et propose un peu d'eau à Gabin qui l'accepte. Je crois d'abord que je le fais par sympathie mais en réalité j'ai besoin de faire quelque chose pour arrêter de penser à ce massacre.

Sim reste impassible une petite minute en fumant sa cigarette, mais je vois bien qu'il est lui aussi dévoré de l'intérieur. Après tout, lui a peut-être perdu quelqu'un. Après ce qui semble être une très longue hésitation entre retourner chercher son ami ou nous protéger, il nous dit :

- Restez ici et ne sortez pas. Il y a encore trop d'agitation. Je n'en ai pas pour longtemps.

Il jette sa tige au feu et part en direction du Cœur. Je le regarde s'éloigner et disparaître derrière la muraille sans rien dire, mais je ne peux m'empêcher de penser : *J'ai déjà entendu ça.*

CHAPITRE 10

Des heures ont passé et le calme est redescendu dans le *deck*. Sim est revenu et a même retrouvé Juq qui s'était échappé par l'arrière du chapiteau. Bien que je ne le connaisse que très peu, j'ai ressenti un puissant soulagement en l'apercevant.

À présent, nous sommes tous les quatre assis autour du feu et nous mangeons silencieusement notre ravitaillement. Sim et Juq avalent des galettes qu'ils avaient probablement achetées au Cœur quand il était encore debout. Gabin et moi nous contentons du contenu du sac de vivres. Nos visages sont pâles. Même les *mackers* qui ont repris leurs postes le sont. Ils ont troqué leur colère pour la tristesse après plusieurs heures de tourmente. Ils ont perdu des amis, des collègues. Peut-être même qu'eux aussi détestent cet endroit.

- Comment une chose pareille a pu se produire ? demandé-je pour couper le blanc. Il y avait tant de *mackers*.
- C'était une bombe artisanale, déclare Sim. Les Appelés la cachent sous leurs vêtements ou dans leur sac et la déclenchent discrètement une fois dans le Cœur.
- Tu veux dire qu'ils se font exploser ? ajoute Gabin surprit.
- Oui. Ça arrive.

Je suis surprise par son air si détaché. Il aurait déjà vécu ça ? Ça expliquerait son comportement.

- Je croyais que la violence était interdite dans les *decks*. Pourquoi se donnent-ils la mort ici ? Pour tuer des *mackers* ?

- Parce qu'ils sont fatigués de vivre dans ces conditions.
- Ils n'ont qu'à se jeter dans une *plane*, lance Gabin. Plein de gens sont morts par leur faute.

Sim échappe un rictus nerveux.

- Vous êtes les seuls Appelés à ne pas être tétanisés à l'idée d'entrer dans une *plane*.
- Je suis tétanisée, corrigé-je aussitôt. (Je me recroqueville en repensant à la bête de la précédente *plane*) On nous a poussés dedans, c'est différent.
- Qu'ils se coupent les veines dans ce cas, marmonne Gabin encore tremblant de l'explosion du Cœur.
- On en reparlera quand tu seras resté quelques semaines de plus dans cet endroit moisi, dit Sim en prenant une bouffée de cigarette. Le froid te fait trembler jusqu'aux os, la peur t'empêche de dormir et la faim te rend fou. (Il tourne la tête vers Gabin et moi) Après ça, tu perds toute perception du réel et tu commences à ne plus savoir qui tu es vraiment.

Mon regard reste dans celui de Sim quelques secondes alors que nous redevenons silencieux. Il a l'air de parler en connaissance de cause. Je me demande s'il a lui-même souffert de ça, ou si c'est l'un de ses amis.

Je casse un carreau de chocolat et le pose sur ma langue. Sans le croquer, je profite de son goût sucré mélangé à l'amertume du cacao. Il paraît que le chocolat remonte le moral. C'est probablement pour cette raison qu'ils nous en donnent en ravitaillement.

Après un moment, Gabin rentre dans une des tentes désormais vides de la placette pour aller se reposer. Juq et moi l'accompagnons pour l'installer. Il est transi de peur. Je reste assis en tailleur à côté de lui le temps qu'il s'endorme, un œil à travers l'ouverture de la tente pour guetter une potentielle menace. J'en profite pour regarder Sim, toujours assis seul devant le feu. *Je serais morte sans lui.* Je ne comprends pas pourquoi il a risqué sa vie pour me sortir du Cœur, ni même pourquoi il nous protège Gabin et moi.

Je vérifie que mon compagnon est endormi puis je sors rejoindre Sim près du feu. Je m'assieds à côté de lui.

- Je ne t'ai pas remercié pour m'avoir sauvé la vie, commencé-je.
- Tu n'as pas à le faire.

Il lance sa cigarette dans le feu. J'ai l'impression qu'il les enchaine depuis tout à l'heure.

- Je tiens quand même à le faire. Je n'aime pas avoir de dette. Qu'est-ce que je pourrais t'offrir ? demandé-je en haussant les épaules.
- Rien, mais tu peux peut-être nous sortir de là, dit-il en pointant mon sac de rationnement. Tu peux me le passer ?

Mon estomac se serre, il veut que je lui donne tout mon rationnement. Après tout, il le mérite. Je lui tends le sac. Il l'attrape et l'ouvre grand pour fouiller à l'intérieur.

- Les hauts dirigeants laissent parfois des indices sur les *planes* à venir dans les sacs de rationnement. Ça nous permet de nous préparer physiquement et d'acquérir le matériel nécessaire avant de migrer.

Je devine que migrer signifie traverser une *plane*. Sim soupire.

- Il n'y a rien dans le tien.
- Quels genres d'indices exactement ? demandé-je surprise de ce qu'on pourrait trouver entre mon pain et mon chocolat.
- Des empreintes gravées sur des cartes métalliques. J'en ai eu une, mais on me l'a volé le jour même où je suis sorti de la *plane*.
- Tu te souviens de ce qu'il y avait d'inscrit dessus ?
- Non, mais ça n'a plus d'importance aujourd'hui. Les cartes deviennent rapidement obsolètes puisque les *planes* changent fréquemment. Il nous en faudrait une récente.
- Le sac de Gabin ?
- Juq a déjà regardé.

Il soupire longuement. Un indice ne serait pas de refus en effet, mais après tout est-ce que cela rendrait les choses moins difficiles ? Est-ce que j'aurais couru plus vite si l'on m'avait dit que je serais poursuivie par des mutants terrifiants ? Je ne suis pas sûre. Je pense au contraire que je n'aurais pas mis un pied dans la *plane*.

- C'est peut-être mieux de ne pas savoir ce qui nous attend, soufflé-je. On réfléchit moins.
- Non, l'information est la base de la réussite. C'est mettre toutes les chances de notre côté.
- Ça ne t'a pas réussi apparemment, échappé-je en pensant qu'il est ici depuis sept mois.

Il me jette un regard interrogateur.

- Je suis désolée, dis-je aussitôt. C'est juste que tu savais que le Kiuju était un endroit terrifiant qui ne laisse sortir personne indemne et pourtant tu as décidé d'y entrer. (Je pointe son matricule du doigt) J'ai remarqué que tu étais Possédant.
- Je ne regrette pas ce choix, lâche-t-il simplement en plongeant son regard dans le mien. Toute ma vie, ma mère s'est mise en travers de la ceinture que mon père pointait sur moi pour me protéger. J'ai prié chaque mois pour être Appelé afin que ma mère puisse jeter les robes longues qu'elle mettait pour masquer ses bleus. Malheureusement, elle est morte bien avant que ce jour arrive. Mais, il y a sept mois, quand j'ai reçu la lettre des hauts dirigeants, je n'ai pas pu me résoudre à payer la taxe. J'aurais eu l'impression d'insulter sa mémoire.

Je me sens bête à présent. Finalement, je peux peut-être avoir confiance en lui. Il n'est qu'un homme qui a fui son horrible père. Il essaie juste de survivre dans le Kiuju pour rester loin de Torn.

- C'est pour ça que tu n'as pas migré durant tout ce temps ? Tu ne veux pas sortir du Kiuju ?
- En quelque sorte. (Il prend une longue inspiration) Mais aujourd'hui, nous n'avons plus le choix. Le Cœur est détruit alors il va falloir s'installer ailleurs ou nous allons mourir de faim.

Il me rend mon sac de rationnement.

- Gabin et toi, vous avez encore de quoi tenir une semaine ou deux. Juq et moi non. (Je saisis le sac et le regarde se lever) Je vais essayer d'aller voler quelques renseignements auprès des Appelés du *deck*. J'aimerais bien que tu m'accompagnes. Bien sûr, tu es libre de rester ici. Après tout, tu as encore le temps avant de t'inquiéter de la *plane*.

Que fais-je ? pensé-je en me retournant vers la tente où se repose Gabin. Retourner dans le *deck* m'effraie et je ne veux pas laisser Gabin seul à nouveau. Et pourtant, j'ai l'impression que Sim peut m'apprendre comment survivre dans ce lieu hostile. En sa compagnie, il ne devrait rien m'arriver. Il m'a sauvé la vie deux fois maintenant, cela signifie qu'il ne me veut pas de mal. Il est aussi possible que je me fourvoie et que ce soit un piège. *Non Laura. S'il t'avait voulu du mal, il l'aurait fait depuis bien plus longtemps et n'aurait pas risqué sa vie pour la tienne.* Je suis toutefois retenue par la culpabilité d'avoir déjà abandonné mon compagnon une fois.

- Je ne peux pas laisser Gabin, dis-je en me retournant vers Sim qui attend ma réponse silencieusement.
- Juq est avec lui.
- Ça veut dire qu'il est en sécurité ?
- Plus que s'il devait compter sur toi en tout cas.

Je serre ma mâchoire. Il a raison, mais sa façon de me le lancer à la figure me hérisse le poil. J'ai très envie de suivre Sim, mais je ne me pardonnerais pas un deuxième accident. Si je ne veille pas sur Gabin quand il compte sur moi alors je vais perdre sa confiance et je finirai vraiment seule dans cette aventure.

- Pourquoi Juq ne t'accompagnerait-il pas ? demandé-je.
- Tu penses vraiment que Gabin est plus en sécurité avec toi qu'avec lui ?
- Je pense être capable de nous défendre s'il le faut, lâché-je à peine convaincue moi-même.

Sim lâche un rire perplexe.

- Ne prenons pas ce risque. (Il me fait signe de me lever) Viens

plutôt avec moi.
J'hésite à nouveau et reste immobile le temps d'une dernière réflexion puis me lève enfin. Gabin est assoupi, avec un peu de chance nous reviendrons avant qu'il se réveille et il ne se doutera même pas que je suis partie. Je demande tout de même à Sim d'aller expressément demander à Juq de surveiller mon compagnon puis je le suis en dehors de la placette, la main cramponnée à mon couteau.

Nous entrons dans le premier couloir et passons rapidement devant la salle d'hygiène. Sim marche d'un pas déterminé, il sait ce qu'il cherche. Je suis étonnée de voir bien moins d'Appelés que ce matin. Je me demande si c'est parce que l'attaque du Cœur a fait beaucoup de morts ou s'ils sont simplement ailleurs.
- Où allons-nous ? demandé-je tout en scrutant attentivement les alentours.
- Au départ de la prochaine *plane*.
Mon sang se glace en revoyant les *mackers* me pousser dans la précédente. Je ne suis pas prête à migrer aujourd'hui, ni physiquement ni psychologiquement.
- Pourquoi là-bas ? demandé-je en essayant de rationaliser notre excursion.
- C'est le premier endroit où chercher quand on veut des renseignements sur une *plane*.
Je me contente de cette réponse et le suis silencieusement à travers le *deck*.

Après une petite minute, nous arrivons dans un couloir où se pressent plus d'Appelés. Je me mets sur mes gardes quand je sens leur regard sur nous. À mesure que nous avançons, il y en a plus. Ils sont tous debout ou appuyés contre les murailles en pierre sombre. Personne n'est assis. Certains portent les marques de l'attaque au Cœur. Ils sont blêmes, couverts de sang et parfois même mutilés. *Le Kiuju n'a envoyé personne pour soigner les blessés ?* me demandé-je sans vraiment être étonnée par cet indifférence. Nous croisons également quelques *mackers*. Eux aussi gardent en mémoire l'explosion et nous toisent avec dégoût. S'ils le pouvaient ils nous passeraient tous à tabac pour soulager leur désir de vengeance, pensant qu'en chacun d'entre nous sommeille un Appelé décidé à faire le mal.

Nous tournons à une intersection et nous arrivons dans une grande place, semblable à celle du Cœur, remplie de monde.

- Je le savais, échappe Sim avec un rictus alors qu'un nouveau sentiment de peur monte en moi. Avec l'explosion du Cœur, tous les Appelés veulent migrer, me glisse-t-il à voix basse.
- Est-ce bien prudent d'avancer dans cette foule après ce qui s'est passé dans le Cœur ? demandé-je en essayant de masquer au mieux ma peur.
- Reste à côté de moi, il ne nous arrivera rien, finit-il en m'attrapant par le bras pour m'approcher de lui.

Mon cœur s'est remis à tambouriner et tous mes sens se décuplent petit à petit. J'entends le moindre pas, le moindre chuchotement et l'analyse immédiatement pour déceler une potentielle menace. Mes yeux parcourent chaque Appelé à mesure que Sim nous entraine à travers les premiers mètres de foule. Nous nous arrêtons un peu plus loin, contre une muraille.

- Nous ne pourrons pas avancer plus. Les Appelés font la queue pour prendre le départ de la *plane* alors ils ne tolèreront pas qu'on leur passe devant.

Coincé derrière un groupe d'Appelés et trop petite pour voir par-dessus leurs têtes je demande :

- Combien sont-ils exactement ?
- Plusieurs centaines.

Un frisson me parcourt le dos, c'est encore plus que ce que j'imaginais.

- Je vais te porter sur mes épaules et tu vas me dire ce que tu

vois, reprend Sim.
- Pardon ? lâché-je surprise par ses mots.
Sim approche son visage du mien et me chuchote :
- Le Cœur a explosé il y a à peine quelques heures. Les Appelés qui se sont précipités ici devaient déjà avoir des informations sur la *plane* et être équipés en conséquence. Les autres ont simplement suivi par instinct de survie. Ils attendent que la porte s'ouvre pour voir ce qu'il y a à l'intérieur. Je vais te porter sur mes épaules et tu vas observer les Appelés proches de la porte. Mémorise le type d'équipement qu'ils ont et regarde aussi les *mackers* qui surveillent l'entrée. Ça nous donnera une idée de ce qu'il se cache dans la *plane*.

Il est intelligent. Si nous n'avons pas la chance d'avoir une carte indice dans notre rationnement, d'autres en ont surement eu une. Il suffit de les observer pour comprendre ce qu'ils savent.
Je hoche la tête et Sim s'accroupit aussitôt devant moi.
- Ne me fais pas tomber, dis-je en passant ma jambe derrière son cou.

Il lève les yeux au ciel puis en une seconde se redresse. Je m'élève par-dessus la foule et suis submergée par son immensité. Je pense que si nous nous étions plus engouffrés dans cette masse et non contre cette muraille, j'aurais fait une crise d'agoraphobie.

Sans m'attarder sur les Appelés qui attendent, je porte mon attention sur la porte de départ de la *plane*. Elle est close et tout en haut trône un hologramme bleu pâle affichant : *20*. Je ne peux m'empêcher d'analyser ce nombre. Des centaines d'Appelés attendent l'ouverture de cette porte pour migrer jusqu'au prochain *deck* et il n'y a que vingt places. Ils vont devoir se battre pour entrer.
- Alors ? me lance Sim en me tapotant sur la jambe.

Je plonge mon regard vers les Appelés les plus proches de la porte. Ils sont habillés en noir comme tout le monde ici et je ne distingue aucun équipement particulier. Ils ont chacun leur sac à dos et un couteau à la ceinture. L'un d'entre eux tient ce qui s'apparente à une épée, mais étant le seul dans ce cas je me demande s'il est important de relever cette information. En regardant un peu mieux je distingue qu'un groupe d'Appelés tient quelque chose dans leurs mains. C'est une corde enroulée sur elle-même au bout de laquelle est accroché un bout de tissu. Je n'ai pas la moindre idée de ce que c'est. Je tourne ensuite mon regard vers les *mackers* qui gardent la porte, comme me l'a demandé Sim. Rien à signaler de ce côté, ils revêtent leur uniforme habituel avec une arme automatique à la main. Je tapote sur l'épaule de Sim.

- Fais-moi redescendre.

Il s'exécute et une fois que j'ai le pied à terre je lui glisse :

- Allons-nous-en. Les Appelés commencent à nous regarder bizarrement.

Il hoche la tête et me fait signe de repartir par là où nous sommes arrivés.

Je sens le regard pesant des Appelés devant lesquels nous passons. Certains essaient de poser leurs mains sur nous pour attraper quelque chose au passage ou simplement par plaisir de nous ralentir. Sim les chasse d'un coup sur la main ou d'un regard menaçant toujours accompagnés d'un *Dégage* ou d'un *Vire ta main* de là. Je me rends compte que j'ai beaucoup de chance de ne pas être seule ici.

Quand nous nous écartons de la foule et que nous retrouvons le calme des couloirs du *deck*, j'ai l'impression de respirer de nouveau. Mes jambes tremblent d'avoir échappé à la menace de cette foule et je m'appuie contre une muraille pour reprendre mes esprits. Sim s'approche aussitôt pour me glisser :

- Alors, qu'as-tu vu ?
- Rien concernant les *mackers*. Les premiers Appelés avaient l'air d'être équipés normalement : un sac à dos, un couteau, des vêtements classiques.

- Rien d'autre ? demande Sim déçu.
- Il y avait un petit groupe qui était équipé d'une sorte de lasso au bout duquel était attaché un morceau de tissu. Tu as déjà vu ça ?

Sim lève la tête et se met à réfléchir. Après un instant, il la secoue et dit :

- Non, mais s'ils étaient plusieurs à en avoir un ça ne peut pas être une coïncidence. En revanche, je ne sais pas ce que c'est.
- Est-ce que ça nous apprend quelque chose sur la *plane* ?
- Pas tellement.

Je serre ma mâchoire. *Nous voilà bien avancés*. Au moins, nous savons que pratiquement tous les Appelés du *deck* veulent migrer et que nous n'aurons pas de place de si tôt. Cette perspective me convient parfaitement, mais Sim et Juq ne peuvent pas attendre si longtemps.

- Quel est le cycle d'ouverture des *planes* ?

Sim hausse les épaules.

- C'est très variable. Généralement, ça prend quelques jours.
- L'hologramme affichait : *20*, et il y avait des centaines d'Appelés qui attendaient. Si ce que tu dis est vrai, nous ne traverserons pas avant des semaines. Comment allez-vous faire Juq et toi ?
- Ne t'en fais pas pour ça. Les hauts dirigeants savent que ce *deck* est en train de mourir sans son Cœur. S'ils veulent garder leurs Appelés en vie, ils accélèreront la réouverture des *planes*.
- Comment peux-tu en être aussi sûr ?
- Une intuition, dit-il en faisant la moue. Ça m'étonnerait fort qu'ils laissent des centaines de personnes mourir de faim sans leur donner une chance de s'en sortir.

J'hésite à lui répondre, ces gens nous ont bien enfermés ici. Rien ne les retient de nous regarder nous affamer.

- Très bien. Imaginons que tu as raison. Même si la *plane* se

réouvrait tous les jours, nous ne migrerions pas avant des jours.
- Ce qui nous laisse pleinement le temps de nous préparer.
Son optimisme et sa vision des choses me fascinent. Il disait que Gabin et moi étions les seuls à ne pas être terrifiés à l'idée d'entrer dans une *plane*, mais lui semble être confiant. Il n'a pourtant pas migré depuis des mois.
- Allons rejoindre les autres, dit-il alors en me faisant signe de le suivre.
Je lui emboite le pas et nous rentrons rapidement à la placette. Je suis contente de constater que Gabin est toujours assoupi et que personne n'est venu perturber son somme.

Après un long moment durant lequel je ne cesse d'imaginer ce que le Kiuju nous réserve encore, Gabin sort de la tente et nous rejoint près du feu. Juq était déjà parmi nous. Sim explique ce que nous avons vu et les conséquences que cela pourrait avoir sur notre potentielle migration. Je l'écoute, et pourtant je me demande pourquoi je lui fais déjà confiance. Il m'a sauvé la vie oui, mais je ne sais rien de lui. J'ai l'impression de m'inquiéter pour leur migration alors que je suis moi à l'abri de la faim. C'est comme si la sécurité qu'il m'apportait tassait un peu mon instinct de survie personnel au profit du groupe. Je ne le comprends pas bien, mais j'ai l'impression que nous avons réciproquement besoin les uns des autres et que personne ne trahira personne.

Après une longue discussion sur le *deck*, l'explosion et les Appelés qui veulent tous migrer, la nuit tombe et nous rationnons notre dîner en vue des prochains jours à tenir sans ravitaillement. Nous choisissons de rester côte à côte pour passer la nuit et Sim prend le premier tour de garde. Gabin qui s'est déjà bien reposé prend le deuxième, Juq le suivant et moi le dernier. Je ne dors pas vraiment, encore tiraillée par la peur et les souvenirs affreux des *planes*. Les trois garçons eux, ont l'air de trouver facilement le sommeil.

Quand vient le petit matin, je les laisse dormir un peu plus malgré ma crampe à l'estomac et ma main cramponnée à mon couteau. Je suis effrayée à l'idée que quelqu'un entre en fracas et m'agresse. Pourtant, je vois d'ici le *macker* de surveillance de la salle d'hygiène qui interviendrait en cas d'agression et je sais que tous les Appelés sont agglutinés devant la prochaine *plane*.

***

Dès qu'ils sont tous éveillés, nous décidons d'aller chercher de nouveaux indices. Une équipe se chargera de retourner dans la place de départ de la *plane* et y restera jusqu'à l'ouverture de la grande porte pour essayer d'apercevoir ce qu'il y a derrière. L'autre parcourra le *deck* à la recherche d'Appelés qui auraient des informations. Je serai dans cette deuxième équipe, car je suis trop effrayée à l'idée de retourner au milieu de la foule. Sim, ne voulant pas que Gabin et moi soyons ensemble, car il nous juge trop peu expérimentés pour faire face aux menaces du *deck*, sera avec moi. Je suis peinée de devoir à nouveau me séparer de mon camarade, mais je dois reconnaître que Sim à raison. Nous serions en danger si nous restions seuls. Je le regarde alors s'éloigner avec Juq en direction de la place de départ, en contenant ma crainte.

Avant que nous quittions à notre tour la place, Sim m'explique que notre mission est un peu plus délicate. Il ne suffira pas de rester assis à attendre qu'une porte s'ouvre, comme Juq et Gabin. Nous allons devoir chercher des Appelés du même Appel que moi et voler ou troquer leur carte indice. Je n'ai absolument aucune idée de la manière dont nous allons devoir nous y prendre. D'après Sim, il y a deux types de nouveaux Appelés. Ceux qui se font recruter, et ceux qui préfèrent rester seuls. Ces derniers sont plus susceptibles d'ignorer le fonctionnement du Kiuju puisqu'aucun aîné ne les a pris sous son aile et seront plus faciles à aborder. Nous pouvons aussi espérer qu'ils seront à l'écart de la foule et de ce fait plus accessibles.

Tout cela me semble un peu dangereux. Nous n'avons pas la moindre idée de la façon dont vont réagir les Appelés quand ils comprendront qu'on veut leur voler leurs informations. Sim a l'air encore une fois très sûr de lui, comme s'il appliquait un protocole qu'il savait gagnant. Je le suis donc en direction des couloirs, une nouvelle fois prise d'angoisse.

Le *deck* est presque vide puisque nous savons que tous les Appelés attendent de pouvoir migrer. Les quelques autres qui préfèrent rester là sont pour la plupart en piteux état. Sim pointe un homme recroquevillé sur lui-même, dans un coin.

- Celui-ci est une cible parfaite, à condition qu'il ne soit pas trop vieux.
- À partir de quel Appel devons-nous chercher ? demandé-je alors que nous passons devant l'homme et que j'arrive à lire le matricule : *549 35* sur sa veste.
- À partir de 557 00, répond-il. Au-delà, la *plane* aura été modifiée.
- Mais nous ne savons pas quand ces gens ont migré. Un Appelé du même matricule que toi a très bien pu arriver dans ce *deck* en même temps que moi.
- Non. Nous sommes dans le premier *deck* habitable. Le précédent n'avait pas de Cœur, les Appelés ne vivent que de leur rationnement. Après, ils sont forcés de migrer.

Je revois alors l'étroit couloir. Il est vrai qu'il n'y avait rien. Je suis une fois de plus impressionnée par le sens de la déduction de Sim et toutes les connaissances qu'il a accumulées.

Nous passons devant quelques autres Appelés qui ne correspondent pas à notre profil. Ils sont trop robustes et fiers ou du mauvais Appel. Nous arrivons alors devant la place dévastée du Cœur. Mon cœur se serre. Pire, je dois porter ma main à ma bouche pour étouffer la nausée qui m'envahie. C'est plus fort que moi, les images me reviennent en flash et je revois les corps des victimes allongées sur le sol, à l'endroit même où ils étaient ce jour-là. Leur visage figeant la douleur et la peur, leur sang sur le sol. Tout est là, comme si j'y étais de nouveau.

Les *mackers* ont bien nettoyé la zone puisque la toile de tente a complètement disparu. Il ne reste qu'un amas de débris qui jonchent le sol. Parmi eux, un Appelé fouille les décombres. Sim me fait signe de le suivre et s'approche de l'homme. Il est chétif comme Gabin, à la différence qu'il est bien plus pâle et faible.

- Eh ! l'interpelle Sim alors que nous nous arrêtons dans son dos.

D'instinct, je resserre ma poigne sur mon couteau. L'homme qui était accroupi au-dessus d'un reste d'étal renversé se retourne. Ses yeux sont vides, presque gris. Quand il se lève, je lis son matricule : *558 48*. Il est de l'Appel du mois dernier.

- Qu'est-ce que tu cherches ? demande Sim en restant à un bon mètre de distance.

L'homme hausse les épaules.

- On n'est jamais à l'abri d'une bonne trouvaille.
- Le Cœur est détruit et les *mackers* ont fait le ménage, il n'y a plus rien à trouver ici, continu Sim.

L'homme s'immobilise et fait la moue. Il n'a pas l'air très en forme en vue des vertiges qu'il essaie de contrôler. Il fait un pas vers nous. Je me retiens de reculer et contiens la peur qui monte en moi.

- Et toi qu'est-ce que tu cherches l'ami ? demande-t-il alors à Sim en s'approchant très près de lui.
- Je pense que tu as quelque chose qui m'intéresse, dit Sim. Et j'ai la chose que tu cherches.

L'homme nous toise de la tête aux pieds. Il semble excité à l'idée que nous lui offrions quelque chose.

- Montre-moi, continue l'homme en me fixant du regard.

Sim se recule et porte sa main à sa ceinture pour ouvrir agilement une des deux petites bourses à sa taille. Il l'écarte avec deux doigts puis saisit un sachet vert qu'il brandit face à l'homme. Le regard de ce dernier s'illumine. Je comprends alors qu'il s'agit de trafic de substances. *Ce type est un drogué en manque,* pensé-je aussitôt. Les Appelés en détresse s'en servent donc pour calmer leurs angoisses et oublier qu'ils sont retenus dans le Kiuju. Je me souviens de l'énergisant que Tom Martins m'avait conseillé de prendre. Il avait agi très rapidement et m'avait remis sur pied en un éclair. Vu l'état dans lequel j'étais, un sachet doit représenter une dose très importante.

L'homme fixe le sachet quelques secondes puis tourne le regard vers moi.

- Je préfère les rouges, lâche-t-il. (Il pointe ma ceinture) Sa bourse semble bien remplie, il y en a surement.

Soudain, il s'approche de moi en tendant vivement le bras en direction de ma taille. Par réflexe, je sors mon couteau de son étui, mais je suis moins rapide que Sim qui a déjà saisi le bras de l'homme pour l'arrêter.

- Ce n'est pas avec elle que tu marchandes, dit Sim d'une voix tranchante en repoussant l'homme.
- C'est sûr qu'elle préfèrerait m'avoir planté au bout de sa lame, lâche-t-il en plongeant ses yeux vides dans les miens.

Je n'aime pas trop la tournure que prend cette discussion. Je ne sais pas comment réagir à cette réplique. Sim le remarque et se place devant moi, en barrage. Il montre une nouvelle fois le sachet à l'homme.

- Alors, tu en veux oui ou non ?
- Très bien. Qu'est-ce que tu cherches ? répond nonchalamment l'autre en croisant les bras.
- La carte métallique qu'il y avait dans ton rationnement.

Sim bluff. Nous ne savons pas si l'homme a ce que nous

cherchons. S'il n'a pas de carte, nous lui aurons montré nos sachets pour rien et il risque de nous suivre jusqu'à les obtenir. Mon sentiment d'insécurité n'y gagnerait rien du tout !

- Je l'ai déjà donné à d'autres, lâche l'homme.

Je suis à la fois surprise et déçue. Nous avons trouvé l'homme qu'il nous faut, mais il n'a plus ce que nous voulons.

- Dans ce cas, tu ne nous sers à rien, lâche Sim en m'attrapant par le bras pour nous éloigner.

Nous faisons quelques pas en direction du couloir avant que l'homme nous stoppe :

- Mais je peux vous dire ce qu'il y avait dessus.

Nous nous retournons pour écouter la suite.

- Qu'y avait-il d'écrit ? demande Sim.
- Rien. Mais il y avait une empreinte.

Sim hausse les sourcils l'air de dire : *Mais encore ?*

- On aurait dit une patte d'oiseau.

Je ne peux pas m'empêcher d'interpréter immédiatement ses dires. Cela signifie peut-être qu'il va y avoir des volatiles dans la *plane*. Un frisson me parcourt le dos. *Sont-ils semblables aux créatures que j'ai croisées dans la précédente plane ?* pensé-je inquiète.

- Prouve-moi que c'est la vérité et que ce n'est pas la drogue qui te fait raconter n'importe quoi, dit Sim.
- Je n'ai pas de preuve, mais je n'ai aucune idée d'à quoi servent ces cartes que vous vous arrachez tous. (L'homme hausse les épaules) Si ce que je viens de te dire te semble plausible, ça devrait suffire à te convaincre, car je ne vois pas comment j'aurais pu l'inventer.

Sim reste silencieux. Il réfléchit surement à savoir s'il doit lui faire confiance ou non. Je serais d'avis de nous enfuir loin d'ici, quelle que soit la véracité de ses propos.

- Très bien, dit alors Sim.

Il jette le sachet vert dans les mains de l'homme et se retourne aussitôt. Il m'entraine ensuite en dehors de la place du Cœur puis jusqu'à la placette de notre campement.

CHAPITRE 11

Nous nous installons auprès du feu pour attendre le retour de Juq et Gabin. La *plane* peut s'ouvrir aujourd'hui, demain ou même plus tard. Ce qui nous laisse un temps indéterminé à passer ensemble. J'en profite pour demander quelques informations sur les sachets colorés à Sim. Je connais déjà les effets des sachets bleus mais je n'ai pas la moindre idée de l'utilité des verts et des rouges. Sim m'explique alors simplement que les sachets rouges contiennent un puissant antidouleur dont il faut se méfier du dosage très élevé. Les sachets verts contiennent une substance désinfectante qui agit sur des contagions et infections locales ou internes. Enfin, les sachets bleus sont remplis de molécules accélérant le système nerveux et musculaire. Ils servent, comme je l'ai expérimenté, à nous remettre sur pieds. Je comprends mieux pourquoi l'homme du Cœur cherchait des sachets rouges. Si ce que Sim dit est vrai, leur fort dosage plonge le patient dans un état second. Une transe que les Appelés recherchent pour fuir le Kiuju.

Nous nous accordons ensuite un maigre casse-croûte. Dans le silence, je repense à l'homme de tout à l'heure et à ses mots.

- Est-ce que tous les indices sont aussi succincts que celui-ci ? demandé-je en repensant à l'empreinte.
- Oui. C'est pour nous faire réfléchir.
- Pour moi, c'est assez clair. La *plane* sera encore remplie de

mutants. Mais au lieu d'être des félins monstrueux, ce sera des oiseaux. (Je secoue la tête en imaginant ce qu'il nous attend) Je ne vois pas comment nous pouvons échapper à des créatures volantes. (Je me recroqueville sur moi-même) J'aurais préféré ne rien savoir, marmonné-je. Maintenant, j'ai encore plus peur d'y aller.

Sim se tourne vers moi et après quelques secondes il ajoute :

- C'est une bonne chose de savoir ce qu'il nous attend, nous allons pouvoir nous préparer en conséquence.
- À quelle préparation penses-tu ? demandé-je désespérée.
- Les Appelés que tu as aperçus devant la porte de la *plane* avaient un leurre. Je pense que c'est un bon accessoire pour attirer l'attention de ces volatiles.
- Tu parles du morceau de tissu attaché à une corde ?
- Oui. Nous devrions en confectionner nous aussi.

Je soupire. Si notre survie dépend de ce leurre, je ne donne pas cher de notre peau. Je plaque mes mains sur mon visage. *Quand cet enfer va-t-il se terminer ?* Jamais je n'aurais imaginé que le Kiuju soit une aventure où les Appelés doivent courir pour sauver leur vie. Je me demande d'ailleurs bien à quoi tout cela sert et pendant combien de temps les hauts dirigeants vont nous faire subir cela. La première *plane* n'était qu'un échantillon. Il y a eu le bras de ce pauvre Appelé puis les mutants, tous les morts de la *plane* et l'explosion du Cœur. Maintenant ça. Je ne sais pas si j'ai la force d'affronter cette nouvelle peur. C'est elle qui va causer ma mort, pas les volatiles. Parce qu'elle va me clouer au sol quand je les observerai fondre sur moi.

Sim et moi sortons de nos sacs le matériel nécessaire pour fabriquer des leurres. Nous avons chacun une corde très fine mais résistante au bout de laquelle nous devons attacher un morceau de tissu suffisamment grand pour attirer l'attention des créatures. Sim découpe un morceau de la toile d'une tente laissée à l'abandon et commence à la plier de manière à

feinter une proie. Après l'avoir fixée au bout d'une corde, il ouvre mon sac de rationnement et en sort mon jambon. Je fronce les sourcils.
- Qu'est-ce que tu fais ? demandé-je alors qu'il en découpe une fine tranche.
- Ils ne s'y intéresseront pas s'ils ne sont pas attirés par l'odeur de la viande.

Il remet le jambon dans mon sac puis saisit à pleine main la tranche pour la frotter contre la toile. *Je n'aurais jamais pensé à tout ça,* songé-je en le regardant faire. J'espère que ces bêtes sont carnivores, sinon nous aurons gâché de la nourriture. Juq et Gabin apparaissent à ce moment à l'entrée de la placette. Le temps que Sim termine le deuxième leurre, ils nous rejoignent et s'assoient à côté de nous, le regard épuisé.
- Alors ? demande Sim.

Je me rapproche de Gabin pour lui tenir la main. Son visage est étrangement pâle.
- C'était la cohue, commence Juq. Quand la porte s'est ouverte, les gens se marchaient presque dessus pour pouvoir y entrer.
- Oui, mais qu'y avait-il dans la *plane* ? le presse Sim.
- Nous n'avons presque rien vu, dit à son tour Gabin. De là où nous étions, nous ne voyions que le haut des murailles.
- Certes, mais nous y avons vu un dôme holographique. Je pense qu'il est infranchissable.

Sim me regarde.
- C'est une volière. L'homme ne nous a pas menti.

Mon estomac se serre. J'aurais préféré qu'il nous ait menti pour éviter d'avoir à affronter ces créatures.
- Quand la porte s'est refermée, nous sommes restés un peu histoire d'écouter. Il y avait une bête à l'intérieur. Nous ne l'avons pas vu mais elle poussait de puissants cris.
- Les Appelés hurlaient, ajoute Gabin les yeux dans le vide. C'était horrible.

Je visualise alors la scène. Des Appelés essayant de courir

jusqu'à la sortie en échappant à un oiseau gigantesque qui les poursuit. Ce devait être terrifiant.

Sim prend à son tour la parole pour leur expliquer ce que nous avons appris de notre côté. Nous confirmons ensemble le contenu de la *plane* en rassemblant tout ce que nous savons et Sim montre les leurres aux deux garçons. Il nous fait même une démonstration de la manière dont nous devons les utiliser. Chacun d'entre nous s'entraine un peu puis nous discutons de notre migration. Bien que nous soyons tous terrifiés à l'idée d'entrer dans cette *plane*, Sim et Juq n'ont plus de provisions donc nous n'avons pas le choix. L'envie de les abandonner et de rester encore un peu ici avec Gabin me démange. Mais je sais que je ne pourrais pas échapper à cette *plane*. Pire, si j'attends trop elle risque de changer et j'y entrerai avec de fausses informations. Nous décidons alors de passer la nuit ici et de nous y rendre demain à la première lueur du jour. D'après Juq : *Plus nous attendrons, plus ce sera difficile de se lancer*. Entendre ça de la bouche d'un homme qui, comme Sim, a passé plusieurs mois dans un *deck* sans bouger me fait un peu peur. Qui sait si, quand la porte s'ouvrira, il aura le courage de franchir son seuil ?

L'après-midi passe lentement puisque nous sommes tous en train de nous projeter dans la prochaine *plane*. Prise d'angoisse, je passe la nuit à côté de Gabin qui ne dort pas non plus. Il me raconte un peu de sa vie à Torn pour nous aider à penser à autre chose, mais ceci est vain. Nos esprits sont focalisés sur la migration. Je saurais à peine redire ce que Gabin m'explique tant je l'écoute peu. C'est finalement prise par la fatigue que je succombe au sommeil, enroulée dans ma couverture.

Je me réveille au beau milieu d'un incendie. Les flammes crachent et le son des hurlements est incessant. Il y a des pleurs, des cris implorants et de la peur. Je cligne des yeux et aperçois Sim juste devant moi, au cœur des flammes rouges.

Il me regarde en fronçant les sourcils. Il fait un pas vers moi. Je recule. Son bras droit se soulève et j'aperçois sa machette menaçante. Mon sang se glace et je tombe sur la pierre, le cœur tambourinant. Je suis tétanisée au sol alors qu'il s'approche de moi et s'accroupit au-dessus de mon corps. Soudain, il brandit son arme et se redresse mais alors que son geste s'abat sur moi, il est violemment arraché du sol par un monstre volant gigantesque. Je le regarde s'éloigner au-dessus des flammes, dévoré par la créature.

Mon corps se redresse avec une violence stupéfiante. J'ai chaud et suis à bout de souffle. Mes vêtements trempés de transpiration collent à ma peau. *C'était un cauchemar,* me rassuré-je, la respiration haletante. Je regarde tout autour de moi, Gabin dort à ma droite silencieusement. J'attrape alors ma couverture et la tire vers moi en essayant de me calmer. Quand je baisse la tête pour me rallonger, j'aperçois un bras inerte sur le tissu. Mes yeux s'écarquillent et j'échappe un cri étouffé en écartant la couverture de mes jambes. Elle tombe au sol et s'aplatit doucement. Il n'y a jamais eu de bras, c'est mon imagination qui me joue des tours. Apeurée et le souffle court, j'attrape ma tête et essaie de me rassurer. *Calme-toi Laura. Tout ça, c'est dans ta tête.*

***

Le matin venu, Gabin me réveille et nous partons directement en direction de la place d'avant *plane* après avoir avalé un maigre petit-déjeuner. Il faut avouer que nos estomacs ne sont pas très coopératifs. Quand nous arrivons, je suis étonnée de constater que la foule a nettement diminué. Sim avait une fois de plus raison, la fréquence d'ouverture de la *plane* a été accélérée pour faire migrer plus d'Appelés. Il reste néanmoins une bonne centaine de personnes devant nous.

Je me suis levée l'angoisse au ventre et je vais devoir la garder encore un long moment jusqu'à ce que notre tour de migration arrive. Juq nous guide derrière un groupe d'Appelés. J'avance prudemment jusqu'à eux en gardant ma main sur le manche de mon couteau. Sim et Gabin se sont chargés de transporter les deux leurres qui empestent la viande séchée.

- On n'est pas près d'entrer, déclare Gabin en se mettant sur la pointe des pieds pour apercevoir l'avant de la foule.

Sim lui tend son leurre puis nous dit :

- Attendez-moi une minute, je vais voir s'il n'y a pas moyen d'avancer un peu plus vite.

Nous le regardons s'éloigner silencieusement. Je me demande ce qui pourrait nous faire passer devant tous ces Appelés. Si par malheur nous voulions leur couper la route, ils se retourneraient contre nous. *Nous verrons bien.* Je ne serais pas surprise de découvrir une qualité de plus à Sim.

Pour tuer le temps, Gabin, Juq et moi discutons. Il est important de mieux nous connaître pour pleinement se faire confiance. Malheureusement, situation oblige, chacun de nos sujets de conversation converge systématiquement sur la *plane* qui se trouve derrière la grande porte face à nous.

Voilà bientôt une heure que nous sommes ici sans Sim. *S'il a décidé de nous abandonner c'est bien joué de sa part.* J'attrape mon sac et l'ouvre pour en sortir ma gourde. Elle est remplie à ras bord et je manque d'en renverser la moitié en portant le goulot à mes lèvres. Je prends deux gorgées et referme le récipient quand Gabin déclare :

- Voilà Sim.

Juq tourne la tête vers son camarade qui s'arrête brièvement près de nous.

- Tu en as bien mis du temps.
- Ne m'en parle pas, marmonne Sim en levant les yeux au ciel.

C'est bon, nous pouvons y aller. Suivez-moi, finit-il en récupérant son leurre auprès de Gabin.

Je ne suis même pas surprise qu'il ait réussi sa mission. C'est à se demander si cet homme a un point faible. J'emboite le pas du groupe et suis Sim à travers la foule. Il s'approche d'un *macker* et le contourne pour passer derrière lui en longeant la muraille. D'un geste de la main, il nous demande d'accélérer la cadence. Je commence à regretter de le suivre quand je remarque le regard des Appelés qui se pose sur nous. Nous contournons peu à peu la foule qui attend, passant derrière plusieurs *mackers* jusqu'à arriver près de la grande porte en pierre. Je lève la tête pour ne ressentir que dégoût à son encontre. *Pas étonnant que le bruit soit assourdissant quand ce mastodonte se ferme.* Sim se décolle des murailles et se faufile dans la foule qui a formé un petit trou. Je pousse un soupir muet avant de le suivre. Je n'approuve pas tellement le fait de doubler tous ces Appelés. Nous prenons des risques. Je me glisse entre des hommes et des femmes qui me dévisagent. Serrant encore plus fort mon couteau entre mes doigts, je finis par atteindre Sim qui s'est arrêté. *Nous allons passer aussi facilement ?* songé-je en pensant à tous ces Appelés qui attendent depuis des jours. Sim fait passer Juq et Gabin devant en pointant du doigt l'endroit où se rendre. Puis, il ferme la marche en se plaçant derrière moi.

- Ne t'éloigne pas de moi, me glisse-t-il alors que nous passons à travers une foule plus dense.

Nous avançons un peu et finalement un homme interrompt notre marche en m'arrêtant. Mon cœur s'accélère.

- C'est bon, vous avez doublé assez de monde. Vous vous arrêtez là.
- Laisse-nous passer, demande Sim d'une voix calme et ferme alors que je sens mes jambes se mettre à trembler.
- Vous entrerez dans cette *plane* après moi, continue l'homme en forçant son regard.

Immobile, je prends une longue inspiration en priant qu'il ne déclenche pas une bagarre. Mais Sim me passe devant et l'attrape par le col.

- Les rangs A passent devant, lâche-t-il au visage de l'autre. Pousse-toi.

Il repousse l'Appelé et me tire par la manche pour me faire traverser la foule jusqu'à Juq et Gabin. Ici, il ne reste qu'un petit groupe devant nous avant d'atteindre la porte. Je suppose que nous migrerons lors de la prochaine ouverture de la *plane*. Nous n'avons plus qu'à attendre. Je jette un coup d'œil discret vers Sim qui a croisé ses bras à côté de moi. Je me demande ce que signifie rang A. Il n'a suffi que d'évoquer cela pour convaincre l'homme de nous laisser passer.

***

Il est maintenant tard dans l'après-midi. Nous avons attendu silencieusement pendant des heures. Je suis épuisée d'avoir épié la foule à l'affût d'un danger qui n'est jamais venu. C'est finalement à ce moment que j'aperçois les *mackers* s'agiter.

- C'est maintenant, chuchote Juq.

La foule l'a compris aussi et commence à s'agiter alors qu'une ligne de *mackers* la traverse pour séparer les Appelés en deux groupes. Mon regard cherche celui de Gabin et nous nous disons silencieusement que nous avons peur. J'aimerais lui serrer la main pour que nous partagions un peu de courage à deux mais des hommes essaient de jouer des coudes pour être parmi le groupe de tête. Sim m'attrape alors par le bras pour éviter que je me fasse engloutir par leur agitation. Juq fait de même avec Gabin dont le corps chétif n'arrive pas à résister à la foule. Des voix s'élèvent et crient à mesure que les *mackers* nous divisent. Puis, après qu'ils aient verrouillé le nombre d'Appelés requis pour la *plane*, ils sortent leurs armes et les pointent sur le reste de la masse bruyante pour les dissuader d'avancer plus. Mon corps tremble de toute part. *Ne tirez pas,* supplié-je silencieusement. Je me prends la tête par peur d'entendre les tirs et prie pour que les Appelés gardent leur calme. Mais, alors que mes mains sont collées à mes oreilles, j'entends un grondement assourdissant. Je comprends aussitôt qu'il s'agit de la porte de la *plane* qui s'élève lourdement et je me retourne pour lui faire face.

Si Sim ne me tenait pas par le bras, je crois que mes jambes céderaient sous mon corps tant la peur s'empare de moi quand j'aperçois l'immense créature volante posée au milieu de la *plane*. La foule qui bousculait et s'insurgeait se calme en une seconde et une atmosphère pesante se fait sentir. Tous les Appelés observent le monstre à plume secouer ses ailes géantes et gémir en se redressant. C'est comme s'il était assoupi et que nous venions de perturber son repos. *Je ne suis plus sûre de vouloir migrer.* Un malaise monte en moi et que mon corps m'enjoint de ne pas m'approcher de cette bête. J'observe muette et tétanisée son corps élancé de plus de deux mètres de hauteur se tendre et son long bec noir remuer. Ses yeux jaunes scrutent notre petit groupe à la recherche de son prochain casse-croûte. Le volatile roule sa tête sur ses omoplates faisant alors briller une longue crête multicolore qui s'étend du haut de son crâne jusqu'en bas de son croupion. L'image de la crinière piquante des félins de la précédente *plane* me revient aussitôt. Elle avait la même teinte turquoise et s'illuminait au soleil dans un arc-en-ciel de couleurs vives. Nul doute, c'est un mutant.

La porte termine son ouverture et s'immobilise. Le grondement qu'elle émettait s'arrête avec elle, laissant place au silence. Seuls les grincements de la bête qui piétine sur place en nous observant percent le mutisme de la foule. Un *macker* porte la main à son oreillette puis crie comme à des soldats :

- Avancez !

Sans un instant d'hésitation, le petit groupe s'élance en un bloc dans la *plane*, mais je ne parviens pas à les suivre. Mes pieds se sont ancrés dans le sol et mes yeux n'arrivent pas à se défaire de la bête. Si j'entre dans cette *plane*, je vais mourir dévorée. *Je ne peux pas y aller,* raisonné-je alors que je sens l'étreinte de Sim se resserrer sur mon bras.

- Laura, bouge, s'exclame-t-il alors que tous les autres Appelés, Juq et Gabin compris sont déjà loin.

Il me tire violemment vers l'avant, décollant mes pieds du sol et me contraint de le suivre. Sans qu'il me lâche le bras, nous courons jusqu'à l'intérieur de la *plane*. Il retire finalement son étreinte quand la lourde porte retombe en un bloc sur le sol en pierre ; secouant tous les Appelés et la créature qui lâche un cri effroyable. *Il n'y a plus de retour en arrière à présent,* pensé-je en balayant des yeux la *plane* close.

Je prends une large inspiration pour me donner du courage et inspecte les environs en quelques secondes à peine. Le terrain est plat et sec. Je remarque aussi que des abris ont été installés un peu partout. Ce sont de petites constructions en bois qui forment des dômes de quelques mètres de diamètre à seulement un mètre du sol. D'après certains édifices en ruine au sol, je comprends qu'ils ne sont pas très résistants et qu'ils ne servent qu'à s'y cacher pour un bref instant. Je porte ensuite mon regard vers la porte opposée où un hologramme bleuté scintille du nombre : *12*. Puisque nous sommes entrés à vingt, la *plane* en piégera huit. À la vue des Appelés déjà élancés à pleines jambes vers la sortie, je comprends vite que si je ne m'y mets pas aussi, je risque de finir dans le bec de cette créature. Mais c'est sans compter son appétit ou sa colère qui se réveillent en voyant les Appelés courir dans sa direction. La créature bombe le torse et, alors qu'elle bat des ailes pour s'envoler, elle saisit un homme dans son long bec d'un vif mouvement de son cou. L'Appelé échappe un cri et la créature s'élève aussitôt dans les airs, planant jusqu'au-dessus de ma tête en formant à son passage une ombre terrifiante. En une seconde à peine elle survole la *plane* et ouvre son bec faisant alors retomber le pauvre qui crie de nouveau de désespoir. Le son de son corps qui heurte le sol en terre sèche me donne un frisson. La bête plonge à nouveau sur un petit groupe d'Appelés et joue avec sa prochaine proie.

- Ne le laisse pas t'attraper, dit soudainement Gabin qui est revenu me chercher en courant.

Il saisit mon bras et me tire vers un premier abri sous lequel je me jette et me recroqueville en vitesse. Mon corps tremble de toutes parts. Je me noie dans les yeux de Gabin qui semble aussi terrifié que moi, puis je cherche Juq et Sim qui ne sont pas sous le dôme.

- Où sont-ils ? demandé-je aussitôt d'une voix paniquée.

Gabin secoue la tête, il ne le sait pas mieux que moi apparemment.

- Nous avancerons sans eux, reprend-il. Nous n'avons pas le temps de les attendre. Il faut quitter la *plane* au plus vite. (Je hoche la tête) J'ai le leurre, si la créature fonce sur nous, je ferai diversion. Mais pour ça nous devons rester proches l'un de l'autre.
- D'accord, dis-je en un souffle.
- OK, voyons voir.

Gabin lance un regard sous le dôme. Il veut certainement vérifier que la voie est libre avant de sortir. Mais alors que je me mets à quatre pattes pour faire de même, il recule violemment. J'échappe un cri quand un immense bec noir pénètre sous le dôme et racle le sol en essayant de nous attraper. Gabin lance son pied en avant et frappe la bête pour la faire reculer.

- Dégage ! crie mon ami d'une voix tremblante.

Le volatile se retire et un souffle d'air nous parvient de l'extérieur, indiquant qu'il vient de prendre son envol. Gabin et moi nous précipitons pour passer la tête sous le dôme afin de déterminer où se trouve la bête. Un frisson me parcourt le dos quand je découvre qu'il n'y a pas une mais deux créatures volantes. Je les observe toutes deux au loin, voltigeant au-dessus d'un groupe d'Appelés qui peine à rejoindre un abri.

- Il faut y aller maintenant, lance Gabin qui se glisse déjà hors du dôme.

Je le suis sans réfléchir et une fois à l'extérieur me hisse sur mes jambes en un bond. Nous nous élançons en courant vers le prochain abri que Gabin me montre du bout de son doigt. Mes yeux sont rivés vers les créatures qui tournoient toujours au loin. Nous arrivons rapidement vers notre prochain refuge et nous nous laissons glisser dessous. À ma surprise, deux autres Appelés sont déjà là et nous observent d'un œil malveillant. Par réflexe, je pose ma main sur mon couteau et les toise rapidement.

- Nous ne restons pas, dit aussitôt Gabin pour désamorcer une potentielle menace.

Il passe rapidement sa tête sous le dôme pour, à nouveau, savoir si la voie est libre et repérer notre prochain abri. J'en profite pour resserrer les sangles de mon sac à dos et l'attacher à ma ceinture pour éviter qu'il ne bouge trop quand je cours. Je serre tellement que je m'en coupe presque le souffle.

- Les bêtes sont encore là-bas, dit Gabin. Allons-y maintenant.

De nouveau, je le suis dans une confiance aveugle et nous nous élançons à toutes jambes dans la *plane*. Je pose mon regard sur le dôme que Gabin m'indique mais constate avec désarroi qu'il est bien plus éloigné que le précédent. Je profite de ne pas être cachée pour lancer un regard à la porte holographique. *Des Appelés sont déjà sortis,* constaté-je en lisant le chiffre : *9*.

- Laura plus vite ! me crie soudainement Gabin.

Je lève la tête et une ombre me survole. Mon sang se glace. Une des créatures pousse un cri effroyable et un courant d'air vient fouetter mon visage. Elle est juste au-dessus de moi, je sens sa présence. Gabin ralentit et déroule son leurre. En un geste ample, il le fait tournoyer au-dessus de sa tête, de plus en plus haut. Je me réfugie à ses côtés. Nous ne pouvons plus courir en agitant l'appât alors j'attrape le bras de mon compagnon et le guide dans une marche rapide vers notre prochain abri. Gabin lui, a les yeux rivés sur la bête qui tournoie au-dessus de nos têtes. Si l'adrénaline ne me faisait pas tenir sur mes jambes, je pense que je me serais déjà évanouie.

- On y est presque, dis-je alors que nous ne sommes plus qu'à quelques mètres du dôme en bois.

Mais alors que nous nous apprêtons à le rejoindre, la créature fond sur nous dans un cri aigu.

- Elle arrive, s'écrie Gabin.

Je lève les yeux et j'ai juste le temps de voir une lueur multicolore avant que Gabin lâche la corde qui retenait le leurre, le laissant alors s'envoler en direction du volatile. Ce dernier ouvre grand son bec et saisit aussitôt l'appât en déviant précipitamment sa trajectoire. Je plaque Gabin au sol pour éviter de justesse les pattes immenses qui menacent de nous arracher du sol. Je lève aussitôt la tête et aperçois la créature freiner maladroitement et venir stopper sa course sur le dôme que nous rejoignions justement. L'atterrissage se fait si brutalement que le petit abri cède sous le poids de l'oiseau et s'écroule dans un fracas.

- Ce n'est pas possible, échappe Gabin qui relève à son tour la tête.

Je regarde hébétée la créature jouer avec le leurre en piétinant notre précieux abri à quelques mètres seulement de nous. *Et merde,* pensé-je en cherchant aussitôt un nouveau dôme du regard. J'en repère un sur notre droite. Il ne nous rapproche pas beaucoup de la sortie, mais nous permettra de nous cacher le temps de reprendre notre souffle. J'attrape alors le bras de Gabin et le relève en vitesse. Son regard est resté scotché à la créature.

- Dépêche-toi, lui soufflé-je en le tirant.

Il me suit, le corps tremblant.
- Il y avait des Appelés sous cet abri, dit-il la voix tremblante.
Je n'ai pas le temps de prendre pitié pour ces pauvres gens. Je cours à toutes jambes. Par chance, l'oiseau préfère fouiller dans les décombres plutôt que de nous suivre. L'autre est occupé près de la porte avec trois Appelés qui essaient de franchir son seuil. *Tant mieux. Qu'il les retienne, nous sortirons avant eux.* Je ne me pardonne pas cette pensée et me glisse sous le dôme avec Gabin.
- Ça va ? demandé-je à mon camarade.
Il hoche la tête. Haletante, je passe la tête sous l'ouverture et vérifie la position des deux créatures en reprenant mon souffle.
- Nous n'avons plus de leurre, dit Gabin essoufflé lui aussi.
- Je sais, il va falloir être encore plus vigilant.
- Quelle distance nous reste-t-il à parcourir ?
- Je ne sais pas, trois cents mètres. Peut-être plus.
Je nous accorde encore quelques secondes de répit et en profite pour compter le nombre d'Appelés que je peux voir d'ici. J'en observe trois à découvert et six sous des dômes. Avec ceux qui sont déjà sortis et ceux qui ont été tués, le compte y est. Mon regard se porte vers un Appelé qui quitte seul un abri et s'élance en courant vers la sortie. L'oiseau qui nous pourchassait le repère et s'envole à sa poursuite. Il le survole à seulement quelques mètres au-dessus de lui et approche son bec. *Il va se faire attraper*. Mes yeux se plissent mais quand je les rouvre, l'Appelé court toujours et l'oiseau est allé gratter sous un dôme où se réfugient plusieurs hommes. J'observe alors sans voix, l'Appelé terminer sa course jusqu'à l'hologramme, passant à côté du deuxième oiseau – sans qu'il ne prête attention à lui, et quitter la *plane*. *C'est impossible,* pensé-je en comprenant que les deux créatures n'ont pas voulu de lui. L'hologramme vacille et le chiffre change pour : *8*.
- Il faut y aller, dis-je vivement à Gabin. Il ne reste plus beaucoup de places.

- D'accord, répond mon ami en s'approchant.
- Nous courons vers cet abri (Je pointe un dôme à une centaine de mètres d'ici), puis nous irons sous celui-ci. (J'en pointe un autre, le plus proche de la sortie) Si nous survivons jusque là, nous n'aurons plus qu'à quitter la *plane*.

Gabin hoche la tête et sans nous concerter, nous sortons. Une fois de plus, nous courons à en cracher nos poumons. Jamais je n'ai fait pareille course. Pas même dans la précédente *plane*. Par chance, nous arrivons jusqu'au dôme rapidement et sans être repéré par les volatiles qui n'ont pas changé de cibles. Nous ne prenons pas le temps de reprendre notre souffle cette fois-ci et nous contentons d'un coup d'œil vers notre prochaine destination avant de repartir. C'est là notre erreur. Nous courons à toutes jambes vers le dôme et nous en oublions les créatures, dont la première qui a compris que nous l'avions trompée la dernière fois. Elle revient pour se venger. Nous sommes tout près de l'abri et je me retourne quand je vois une ombre menaçante me survoler.

- À terre ! crié-je.

Mais c'est trop tard. Je me jette, ventre au sol, mais ne l'atteins jamais. Une force m'agrippe par le sac à dos et me soulève. Je constate avec effroi que je m'élève au-dessus de Gabin qui a roulé sur le sol. Quand il m'aperçoit, ses yeux enflent.

- Laura ! crie-t-il en tendant les bras vers moi. (Il se relève en précipitation et essaie de m'attraper) Non, Laura !

J'ai beau faire pareil, il est déjà trop éloigné. Par réflexe, je cherche mon couteau à ma ceinture et essaie d'atteindre les pattes de mon agresseur. Je lance mon bras dans mon dos et atteins dès le premier coup ma cible. La créature lâche un cri de douleur et retire sa patte de mon sac. Je sens son étreinte s'affaiblir. Mais, je retiens mon prochain coup, comprenant que si la bête me lâche maintenant je vais m'écraser au sol. *Fais-la descendre,* m'ordonné-je. J'ai alors une idée et m'empresse de détacher mon sac de rationnement qui est encore attaché à ma poitrine. Une fois retenu par la seule force de ma main, je l'agite vers le bec du volatile.

- Viens par là ! crié-je.

Mon nouveau leurre fonctionne et la créature lance son bec vers le rationnement. Mon cœur manque de s'arrêter quand je retire de justesse mon bras. *Si tu te loupes, tu perds ta main,* me dis-je en esquivant les mouvements de la bête. Une fois que j'estime l'avoir suffisamment appâtée avec l'odeur de la viande sèche, je vise l'hologramme de sortie et lance le sac de rationnement dans sa direction. L'oiseau fond alors sur l'objet et pique en direction du sol. À mesure que nous nous approchons de la terre ferme, la peur monte. Je suis pourtant prête, le couteau fermement tenu dans le creux de ma main, mais terrifiée. Si je rate mon coup, je vais mourir écrasée sur le sol ou pire, dévorée par une créature volante. En une seconde à peine, je m'estime assez proche du sol et lance mon bras dans mon dos. La lame de mon couteau frappe ce que je pense être la deuxième patte de la bête et je chute aussitôt. *Elle a lâché*, compris-je. Par chance, je suis juste au-dessus d'un dôme et ma chute est diminuée d'un ou deux mètres. C'était sans compter la vitesse à laquelle j'atteins la surface en bois. Mon corps heurte l'abri et mon souffle se coupe instantanément. Contrairement à l'atterrissage de la bête tout à l'heure, le dôme ne s'est pas brisé sous mon poids et a stoppé ma chute violemment. Je roule sur sa surface arrondie et glisse jusqu'au sol où un deuxième choc me rend mon souffle dans une décharge électrique épouvante. Je me retrouve immobile sur le sol, le dos traversé par une puissante douleur. *Je suis paralysée,* pensé-je alors que je n'arrive pas à me relever et que je peine à respirer normalement.

- Laura !

La voix de Gabin se rapproche et en quelques secondes à peine il est au-dessus de moi, le regard affolé.

- Tu es vivante ! s'écrie-t-il en voyant mes yeux s'agiter. (Il m'agrippe le bras) Il faut y aller.

Gabin me tire vers lui pour m'asseoir, accentuant la douleur qui m'arrache un hurlement.

- Arrête, dis-je.
- Non, il faut y aller.

C'est horrible, j'ai l'impression qu'on me casse les os. J'ai beau le supplier, Gabin ne s'arrête qu'une fois m'avoir redressée sur mes jambes. Il doit me tenir pour éviter que je m'écroule.

- Je suis désolé, dit-il en passant mon bras derrière son cou alors que je n'arrive pas à retenir mes gémissements de douleur. Il faut y aller, il faut y aller.

Je comprends alors que Gabin a saisi une occasion en or pour nous faire sortir de la *plane*. Les deux volatiles sont à quelques mètres en train de se battre pour le contenu de mon sac de rationnement. Les autres Appelés l'ont remarqué aussi et foncent en direction de l'hologramme. Si nous ne nous dépêchons pas, nous allons perdre notre place.

Je puise alors au fond de mes réserves pour mettre un pied devant l'autre et me laisser guider jusqu'à la sortie. Après une dizaine de mètres d'effort, retenue par Gabin, je franchis l'hologramme à bout de forces. Juste derrière nous, un groupe d'Appelés quittent à leur tour la *plane* et la lourde porte en pierre se déclenche et retombe lourdement sur le sol. La secousse qu'elle provoque remonte de mes pieds jusqu'à mes omoplates m'arrachant un cri de souffrance. Gabin m'aide alors à m'allonger sur le sol.

- Un sachet, supplié-je alors que des spasmes de douleurs prennent le contrôle de mon corps. Un rouge.

Mes mains tremblantes cherchent à ma ceinture et ouvrent maladroitement la petite bourse. Tous les sachets s'en échappent et glissent sur le sol. Gabin m'aide à en trouver un de la bonne couleur et me l'ouvre avec précipitation. Je le saisis vivement et le porte à ma bouche pour en aspirer l'antidouleur qu'il contient. *Faites que ça fasse effet rapidement,* prié-je en restant le plus immobile possible dans l'attente que la douleur se calme.

Gabin s'assoit à côté de moi et range les sachets à ma ceinture avant de prendre doucement ma main dans sa paume. Je pose mon regard dans le sien, il est calme et rassurant.

- Gabin, dis-je d'une voix tremblante. J'ai peur.
- Tout va bien se passer, murmure-t-il en caressant ma main. Je suis là.

CHAPITRE 12

- Merci, dit Gabin alors que le *macker* de fin de *plane* vient déposer nos deux sacs de rationnement à nos pieds.

Je me contente, pour ma part, d'un clignement des yeux. J'ai peur de bouger et de me paralyser si jamais j'ai des dommages à la colonne vertébrale. Mais comment savoir ? Gabin m'a portée jusque dans ce *deck* et j'ai marché sans être pour autant paralysée.

- Excusez-moi, reprend Gabin en rattrapant le *macker* qui s'éloigne. Elle est tombée violemment sur le dos. Y aurait-il possibilité d'envoyer quelqu'un l'ausculter ?

Le *macker* secoue la tête.

- Les Appelés ne sont pas autorisés à recevoir des soins médicaux dans le Kiuju.
- Mais c'est peut-être grave, incite Gabin alors que le *macker* a repris sa marche. Et si elle ne peut plus marcher ? (L'autre hausse les épaules) Vous vous fichez de savoir si elle peut mourir ici ?
- Ce que je pense n'a pas d'importance. Pas d'intervention médicale, c'est le règlement.

Gabin tourne les talons pour revenir vers moi. Il a compris qu'il n'obtiendrait rien de ce *macker*. Quand il s'accroupit, je l'entends murmurer quelques jurons puis son visage devient plus triste.

- Je suis désolé.
- Ce n'est pas grave, soufflé-je dans une phrase à peine audible.

- Il va falloir se débrouiller seuls. (Gabin reprend ma main dans la sienne) Est-ce que l'antidouleur a fait effet ?

Je hoche doucement la tête. Cela ne fait pas longtemps et pourtant j'ai l'impression que la substance commence déjà à affecter mes terminaisons nerveuses. Sim m'avait mise en garde sur le dosage important des sachets rouges. J'espère que je ne vais pas faire une overdose.

- Super, sourit Gabin. Attendons encore un peu, puis nous essaierons de t'asseoir.

Je grimace. Il a raison mais j'ai peur de bouger.

- Il faudra essayer et le plus tôt sera le mieux, dit Gabin qui remarque ma moue. Il ne faut pas attendre que tes muscles se refroidissent et se raidissent.

Il ôte son sac en vitesse, desserrant les anses qui ont laissé une marque sur sa veste et l'ouvre pour en retirer sa couverture soigneusement pliée. Il l'étend ensuite sur moi en veillant à ne pas me faire bouger. *Il est si délicat.*

Gabin se rassied à côté de moi mais, alors que nous attendons patiemment que l'antidouleur calme mes maux, une ombre vient menacer notre tranquillité. Je fais signe, d'un regard insistant à Gabin de se retourner et il bondit sur ses jambes. Une femme, aussi épaisse qu'une feuille de papier dont les traits sont creusés jusqu'à l'os s'approche de notre rationnement et s'agenouille pour l'attraper.

- Ne touchez pas à ça, l'interrompt Gabin en saisissant nos sacs. Je vous demande de bien vouloir vous en aller.

La femme recule aussi vite que son corps le lui permet : très lentement, et pose son regard gris sur moi. Ses yeux sont comme vidés d'énergie.

- Ne vous approchez pas d'elle, reprend Gabin plus menaçant. Reculez.

Il la bouscule timidement et la femme fait demi-tour sans aucune émotion. Je la regarde s'éloigner du coin de l'œil, me demandant si je suis en train d'halluciner ou si je viens vraiment d'apercevoir un mort-vivant.

Gabin revient à côté de moi mais se tourne cette fois-ci un peu vers le couloir du *deck*. Je sens qu'il est préoccupé. Son regard est figé au loin.

- Gabin, dis-je en me ressaisissant. Aide-moi à me lever.
- Tu es sûre ?

Je hoche la tête. Je veux voir ce qu'il voit, car je ne me sens pas en sécurité quand je n'ai pas toutes les informations. Mon ami s'approche alors et fait glisser la couverture sur mes jambes pour découvrir mon buste. Il passe ensuite ses bras sous mes aisselles. J'entoure mes bras autour de son cou.

- Doucement, murmuré-je et Gabin m'attire lentement vers lui.

Pitié, pitié, pitié, répète mon esprit dans l'espoir de ne pas finir paralysée. Par chance, j'arrive à m'asseoir sans nouvelle douleur. Je retire mes bras du cou de Gabin et il se détache lentement en veillant à ce que je me tienne droite seule. Je remarque une grimace sur son visage quand il pose une main sur son épaule. Je me souviens alors qu'il avait une plaie à cet endroit.

- Je suis désolée, je n'aurais pas dû m'appuyer sur toi, dis-je aussitôt.
- Non, ce n'est rien. Comment va ton dos ? Est-ce que tu peux bouger tes orteils ?

J'essaie de mouvoir doucement chacun des membres de mon corps, partant de ma tête à mes orteils et constate avec soulagement que ma motricité n'a pas été affectée.

- Oui, dis-je en affichant enfin un sourire. J'ai toujours un peu mal mais ça passera.

Je plonge mon regard dans celui de Gabin qui sourit lui aussi mais je remarque bien que ce n'est pas naturel et qu'il se réjouit uniquement de me voir aller mieux. Sans ses yeux et sa bouche qui feignent une bonne humeur, son visage est pâle et crispé.

- Gabin, laisse-moi voir ton épaule.

Il n'hésite pas longtemps et retire sa veste puis sort son bras de son sous-pull sans le quitter totalement. Quand le tissu se détache de sa peau, il échappe une grimace et je comprends immédiatement pourquoi.

- Ta plaie s'est réouverte, déclaré-je sans oser la toucher.

Je fais tourner un peu Gabin pour mieux voir la blessure qui s'étend de la base de son épaule jusqu'au milieu de ses omoplates. On dirait bien qu'un mutant a essayé de l'attraper et qu'il l'a griffé profondément. *La douleur devait être horrible,* pensé-je en observant en détail la plaie.

- Les points de suture n'ont pas lâchés dans ton dos. Mais il faut faire quelque chose pour ceux de ton épaule.

La blessure qui forme trois longues entailles est entourée d'un hématome jaune pâle qui m'empêche de déterminer si la plaie est infectée ou si ce n'est qu'un bleu qui est en train de disparaître.

- Avais-tu pris un anti-infectieux ? demandé-je en imaginant les dégâts qu'une infection sur une plaie de cette taille pourrait causer à son organisme.
- Je crois.
- Tu crois ? m'exclamé-je. (Je cherche les yeux de mon ami et le regarde avec insistance) Tu dois en être sûr.

Gabin secoue la tête et devient hésitant.

- J'étais shooté à l'antidouleur quand Juq m'a recousu, je ne me souviens plus exactement s'il m'en a fait prendre un.

C'est pas vrai, pensé-je en levant les yeux au ciel. Je ne suis pas étonnée qu'avec son gabarit si chétif, l'antidouleur l'ait complètement fait délirer. C'est d'ailleurs cet état second que les drogués des *deck*s cherchent à retrouver. Je plonge mes mains à ma ceinture et fouille jusqu'à trouver un sachet vert. Je le tends vivement à Gabin.

- Avale-ça.
- Laura, j'en ai peut-être déjà pris un. Ça peut être dangereux.
- Je ne vois pas ce que tu risques de plus. Dans le pire des cas, ça te nettoiera de l'intérieur et au mieux, ça te sauvera la vie. Prend-le, insisté-je le bras tendu vers mon ami.

- Très bien, cède-t-il en attrapant le sachet.

Je suis soulagée de le voir avaler ce médicament mais inquiète au sujet de sa plaie. Je n'ai pas de quoi m'en occuper. J'ai bien quelques bandages et l'alcool pour désinfecter la plaie mais pas de fils et d'aiguille pour la recoudre.

- Tu as de quoi recoudre ta plaie ? demandé-je sans trop d'espoir.
- Non.
- Alors nous devons chercher le Cœur et aller nous en procurer.

Je porte mon regard dans le petit couloir qui s'éloigne derrière Gabin et y voit une multitude d'Appelés assis sur le sol. Rien que l'idée de devoir les traverser me tétanise.

- Nous retrouverons peut-être Sim et Juq, finis-je en aidant Gabin à se rhabiller.
- Oui, j'espère qu'ils ont pu migrer sans souci.

Évidemment. Je ne les imagine pas échouer, mais je suis très déçue de ne pas les voir ici à nous attendre. *Savent-ils au moins que nous avons réussi à traverser ou s'en fichent-ils ?*

Gabin m'aide à me mettre sur pieds. La douleur est soutenable mais je me demande comment je pourrai me mouvoir quand l'antidouleur ne fera plus effet. Gabin ramasse son sac et le passe.

- Ça ne te fait pas mal ? demandé-je.
- Pas trop, les lanières n'appuient pas directement sur la plaie.

Tant mieux, pensé-je en attrapant le sac de rationnement qu'il me tend. Je suis aussi étonnée de ne pas ressentir le besoin d'ôter le mien.

- Attache-le bien, me conseille Gabin en accrochant son rationnement sur son buste.

J'acquiesce et fais de même. Il est évident que les Appelés vont vouloir nous les prendre. Rien que l'idée de les voir s'approcher de moi m'effraie. Un frisson me parcourt le corps et je porte ma main à ma ceinture pour y saisir mon arme.

- Mon couteau ! s'exclamé-je en ne le trouvant pas.
- C'est moi qui l'ai, dit Gabin en cherchant à sa ceinture. Tu l'avais échappé en tombant du dôme.

J'échappe un soupire de soulagement en le récupérant. Je n'imagine pas continuer cette aventure sans avoir de quoi me défendre.

Nous avançons dans le couloir du *deck* et je constate que j'ai du mal à marcher naturellement. *Fais un effort,* me dis-je en sachant que si je titube ou si je me tiens à Gabin, les Appelés remarqueront mon malaise et feront de moi une cible facile. Je me tiens alors le plus droite possible, faisant taire la douleur de mon dos et avance en silence aux côtés de mon camarade. Après avoir dompté mes maux, je dois maintenant faire face à ma peur à mesure que nous avançons. C'est particulièrement le cas quand, à la sortie du couloir, nous tournons sur une grande place remplie d'Appelés dont les corps jonchent le sol. Mon corps se fige et mon sang se glace. *Reste naturelle,* m'odonné-je alors que je n'ai qu'une envie : partir en courant. Je remarque que Gabin n'est pas laissé indifférent non plus quand il remarque que tous ces gens sont entre la vie et la mort. Leurs visages sont pâles et tristes. Les têtes sont basses et les regards vides. Certains meurent de faim depuis surement plus d'une semaine. Leurs corps sont secs, si bien que je pourrais distinguer leurs squelettes. Une femme, qui est assise juste là, tend les mains vers nous et nous adresse la parole dans une suite de mots inaudibles. Je serre machinalement mon sac de rationnement contre moi. La seule pensée de ces Appelés doit être portée sur la nourriture et même s'ils n'ont plus la force de venir nous arracher notre rationnement, je préfère rester prudente. J'imagine qu'ils sont là depuis des semaines. Pire, cet endroit est remplie de malheureux comme eux depuis certainement des mois. Je le remarque aux traces laissées sur la pierre sur laquelle ils sont assis. Elle est lisse, comme usée par le passage de tous ceux qui y sont restés immobiles. Les murailles portent les mêmes signes d'usure. Leur surface est plus lisse proche du sol.

Nous reprenons notre route et traversons la place par le petit chemin libre que dégagent les corps des malheureux. Gabin slalome lentement entre eux. Je vois dans son regard qu'il ne se sent pas bien. Il voudrait certainement les aider mais c'est impossible. Il pourrait distribuer son rationnement à une dizaine d'entre eux et après ? Ils ne s'en sortiraient pas mieux et Gabin mourrait de faim à son tour. Nous nous contentons alors de traverser silencieusement, en évitant les Appelés qui mendient quelques morceaux de pain.

Quand nous arrivons enfin de l'autre côté de la foule, Gabin augmente l'allure et nous sortons rapidement. Il s'arrête alors dans un couloir bien plus vide où je reconnais les visages d'Appelés du précédent *deck*. Ils sont bien mieux portants que ceux que nous venons de croiser, ça ne fait aucun doute.

- Où allons-nous ? demande Gabin alors que nous arrivons à une intersection.
- Peu importe, il faut trouver le Cœur.

En tournant sur moi-même, j'analyse les possibilités. En face de nous se trouve une place remplie d'Appelés dont le regard ne me rassure pas tellement. À droite et à gauche, deux couloirs s'enfoncent un peu plus dans le *deck*. Je serais d'avis d'en choisir un au hasard et de voir où il nous mène.

- À droite, lance Gabin alors qu'un groupe d'Appelés apparait sur notre gauche.

Je le suis en hâte et nous parcourons le dédale menant à la salle d'hygiène et à une seconde place qui est trop petite pour être le Cœur. Sans nous concerter et à la vue d'Appelés peu accueillants, nous faisons volte-face et retournons en vitesse à l'intersection pour prendre la seconde direction. Ma main est cramponnée à mon couteau et je me rends compte que ce *deck* est bien plus terrifiant que le précédent. Les Appelés sont ici depuis plus longtemps, ils connaissent le Kiuju et ses règles et surtout des clans se sont formés. Gabin et moi ne devrions pas tarder à nous faire attraper par certains d'entre eux et cela ne m'enchante pas tellement.

Nous parcourons le couloir sans faire attention à la place sur notre gauche puis nous avançons jusqu'à ce qui semble être le Cœur du *deck*. Nous nous approchons des quatre *mackers* qui gardent l'entrée et sortons notre plaque. Le souvenir de l'explosion du Cœur me revient en flash et je le chasse en vitesse. Je n'ai pas besoin d'une peur supplémentaire, je dois d'abord trouver un moyen d'aider mon ami. Arrivés à la hauteur des *mackers*, nous nous arrêtons pour qu'ils examinent nos plaques. Leur air est très grave et j'en viens à me demander si les *mackers* d'un *deck* ne sont pas le reflet des Appelés qu'il contient.

- Vous n'êtes pas autorisés à entrer, dit alors sèchement l'un des quatre hommes.
- Comment ? échappe Gabin.
- Vous n'entrez pas. Reculez.

Le *macker* accompagne ses mots d'un geste qui dit clairement : *Dégagez*. Je recule d'un pas et jette un regard autour de nous pour vérifier que nous n'attirons pas l'attention.

- Mais enfin expliquez-vous, continu Gabin. Est-ce parce qu'il nous faut un laissez-passer supplémentaire ?
- Non, répond sèchement le *macker*.

Gabin s'interrompt un instant puis, comme prit d'un élan de lucidité dit :

- C'est à cause de l'explosion ?
- Bingo, grince l'autre avec un rictus menaçant.
- Vous empêchez tous les Appelés qui étaient là-bas d'entrer alors que les seuls responsables se sont fait exploser ? (Le *macker* ne répond pas et croise ses bras) Vous savez que nous ne sommes pas à l'origine de cette catastrophe.

Sentant que la situation risque de s'envenimer et que les regards se posent peu à peu sur nous, j'attrape la main de mon ami et le tire lentement vers l'arrière.

- Gabin, laisse tomber. Nous trouverons une autre solution.

Mon camarade recule sans faire d'histoire et nous reprenons notre marche, errante cette fois-ci.

- Tu avoueras qu'il est ridicule de nous interdire l'accès. Nous étions les premières victimes de cette explosion, marmonne Gabin.
- C'est leur manière de nous faire passer l'envie d'enfreindre le règlement, dis-je.
- Dans ce cas, ils ne s'en prennent pas aux bonnes personnes, marmonne Gabin.

Nous passons devant l'entrée de la place que nous n'avions pas pris le temps d'examiner lors de notre premier passage et je remarque qu'un Appelé, appuyé contre un pan de muraille à l'entrée, nous observe. Je le toise vaguement et, en portant mon regard un peu plus loin dans la place, je reconnais une silhouette familière. C'est comme si quelque chose s'enclenchait en moi et je suis prise d'une vive émotion. Aussitôt, j'attrape le poignet de Gabin et le tire vers l'entrée de la place. L'homme qui était là se redresse et me lâche d'un ton rieur :

- On se connait ?

Je ne prends pas le temps de lui répondre et passe devant lui en hâte pour rejoindre la silhouette familière à une trentaine de mètres derrière lui. À mesure que je me rapproche, je reconnais sa barbe de deux jours et son visage anguleux. Quand l'homme remarque ma présence, il retire sa cigarette de la bouche et s'exclame en souriant :

- Laura !

Je m'arrête devant lui mais au lieu de lui sauter au cou, mon bras se tend et gifle sa joue. Je suis moi-même surprise par mon propre geste mais je suis ravie de l'avoir fait. Gabin, qui se trouve juste à côté, devient rouge et se précipite devant moi en s'exclamant :

- Sim, ne la frappe pas. Elle est déjà gravement blessée.

Mon regard transperce celui de l'homme qui m'a contraint à migrer et qui a déserté une fois dans la *plane*. Il repousse Gabin et fait un pas vers moi, une main plaquée sur sa joue.

- Qu'est-ce qu'il te prend ?
- Où étiez-vous tout ce temps Juq et toi ? C'est bien beau de nous faire passer devant tout le monde et nous jeter dans une *plane*, mais il n'y avait plus personne une fois le danger venu.
- Nous avons fait comme les autres, nous avons traversé la *plane* et couru pour ne pas servir de repas aux mutants.
- En nous abandonnant derrière. Vous auriez aimé que ce soit nous qui servions de repas peut-être ? C'est une technique, faire entrer des faibles avec vous et augmenter vos chances de réussite.
- Tu penses que je me suis servi de toi ?
- Rien ne prouve le contraire.

Gabin m'agrippe vivement le bras et me tire vers l'arrière.

- Arrête, me murmure-t-il la mâchoire serrée. On ne sait pas comment il peut réagir à ce genre de provocation, et tu sais qu'il te surpasse largement si ça dégénère.

Je m'en fiche, ai-je envie de répondre. Mais au lieu de ça, je fixe Sim froncer les sourcils et secouer la tête nerveusement.

- Je me demande ce qui me retient de te faire regretter ces paroles, marmonne-t-il en essayant de calmer ses nerfs.

Il fume une longue bouffée de cigarette et me la souffle au visage. J'ai l'impression qu'il essaie de m'agacer encore plus.

- Tu es vivante, c'est déjà une première preuve, reprend-il.

J'échappe un rire étouffé.

- Ou alors le plan ne s'est pas passé comme tu l'avais prévu.
- Laura calme toi, tu ne penses pas ce que tu dis, clame alors Gabin agacé par mon comportement. (Il se tourne vers Sim qui contient son envie de m'en coller une) Excuse-la, elle a pris une forte dose d'antidouleur, elle n'est plus elle-même.

À ce moment, une ombre s'ajoute à la conversation et je reconnais l'Appelé qui se tenait à l'entrée. Il est jeune, autour de la trentaine et arbore une chevelure blonde mi-longue.

- Que se passe-t-il ici ? demande-t-il en regardant Sim.

Ce dernier fume une nouvelle bouffée puis dit posément :

- Tout va bien Peter. Je te présente Laura et Gabin dont je t'ai parlé plus tôt.

L'homme, qui s'appelle donc Peter, entre dans le cercle et croise ses bras avant d'afficher un large sourire en nous observant.

- C'est donc eux. Enchanté.
- Enchanté, dit Gabin en inclinant légèrement la tête. Je suis désolé pour ce dérangement, nous allons y aller. Nous n'avons rien à faire ici.
- Au contraire, vous êtes au bon endroit. Bienvenue dans le Couloir des Unifiés, reprend Peter. Sim a déjà négocié votre place, vous n'avez qu'à vous mettre à l'aise.

C'est donc pour ça qu'il nous a abandonné, pensé-je en imaginant Sim partir à la recherche d'un nouveau lieu pour dormir à la sortie de la *plane*. Je me tourne vers lui et lui lance un regard interrogateur. Cela n'excuse pas qu'il nous ait abandonné au milieu des mutants.

- Quelles sont les conditions ? demande Gabin qui n'a pas perdu sa lucidité.
- Tu fais bien de demander. (Peter lève un de ses doigts) Premièrement, pas de rivalité entre les Unifiés. C'est interdit, nous sommes là pour nous entre-aider. Alors vous deux (Il pointe Sim et moi de son doigt levé) ne vous avisez pas de vous taper dessus. (Il lève un second doigt) Deuxièmement, nous veillons collectivement à la sécurité du Couloir. Vous prendrez donc votre tour de garde comme tout le monde. (Il lève un troisième doigt) Et enfin, nous partageons nos vivres. Donc vous devez faire don de votre rationnement.

Cette dernière phrase ne me plaît pas beaucoup et je sens que Gabin hésite également. Il me regarde, l'air de me demander mon avis mais je ne sais pas quoi répondre. Nous avons croisé tellement d'Appelés menaçants et terrifiants dans ce *deck* que j'ai l'impression que nous ne serons pas si mal logés ici. Pourtant, je n'aime pas être dépendante d'un groupe. J'ai l'impression que cela ira à l'encontre de notre liberté.

- Qu'est-ce que nous y gagnons ? reprend Gabin qui n'a trouvé aucune réponse dans mes yeux.
- Comme je viens de l'énoncer : l'entre-aide, la sécurité et les ressources. De quoi avez-vous besoin de plus ? dit Peter en riant.

Gabin ne répond pas. Je lève alors les yeux et fais glisser mon regard le long du sommet des hautes murailles pendant que je réfléchis. Si nous refusons, nous repartirons seuls dans ce *deck* terrifiant où nous n'avons pas accès au Cœur. Il fera bientôt nuit et nous devrons passer la nuit sans protection. Je baisse la tête et regarde Peter. Il a l'air d'être juste. Si partager les ressources signifie aussi les utiliser alors nous y trouverons certainement notre compte.

- Vous avez un médecin parmi vous ? demandé-je alors.
- Évidemment, répond Peter.
- Dans ce cas nous acceptons. Est-ce que vous pouvez aller le chercher ? Nous avons besoin de lui.

CHAPITRE 13

Peter nous a conduits à travers le long Couloir des Unifiés ; un quartier privatisé du *deck* par son groupe d'Appelés. C'est une place toute en longueur, une cinquantaine de mètres de long sur peut-être vingt ou trente de large, intelligemment organisée. De chaque côté du chemin principal sont alignées des petites tentes pour deux à trois personnes, collées aux murailles. Puis, au fond, derrière un espace vide, se trouve une plus large tente. *Les quartiers du chef,* supposais-je quand Peter nous y a fait entrer. À l'intérieur, une femme, anciennement médecin à Torn, nous a rapidement rejoints. Elle est maintenant en train d'examiner l'épaule de Gabin. Pendant ce temps, Peter me demande de le suivre pour aller déposer nos deux sacs de rationnement dans la réserve du Couloir des Unifiés qui se trouve être l'une des petites tentes devant lesquelles nous sommes passés plus tôt. Je vérifie rapidement le contenu des sacs dans l'espoir d'y trouver une carte métallique mais les deux rationnements sont vides d'indices. Je referme alors discrètement les sacs et les dépose sur une pile commune que me désigne Peter une fois arrivés sous la tente.

- Cette réserve est surveillée par deux Appelés en permanence, déclare-t-il en jetant un regard en direction des hommes qui gardent l'endroit. Elle est libre d'accès le matin et le soir pour les repas, sinon personne n'a le droit d'y pénétrer.
- Sauf toi, soufflé-je en constatant que nous sommes entrés

sans même avoir à demander l'autorisation aux Appelés à l'entrée.

- Je suis le chef, me sourit Peter narquoisement avant de me guider vers la sortie.

Nous sortons et un cri parvient à mes oreilles. Mon sang se glace et ma main se pose naturellement sur mon couteau. *Gabin !* Je ne laisse pas le temps à Peter de me raccompagner et fonce en direction de la grande tente. Je tire vivement la toile de l'entrée et aperçois mon ami trempé de sueur. Je suis rassurée quand je comprends qu'il supporte simplement mal la suture de sa plaie et que rien de grave ne lui est arrivé en mon absence. Juq est à côté de lui et surveille le médecin avec attention.

Je ne sais pas si c'est l'antidouleur mais tout mon corps est bizarre. Je vois bien que Gabin est en sécurité et pourtant je suis inquiète. Pire que cela, j'ai envie de pleurer. De peur, ou alors de soulagement peut-être. Tous ces gens, sont-ils faussement gentils ou me fais-je des idées ? Je n'arrive pas à leur faire confiance.

- Laura, dit alors Sim qui s'approche de moi. Viens par ici. Le médecin regardera ton dos dès qu'il aura terminé avec Gabin. Il m'a dit que tu avais fait une violente chute.

Est-ce qu'il se fiche de moi ? pensé-je alors que Sim pose sa main sur mon bras pour me tirer vers lui. Je me dégage et secoue la tête en le dévisageant.

- Ne fais pas comme si tu t'inquiétais pour moi.

À ma surprise Sim ne s'énerve pas et se contente de s'écarter, puis d'une voix plate il ajoute :

- Déteste-moi si tu veux mais retire ton sac et ta veste. Dès que l'effet de l'antidouleur s'estompera, tu hurleras à la mort si ton dos a été endommagé et que nous ne faisons rien.

Je déteste le fait qu'il ait raison. Alors je m'avance dans le fond de la tente pour retirer mon sac à dos. Je contiens ma douleur quand je desserre les lanières et fais passer mes bras dans les anses pour faire tomber le sac au sol. C'est étrange mais j'ai le sentiment qu'il maintenait mon dos et qu'à présent je suis déséquilibrée. J'ai beau me concentrer pour faire taire la douleur, elle est nettement plus vive que tout à l'heure. Quand elle monte jusqu'à ma tête et que je me sens perdre l'équilibre, je m'accroupis aussitôt en m'interdisant de crier. *Ne leur montre pas que tu vas mal.* Mais quand j'essaie d'ôter ma veste, je me rends compte que j'en suis incapable. Je ne peux pas me tordre pour dégager mes épaules. L'élancement est trop fort. Mon envie de pleurer croît et mes yeux se gonflent de larmes sans que je puisse les en empêcher. À ce même moment, Sim s'accroupit à mes côtés et attrape un pan de ma veste.

- Non, gémis-je honteuse qu'il ait perçu ma détresse et qu'il vienne m'aider.
- Ne fais pas l'idiote, insiste-t-il. Tu vois bien que tu as besoin d'aide. (Il se penche vers mon visage) Est-ce que tu peux lever les bras ?

Silencieusement, j'exécute le seul geste que mon dos m'autorise et Sim tire sur mes manches pour retirer ma veste comme on le ferait avec un pull. Il dézippe mon sous-pull et me l'ôte à son tour, suivi de mon maillot de corps. Ce dernier me fait échapper un gémissement de douleur et me laisse presque à nue sous une tente mal isolée en plein temps hivernal. Sim se relève en roulant mes vêtements qu'il jette ensuite sur mon sac à dos. Puis, il s'éloigne un peu plus loin sous la tente et attend silencieusement les bras croisés, le regard posé sur le médecin qui en finit avec Gabin.

La femme est gentille et m'explique, après un rapide examen, que j'ai l'épaule et quelques vertèbres déplacées. J'ai d'abord peur, mais elle ajoute qu'avec une manipulation elle peut tout remettre à sa place et que je n'aurai qu'à rester immobile quelques jours pour être complètement remise. *C'est une chance,* me dit-elle, car j'aurais pu me briser les os et la convalescence aurait été bien moins facile. Elle me fait donc installer sur le dos puis à tour de rôle appuie ou tire sur mes membres. Elle me fait mettre en boule, puis assise et me manipule encore et encore, faisant craquer mes articulations. Étrangement, ce n'est pas très douloureux jusqu'à ce qu'elle s'occupe de mon épaule qui me laisse échapper un cri soudain.

- C'est terminé, déclare le médecin.

Gabin m'agrippe la main et je me laisse glisser sur le sol, tremblante. La pierre au sol est gelée mais étrangement, ce n'est pas désagréable.

- Maintenant, vous devez rester le plus immobile possible durant les deux prochains jours. Si vous en avez besoin, vous pouvez prendre un antidouleur, mais que la moitié d'un sachet à la fois.
- Merci beaucoup, dis-je sincèrement.
- Pliez vos jambes pour avoir le dos droit et couvrez-vous, finit-elle en souriant. (Elle regarde Gabin) Je passerai vous voir tous les deux demain.

Gabin la remercie et l'accompagne jusqu'à la sortie. Quand il revient, il m'aide à me rhabiller sans que j'ai trop à me tordre. Je sors ma couverture et m'enroule dedans avant de me mettre dans la position que préconise le médecin. Juq et Sim sortent à leur tour de la tente en silence et à la seconde où je me retrouve seule avec Gabin un torrent incontrôlable de larmes déferle sur mes joues.

- Mais qu'est-ce qu'il m'arrive ? dis-je en plaquant une main sur mes yeux pour cacher ma perte de contrôle.
- C'est la fatigue, dit Gabin. Laisse aller, ça va te faire du bien.

Il a raison, j'ai besoin d'évacuer tout ce qui est gardé au fond de moi : la peur, la douleur et les images atroces.

* * *

Dans la soirée, Sim et Juq sont venus nous apporter une part de rationnement pour dîner mais la faim m'est passée depuis que mon dos me fait souffrir. Je garde néanmoins le morceau de pain à proximité et fais don de la viande à Gabin. Je regrette un peu mon comportement envers Sim. Il est très attentionné depuis que nous sommes dans le Couloir des Unifiés. Je me demande si je ne l'ai pas jugé trop vite en sortant de la *plane*. Est-ce que le fait d'avoir été livrée à moi-même et la douleur de ma chute m'ont rendue folle de rage ? J'espérais que tout se passerait comme sur des roulettes et le fait qu'un élément fût différent de mes prévisions me fait chercher un bouc émissaire ? C'était très gentil de la part de Gabin d'avoir mis mon coup de sang sur le dos de l'antidouleur, mais je crois que j'ai simplement perdu le contrôle et me suis acharnée sur le premier venu. J'ai de la chance que Sim ne l'ait pas pris trop durement et qu'au contraire il soit très patient avec mes humeurs. Je ne méritais pas son aide tout à l'heure. *Pourquoi s'embête-t-il avec une fille comme moi ? Je suis un poids mort qui ne fait que le ralentir.*

Je suis étonnée de voir Peter, le chef du Couloir des Unifiés nous rejoindre sous la tente. Il nous explique que Gabin et moi serons exemptés de tour de garde jusqu'à ce que nous soyons rétablis mais que nous rattraperons ces surveillances dans les jours qui suivront. Je me demande comment un si jeune homme peut être à la tête d'une organisation comme celle-ci au sein du Kiuju. Il doit être très fort ou très persuasif. Je l'observe rire avec Juq alors qu'ils se racontent des anecdotes. *Son rire est innocent comme celui d'un enfant.*

***

Je reste deux jours allongée sur le sol, les jambes repliées et les bras croisés sur mon torse pour bouger le moins possible. Étrangement, je n'ai pas besoin de reprendre d'antidouleur, mais le froid qui traverse la pierre jusqu'à mon dos commence à me frigorifier. Gabin ne me quitte pas beaucoup et quand il doit s'absenter, j'essaie toujours de l'en empêcher par peur de rester seule. Les fois où j'insiste un peu trop, il demande à quelqu'un de prendre sa place. Aujourd'hui, c'est Peter qui entre dans la tente en donnant une petite tape sur l'épaule valide de Gabin. Je le regarde approcher et s'accroupir juste à ma droite.

- Il va falloir apprendre à rester seule, mademoiselle, commence-t-il — toujours accompagné de son étrange sourire. Qu'est-ce qui t'habite, la peur du noir ou celle de l'abandon ?
- Ni l'une ni l'autre. Je suis coincée dans cette position sans pouvoir me défendre si quelqu'un entre pour me faire du mal. Je préfère ne pas être seule si ça devait arriver.

Peter grimace.

- Sottise ! s'exclame-t-il. Personne ne t'impose de rester sur ce sol. Allez, lève-toi, dit-il accompagné d'un geste de la main.
- Mais mon dos...
- L'immobilisation est juste une précaution, tu peux bouger si tu restes tranquille.

Je le regarde méfiante. Il est vrai que je suis ici depuis déjà quelques jours, la convalescence est surement terminée.

- Je ne plaisante pas, continu Peter. Roule sur le côté et après redresse-toi si tu as peur de le faire de front. Je t'assure qu'il ne va rien t'arriver.

Il s'écarte et me regarde fixement. *Il a raison Laura, vas-y.* Je suis alors son conseil et me laisse glisser sur le côté. Une première douleur me surprend mais elle ne vient pas de mon dos. Entrainée par les encouragements du chef des Unifiés, je continue le mouvement jusqu'à m'asseoir. Là, Peter me tend la main et je me hisse sur mes jambes sans mal.

- Eh bien voilà, déclare-t-il en lâchant ma main. Tu dois avoir de sacrés hématomes, car je t'assure que ce ne sont pas tes vertèbres qui t'ont fait grimacer.

Je soulève timidement mes vêtements pour découvrir la peau de mes côtes. Mes yeux enflent quand je découvre l'immense tâche violette.

- Hum, reprend Peter en grimaçant. C'est vilain comme tout. (Il tend son bras et pose un doigt sur ma peau) Ça fait mal si je touche juste ici ?

Je le repousse avec un petit cri à l'instant où une décharge me parcourt le corps. Peter lève les deux mains en signe de reddition et je le foudroie de mon regard.

- Je plaisante, dit-il en riant.

À quoi joue-t-il ? Mais alors que j'imagine que je pourrais, par surprise, lui trancher le doigt avec mon couteau, une personne fait irruption sous la tente.

- Peter, commence la femme plutôt jeune aux cheveux bruns. Les *mackers* sont en train d'embarquer Elliot.

L'humeur rieuse de Peter se refroidit aussitôt et son visage reprend les traits sérieux du chef des Unifiés. Sans même m'adresser un regard, il tourne les talons et sort. La femme lui tient la toile de la porte puis le suit en silence. Curieuse, j'attrape mon sac et, sans le passer à mon dos, m'avance vers la sortie.

Je suis d'abord éblouie par la lumière du soleil, que je n'ai plus vue depuis deux jours, puis gelée par le vent. Je rajuste mon col et parcours le Couloir jusqu'au petit attroupement non loin. Par réflexe, ma main s'est posée sur mon couteau mais je n'ai pas l'impression d'être menacée par la situation. Je me faufile entre quelques Appelés en veillant à ne pas être bousculée et aperçois de nouveau Peter, accompagné de la femme de tout à l'heure. Il se tient devant trois *mackers* qui immobilisent un Appelé au sol. Je crois qu'il essaie de négocier une quelconque clémence mais les gardes ne semblent pas être d'humeur bavarde.

- Que se passe-t-il ? demande un Appelé qui arrive dans le petit groupe de spectateurs.

Je tends l'oreille pour écouter un homme qui répond à voix basse.

- Elliot est allé se venger cette nuit.
- Pauvre homme, déclare le premier sans pour autant avoir l'air surpris. La haine lui a retiré la raison. Pourquoi n'a-t-il pas attendu d'être dans une *plane* ?
- Parce que ces Signeurs-là ne migrent pas.

Les *mackers* soulèvent l'Appelé devant Peter impuissant et le dirigent vers la sortie du Couloir. L'homme ne résiste même pas. Je me demande ce qu'il va lui arriver en repensant au règlement que Sim m'avait appris.

- Est-ce qu'il faut que nous nous attendions à des représailles ? reprend une voix dans mon dos.
- Non, les *mackers* se chargeront du sale boulot pour eux.

Un frisson me parcourt le dos et quand Peter revient vers nous d'un pas colérique, tous les Appelés du groupe s'écartent à l'unisson. Je le regarde s'éloigner jusqu'à une large tente et y disparaître.

- Excusez-moi, dis-je en direction d'un Appelé qui n'est pas encore retourné à ses occupations. Qui sont ceux que vous appelez les Signeurs ?
- Des anarchistes, dit-il d'une voix pleine de dégout. Des Appelés qui n'ont pas de respect pour l'être humain. Si tu en vois un débrouille-toi pour t'en éloigner, finit-il en me pointant du doigt.

Je hoche la tête et l'Appelé s'éloigne à son tour sans rien ajouter de plus. Je suis surprise de voir à ce même moment mes trois principaux compagnons venir dans ma direction. D'après ce que je sais, Sim et Juq escortaient Gabin à la découverte du *deck*.

- Laura, tu t'es levée ! déclare Gabin en se hâtant près de moi.

Je hoche la tête pour acquiescer. *C'est Peter qui m'y a forcé en me tournant presque en ridicule,* m'abstiens-je de dire pour

éviter d'attirer la moquerie.
- Je suis ravie que tu ailles mieux, continue Gabin.
- J'ai des hématomes sur tout le corps mais ça ira. Avez-vous vu ce qu'il vient de se passer ? demandé-je en tournant mon regard vers Juq. Des *mackers* viennent d'embarquer un Appelé.
- Oui, déclare froidement Sim. Il a assassiné un autre Appelé cette nuit de ce que je sais. Les *mackers* sont obligés de le sortir s'ils ne veulent pas que d'autres prennent exemple et croient que ce genre d'acte reste impuni.
- La plupart des Appelés ici nourrissent des rancœurs et parfois, ils perdent le contrôle, ajoute Juq. Ça mène à ce genre d'évènement.
- Que leur arrive-t-il après ?
- Qui sait ? (Juq hausse les épaules) Ils sont sortis du *deck* puis certainement emprisonnés, donnés aux mutants, tués vifs, ou enterrés vivants. Ces Appelés là, comme ceux qui restent coincés dans les *planes*, ne reviennent jamais.

Un frisson me parcourt le dos. Je voudrais croire qu'ils sont expulsés du Kiuju et rentrent chez eux, mais le nombre d'Appelés victimes des *planes* est trop important. Il ne correspond en rien au peu de Glorieux que compte Torn.
- C'est effroyable, échappé-je à voix basse.
- Oui, les hauts dirigeants ne s'embêtent pas avec ces Appelés, déclare Sim en reprenant sa marche vers notre tente.

Nous rentrons nous mettre au chaud et je vais m'asseoir au fond alors que les garçons se rassemblent autour du petit feu pour discuter. Je m'applique à tenir mon dos bien droit et à ne pas toucher mes hématomes. J'ai remarqué que mon sac à dos a été endommagé par la créature volante qui m'avait agrippée. Je profite alors de ce moment pour le réparer au mieux.

Après quelques heures, Peter fait irruption dans la tente. Il entre à peine à l'intérieur et se contente de passer la tête à travers la porte de tissu. Sa mine est toujours marquée mais il semble moins énervé. Il me pointe du doigt et me lance d'un ton sec :

- Laura, maintenant que tu es rétablie, tu prends ton premier tour de garde ce soir. (Il se tourne vers les trois hommes) L'un de vous l'accompagne. Je vous veux dans vingt minutes à l'entrée du Couloir.

Il fait ensuite volte-face sans attendre une quelconque réponse de notre part et disparait. J'avais oublié cette partie de notre accord et j'avoue que je ne suis pas rassurée de devoir être le rempart entre le Couloir des Unifiés et les autres Appelés. Je porte mon regard vers mes camarades. *Lequel va bien vouloir sacrifier sa nuit de sommeil pour m'accompagner ?* Sans grande surprise, Gabin pose ses deux mains sur ses cuisses et les presse pour se relever mais Sim lui appuie une main sur l'épaule et le fait se rasseoir.

- Non, pas toi. Tu as besoin de te reposer. Je vais y aller, finit-il en se dressant sur ses jambes.

Je dois avouer que je suis contente que Sim se manifeste. Je le sais plus à même d'intervenir en cas de problème. J'ai confiance en Gabin mais son état est encore préoccupant et je ne suis pas sûre qu'il ait récupéré toutes ses capacités physiques. Néanmoins, je ne peux pas ignorer le différend que j'ai eu avec Sim et vais devoir lui présenter des excuses. Je me lève alors à mon tour et passe mon sac sur mon dos.

- À tout à l'heure, dit Gabin en nous regardant quitter la tente.

Nous marchons silencieusement jusqu'à l'entrée du Couloir et prenons la relève des deux Appelés installés là. Ils nous souhaitent une bonne soirée et s'en vont se réchauffer dans une tente. Je suis de manière générale très agréablement surprise de la sympathie que les Unifiés m'accordent. Depuis que je suis ici, je ne me suis jamais sentie en insécurité, pourtant je me sais de nature très craintive et méfiante. Malgré le fait qu'ils nous connaissent à peine ou même pas du tout, chacun nous traite comme l'un des leurs. Je suppose que Peter y est pour quelque chose et qu'il sait instaurer une entente collective entre tous les Unifiés.

J'ajuste un peu ma veste pour parer au vent du soir qui commence à se lever et repose machinalement ma main sur mon couteau. Sim à ma droite s'appuie contre la muraille et sort une cigarette de l'intérieur de sa veste. Il l'allume et d'un ample geste du poignet éteint l'allumette avant de la lancer à ses pieds. Je l'observe silencieusement fumer quelques minutes et jette quelques coups d'œil dans le *deck*. Les Appelés sont tranquilles et ne présentent pas de menace pour le moment. Deux hommes s'avancent et entrent d'un pas décontracté dans le Couloir. Je me demande d'abord si je dois les en empêcher mais Sim les salue d'un geste de la tête.

- Comment sais-tu qu'ils sont des nôtres ? demandé-je alors.

Sim hausse les épaules, la cigarette à la bouche.

- Je les ai reconnus, dit-il en soufflant sa fumée.

Une fois de plus, il en sait plus que moi. Je vais donc m'en remettre à lui. Encore. Nous reprenons notre silencieuse garde mais quand le ciel se fait plus noir et que les Appelés sont rentrés se coucher sous les tentes du Couloir je n'arrive plus à supporter l'atmosphère. Tout est trop sombre et calme. Sans les quelques feux et les lampes torches des *mackers* qui éclairent faiblement le *deck*, tout n'est que pénombre. Les petits bruits deviennent plus effrayants et le moindre pas me fait sursauter. Pour couvrir ce silence, je me décide enfin à parler.

- Sim, commencé-je la voix presque tremblante.

Les bras croisés sur le torse, il lève les yeux vers moi.

- Je voudrais m'excuser pour ce que j'ai dit l'autre jour.

- Excuses acceptées, répond-il aussitôt.

Vraiment ? Je peine à y croire et pourtant ses yeux ont l'air de dire vrai.

- J'ai laissé mes émotions prendre le dessus. Je n'aurais pas dû m'en prendre à toi, dis-je trop honteuse du comportement que je m'étais autorisé. C'était immature et irrespectueux, surtout après tout ce que tu as fait pour moi.

Sim penche légèrement sa tête sur le côté, l'air pensif, et resserre l'étreinte de ses bras croisés, faisant crisser sa veste.

- En effet. Ne recommence pas. Nous devons nous soutenir, pas nous monter les uns contre les autres.

Je hoche la tête. *Comment peut-il être si mature ? N'est-il pas, rien qu'un peu, en colère ?*

- Merci aussi de nous avoir trouvé une place ici, continué-je. Peter est très généreux avec nous.
- L'entente de ce Couloir est basée sur la solidarité mais ne t'y habitue pas trop. Quand nous en aurons l'occasion, nous devrons migrer.
- Pourquoi se presser ? Gabin a besoin de guérir et nous pouvons prendre quelques jours pour nous reposer.
- Ce *deck* est certes grand mais il grouillera bientôt de monde. Les Appelés vont vouloir s'installer et vont se battre le moindre pan de muraille pour se reposer.
- Qu'est-ce qui te fait dire ça ?
- Le flux de migration qui provient du précédent *deck*. Tu l'as vu toi-même, dans quelques jours ils seront tous là. Les sédentaires voudront s'installer et vont jouer des coudes pour profiter des confortables tentes des Unifiés.
- Tu penses qu'on risque quelque chose en restant ici ?
- Non pas vraiment, souffle-t-il en haussant les épaules. Mais j'aimerais être loin de ce *deck* quand ça arrivera.
- Tant que nous ne sommes pas en danger, je préfèrerais qu'on ne bouge pas. Gabin et moi avons enchainé trois *planes* en moins d'une semaine. La dernière s'est bien terminée mais...

Je m'arrête et prends une longue inspiration. Quand je repense à la chute que j'ai faite dans la précédente *plane*, je me dis que j'ai échappé à la mort de près. Je ne sais pas si la fatigue y était pour quelque chose mais je préfèrerais être mieux préparée pour la prochaine.

- Attendons un peu, repris-je simplement.

Sim attrape une nouvelle cigarette.

- Comme tu voudras, mais ne gâchons pas ce temps. Gabin et toi avez des choses à apprendre. (Il allume sa cigarette et balance l'allumette au sol) À commencer par ça, finit-il en pointant du doigt ma main posée sur mon couteau.

Je lui lance un regard interrogatif.

- Détends-toi un peu, reprend Sim. Tu as l'air d'un agneau apeuré.
- Je suis simplement sur mes gardes, dis-je sans comprendre pourquoi le fait que je me prépare à me défendre le gêne.
- Non, tu montres à tout le monde que tu n'es pas sûre de toi et par conséquent que tu es une cible facile. Aie l'air plus détendue, dit-il en secouant ses bras. Relaxe, tu vas réussir à me faire stresser alors qu'il n'y a aucun danger.
- Je ne suis pas aussi à l'aise que toi pour me défendre. Moins il y a de chemin entre ma main et mon couteau mieux je me porte.

Sim fronce les sourcils. Il n'est pas convaincu.

- On va arranger ça aussi alors.
- Tu vas me greffer le couteau sur la main ?
- Non, je vais t'apprendre à te battre.

J'étouffe un rire. *Il ne sait pas à quoi il s'attaque,* pensé-je. Sim croise les bras et se rappuie contre la muraille.

- Ne ris pas, reprend-il. Je suis très sérieux. Dès que ton dos ira mieux, nous irons à la Place des Combats et tu me montreras ce que tu sais faire de tes poings.

La Place des Combats ? Encore un endroit terrifiant, pensé-je tout en échappant :

- Vraiment ? Tu vas être très déçu de mon niveau. Même si je parviens à toucher mon adversaire, ce qui serait un miracle, je me ferais plus mal à moi qu'à lui. Tout le monde saura alors que je suis une cible facile et voudra s'en prendre à moi. (Je le fixe du regard) Évitons ça.

- Je ne te laisse pas le choix. Je veux pouvoir dormir paisiblement quand tu montes la garde, ce qui n'est pas le cas pour le moment. (Il retire sa cigarette de la bouche et me souffle la fumée en pleine figure) Et ne t'en fais pas pour les Appelés qui te prendraient pour cible, ma présence suffira à leur passer l'envie de venir te voir.

Je souris et me perds une seconde dans son regard. *Est-il en train de dire qu'il va me servir de garde du corps ?*

- Il faudra que Juq vienne aussi dans ce cas, dis-je. Je ne te serai d'aucune aide si ton charisme ne suffit pas à les repousser.

Sim échappe un rire discret tout en replaçant sa cigarette à la bouche. C'est la première fois que je l'entends rire, c'est assez étrange pour quelqu'un qui est d'habitude très sérieux. Je découvre une nouvelle facette de sa personnalité et un nouveau visage fendu d'un beau sourire.

Nous nous perdons de nouveau dans le silence de la nuit et attendons que les minutes passent jusqu'à la fin de notre garde. Au bout d'un moment, je me tourne vers lui et demande :

- Sim, il faut que je te demande quelque chose.

Il me regarde et attend ma question en silence.

- Tout à l'heure, des Unifiés ont mentionné un groupe appelé les Signeurs. Ils m'ont dit que c'était des anarchistes. Tu sais qui ils sont, toi ?
- Ouais, répond-il en se détachant du mur. C'est un groupe d'Appelés qui essaient de se leaguer contre les hauts dirigeants pour faire s'écrouler le système.
- C'est plutôt une bonne chose, dis-je.
- Non, parce qu'ils ne respectent rien ni personne. Ils utilisent simplement cet argument pour recruter des Appelés, mais ils sont les premiers à sacrifier les autres pour leur propre bien.
- Pourquoi les appelle-t-on les Signeurs ?
- Parce qu'ils signent tout ce qu'ils touchent y compris leur

propre corps.

Je peine à imaginer cela.

- C'est-à-dire ? demandé-je.

Sim se contente de tracer des lignes imaginaires du bout de son doigt en guise de réponse. Il parle donc de signature au sens propre.

- Tu connais des Signeurs ?

Sim hausse les épaules.

- Ils sont partout alors, oui. L'homme qui voulait te recruter dans le précédent *deck* et que j'ai failli découper, par exemple, c'était un Signeur.
- Alors, lorsqu'il essayait de toucher mon visage c'était pour me signer ?
- Non, ils attendent de te souiller avant. C'est comme de l'art, tu deviens leur création.

Je fronce les sourcils en imaginant ce que cet Appelé voulait me faire subir avant de faire de moi son trophée.

- C'est terrifiant.
- Et malsain. Ils prennent même le temps de le faire dans les *planes*.

Je soupire en me rendant compte que plus le temps passe, plus le Kiuju devient terrifiant. Pas étonnant que les Appelés veulent rester dans les *decks* et camper. Il faut se méfier des mutants et des êtres humains.

- Y a-t-il autre chose de super terrifiant et important dont je devrais connaitre l'existence ? demandé-je d'un ton un brin sarcastique.
- Il y en a des dizaines d'autres, mais si je te les disais maintenant tu refuserais de bouger de ce Couloir et tu y resterais jusqu'à la fin de tes jours de peur d'en sortir.

Je penche la tête en l'observant s'appuyer de nouveau contre la muraille en croisant les bras. J'espère qu'il me ment et exagère les choses par moquerie.

- Penses-tu que nous avons une chance de sortir vivants du

Kiuju ? demandé-je alors d'un ton assez solennel.
Sim soupire et attend un instant avant de répondre.

- Ce n'est pas de savoir si nous pouvons sortir d'ici qui me tracasse (Il lève son regard et le pose sur le mien) mais de savoir ce qu'il adviendra de nous une fois à l'extérieur.

Je n'avais jamais vraiment pensé à ça. Est-ce que le Kiuju s'arrête derrière ces murailles ou y a-t-il d'autres épreuves qui nous attendent dehors ? Les Glorieux ne nous ont jamais donné cette réponse.

***

Les heures ont passé et deux Appelés sont venus prendre le relais de notre garde au beau milieu de la nuit. Nous rentrons alors rejoindre les autres qui dorment déjà et nous enroulons dans nos couvertures près du petit feu. Je suis contente que Sim et moi soyons de nouveau en bons termes. J'essaierai à l'avenir de contenir mes émotions et d'éviter de les lui cracher au visage quand je suis contrariée.

CHAPITRE 14

La lumière qui perce la toile de la tente me réveille et j'apprends plus tard qu'il est déjà midi. Sim n'est plus là et Gabin joue avec des cartes qu'un Unifié lui a prêtées, en attendant mon éveil.

- Où sont passés les autres ? demandé-je en avalant un morceau de pain après avoir pris le temps de m'étirer.
- Au Cœur, soupire-t-il. Sans moi, puisque je ne peux pas y entrer.
- Sim et Juq le peuvent ?
- Apparemment, répond Gabin en posant sa dernière carte sur le sol. Gagné, marmonne-t-il.

Je trouve ça étrange mais me dis qu'avec leur privilège d'Appelés plus anciens ils ont certainement négocié leur entrée mieux que nous.

Les garçons rentrent dans l'heure qui suit et déjeunent avec nous. Ils nous expliquent qu'ils sont allés chercher des renseignements sur la *plane* mais qu'ils n'ont rien trouvé. Je serais d'avis de ne pas trop nous presser pour ça. Je me sens finalement bien ici, comme le prouve ma nuit sans cauchemars ou réveils brutaux. Sim profite de ce moment pour me rappeler qu'il a bien l'intention de m'apprendre à me servir de mes poings et qu'il invite Gabin à se joindre à nous. Plus tôt nous commencerons, mieux ce sera selon lui. Je mens alors un peu en affirmant que mon dos me fait encore souffrir, ce qui n'est pas totalement faux, et plaide largement la cause de Gabin. Mais cette excuse ne lui suffit pas.

- Nous allons commencer par vous apprendre la théorie, déclare-t-il en s'alliant à Juq et Peter. Et dès votre rétablissement, nous irons mettre en pratique ce que vous aurez appris.

Je grimace. *Quelle mauvaise idée. Attendre de nous remettre sur pied pour nous amocher de nouveau.* Mais je dois beaucoup à Sim et me suis promise de ne plus m'opposer à lui, alors je hoche la tête. Sitôt accepté, Peter se frotte les mains et bondit sur ses pieds.

- C'est parti ! dit-il en se dirigeant vers la sortie.

Je comprends que la proposition prend effet immédiatement quand tout le monde se lève pour le suivre. J'attrape alors mon sac à dos et sors en rajustant ma veste. Les garçons se sont regroupés dans un angle du Couloir. Le sol y est un peu humide et l'air glacial. Je me place aux côtés de Gabin et observe Sim qui déclare :

- Je vous propose que nous commencions par les bases. (Je hausse les épaules en guise d'acquiescement) Vous devez apprendre à vous défendre en cas d'attaque ou à fuir.
- À fuir ? répète Gabin.
- Oui, c'est le plus important.

Je vais devenir une experte de la fuite, pensé-je en maudissant le jour où j'aurais besoin de mes poings.

- Avant de prendre la décision de vous battre ou non, vous devez analyser votre adversaire. Et seulement ensuite vous prenez une décision.
- On n'a pas toujours l'occasion d'analyser le danger.
- Si, ajoute Peter. Et vous devez prendre ce temps. Agir sous le coup de l'émotion peut vous coûter la vie.
- Rassurant, marmonné-je.

Gabin, qui semble être le seul à m'avoir entendu, échappe un petit rire sans décrocher son regard de nos instructeurs.

- Par exemple, reprit Sim. Que feriez-vous contre moi ?
- Je fuirais, dis-je en grimaçant. Comme devant n'importe qui, je crois.

Sim sourit en secouant la tête.

- Tu viens de répondre avec tes émotions. Il faut que tu apprennes à agir avec réflexion. Les personnes plus grandes, plus imposantes ou plus robustes que toi ne sont pas forcement plus fortes. Elles sont probablement moins rapides et habiles que toi. Tu dois en tirer un avantage. Recommence.

Je reste sans réponse. Il est évident que Sim est meilleur que moi dans tous les domaines. Que je cours ou que je combatte, il aura l'avantage. C'est pour cela que j'aime qu'il soit de mon côté.

- Le combat alors ? demande Gabin.
- Ça peut être une option, oui.

Je reste incrédule et sceptique face à cette réponse. Mais à mesure qu'il explique que Gabin et moi sommes plus agiles et rapides que lui, je comprends que nous pourrions le battre en vitesse et viser à l'épuiser lors d'un long combat. C'est même logique quand on y repense. Je dois apprendre à connaître mes atouts et ceux des autres et agir en conséquence.

Je commence à comprendre l'intérêt de cette préparation au combat à mesure que les garçons nous enseignent des tactiques. Juq nous parle par exemple des points d'observation et d'anticipation. À l'approche d'un combat, il faut savoir si l'adversaire est : rapide, fort, agile et surtout s'il est futé. Après ça, on connait ses principales possibilités d'attaque. S'il est agile et rapide mais qu'il est aussi frêle qu'une brindille, l'adversaire va plutôt privilégier l'esquive à l'attaque, attendant l'épuisement de l'autre. Sinon, il peut tenter de nombreuses interventions rapides, visant aussi à fatiguer et déconcentrer l'adversaire. Au contraire, si le combattant est fort mais lent, il visera plutôt quelques attaques ciblées, mais puissantes. Il jouera donc sur l'efficacité d'un seul coup plutôt que sur leur quantité.

L'intelligence est un atout que certains combats développent. Cela vient souvent de l'expérience. C'est le plus grand atout et l'arme la plus dangereuse puisque le combattant pense à utiliser l'environnement qui l'entoure et les points faibles de son adversaire. C'est cela que les garçons veulent nous apprendre à développer : la capacité à regarder autour de soi et à analyser les choses. Si notre adversaire boite et se plaint d'une douleur à la jambe droite, c'est cette jambe qu'il faut viser. Au contraire si nous nous plaignons d'une douleur, il faudra la cacher. Tout cela est stratégique et vise à gagner rapidement et aisément. Il est en effet important de finir vite un combat pour se sortir d'une position dangereuse. Rapidité et efficacité sont les mots clés. Si l'adversaire est trop fort, on fuit, sinon on le bat rapidement. C'est clair et précis, pas besoin de tergiverser. Il ne faut jamais qu'il ait le dessus et surtout il ne faut jamais qu'il prenne confiance.

Sim, Peter et Juq nous bourrent la tête comme ça durant des heures, si bien que le froid a pris possession de mes entrailles. Sans relâche, ils parlent encore et encore, passant en revue chacune de leurs expériences. *J'en ai marre,* pensé-je quand Peter entame une énième histoire.

Nous finissons tout de même à rentrer pour prendre une pause et nous réchauffer. Mais après à peine trente minutes, Sim me traine de nouveau dehors. J'ai le réflexe de prendre une couverture. Cette fois-ci, Peter s'excuse d'avoir des obligations de chef. *Aucun problème. J'espère que cela va écourter la durée de l'entrainement.* Gabin et Juq nous rejoignent et, enroulés dans nos couvertures, nous apprenons des démonstrations musclées de nos aînés.

***

Quand la journée se termine et qu'une nouvelle commence, je crois être sortie d'affaire mais Sim m'arrache presque de mon sommeil pour me trainer dehors. Je fais la gentille apprentie et ne râle pas, bien que j'en meurs d'envie. Nous passons la matinée à arpenter les couloirs du *deck* et à observer les Appelés. Pour chacun d'entre eux, Sim attend de moi que je détermine s'il est plutôt robuste ou agile. Je me trompe systématiquement et j'écope d'une petite tape sur la tête à chaque mauvaise réponse.

- Je vais finir par appuyer là où ça fait mal pour que tu commences à te concentrer, lâche une fois Sim en fronçant les sourcils.

La fois d'après, il plante son doigt entre mes côtes et comprime mon hématome encore douloureux.

- Ça fait mal, rétorqué-je en le repoussant.
- Je sais et tes adversaires le savent aussi. Habitues-y toi ou apprends à l'anticiper.

Il finit sa phrase et s'éloigne l'air de dire : *Tu n'es bonne à rien.* Je m'empresse de le suivre par peur qu'on s'en prenne à moi et nous continuons inlassablement à perfectionner mon savoir.

L'après-midi, nous sommes de retour dans le Couloir des Unifiés où nous retrouvons Gabin et Juq pour assister à des démonstrations de combat.

***

Le lendemain et les jours qui suivent se ressemblent, jusqu'au jour où je parviens enfin à anticiper des comportements et que mon dos n'est plus douloureux.

Un après-midi, alors que je montre mes contusions au médecin du Couloir des Unifiés, Sim pénètre dans la tente.

- Elle est rétablie ? demande-t-il au médecin. Penses-tu qu'elle peux se battre ?
- Ce n'est jamais bien conseillé mais oui.

J'hésite à lancer un regard noir à la femme. *J'espère qu'elle est prête à me recevoir, je vais revenir couverte d'hématomes.* Elle quitte la tente en silence et je me retrouve seule avec Sim.

- Je sais ce que tu as derrière la tête et ça ne me plaît pas du tout, lui dis-je en enfilant mon pull puis ma veste. Je connais toute la théorie maintenant, on pourrait se contenter de ça.

Sim penche la tête sur le côté et d'un léger rictus répond :

- Non.

Toute ma lassitude envers cet entrainement, que je retiens depuis des jours, ressort alors en un long soupir.

- Sim, je viens tout juste de me rétablir. Et Gabin a eu besoin de nouveaux soins.
- Nous n'avons pas besoin de Gabin, continue-t-il en s'approchant de moi. Nous faisons ça pour te garder en vie. Tu me remercieras le jour où tu te retrouveras seule face à tous ces Appelés.

Je grimace.

- Je ne vois pas pourquoi une chose pareille arriverait.

Sim n'a pas le temps de répondre que Peter fait irruption dans la tente, accompagné de sa bonne humeur matinale. Il se hâte vers nous en secouant ses cheveux.

- On m'a dit que tu étais prête à en découdre ? s'exclame-t-il.
- Apparemment, réponds-je les dents serrées.

Deux contre un, n'y a-t-il donc personne de mon côté ? Je dois finalement me résoudre à leur faire plaisir. Après tout, ils me sont tout dévoués depuis le début. Si seulement ils savaient à quel point ça ne m'enchante pas du tout. Je fais ça uniquement pour les remercier de me protéger.

- Il a neigé cette nuit donc le sol va être glissant mais je pense que nous pouvons tenter le coup cet après-midi, continue Peter le sourire aux lèvres.

- Oui, la neige n'y changera rien, dit Sim.
- Super. Je dois régler quelques détails avec tous ces nouveaux Appelés qui arrivent et veulent entrer ici comme s'ils y étaient chez eux, ajoute Peter dont l'humeur se noircit à mesure qu'il parle. Nous pouvons y aller après manger.

Sim hoche la tête et Peter s'enfuit comme il est venu.

- Je n'aime vraiment pas ça, ne puis-je m'empêcher de dire en fixant Sim avec l'espoir qu'il change d'avis.
- Je sais, répond-il simplement.

Nous mangeons avec Juq et Gabin qui est exempté d'exercice depuis que sa blessure s'est rouverte lors d'une chute sur une plaque de glace. Je lui fais part de mon appréhension quant aux plans de Sim pour cet après-midi et il tente de me rassurer comme il peut.

Nous finissons notre repas et sans trop de hâte je rassemble quelques affaires que Sim me préconise de prendre. Nous sortons ensuite de la tente, où Peter nous rejoint. Le fond de l'air est toujours frais mais le soleil est haut dans le ciel. Il se reflète sur le fin tapis de neige en de brillants rayons de lumière. En ajustant ma veste, je regrette les jours d'été et les arbres fleuris du printemps. Ici, il n'y a que de la pierre et du froid. Cela en devient lassant. Sans attendre plus longtemps, les garçons lancent la marche et je les suis machinalement en me demandant ce qui me donne la force de ne pas renoncer. En sortant du Couloir des Unifiés nous tournons à droite dans le couloir principal, puis nous rendons à la Place des Combats. Nous sommes passés souvent devant mais ne sommes encore jamais entrés. Malgré mon apprentissage sur la maitrise des émotions, je place ma main sur mon couteau avant d'y pénétrer.

La place est petite et déjà remplie de monde. Des hommes grands et trapus crient et se bousculent de toute part. *Je suis morte s'ils s'en prennent à moi.* Je me rapproche d'instinct de Sim. Nous avançons dans la place bruyante et découvrons plusieurs zones de rassemblement. Cinq cercles se sont formés autour desquels se presse une foule d'hommes avides de violence. Une place de combat de ce type serait sûrement non autorisée à Torn, mais rien ne semble l'interdire ici. Je distingue même quelques *mackers* pris par les combats de certains Appelés. Je suis heureuse de constater que les grands costauds ne se trouvent qu'à l'entrée. Les quatre autres zones regroupent des hommes plus frêles et même quelques femmes. *Celle-là a pris des hormones,* songé-je en observant une femme plus large que Sim me foudroyer du regard. À ce même moment, je sens une main se poser sur mon avant-bras et tout mon corps se tend jusqu'à la poigne refermée sur mon couteau.

- Ne leur montre pas que tu as peur, dit alors Sim avant que je puisse m'écarter de son étreinte.

Je suis heureuse de constater que ce n'est que lui, mais mon cœur a raté un battement. Il me pousse vers l'avant et Peter nous amène jusqu'à l'un des cercles de combats. Il y salue un grand homme à la chevelure rousse et à la peau aussi blanche que la neige qui recouvre le sol. Pendant qu'ils discutent, Sim m'aide à me frayer un chemin entre les spectateurs et je découvre alors le combat qui prend place.

Deux hommes pas plus larges qu'une planche à pain se battent en duel à mains nues, à l'intérieur du cercle d'humains. L'un d'eux envoie un violent crochet dans la mâchoire du second qui s'écroule au sol. À mes côtés, des hommes se mettent à hurler. De joie ou de colère, je n'en sais trop rien, mais le son rauque de leur salive dans leur bouche me fait trembler de peur. *Est-ce là-dedans que Sim et Peter veulent me voir me battre ?* L'homme à terre se relève difficilement, un filet rouge dégoulinant le long de sa lèvre inférieure.

Je prends un instant pour regarder mes camarades. Peter discute avec un large sourire avec son ami et Sim semble suivre le match avec entrain, une cigarette à la main. Je me demande quel plaisir il prend à voir des hommes se battre avec tant de hargne. C'en est presque effrayant. Je tourne à nouveau mon regard vers les combattants et observe le jeune faire de petits bonds et tourner autour de son adversaire. Ce dernier essuie son front du revers de sa main en écrasant ses longues mèches brunes puis, sans que je m'y attende, il avance d'un pas et envoie de nouveau son poing sur son adversaire. Le jeune bloque le coup avec son bras et frappe à son tour avec sa jambe. Le brun crache une boule de sang alors que le genou de son adversaire plonge dans son ventre plat. Je détourne les yeux. *Je ne peux pas !* Je fais volte face et slalome en vitesse entre les hommes et les cercles de combats en direction de la sortie. Il faut que je sorte de cette atmosphère et que je respire de l'air frais. Mais quand j'atteins enfin le couloir principal, une voix m'interpelle.

- Laura ! s'exclame Sim dont la voix est modifiée par la cigarette qu'il tient en pinçant ses lèvres.

Je m'arrête mais ne me retourne pas tout de suite. *S'il te plaît, ne me retiens pas.*

- Qu'est-ce que tu fais ? demande-t-il en me faisant pivoter pour lui faire face.

J'ai peur de lui répondre et de le décevoir mais un nœud est en train de se former au creux de mon ventre et je veux m'en débarrasser. Finalement, je hausse les épaules et lâche :

- Je ne crois pas pouvoir faire ça. Ces gens... (Je baisse d'un ton pour être sûre que personne ne m'entende) Ce sont des animaux, ils s'entretueraient si aucun *macker* n'était là.
- C'est bien pour ça que je veux que tu t'entraines ici et pas contre moi. Comme ça, je suis sûr que tu seras prête le jour où ils auront le droit de tuer.

Qu'a-t-il dit ? songé-je prise de stupeur.

- Je ne comprends pas ton objectif. Je vais me faire écraser et en plus ils m'auront tous dans le viseur quand nous serons dans une *plane*. Alors si, je pense que c'est une meilleure idée de m'entrainer contre toi.

- D'accord. Si c'est ce que tu veux, dit-il vivement.

Mais avant que j'aie le temps de me réjouir de cette nouvelle, il m'agrippe l'avant-bras et me tire en direction de la Place des Combats. Je réalise au moment où nous fendons la foule qu'il a l'intention de me confronter immédiatement. Mon instinct ne se trompe pas et Sim bouscule deux Appelés prêts à se battre dans un cercle pour prendre leur place. Il me relâche face à lui et frappe d'un petit coup sec sa poitrine.

- Vas-y, lance-t-il en me défiant du regard. Je suis prêt.

Les spectateurs qui s'attendaient à un autre duel se mettent à chahuter et à murmurer quelques messes basses. Ils se demandent certainement ce qu'il se passe.

- Ce n'est pas ce que je voulais dire, reprends-je en faisant non de la tête à Sim.

Mon camarade se met à tourner autour de moi et je vois Peter se précipiter vers nous en traversant la place. Lui aussi doit se demander pourquoi les plans ont changé.

- Battez-vous, cri soudainement un spectateur.
- C'est un malentendu, dis-je en me retournant vers lui.

Mais c'est alors des dizaines d'autres spectateurs qui s'y mettent. Leur avidité de sang et de combat prend le dessus.

- Nous devrions nous en aller, dis-je à Sim qui a monté sa garde et qui ne cesse de tourner autour de moi.
- Montrons-leur plutôt ce qu'ils sont venus voir, répond-il.

À la seconde où il termine sa phrase, Sim élance son poing vers mon visage. Je n'ai pas le temps de voir venir le coup qui s'arrête à côté de mon oreille. *Il est sérieux ?* Je comprends vite qu'il a certes fait exprès de rater son coup, mais qu'il a bien l'intention de se battre.

- Bouge, me lance Sim qui se recule et s'apprête à lancer un deuxième coup.

Cette fois-ci, je me précipite sur la droite pour éviter l'attaque. Mon cœur s'emballe soudainement au rythme des cris des spec-

tateurs. Je suis effrayée. Sim est bien plus costaud et expérimenté que moi. *Concentre-toi ! Il n'est pas question de se faire ridiculiser ici, tu sais quoi faire*. Je lève alors ma garde.
- Bien, s'exclame Sim en voyant ma garde. Approche.
Je fais un pas vers lui avec hésitation. Finalement, je n'ai pas très envie qu'il soit mon adversaire. Sans parler du fait qu'il va gagner aisément, je n'aime pas l'idée d'un affrontement alors que nous sommes alliés. Si je venais à faire un mouvement inapproprié qu'il me reprocherait, je perdrais un précieux allié.
- Qu'attends-tu ? lance-t-il.
Sous la contrainte, je lance mon poing en avant. Le coup est mou et sans objectif, Sim l'esquive sans même bouger ses pieds.
- Laura, gronde-t-il en me dévisageant.
Je soupire alors et réfléchis à ce qu'il m'a appris. Puis, je tends mon dos et les muscles de mes épaules pour envoyer un puissant coup. Il le pare avec sa garde mais je sens qu'il est satisfait de ce premier vrai coup. Il m'envoie alors son poing et nous nous mettons à danser l'un autour de l'autre en essayant de nous atteindre. *Il fait exprès d'être passif*. Je m'avance une nouvelle fois, prête à lui donner l'envie de se battre vraiment mais au lieu d'éviter mon geste, Sim agrippe mon poignet et profite de l'élan de ma frappe pour m'envoyer dans la foule derrière lui. Surprise, je m'écroule sur un Appelé sous les cris des spectateurs.
- C'est le moment de me montrer ce que tu sais faire, me glisse Sim qui vient par-dessus moi et en profite pour frapper l'homme au sol.
Ce dernier pousse un cri et se relève en grognant. Je fais un pas de recul.
- Je suis désolée, dis-je.
L'Appelé, bien qu'il soit plutôt maigre et frêle, me pousse en arrière avec beaucoup de force puis il arme son poing.
- Tu vas regretter de m'avoir frappé sale petite...
Il n'a pas le temps de finir sa phrase que Sim lui envoie un deuxième coup dans le nez. Mes mains se portent à ma bouche

pour cacher ma surprise. *Mais qu'est-ce qu'il fait ?* pensé-je vivement en réalisant que Sim nous attire des ennuis.

- Elle est mon adversaire pour le moment, lance Sim. Tu attendras ton tour.

L'homme devient rouge de colère et lance son poing sur Sim qui le pare et commence un duel brouillon avec lui. Au bout de quelques coups, Sim agrippe l'homme avec force et le projette en arrière.

- C'est bon j'ai ma dose. Je te la laisse, lance-t-il.

Mon camarade quitte alors le cercle de combat sans même me regarder. Je l'observe s'éloigner bouche bée. *Il m'abandonne là ?*

- Sim ? lancé-je à demi-mot.

Il ne répond pas. Je tourne alors mon visage vers mon nouvel adversaire qui avant même que j'aie le temps d'ouvrir la bouche lance son poing vers mon visage. La frappe atteint ma joue avec une rapidité à laquelle je ne m'attendais pas et je tombe à la renverse. L'espace d'un instant, je ne sais plus où je suis et j'entends les spectateurs se mouvoir et crier à plein poumon. Je réalise alors que Sim faisait vraiment semblant. S'il avait voulu me faire du mal depuis le début, il n'aurait eu besoin que d'une frappe pour me neutraliser. J'ai de la chance que cet Appelé soit moins imposant. *Ne reste pas là,* songé-je en massant ma mâchoire endolorie. Péniblement, je me remets debout et fais face à l'Appelé qui me nargue d'un large sourire.

- On est quitte maintenant, dit-il.
- Pas du tout, réponds-je en sachant bien que je ne suis en rien à l'origine de sa colère.

Il comprend que je n'en ai pas fini avec lui et que j'ai bien l'intention de lui rendre ce geste. L'Appelé avance alors d'un pas et envoie un premier coup de poing que je parviens à éviter. Dans mon déséquilibre, je baisse ma garde et sa jambe m'envoie rejoindre le sol froid alors qu'il balaye mes pieds. Ma poitrine heurte le sol violemment et je laisse échapper un gémissement de douleur. Les spectateurs crachent et hurlent. Ce combat commence à leur plaire. Je me retourne et saute sur mes pieds alors que j'imagine déjà les commentaires de Sim dans la foule. Mon adversaire m'attend de nouveau, son sourire jauni aux lèvres. *Je vais te faire ravaler ta laideur,* pensé-je si fort que cela m'en donne du courage. Je remonte ma garde et attends son prochain coup. Il ne tarde pas à arriver mais je parviens à l'esquiver d'un petit bond en arrière. Je serre les dents et m'avance vivement pour envoyer mon poing sur lui. L'homme fait un écart et esquive l'attaque. Il se retrouve derrière moi et me cogne, cette fois, en plein visage. Le choc me fait reculer de plusieurs mètres. Il n'attend pas longtemps pour revenir à la charge et m'assaillir de multiples coups sur tout le corps. J'ai beau monter ma garde comme Sim m'a montré, je n'arrive pas à tous les parer. Les douleurs se multiplient alors qu'il frappe sur mes bleus pas tout à fait guéris. Quand cela devient insupportable, je décide de changer de méthode et je me jette au sol pour esquiver son prochain coup. Ne s'y attendant pas, mon adversaire trébuche dans mes jambes et s'écroule lui aussi au sol.

Je profite de cette occasion pour bondir sur lui. Je m'assieds sur sa poitrine et bloque ses bras sous mes genoux en y mettant tout mon poids. Puis, j'arme mon poing et le frappe de toutes mes forces au visage. J'entends le cri de la foule qui m'acclame. Mon deuxième poing frappe à son tour. Puis l'autre enchaine. La foule crie de nouveau, soulignant mon exploit. Je ne m'arrête plus de le frapper. Entrainée par une rage incontrôlable, mon corps laisse déferler toute une colère accumulée, sur le visage de cet homme. Je l'entends, je le vois crier, mais rien ne m'arrête. Je perds le contrôle et je le frappe encore et encore. J'ai l'impression d'être moi aussi spectatrice de ce déferlement de toute la haine que j'ai cultivée depuis mon entrée dans le Kiuju. Je ressens un puissant soulagement et l'impression que je peux reprendre les rênes de cette aventure terrifiante.

Après de nombreux coups, l'Appelé dont le visage

commence à enfler parvient à dégager l'un de ses bras. Sa main vient d'instinct se plaquer contre ma gorge et l'étau de ses doigts se referme vivement. Son entreprise stoppe mes coups et nos regards se croisent. Je vois en lui la peur, la colère et l'envie de vivre reprendre le dessus. *Voit-il la mienne ? Ressent-il ma haine envers cet endroit et mon désir de vengeance ?* Je n'ai rien de particulier contre lui mais il est devenu en quelques minutes le symbole de ce lieu. Je voudrais qu'il cesse de vivre et qu'il me laisse en paix. Je voudrais le vaincre.

Je pose ma main sur son poignet et essaie de le retirer. Mais ses doigts sont agrippés fortement, sa vie en dépend. Alors, tandis que je sens mon souffle se couper peu à peu, et parce que moi aussi je veux survivre à ce combat, ma main se lance à ma ceinture. Je cramponne le manche de mon couteau et le sors de son étui d'un geste sûr pour placer la lame sous la gorge de mon adversaire. Je suis prête à le faire, je vois même dans le regard de l'homme sous moi qu'il est prêt lui aussi. Il en a même peut-être envie. Mais une voix s'exclame vivement depuis la foule, comme un ordre.

- Non, Laura !

Une seconde plus tard, quelqu'un m'agrippe les épaules et me retire vivement du combat. Je reconnais l'étreinte de Sim qui attrape mon couteau et le range rapidement à ma ceinture. Je comprends qu'un *macker* s'est approché pour nous interrompre lui aussi quand Peter lui affirme que Sim et lui vont me ramener au Couloir des Unifiés. Moi, je n'arrive pas à détacher mon regard de l'Appelé au sol. *C'est moi qui ai fait ça ?* me demandé-je en observant son visage gonflé et couvert de sang. Je ne distingue même plus ses yeux. *C'est donc ça, l'envie de tuer.*

CHAPITRE 15

Pour me ramener au Couloir des Unifiés, Sim a dû me soutenir pour que je ne m'écroule pas au sol. En touchant ma lèvre, je me rends compte qu'elle est fendue et que je laisse un chemin en gouttelettes de sang sur le tapis de neige, jusqu'à notre tente. J'ai mal presque partout mais surtout au cœur. Ce combat a fait ressortir un côté bien sombre de mon âme. Je ne me croyais pas capable d'un tel déferlement de violence, qui plus est envers un inconnu. *Qu'est-ce qu'il m'a pris ? Pourquoi ne pouvais-je pas m'arrêter ?* songé-je alors que Sim m'assied près du feu.

- Que t'est-il arrivé ? demande vivement Gabin en constatant mon état.

Je ne réponds pas, mon regard est plongé dans les flammes, mais je ne vois pas leur éclat. Je ne vois que le visage boursouflé de l'homme que j'ai laissé dans la neige.

Quelques secondes plus tard, Sim, qui était sorti, refait surface dans la tente et s'accroupit à mes côtés. Il presse ce qui s'apparente à un morceau de tissu rempli de neige sur mon visage et me dit :

- Tiens ça sur ta joue.

Je le repousse d'une main, le regard toujours perdu dans les flammes où se manifestent les conséquences de ma perte de contrôle.

- C'est pour soulager l'hématome. La douleur passera plus vite.

- Tu m'as piégée, marmonné-je sans écouter un seul de ses mots.

Sim retient alors son geste en comprenant que je n'ai pas refusé son aide parce que la pression du tissu contre ma joue me faisait mal mais parce qu'il m'a déçu.

- Tu as fait exprès de me faire tomber sur cet Appelé et tu as provoqué cet affrontement en le frappant au visage. Tu as fait de moi un monstre.
- Non, me contredit-il. Tu as juste défendu ta peau.
- J'étais sur le point de le tuer sans aucune raison.

Gabin devient pâle. *Oui, je ne suis plus la personne qu'il a rencontrée.*

- Tu ne l'aurais pas tué. En avoir l'envie et le faire sont deux choses bien distinctes. Et je ne t'en aurais pas laissé l'occasion.

Mes yeux se gonflent doucement de larmes alors que je réalise que s'il n'avait pas été là, je serais devenue une meurtrière.

- Je n'arrivais plus à m'arrêter.
- Je sais. C'est l'effet que cet endroit a sur nous, dit doucement Sim. Ça ne fait pas de toi un monstre. On va apprendre à maitriser cette pulsion.

Une larme glisse le long de ma joue et un silence s'installe sous la tente. Je laisse Sim poser doucement la poche froide sur mon visage et Gabin agripper ma main.

Durant plusieurs heures, je suppose, Gabin est resté près de moi. Sans rien dire, il a pansé mes blessures et nettoyé à l'aide d'un chiffon mouillé ma peau souillée. Je n'ai pas réussi à lui expliquer ce qui venait de se passer. Alors il n'a pas insisté. Il s'est simplement placé à mes côtés et m'a gentiment soutenu. Sim, lui, s'est allumé une cigarette et est sorti. Il n'est pas rentré depuis. Une nouvelle balade au Cœur je présume. Peter nous avait quittés avant même d'entrer dans le Couloir des Unifiés. Je suppose qu'il avait des affaires urgentes à régler.

Quand la nuit tombe et que le froid se fait un peu plus sentir, nous voyons arriver les uns après les autres : Sim, Juq et même Peter.

- Tu devais être de garde ce soir, mais je crois qu'on va te trouver un remplaçant, me lance-t-il en posant un sac de provisions près du feu.
- Merci, dis-je à demi-mot.

Les garçons sortent le dîner du sac et font chauffer la viande sur les pierres qui entourent le feu. Je ne sais pas si j'ai l'estomac à avaler quelque chose mais je suppose que je ferai un effort pour ne pas attirer les commentaires de Sim.

- Tu as fait une sacrée impression là-bas, lance Peter en riant. Tu auras une liste d'adversaires prêts à se confronter à toi quand tu y retourneras. Ou de prétendants, qui sait ! lance-t-il accompagné d'un clin d'œil rieur.
- Je ne suis pas pressée.
- Retournes-y au moins pour constater ta popularité. Les femmes se comptent sur les doigts de la main dans une arène de combat. Ça vaut le coup d'aller voir s'il n'y a pas deux ou trois beaux garçons.

Peter porte une tranche de viande à sa bouche et me décroche son plus beau sourire. *Même s'il voudrait me voir dans une arène de combat, il est gentil au fond.* Je me demande où il trouve la joie d'évoquer des sujets aussi volatiles que l'amour dans un endroit pareil.

***

Je n'arrive pas à trouver le sommeil. Quand je ferme les yeux, je revois son corps allongé dans la neige, inerte, avec pour seul signe de vie sa poitrine qui se soulève à chaque respiration. *Serais-je devenue dangereuse pour mes amis aussi, si je perdais le contrôle ?* Je tourne la tête pour apercevoir, dans la lueur du feu qui crépite, le visage endormi de Gabin. Ses yeux clos et sa bouche mi-ouverte le rendent si vulnérable. Je me demande si je pourrais lui faire du mal.

En m'appuyant contre la muraille, je me lève lentement en faisant taire les douleurs qui m'assaillent. Puis, je traine les pieds et quitte l'atmosphère chaude de la grande tente en attrapant mon sac et ma veste à côté de la porte. Il neige encore. En adossant mon sac, j'avance de quelques pas dans la fine couche de neige qui recouvre le sol gris et m'autorise à fermer un instant les yeux, la tête portée vers le ciel. Des flocons froids viennent se déposer sur mon visage contusionné dans une suite de picotements. Je sens peu à peu la neige fondre sur ma peau chaude et dégouliner en gouttelettes sur mes joues. *C'est si calme.* Je rouvre les yeux et observe le ciel. Quelques étoiles se distinguent derrière le rideau de neige et l'entrelacement des nuages. Emplie d'une soudaine nostalgie, je me demande si Dann regarde encore la neige tomber à travers la fenêtre. *Il me manque.* Je baisse la tête et m'éloigne dans l'étendue blanche.

Je passe devant les tentes silencieuses du Couloir des Unifiés puis devant les deux Appelés postés à l'entrée. Ils me regardent sortir sans m'en empêcher. Je déambule ensuite dans le dédale du *deck*. Les Appelés sont pour bon nombre endormis ou assis contre une muraille à monter la garde pour leurs camarades. Certains discutent discrètement et d'autres parcourent comme moi le *deck* à la recherche, peut-être, de malheureux à voler.

Je m'arrête devant la Place des Combats que je découvre vide. Des images de cet après-midi me reviennent et se superposent à l'étendue écarlate de ce soir. C'est étrange ce sentiment de liberté qui règne dans cet endroit quand il est vide. Il n'y a pas de bruit, pas de cri ni de raclement de gorge ; juste le silence et le froid. Je m'avance doucement et remarque à quelques endroits une légère coloration de la neige. *Surement un reste de sang qui perce l'uniformisation blanche.* Je m'approche du lieu où s'est déroulé mon combat. Là aussi, la neige est légèrement rosée. Je m'accroupis et écarte la neige afin de voir la tâche sur le sol, mais un bruit dans mon dos m'interpelle. *Nul besoin de s'affoler, tu dois te montrer confiante. Fais comme à l'entrainement.* Je me redresse et me tourne alors doucement pour faire face à une forme à l'entrée de la place. Elle s'approche de moi d'un pas assuré. Je me prépare à sortir mon couteau mais je découvre rapidement qu'il s'agit d'un *macker.* L'atmosphère n'est pas tendue, au contraire, je la trouve même rassurante. Il s'arrête à deux mètres de moi et la faible lumière qui se reflète sur la neige me révèle son visage.

- Tom, dis-je en reconnaissant le *macker* à qui je dois la vie.
- Que fais-tu ici, Laura ? demande-t-il.

Il tient son arme de service contre sa poitrine et il porte un bonnet fin pour le protéger de la neige.

- Tu n'as pas le droit d'être ici, la Place est fermée pour la nuit.
- Je ne reste pas.
- Je te raccompagne alors, dit-il aussitôt en posant sa main sur mon épaule pour me pousser en direction de la sortie.

Je ressens une vive chaleur dans tout le haut du corps, comme si son aura s'était déposée sur moi au moment où il m'a touchée. *J'avais oublié la sérénité que procure ce contact,* songé-je en repensant au jour où il m'avait sorti de la *plane* en me portant contre lui. Nous quittons la Place des Combats et il fait glisser sa main dans mon dos avant de la retirer complètement. Étrangement, la chaleur reste et il me conduit silencieusement au Couloir des Unifiés en surveillant d'un œil attentif les Appelés du *deck.*

- Tu ne vas pas t'attirer des ennuis en me raccompagnant ? demandé-je. Les Appelés vont croire à du favoritisme.
- Non, je ne suis pas de garde très souvent. En plus, ils ne me reconnaitront pas dans cette pénombre.

Nous arrivons près du Couloir des Unifiés mais nous nous arrêtons un peu avant pour être à l'écart des deux Appelés qui gardent l'entrée. Je me retourne pour être face à Tom.

- Moi, si.

Je l'ai reconnu si facilement que c'est comme si quelque chose en moi l'avait identifié avant même que je voie son visage.

- Toi, tu es différente.

Je cherche son regard émeraude dans l'ombre de la nuit. Il est à la fois doux et perçant, caressant les courbes de mon visage dans un calme absolu. Rien qu'en le sentant sur moi, je suis apaisée. *Pourquoi a-t-il cet effet sur moi ?*

- Comment s'est passé ton Appel jusqu'ici ? me demande-t-il comme s'il voulait allonger un peu notre entrevue.
- Je ... Je ne sais pas trop, réponds-je troublée par cette question. Je me suis fait des amis.
- C'est bien.
- Mais ces créatures... Elles sont cruelles et terrifiantes. J'ai peur qu'un jour je n'arrive pas à leur échapper. Elles occupent toutes mes pensées. (Je prends une inspiration pour chasser les images qui me viennent déjà rien qu'à leur évocation) Pourquoi nous infliger ça ? Quel est le but exactement ?

Tom hausse les épaules dans une réponse muette. Il n'a probablement pas le droit d'en parler.

- Ne te torture pas trop avec les mutants, finit-il par dire. Garde-ça pour les *planes*. Ici, tu dois prendre soin de toi et t'entourer des bonnes personnes pour que les migrations deviennent faciles. Observe constamment les autres. Il y a toujours quelqu'un qui en sait plus que toi.

J'hésite à rire, mais je me retiens. Je doute qu'une *plane* devienne facile à traverser un jour même avec tous les renseignements du monde. Pourtant, j'écoute ses conseils d'une oreille attentive. *Pourquoi me dit-il tout ça ? C'est un macker.*

- Toi par exemple, reprends-je. M'aiderais-tu à sortir d'ici si je te le demandais ?

- Je ne suis pas habilité à interférer.
- C'est pourtant déjà le cas, dis-je d'une voix presque muette.
- Mais je n'y suis pas autorisé, sourit-il.

Tom approche une main et fait glisser ses doigts sur l'une de mes joues. Je comprends qu'il a remarqué mes contusions. J'ai un peu honte qu'il me voit en si mauvais état mais je savoure avec précaution la chaleur qu'il dépose sur ma peau. Ces derniers jours je n'ai ressenti que du froid, de la frustration et de la peur. S'il m'aidait, il pourrait repousser ces mauvaises ondes. Avec son aide, je n'aurais pas besoin de m'entrainer à me battre pour survivre.

- Qu'arrive-t-il aux Appelés qui meurent dans le Kiuju ? me surprends-je à demander en repensant à l'homme que j'ai laissé sur le sol.

Tom est à peine surpris par mon interrogation.

- Pourquoi cette question ?
- Les corps sont-ils ramenés à la famille ? continué-je en imaginant l'angoisse que provoque l'ignorance chez les proches des Appelés.
- Ça non plus, je ne peux pas en discuter avec toi.
- J'aimerais que le mien soit ramené à mes parents. Pour qu'ils n'aient pas une tombe vide sur laquelle pleurer.

Je sens que Tom ne comprend pas mes paroles. Je pense à toutes ces veuves qui s'effondrent sur la tombe de leur mari disparu en mer. Quel déchirement cela doit être de ne rien savoir.

- Tu ne dois pas baisser les bras, reprend Tom en voyant mon moral décroitre. Tu as fait le plus dur.
- Aide-moi, supplié-je.
- Laura, dit-il d'une voix qui me traverse et vient presser mon cœur. Je ne peux pas.

Est-ce que ça lui fait mal de dire ça ? J'ai l'impression qu'un fil invisible nous relit et qu'à mesure que j'essaie de le raccourcir, il s'allonge. Comme si, même s'il est tout près de moi, il est en réalité extrêmement loin.

- Peux-tu alors me promettre de veiller sur moi comme tu l'as fait la dernière fois dans cette *plane* ? osé-je demander. Juste au cas où il m'arrivait quelque chose.
- C'est déjà ce que je fais.

Mes yeux s'élèvent jusqu'aux siens et je regrette de ne pas pouvoir en savoir plus sur lui. Je voudrais le serrer contre moi, parce qu'il me donne l'impression d'être en sécurité.

- Continue alors, dis-je dans une voix presque implorante.

Tom hoche la tête puis pose son regard une dernière fois sur le mien avant d'ajouter solennellement :

- Retourne avec les autres maintenant. Et sois prudente.

Serrant la mâchoire car je ne pas quoi répondre pour faire durer ce moment plus longtemps, je tourne les talons et me dirige en direction du Couloir des Unifiés. Arrivée à l'entrée, un courant d'air glacé glisse sur ma peau et retire toute la chaleur qui m'entourait. Je me retourne immédiatement en direction de Tom, mais il est déjà parti.

* * *

Au petit matin, Sim vient me secouer et me lève rapidement. Sans même prendre le temps d'avaler un carreau de chocolat ou une gorgée d'eau, il me fait sortir de la tente et me jette dans un angle du Couloir des Unifiés. Encore épuisée du combat d'hier et de ma nuit blanche, je fronce les sourcils en attendant ses dires.

- Je sais que tu es sortie cette nuit, déclare-t-il en croisant les bras.

Enfoirés, pensé-je en imaginant les deux Appelés de garde se faire un plaisir de raconter ce qu'ils ont vu à Peter ou Sim. J'espère au moins qu'ils ont épargné Tom dans leur récit.

- J'en avais besoin. Hier, quelqu'un m'a forcé à battre à mort un Appelé pour m'entrainer, dis-je avec amertume en mimant des guillemets avec mes doigts sur le mot : entrainement.
- Très amusant, reprend Sim avec un faux sourire. Je n'ai aucune objection à te laisser te balader seule mais pour que j'aie l'esprit tranquille on va s'entrainer encore un peu, ajoute-t-il en faisant le même mime que moi sur le mot : s'entrainer.

Il m'énerve quand il joue le parent autoritaire. Et pourtant, je voudrais en avoir terminé avec cette histoire d'entrainement et de tutelle. Je hoche alors la tête avec pour objectif de le satisfaire et de m'offrir la liberté.

J'accorde à Sim l'entrainement qu'il rêvait de me faire subir. Toute la journée et les jours qui suivent, il me défie en duel dans le Couloir des Unifiés ou il m'emmène à la Place des Combats. Là-bas, des Appelés me pointent du doigt et se réjouissent à l'idée de pouvoir m'affronter. C'est étrange mais depuis mon premier combat, je n'ai plus peur de leurs provocations. Quand l'un d'eux s'approche pour me proposer un duel j'accepte simplement avec l'objectif de satisfaire Sim et me bats sans émotion. J'applique à la règle, les observations, stratégies et gestes appris plus tôt. Les combats ne durent pas et Sim les fait interrompre avant que je mette mon adversaire au tapis ou que je prenne une raclée. Les bleus se multiplient et ma chute lors de la précédente *plane* ne devient qu'un mauvais souvenir. Parfois, Peter nous accompagne et Sim se prête au jeu du combat aux poings. Quand Gabin vient un jour voir le spectacle, il se retient de vomir, choqué par la violence de cet endroit. Il sait à présent pourquoi mon visage est couvert d'hématomes et mes poings rougis.

Les journées passent et j'apprends aussi à connaître les Appelés du Couloir des Unifiés quand je me repose. Ils sont calment mais tous très bavards. Je comprends assez vite, qu'à l'image de Sim, ils ne sont pas là pour passer le temps mais bien pour apprendre ou faire quelque chose. Je raconte alors mes migrations et eux me racontent les leurs. C'est ainsi que je remarque que l'un d'entre eux à traverser toutes les *planes* en même temps que moi sans même que je m'en aperçoive. Certains soirs, des Unifiés nous rejoignent sous la large tente et nous racontent leur vie passée. Cela me rappelle ma famille et une boule se noue dans mon estomac.

Les jours s'enchainent et se ressemblent. En une semaine à peine, je prends les habitudes des Appelés qui m'entourent et devient doucement une Unifiée.

Un jour, alors que je suis réveillée par un vacarme terrible qui me tire jusqu'en dehors de la tente, Peter m'explique que les *mackers* sont en train de faire un contrôle. J'observe alors, muette, cinq d'entre-eux traverser le Couloir et inspecter un à un les Appelés. L'un d'entre-eux se fait pointer du doigt et il est embarqué aussitôt.

- Que va-t-il lui arriver ? demandé-je inquiétée qu'ils me désigne aussi quand ils seront à ma hauteur.
- Ils rassemblent les plus sales pour la *douche*.

Je fais d'abord les gros yeux, puis, il m'explique que pour conserver les *deck*s propres et éviter que les Appelés se négligent trop, les *mackers* pratiquent la *douche* une fois toutes les deux semaines. Parfois plus fréquemment, s'ils le jugent nécessaire. Ils rassemblent alors tous les Appelés les plus négligés dans un coin du *deck*, leur font ôter leurs vêtements et les arrosent d'un mélange chimique à l'aide d'un jet puissant.

- Franchement ce truc retirerait la crasse la plus incrustée même à travers les vêtements, précise Peter en parlant du jet. Et c'est super douloureux ! (Il me pointe ensuite du doigt) N'oublie jamais d'aller à la salle d'hygiène.

Je comprends que les hauts dirigeants s'assurent de la propreté minimale du Kiuju. J'avais été étonnée de ne pas voir beaucoup de personnes très sales ou malades ; en voici donc la raison.

Arrivés à ma hauteur, les *mackers* m'épargnent cette fois-ci mais deux semaines plus tard, alors que je rentre de la Place des Combats, couverte du sang d'un adversaire à qui j'ai malheureusement cassé le nez, je suis désignée avant même de pouvoir passer par la salle d'hygiène. Je suis alors séparée brusquement de Sim à qui je lance un regard d'impuissance puis dirigée vers la Place des Combats réquisitionnée pour l'occasion. Peter m'avait prévenu, le jet est très douloureux, mais il n'avait pas parlé de la gêne et la honte de se déshabiller devant toute une ligne de *mackers* et les autres Appelés choisis. Ce jour-là, en plus de nous, tout le *deck* à eux le droit à sa *douche* et les *mackers* ont recouvert le sol et les murailles de leur substance chimique piquante ; éteignant même les feux sans scrupule.

- C'est plus agréable en été, je le reconnais, mais tu avoueras que ça aurait été bête de ne pas l'avoir testé au moins une fois dans ta carrière, me lance Peter avec un sourire narquois quand je rentre toute trempée.
- Méchant ! grogné-je en me précipitant vers une couverture sèche.

C'est ainsi que les jours passent, en apprenant à connaitre la routine d'une vie d'Appelée et en échangeant des coups de poings avec des inconnus. Petit à petit, je me fais un nom et les hommes et les femmes me reconnaissent dans le *deck*. Je deviens plus assurée et moins émotive. Je me surprends à ne plus me souvenir des visages de mes adversaires ou à ne plus trembler à l'approche d'un affrontement. Sim se place toujours derrière moi, prêt à intervenir quand le combat va trop loin. *Tu ne dois pas trop t'engager pour garder des forces pour la suite*, dit-il souvent. Il veut que j'apprenne mais pas que je m'implique. Mes adversaires sont souvent frustrés quand il arrête le combat avant sa fin. Pour compenser leur agacement, il lui arrive de finir le travail à ma place. Je distingue une volonté de protection et d'aura autour de moi, mais aucune chaleur ne s'en échappe. Quand il pose ses mains sur mes épaules ou qu'il me porte après un combat trop dur, je ne ressens aucun lien. C'est là que je comprends que Tom est le seul qui m'apporte une telle sérénité et inconsciemment je me mets à penser à lui. Je me surprends à guetter le *deck* à sa recherche ou à dévisager les *mackers* dans l'espoir d'apercevoir son visage. Pourtant, je sais qu'il n'est pas là, car aucune chaleur ne m'habite jamais durant les jours qui s'écoulent.

***

Un après-midi, alors que nous faisons un crochet par la salle d'hygiène pour me nettoyer le visage et effacer toute trace qui me vaudrait une *douche*, un Appelé m'agrippe le bras et m'interpelle violemment.

- Toi ! s'exclame-t-il. Tu...

Mais avant qu'il n'ait l'occasion de me harceler, j'agrippe son poignet et lui fais habilement une clé de bras avant de le pousser au sol. Aucune émotion ne me traverse, juste des réflexes.

- Ne pose plus la main sur moi, lancé-je amèrement.

L'homme se retourne et me dévisage. À ce même moment, Sim qui se rafraichissait un peu plus loin s'approche et me presse vers la sortie.

- Pas lui, me murmure-t-il. C'est un Signeur.

J'ai appris avec le temps à éviter les Signeurs pour leur désir de vengeance. Ils sont facilement reconnaissables grâce à la cicatrice qu'ils portent au visage. Peter m'a appris qu'ils faisaient cela le jour de leur conversion. J'ai du mal à comprendre pourquoi une personne irait jusqu'à entailler son propre visage par appartenance. Sim, aussi méfiant que moi, prend d'ailleurs un soin particulier à les éviter. C'est pourquoi, quand l'un d'entre eux venait à me proposer un duel, il me faisait non de la tête pour que je décline l'offre. Il nous est arrivé d'assister à leur célèbre signature à la fin d'un combat triomphant. Certains sortent discrètement une lame et tranche la peau de leur adversaire quand d'autres se contentent d'un tracé du bout du doigt. Dans les deux cas, leur victime devient leur trophée. Quand un Signeur vient à perdre, son adversaire est traqué jusqu'à subir une vengeance déloyale. Il est battu par plusieurs Signeurs dans l'obscurité et le secret qu'offre la nuit. La plupart des Appelés savent éviter ces affrontements, mais les nouveaux sont souvent victimes de leur ignorance.

Nous rentrons et nous nous installons autour du feu avec Juq et Gabin. Ces deux-là n'ont pas pris goût aux combats et Gabin essaie toujours de soigner son épaule qui fait des caprices. Nous avons l'habitude de nous retrouver pour raconter notre journée et débriefer mes combats. Après le repas, les esprits s'allègent et nous débattons de choses plus légères et de nos anciennes vies à Torn.

Ce soir, en attendant Peter qui mange souvent avec nous, je fouille à ma ceinture.

- Je n'ai plus qu'un sachet rouge, dis-je en vidant le reste du contenu de l'un d'eux dans ma bouche.

J'ai pris l'habitude de piocher dans mes sachets pour faire taire la douleur de combats trop durs ou pour me redonner de l'énergie. J'ai aussi vidé le baume que contenait mon sac à dos. Il s'est avéré très utile pour apaiser les courbatures ou douleurs articulaires.

- Même chose pour les sachets bleus, ajouté-je en constatant l'état de ma bourse devenue bien légère.
- C'est qu'il est temps d'arrêter les combats, déclare Sim.
- Maintenant ? dis-je surprise. Je n'ai pas pris ma revanche sur le combat d'hier.

- Peu importe.
- Il en va de ma réputation, appuyé-je les dents serrées.
- Ta réputation n'a pas besoin de ça. Tous les Appelés te connaissent.
- Et te craignent, ajoute Peter qui entre sous la tente toujours le même sourire aux lèvres. Laura, tu es devenue une vraie terreur. Félicitations !

Je ne mérite pas d'être félicitée pour avoir frappé des Appelés. Mais il a raison, mon habileté au combat et mon mental se sont nettement améliorés en l'espace de quelques semaines. Je me reconnais à peine. Je le vois aussi dans le regard de Gabin sur moi. Certains soirs, il m'observe m'asseoir au coin du feu sans dire un mot. Ma peau est colorée par les coups que j'ai pris dans l'après-midi et mes doigts tremblent devant les flammes. Je suis comme déformée. Cette étape m'a changée. Je suis devenue intrépide, violente et sans pitié. Et dans cette évolution, je me suis éloignée un peu plus de qui j'étais avant d'entrer ici. Je me suis éloignée de Gabin. Je me suis rapprochée de la solitude.

CHAPITRE 16

Les jours qui suivent, je suis troublée de ne pas être réveillée par Sim pour aller m'entrainer. Je m'étonne à rester seule dehors ou à remplacer des Unifiés sur leur tour de garde.

Si mon entrainement est terminé et que je ne retourne plus à la Place des Combats, alors cela signifie que la prochaine étape est la traversée de la *plane*. Je suis surprise que Sim ne m'en ait toujours pas parlé mais je suppose qu'il veut d'abord que je me remette de mes derniers combats.

Un matin, alors que Juq, Peter et lui sont, comme à leur habitude, partis faire un tour au Cœur, je laisse Gabin finir sa nuit et je sors. Le ciel est dégagé aujourd'hui, je sens même la douce température des rayons du soleil sur mes joues sèches. Je me suis habituée au froid et j'en avais presque oublié l'effet de la chaleur sur mon corps. Je traverse le Couloir des Unifiés bien animé ce matin et le quitte en saluant d'un geste les Appelés de garde. Je n'ai plus d'appréhension à parcourir seule le *deck*. Les autres ne s'inquiètent plus de me voir m'absenter et pourtant je sais que je ne pourrais pas me défendre seule si plus d'un Appelé venait à s'en prendre à moi. J'ai appris à ne plus porter ma main sur le manche de mon couteau mais je sais que d'instinct je le ferai si le besoin s'en fait sentir.

Aujourd'hui, plutôt que de rester à ne rien faire, je

voudrais me renseigner sur la *plane*. C'est pourquoi je me dirige vers la place de départ. Je baisse un peu la tête pour éviter de trop attirer l'attention. Peter a raison, j'ai une réputation maintenant et la plupart des Appelés me connaissent dans ce *deck*. J'ai espoir d'assister à l'ouverture de la *plane* et de pouvoir observer son contenu. Les départs ne sont pas très soutenus ici. Il faut dire que les Appelés sont prospères et qu'ils peuvent se ravitailler au Cœur, chose qui n'était plus possible dans le précédent *deck*. Je passe devant la grande place du Cœur et me demande si je ne pourrais pas profiter du groupe d'Appelés qui y entre pour passer en douce. *Trop risqué,* pensé-je en continuant mon chemin dans l'étroit couloir qui mène à la *plane*. Cet endroit est souvent vide, les Appelés préfèrent vivre loin des horreurs que leur rappellent les *planes*. De plus, je dois reconnaître que le *deck* est très humide de ce côté et donc peu confortable.

J'arrive presque à la place de départ quand des pleurs d'enfant m'arrêtent. *Un enfant ici ?* Je n'en ai plus vu depuis la première *plane*. Je cherche la provenance des pleurs et ne tarde pas à trouver une petite fille recroquevillée sur elle-même. Je me demande comment elle a pu traverser le Kiuju jusqu'ici malgré son âge. Je lui donne douze ans, pas plus, ou bien c'est sa maigreur qui me trompe. Je m'approche et m'accroupis à côté d'elle. J'ai d'abord envie de poser une main sur son épaule mais je me retiens. *Il ne vaut mieux pas, elle est peut-être malade*. Cette pensée si égoïste me tord l'estomac mais dans un monde comme celui-ci, ma propre survie demande quelques précautions.

- Tu es toute seule ? demandé-je.

L'enfant lève lentement la tête et ses yeux bleus remplis de larmes rencontrent les miens. Elle ne me répond pas et replonge sa tête dans ses mains. Je remarque alors ses os sortir presque de sa peau tant elle est maigre. *Depuis quand n'a-t-elle pas mangé ?* Prise par une envie d'humanité après tous ces combats que je viens de mener et la honte d'avoir par le passé déjà abandonné un enfant, je lance mon bras dans mon dos. Je n'ai pas touché aux barres énergisantes fournies avec mon sac à dos. J'ouvre la petite poche latérale et en sors l'une d'entre elles.

- Tiens, dis-je en la tendant à l'enfant.

La petite, en voyant la nourriture se rue sur elle et me l'arrache de la main. *C'est bien ce qu'il me semblait. Elle meurt de faim.* Je ne comprends pas que les hauts dirigeants puissent Appeler des personnes si jeunes. Elle n'a pas la maturité émotionnelle pour une telle épreuve, sans parler de sa forme physique.

- Tu devrais te trouver quelqu'un avec qui rester, dis-je en me redressant.

La petite saute sur ses jambes et m'agrippe le bras. Je me détache de son étreinte, sachant que je ne peux rien pour elle et qu'il faut qu'elle se sédentarise.

- Non pas moi, dis-je fermement. Je vais à la *plane*.

À ce mot, elle retire son étreinte et s'enfuit. *Elle doit être terrorisée par cet endroit.* Je vérifie que mon sac est bien fermé et je reprends ma marche jusqu'à la place de départ.

J'arrive à destination et suis surprise par le nombre d'Appelés qui attendent. D'un certain côté, cela me rassure. Je ne serais pas forcée de participer à la migration s'il y a déjà suffisamment d'Appelés. Je vais me placer au fond, près de la sortie pour pouvoir m'éclipser rapidement en cas de besoin. Avant de m'asseoir, je prends le temps d'examiner la porte. Un immense hologramme flotte à son sommet : *15*. Les Appelés qui attendent pour leur migration sont tous installés loin de l'ouverture. Je me demande d'abord pourquoi puis remarque la grande flaque d'eau qui gît à l'entrée. *De la neige fondue ?* Mais cette pensée ne me convainc pas alors que le sol est resté blanc dans la plupart des espaces non parcourus du *deck*. La température est trop basse pour une fonte. C'est donc autre chose et je suis presque sûre que cela vient de l'intérieur de la *plane*.

Je remarque d'ailleurs un peu de mousse sur la pierre qui me confirme que l'humidité est là depuis un moment.

Je retire mon sac à dos et me laisse glisser contre la muraille pour m'asseoir. Le temps risque d'être long en attendant l'ouverture de la *plane* et l'atmosphère humide de cet endroit ne me donne pas très envie d'y rester. Je vais devoir m'armer de patience et de ténacité si je veux savoir ce qu'il se cache derrière cette porte.

La place est relativement silencieuse, les Appelés sont discrets. Ils savent peut-être quel sort les attend et tâchent de méditer là-dessus. Je pourrais tenter une approche plus directe et aller leur demander ce qu'ils savent en échange d'un de mes sachets. *Gardons cette option pour plus tard.* Je suis étonnée de ne pas voir plus que deux *mackers* postés près de la porte. Cela ne présage pas l'ouverture d'une *plane* mais j'ai bon espoir que des renforts arrivent au dernier moment pour gagner en effet de surprise. Je voudrais ne pas avoir à attendre des jours pour en savoir plus sur la suite de mon aventure.

Je suis peu chanceuse et reste des heures assise dans l'humidité et le froid sans qu'un seul indice ne me parvienne. La porte n'a pas bougé et les *mackers* ont pris leur relève avec une décontraction qui ne promet aucune péripétie d'ici les heures à venir.

La faim commençant à tordre mon estomac, je me résous à partir. Mais quand je me redresse et remets mon sac sur mon dos, je suis étonnée de tomber nez à nez avec Sim. Son air est étrangement décontracté, et il vient jusqu'à moi une cigarette à la main.

- C'est là que tu te caches, déclare-t-il en tournant son regard vers la porte de la *plane*.
- Je voulais assister à l'ouverture d'une *plane* mais je n'ai pas eu cette chance.
- Tu te prépares à migrer ?

- J'ai supposé que ce serait la prochaine étape maintenant que je sais me battre.
- Tu as bien supposé. As-tu réussi à avoir un indice pour la suite ?
- Il y a de l'eau et de la mousse près de la porte mais ça pourrait vouloir dire n'importe quoi.
- Une étendue d'eau à traverser, peut-être ?
- Oui ou bien des horreurs si terribles qu'il faut les nettoyer à grandes eaux.
- Ton esprit s'est aiguisé, dit Sim en me regardant.
- Oui, soupiré-je. Maintenant, il voit aussi les pires scénarios.
- C'est que tu n'es plus naïve. (Sim tourne sur lui-même) Je vais rentrer, il faut que je voie Juq. Tu m'accompagnes ou tu restes ici ?
- Je viens, dis-je en ajustant mes lanières. Cette humidité me gèle.

Nous sortons de la place et nous dirigeons ensemble vers le Couloir des Unifiés. Depuis qu'il a décidé d'arrêter mon entraînement, je le trouve plus détendu. Il ne me presse plus. Je suis même étonnée qu'il m'ait laissé le choix de le suivre ou non.

- Sim, tu ne m'as jamais dit pourquoi Juq et toi aviez pris la décision de nous aider Gabin et moi. Qu'est-ce que vous y gagnez ?

Je pense que ma question le surprend, car il s'arrête aussitôt et finit sa cigarette en une longue inspiration.

- Je ne sais pas, dit-il comme étonné de ne pas avoir la réponse. Votre sang neuf nous a donné la volonté de quitter le *deck*. D'où te viennent des questions pareilles ? me lance-t-il.
- Tu m'as quand même sauvé la vie.

Sim hausse les épaules et se met à marcher plus vite. Je n'aurai pas de réponse à ma question.

Nous passons devant le Cœur et, à l'arrivée près du Couloir, nous grimaçons tous les deux. Un attroupement inhabituel se dresse devant les Appelés de garde.

- Des migrants ? pensé-je tout haut.
Sim, secoue la tête.
- Je ne crois pas.
Ces derniers jours, nous avons vu arriver bon nombre de nouveaux Appelés. Sim l'avait prévu, le *deck* précédent se vide dans celui-ci et même si la *plane* fait des victimes ils sont nombreux à vouloir leur place dans l'accueillant repère des Unifiés. Toutefois, je les trouve plus nombreux que d'habitude. Nous approchons de l'entrée du Couloir et nous frayons difficilement un chemin à travers les quarante Appelés agglutinés là.
- Fais attention à tes affaires, me prévient Sim.
Ouvrant la voie, il joue des coudes auprès d'Appelés résolus à tenir leur position. Je le suis de près en tenant fermement les anses de mon sac. *Mais que viennent faire ces gens ?* me demandé-je. Tous crient mais je n'arrive pas à comprendre leurs mots. Un homme me regarde soudainement et me hurle dessus avant de tendre son bras pour saisir ma manche. Je le rejette aussitôt :
- Dégage, lâché-je vivement.
Sim se retourne et ouvre la bouche pour m'aider mais ne dit rien, voyant l'homme lâcher prise. Je n'arrive pas à comprendre ce qu'il leur prend soudainement. Croient-ils que le Couloir des Unifiés est la réponse à leurs maux ?

Nous parvenons à atteindre l'autre bout de la foule et je reconnais Peter à l'entrée de son fief accompagné d'une dizaine de ses camarades. Il nous fait signe d'avancer.
- Dépêchez-vous avant qu'ils vous suivent, dit-il en hâte.
- Que se passe-t-il ? demande Sim en passant la barrière d'Unifiés qui retient la foule.
- Je ne comprends pas, commence Peter. Ils pensent que nous allons leur offrir du ravitaillement.
Je grimace. Depuis que je suis ici, j'ai déjà vu des mendiants venir quémander mais les Unifiés ont toujours été clairs : seuls les membres profitent du rationnement. Les autres Appelés ne

sont pas les bienvenus. Tout le monde dans ce *deck* le sait, il en va de même avec les autres organisations comme celle des Signeurs.

- Faisons-leur comprendre qu'ils ne sont pas les bienvenus et le problème sera réglé, dis-je en m'échauffant les poignets.

Peter pose sa main sur les miennes.

- Pas si vite. Je sais que tu n'as pas eu ta dose aujourd'hui, mais nous avons appelé les *mackers*. Nous ne salirons pas notre réputation avec la violence. Nous ne sommes pas des Signeurs, finit-il en marmonnant.

Je me résous à ranger mes poings et me tourne pour observer la foule.

- Sait-on qui ils sont au moins ? demandé-je.
- Les crève-la-faim de la place d'arrivée.

Je me souviens alors de cette impression que ces pauvres Appelés nous avaient laissé à Gabin et moi. Je ne suis plus retournée dans ce coin du *deck* après ça.

- Mais pourquoi se manifestent-ils aujourd'hui ? demande Sim.
- L'hiver approche, je présume qu'ils commencent à voir la fin arriver, en déduit Peter en posant ses mains sur ses hanches.

L'image d'une mort causée par le froid et la faim me donne un frisson dans le dos. Je comprends leur mouvement de foule. Ils se sont peut-être dit qu'à plusieurs, malgré leur piètre forme, ils arriveraient à voler des vivres.

Nous attendons en silence que les *mackers* arrivent, le regard en direction de la foule, à l'affût d'une percée qu'il faudrait endiguer. Mes yeux parcourent les visages affamés. Il y a des femmes, quelques enfants mais surtout des hommes. Tous poussent pour entrer. Mon enfle regard quand il s'arrête sur une petite fille au premier rang. *C'est celle du couloir. Je lui avais dit de trouver un allié, pas de se joindre au premier groupe de mendiants qu'elle croise !* Je soupire, j'ai certainement repoussé de quelques jours son malheureux destin. Soudain, son regard se pose sur le mien et elle qui était silencieuse se met soudainement à sursauter, moi avec. Elle me pointe alors vivement du doigt en tirant la veste de son voisin, un homme de la quarantaine.

- C'est elle, s'écrit-elle.

Je fais les gros yeux. Mes neurones se connectent et je réalise soudainement que c'est moi qui suis à l'origine de tout ce cirque. Aussitôt, je baisse discrètement la tête et me retourne. Tout à l'heure, j'ai donné une barre de céréale à cet enfant. Elle devait déjà faire partie du groupe d'affamé et est allée leur rapporter mon geste. *Je te hais,* songé-je en l'imaginant brandir la barre devant tous ces camarades. Ce que je ne comprends pas c'est comment elle a su que j'étais du Couloir des Unifiés. *Je suis populaire maintenant. Quelle idiote !*

- Quelle conne, marmonné-je en réfléchissant à la manière de réparer mon erreur.

Peter penche la tête vers moi.

- Qu'est-ce qu'il t'arrive ?
- Rien, réponds-je en feignant une attitude neutre.

Il va me détester, songé-je en admirant son sourire habituel qu'il m'offre en guise de réponse.

- Bon allez, je vais chercher les *mackers*, déclare Sim qui s'impatiente. Qu'est-ce qu'il leur prend aussi longtemps ?
- Ouais, dépêche-toi. Ils vont me gonfler ceux-là, soupire Peter.
- Laura, tu viens ? me lance Sim.

Il me fait un signe de la main mais je reste figée sur place. Je ne veux pas avoir à retraverser cette foule. Voyant que je ne l'accompagne pas, il me lance un regard interrogateur.

- Je pense que je vais rester là. Au cas où, dis-je en haussant les épaules.

Peter échappe un petit rire et me pousse vers l'avant.

- Comme si on avait besoin de toi. Allez, va te dégourdir les jambes. Tu en as besoin.

Mon esprit se décompose. À l'instant où je passerai devant la petite fille, Sim saura que je suis l'auteure de cette cohue.

J'aimerais que Gabin soit là. Sa diplomatie saurait calmer les tensions mais je ne le vois nulle part. *Je parie qu'il joue aux cartes à l'intérieur.* Il ne reste qu'une solution, traverser avant Sim ou de manière précipitée. De cette manière nous n'aurons pas le temps de récolter les plaintes des Appelés affamés.

Je m'avance proche de Sim et nous perçons la ligne des Unifiés. Je ne peux que le suivre en priant que la foule ne m'aspire pas. J'entends toujours la voix de la petite fille qui semble ne pas vouloir changer de cible. En jetant un coup d'œil vers elle, je remarque qu'elle me montre maintenant à plusieurs de ses camarades. *J'aurais mieux fait de laisser cette gosse pleurer !* J'ai trop peur d'avancer mais Sim n'est pas du même avis et il trace à travers la foule. J'inspire profondément et plonge avec lui dans l'atmosphère étouffante.

Je sens tous les regards se poser immédiatement sur moi, comme si j'étais un aimant. Que penserait Sim s'il découvrait que je mets tout le Couloir en danger après ce qu'il m'a offert ? Il me maudirait. Il regretterait de m'avoir épaulé et appris à me défendre. Il me rejetterait. Peut-être même qu'il abandonnerait Gabin lui aussi. Cette pensée est insupportable. *Tout ça à cause d'une barre !*

Soudain, un homme me saisit le bras et me sort de mes pensées. Je rejette vivement son étreinte mais elle est solidement fixée. Mes yeux se figent dans les siens que je sens me dévorer.

- Laura, dit-il. Donne-nous.

Mon sang se glace et l'espace d'une seconde je me fige sans plus me débattre pour sortir de la foule. *Il connait mon nom ?*

- Lâchez-moi ! hurlé-je soudainement.

La peur m'avait quitté depuis que Sim m'a trainé à la Place des Combats mais elle vient de resurgir à l'idée de perdre mes alliés et amis. Elle s'empare de mes entrailles et me fait paniquer.

- Donne-nous, répète-t-il.
- Non !

Je tire alors plus fortement et me dégage avant de m'enfuir en courant. Je joue vivement des coudes et slalome entre les Appelés avant d'atteindre Sim qui m'attend de l'autre côté.
- Dépêche-toi, m'enjoint-il.
Mon cœur s'est tellement emballé que ma respiration en est haletante. J'ouvre la bouche pour lui expliquer que j'ai été retenu mais une main m'étreint la veste. Je me retourne et reconnais l'enfant de tout à l'heure. *Non, pas toi,* pensé-je furieusement.
- S'il te plaît, donne-m'en d'autres, dit-elle alors.
Ma peur devient colère et alors que je me retiens de lui en mettre une, une femme ajoute :
- Donne-nous.
Je secoue la tête. Soudain d'autres s'ajoutent en me clamant de les nourrir.
- Juste un bout de pain.
- Un tout petit.
- Oui, s'il te plait.
Non ! Je sais que Sim écoute et comprend ce qui est en train de se passer. *Ils sont en train de tout gâcher.*
- Fermez-la ! crié-je. Je n'ai rien.
Les yeux implorants de la fillette me transpercent mais au lieu de ressentir de la compassion, de la haine monte en moi. Je tourne la tête vers mon ami dont je vois les traits se durcir à mesure qu'il comprend la situation. Je ne peux pas supporter ce regard. Il m'a tout donné et je n'ai pas été capable de le protéger. Mon corps se met à trembler. Même si nous parvenons à les repousser, tous connaissent mon nom. Dans un jour ou deux, je serai la risée du Couloir des Unifiés. Je fais un pas de recul. *Je dois partir*. Je fais volte-face, et en faisant taire les voix qui crient mon nom, je m'enfuis à toutes jambes.
- Laura ? s'étonne Sim qui me regarde partir sans bouger. Où vas-tu ? me crie-t-il.
Je l'entends courir derrière moi alors que je fonce dans le couloir du *deck*. Je passe devant le Cœur et ses *mackers* qui

me suivent du regard alors que je me dirige droit vers l'endroit où je sais que les mendiants ne me suivront pas : la *plane*. J'y entre en fracas et suis stoppée par une foule debout. *Elle est ouverte !* pensé-je vivement en observant avec stupeur la lourde porte s'élever. L'occasion est trop belle pour la laisser passer. Je me faufile entre les Appelés manquant presque d'en faire tomber quelques-uns. J'arrive vers la ligne des *mackers* qui commencent déjà à pousser les Appelés dans la *plane*. Je ne sais pas si je dois les bousculer eux aussi ou chercher un passage dégagé. J'entends Sim arriver dans mon dos et je ne prends plus le temps de réfléchir. Je me précipite derrière la ligne de *mackers*. À ce moment, je tourne la tête et aperçois Sim.

- Ne fais pas ça ! crie-t-il.

Quelque chose vient pincer mon cœur, mais je sais que je ne saurais vivre dans ce *deck*, dans le Couloir des Unifiés, après ça. Alors que je me jette à corps perdu dans la *plane*, un *macker* essaie de me saisir le bras. Mais dans sa surprise, il n'y parvient pas. Je parviens alors à rejoindre les Appelés dans la *plane* et me stoppe net en observant une dernière fois le visage de Sim de l'autre côté. Il court toujours dans ma direction mais c'est trop tard la porte gronde et commence à se relâcher.

Mon cœur se serre. Je vais devoir continuer mon aventure seule maintenant. Mais alors que je dis au revoir au confort de faire cette aventure avec des amis, Sim perce la ligne de *mackers* et se jette au sol pour entrer dans la *plane*. Une seconde plus tard, la porte s'abat sur le sol.

CHAPITRE 17

Pourvu qu'il ne soit pas sous la porte, supplié-je les yeux clos. J'ai peur de les ouvrir et de découvrir mon ami écrasé sous un bloc de pierre. Peur de retrouver un bras gisant sur le sol sans le reste de son corps. Mes mains tremblent et mon cœur se crispe. *Parle. Dis quelque chose. Prouve-moi que tu es vivant.* Ma prière ne parvient pas jusqu'à lui et je me résous à ouvrir les yeux. Je n'ai pas le temps d'attendre parce que j'ai une *plane* à affronter. J'échappe un puissant soupir de soulagement, comme si je retrouvais la respiration, en voyant Sim se relever en frottant son pantalon. *Merci.*

- Si on m'avait dit que j'allais traverser une *plane* aujourd'hui, marmonne Sim en me rejoignant.

Je suis partagée entre l'envie de lui sauter au cou et celle de lui retirer l'envie de reprendre un tel risque. Mais par-dessus toutes les émotions qui me parcourent, l'incompréhension de son sourire sur ses lèvres prédomine. Je suppose que l'adrénaline y est pour quelque chose.

- Ne refais plus jamais ça, lui lancé-je en le poussant légèrement en arrière. Tu m'as fait une de ces peurs !
- À qui le dis-tu ! Explique-moi plutôt ce qui t'a pris d'entrer dans la *plane*.

Je ne pense pas qu'il attende une réponse et je ne suis pas sûre d'en avoir une à lui offrir. Je me contente de regarder son visage, heureuse de le voir en vie avant d'être interpelée par des murmures autour de nous. Je tourne la tête et aperçois les Appelés piégés ici avec nous, nous regarder d'un très mauvais œil. Ils ne semblent pas partager la joie de nous savoir tous deux en vie. Au contraire, notre venue est synonyme de dilemme puisque plus nous sommes, plus d'adversaires nous devons battre pour avoir notre ticket de sortie. Nous allons devoir défendre notre peau plus qu'habituellement. Je suis heureuse de ne plus être effrayée à l'idée d'un combat bien qu'ici il ne sera pas qu'à mains nues.

- Tiens tiens, Laura, lance un Appelé que je reconnais être l'un de mes adversaires de la Place des Combats. Je n'avais pas rêvé meilleure revanche, finit-il en attrapant un large couteau à sa ceinture.

Mon poitrine se comprime. Je redoutais le jour où je retrouverais mes adversaires dans un contexte moins sécurisé. Je pose lentement ma main sur mon arme. *Comme à l'entrainement.*

- Reste près de moi, me glisse Sim en lançant sa main dans son dos.

Il ramène une longue machette devant lui et se met en garde. Silencieusement, je me rapproche de lui et me place dans son dos pour que nous couvrions mutuellement nos arrières. Mes doigts se serrent sur le manche rigide. *Maintenant, ils n'ont qu'à avancer.*

Le temps est comme arrêté alors que nous nous toisons dans l'attente que quelqu'un lance l'assaut. Mais nous n'en avons pas l'occasion, car un grondement se fait entendre et le sol se met à trembler. Il bouge tellement que je n'arrive pas à garder correctement l'équilibre. J'en avais presque oublié que nous étions dans une *plane* et qu'en plus de devoir nous occuper d'Appelés contrariés nous allions devoir faire face à quelque chose de bien pire. Quelque chose qui me terrifie déjà. *Qu'est-ce que ça va être cette fois ?*

Soudain, le sol semble céder sous moi et se met à descendre à toute allure. Les murailles s'agrandissent à grande vitesse sans que je comprenne vraiment ce qu'il se passe. Et puis tout à coup, plus rien. Le mouvement se stoppe sèchement m'écrasant sur le sol. D'autres Appelés tombent et Sim me relève rapidement en me tirant par le sac. Je titube et me redresse près de lui en silence. Son regard est inquiet. Je comprends que l'affrontement contre les Appelés n'aura pas lieu quand Sim replace lentement sa machette dans son dos. *Faut-il se préparer à courir ?* Je parcours la *plane* du regard et remarque que le lieu s'est approfondi et qu'en descendant, le sol a laissé s'élever des colonnes dans la *plane*. Ces grands blocs de pierre de sept à huit mètres de haut sur deux de large sont répartis équitablement sur toute la surface du terrain. Je ne retrouve aucune similarité avec les précédentes *planes* et je ne comprends toujours pas l'humidité qui remplissait la place de départ.

Je me retourne vers Sim pour chercher auprès de lui une quelconque explication mais un nouveau tremblement nous secoue. Je scrute aussitôt la *plane* à la recherche du danger qui s'annonce et aperçois tout un pan de muraille se mouvoir. Mon cœur manque un battement quand le bloc de pierre s'enfonce doucement dans le mur – comme une porte, et laisse s'engouffrer une cascade d'eau dans la *plane* devenue une immense cuvette.

- La vague, échappe en un souffle Sim alors que le mien se coupe et que mes jambes se figent.

Il saisit mon bras à l'instant où l'eau frappe le sol dans un bruit proche de celui du tonnerre. Mes yeux écarquillés observent ce déluge avancer sur nous sans pouvoir faire quoi que ce soit. Mes pensées ne vont même pas à ma famille ou aux êtres que j'aime. J'imagine seulement mon corps, éclaté contre la muraille dos à moi ; écrasé par la violence de la vague qui m'aura projetée comme un vulgaire pantin. Je sens alors une vive attraction vers l'avant et je comprends que Sim n'a, lui, pas perdu sa lucidité. Il me tire à travers le groupe d'Appelés et se réfugie derrière l'une des colonnes non loin. Il m'attrape par les épaules et me serre contre lui. J'ai à peine le temps de réaliser que la colonne de pierre va nous protéger de la déferlante qui arrive qu'un bruit assourdissant claque dans mon dos. C'est l'eau qui vient de rencontrer notre barrière. L'instant qui suit, le liquide gicle de part et d'autre de nos corps puis continue sa course. Mon cœur explose de peur et je réalise que Sim vient à nouveau de me sauver la vie. Les cris d'Appelés qui n'ont pas su se protéger à temps parviennent jusqu'à nous puis s'étouffent.

Je regarde la vague s'éloigner et sens l'eau qui commence à remonter le long de mes jambes. Sim desserre son étreinte. Aussi paniqué que moi, il échappe quelques mots incompréhensible. La peur s'est emparée de nous. La vague frappe la muraille face à nous, emportant avec elle la vie d'Appelés qui, je l'imagine, n'ont pas pu survivre à un tel choc. Mais, quand je crois avoir échappé à la mort, je ne peux accepter de la voir faire demi-tour et revenir sur nous à toute vitesse.

- Attention, crie Sim.

Sa force m'étreint de nouveau et m'attire vers lui alors qu'il tente de contourner la colonne pour nous mettre à l'abri de l'autre côté. Mais cette fois, l'eau parvient jusqu'à nous et me propulse loin de lui. Ma main glisse le long de son bras et je m'éloigne en un souffle.

Je suis avalée par la vague dont la puissance décide quoi faire de mon corps tel un pantin. J'ai à peine eu le temps de fermer les yeux ou de prendre une inspiration. Mes jambes passent par-dessus ma tête, puis je fais un tour sur moi-même avant de m'exercer à d'autres figures incontrôlables. Je ne peux m'arrêter de penser au moment où je vais rencontrer un obstacle. Ce moment arrive rapidement et mon corps est cogné contre une surface dure, mettant fin à mes figures. La douleur est vive mais l'eau avait eu le temps de perdre en vitesse, ce qui m'épargne des fractures. La vague se retire à nouveau et je parviens à rejoindre la surface pour prendre une respiration. J'écarquille aussitôt les yeux. *Sim !* J'essaie de le repérer mais la *plane*, devenue un bassin, est trop agitée. Je parviens à peine à distinguer le haut des colonnes de pierre. L'eau est montée très vite et, quand je baisse les yeux pour en apprécier la profondeur, je suis prise de haut-le-cœur. *Je déteste les fonds marins*, songé-je en repensant à tous les hommes de Torn, disparus en mer. Sans m'attarder, je guette mon prochain point d'impact. La vague se déplace encore vite, donc je ne devrais pas attendre longtemps. Je parviens à repérer le haut d'une colonne dans ma trajectoire. Je la vise et me place sur le dos, les pieds en avant, prête à amortir le choc. Je suis étonnée de ne pas trop peiner à m'arrêter et saisis aussitôt le bord de la pierre avant que le courant m'emporte avec lui. Je me hisse sur la plateforme et reprends mon souffle, soulagée.

Mon corps tremble de froid certes, car l'eau est glaciale, mais surtout de peur. Sans l'adrénaline qui m'a donné l'énergie et le courage de lutter pour rester en vie je serais certainement morte noyée. J'écarte quelques mèches collées sur mon visage et m'empresse de regarder autour de moi. Ma vue est floue, car je n'ai pas réussi à fermer les yeux à temps quand je me suis fait emporter, mais je vois suffisamment pour me rendre compte qu'aucun Appelé ne se trouve dans les parages. *Ils sont tous morts ? Je dois trouver Sim.* Une nouvelle peur s'ajoute à celles qui m'habitent déjà : perdre Sim ou pire, le retrouver mort. Je frotte mes yeux, croyant que le problème vient de là mais cela ne change rien. Je ne vois que de l'eau. Partout, de l'eau. Pas une seule tête, pas même un corps. *Ce n'est pas possible.* Je vois au loin l'hologramme de sortie, sur une berge à plusieurs dizaines de mètres. Je trouve hautement improbable qu'ils soient déjà tous sortis, alors je ne comprends pas pourquoi je me retrouve seule.

Sors d'ici Laura ! Je réalise alors que je suis immobile sur une colonne en pierre au milieu d'un immense bassin et que le seul moyen de retrouver le *deck* est de le traverser. Je me dis que ce n'est pas en restant là que je retrouverai Sim et qu'il est bien plus vaillant et futé que moi. En parcourant l'étendue d'eau, je remarque que la vague a calmé sa course après ses nombreux aller-retours. L'eau reste toutefois agitée, mais je pense pouvoir nager sans problème. Je repère une colonne à quelques mètres et me dit que je pourrais toujours m'y accrocher si j'ai besoin d'une pause. Sans réfléchir davantage, je serre mon sac et l'attache à ma ceinture avant de plonger.

L'eau est glacée mais je n'ai pas le temps de m'en plaindre. Je lutte contre le courant encore puissant et avance en direction de l'hologramme. C'est finalement après à peine quelques minutes de nage que je ressens le besoin de sortir de l'eau. Mes mains tremblantes agrippent la pierre d'une colonne et je me rends compte qu'elles sont bleues. *Super, je vais mourir de froid.* Je me hisse sur le promontoire et n'y retrouve aucune chaleur, car l'air extérieur glisse sur ma peau mouillée en me gelant davantage. Je dois trouver une solution rapidement pour atteindre le *deck* et me réchauffer sinon je ne tiendrais pas longtemps. J'évalue la distance restante et en conclus qu'avec un peu de persévérance j'arriverai de l'autre côté sous peu. Je n'aurai qu'à faire une ou deux haltes et le tour sera joué.

- Allez, dis-je tout haut pour me donner du courage.

Je scrute le bassin à la recherche de Sim puis plonge. Un nouveau frisson me parcourt mais je le fais taire en gardant en tête mon objectif. En m'assurant de garder la tête hors de l'eau pour viser la prochaine colonne, je me laisse porter par les vagues puis nage vivement. Mes doigts agrippent la pierre et je reprends mon souffle. Si je sors de l'eau, je sais que j'aurai encore plus de mal à repartir. Je fais alors le choix de contourner la colonne. *Cette fichue plage est bien plus loin que ce que je croyais ! Je m'en suis à peine rapprochée.* Je prends quelques secondes pour reprendre mon souffle mais le bruit anormal d'un claquement sur l'eau me fait sursauter. Je me retourne aussitôt mais n'aperçois que les vagues. Je fronce les sourcils, sans comprendre ce qui a bien pu provoquer ce son et me propulse en avant, en direction de la prochaine colonne.

Mes vêtements gorgés d'eau me ralentissent et je ne suis vraiment pas à l'aise pour nager avec des chaussures. Si bien que j'ai l'impression de ne pas avancer quand le courant n'est pas avec moi. Je dois redoubler d'efforts pour atteindre la prochaine colonne. Quand je l'atteins, je remarque que je suis à bout de force et que si je continue à faire du stationnaire, je vais m'épuiser davantage. *Une petite pause,* me dis-je en agrippant la pierre pour me hisser sur le promontoire. Mais, alors que mon corps sort de l'eau, un nouveau bruit assourdissant me fait sursauter et je retombe dans le liquide bleuté. Cette fois-ci je m'inquiète. Le Kiuju m'a habitué à des *planes* remplies de choses terrifiantes alors il n'y a aucune raison que ce bruit ne soit pas l'une d'elles. *Raison de plus pour me hisser en hauteur et scruter l'horizon.* Je rejoins alors le haut de la colonne en essayant de ne pas trop paniquer à l'arrivée de cette nouvelle menace. Je me mets debout et pose une main sur mon front — en visière, pour observer le bassin. Rien. J'aimerais y apercevoir Sim, car je commence vraiment à m'inquiéter de ne voir aucun Appelé. Quant au claquement sur l'eau de tout à l'heure, je suis forcée d'admettre qu'il s'agit certainement de l'eau qui frappe contre les murailles, car rien d'autre ne semble produire ce bruit.

Je me retourne et regarde l'hologramme de sortie. J'aimerais pouvoir en lire le chiffre affiché mais mon regard flou n'y parvient pas. *Tant pis, au moins la porte est ouverte.* Une silhouette sur la berge attire soudainement mon attention, alors que je m'apprête à repartir à l'assaut des vagues. C'est un Appelé. Mon espoir remonte quand je comprends qu'il y a des survivants. Je suis curieuse de savoir comment il a rejoint la berge si vite, mais me réjouit à l'idée que Sim est peut-être tout simplement déjà sorti. Ce ne serait pas la première fois qu'il traverse avant moi.

Non sans quelques réticences, je plonge et continue mon périple. Lors de ma prochaine halte, je suis figée par la vue d'un Appelé à la surface de l'eau. Il est un peu plus loin sur ma gauche, immobile, comme un radeau sur l'eau. Il se laisse porter aux flots des vagues en s'approchant et s'éloignant de moi. *Il est mort*. Je détourne le regard. C'est certainement une victime de la première vague dont le corps, projeté comme un pantin, a heurté si violemment la muraille qu'il en est décédé. Je ne m'attarde pas et m'éloigne du cadavre à la nage. Je sors de nouveau de l'eau pour reprendre mon souffle mais décide de rester assise. La fatigue commence à se faire sentir et des démangeaisons s'emparent de mes yeux. Hâtivement, je me les frotte sans espérer une amélioration de ma vue mais plutôt pour faire disparaître la désagréable impression d'être grignotée de l'intérieur. Quand je les rouvre, mon regard s'arrête net sur la silhouette de la berge. Elle n'a pas bougé depuis tout à l'heure et il semble me fixer. Il s'agit certainement de mon adversaire de la Place des Combats. *Il ne manquait plus que ça ! Il veut m'achever avant de rejoindre le deck*. Je soupire intérieurement. Résolue à sortir d'ici, je me laisse glisser dans l'eau et reprends ma nage en espérant garder suffisamment de force pour lui donner la raclée qu'il mérite une fois sur la terre ferme. Mais, alors que je me rapproche de plus en plus de la sortie, je ne reconnais pas les traits de mon adversaire. Il n'est pas aussi grand ni aussi trapu. Cette carrure je la reconnais.

- Sim, échappé-je entre deux respirations.

Ma vue floue pourrait me tromper mais mon cœur en décide autrement. Sans même hésiter, je me hâte de le rejoindre. Si c'est une erreur, je serai nez à nez avec un homme qui désire ma mort. Sinon, je retrouverai enfin Sim. Je n'ai qu'une envie, le rejoindre. Je regrette les fois où je l'ai maudit de m'imposer tous ces entrainements. J'ai beau être devenue plus robuste, je ne peux me passer de sa protection, de son soutien. Je dois le savoir en bonne santé pour me savoir en sécurité. Ma survie dépend de lui depuis plus d'un mois maintenant. Je me sens tout de même honteuse en constatant que ma survie est le premier moteur qui me guide vers lui. Il pourrait être blessé, mais je ne pense qu'à son pouvoir de protection. Partout où je vais accompagnée par lui, les Appelés ne me dévisagent pas et n'osent avancer. Il a une capacité à faire taire ses opposants que je ne saurais cultiver moi-même.

Maintenant habituée au rythme des vagues, je progresse régulièrement vers la berge. Je ne fais plus de halte sur les colonnes. J'ai froid, je suis fatiguée, mais mon désir de me retrouver proche de Sim est plus puissant. Quand j'arrive à quelques mètres de la terre ferme, ses mots se portent jusqu'à moi :

- Laura !

Quel réconfort d'entendre sa voix et non celle de mon adversaire.

- Dépêche-toi ! crie-t-il.

Je voudrais lui hurler que je fais de mon mieux, mais je garde cet agacement pour moi. C'est en quelque sorte la forme d'amour que je cultive pour lui. S'il met mes nerfs à rude épreuve, c'est que c'est bien lui. Je glisse dans sa direction et suis rapidement soulagée d'atteindre la berge.

- J'aurais dû t'apprendre à nager aussi ! s'exclame Sim qui s'accroupit proche du bord en tendant un bras dans ma direction.

Je lève les yeux au ciel et attrape sa main qui me tire jusqu'au rebord. Je ne suis finalement pas la seule à toujours me plaindre.

- Comment as-tu fait pour traverser si vite ? demandé-je en saisissant la pierre.
- On discutera de ça plus tard, sors d'ici ! me hâte-t-il.

Je lève le regard et remarque que son visage est pâle. Je n'ai pas l'habitude de le voir dans cet état. *J'espère qu'il n'est pas blessé*, pensé-je en observant Sim guetter l'étendue bleutée du bassin.

J'agrippe le bord de la berge et essaie de m'y hisser. C'est plus haut que les colonnes alors je sens mes bras trembler quand j'essaie de sortir de l'eau.

- Plus vite, dit Sim qui m'agrippe par le sac pour m'aider à me soulever.

Son aide n'étant pas de refus après une nage épuisante, je m'appuie de nouveau contre le rebord et force pour émerger. Mais soudain, alors que mon corps commence à sortir du liquide froid, je sens quelque chose agripper mon pied. Je laisse échapper un cri de surprise avant d'être violemment tirée vers le bas. La force est si puissante que je ne peux y résister et mes bras lâchent le rebord. Sim, qui me tenait pas le sac, bascule en avant et nous plongeons tous deux, attirés sous l'eau.

En une seconde, je suis entrainée vers le fond et je comprends que Sim a lâché prise quand je ne ressens plus son emprise sur mon sac. Je suis alors seule, tirée au fond du bassin où la pression vient appuyer contre mes tympans dans une puissante douleur. L'attraction est si vive que je n'arrive pas à ouvrir les yeux et l'air commence déjà à me manquer. *Mais que se passe-t-il ?* Je suis complètement impuissante face à la situation. Je me rends compte que la force qui m'étreint la jambe est douloureuse, comme si quelque chose était planté dans ma chair. J'essaie de me redresser pour atteindre la blessure mais la force de l'eau est trop puissante et je crache mes dernières bulles d'air. *Je ne vais quand même pas mourir noyée !* Je réalise avec certitude que je suis la proie d'une nouvelle créature du Kiuju, mais que je n'ai aucune idée de laquelle et de comment lui échapper. Alors, noyée par le manque d'oxygène qui embrouille petit à petit mes pensées, je cède doucement à la bête dont la force est bien trop puissante.

Je glisse sous l'eau et apprécie, le temps d'un instant, le calme des profondeurs où le temps semble s'arrêter. S'il doit être mon dernier réconfort alors je l'accepte. Mais, alors que je me convaincs que je ne pourrais rien faire pour éviter la noyade, mon corps change d'orientation et je suis cette fois, tirée vers le haut. Mon corps s'élève avec rapidité puis je sens l'eau s'écarter de moi quand j'atteins la surface. D'instinct, mes poumons se gonflent d'air et mes yeux s'écarquillent. Et soudain, l'étreinte à mon pied lâche prise, projetant mon corps dans les airs.

C'est à peine croyable, je suis libre mais toujours impuissante. Le temps qui m'entoure est au ralenti et mes yeux qui balayent nerveusement l'horizon ne comprennent pas pourquoi le contour des murailles est devenu si petit. *Tu voles,* me glisse une voix imaginaire. Ce n'est que lorsque mon corps tournoie sur lui-même et que je me retrouve face vers le sol que je comprends, en effet, que je suis à plusieurs mètres au-dessus du bassin. Je n'ai même pas le temps de crier, que je retombe brusquement. Mon corps s'écrase contre le mur d'eau dans un terrible claquement et je me retrouve de nouveau noyée à l'intérieur. *Cette chose joue avec moi,* compris-je en reprenant possession de mes membres. Heureuse de ne pas être retombée sur une colonne — ce qui aurait signé ma mort — je remonte à la surface et reprends aussitôt mon souffle.

Les vagues sont redevenues violentes et je n'arrive pas à trouver la berge. *Je dois sortir de l'eau avant que la créature revienne.* Je trouve un promontooire, m'y précipite et me hisse sur la pierre rapidement. Une nouvelle dose d'adrénaline fait battre mon cœur à toute vitesse. Quand je pose mon pied à terre pour me mettre debout, je comprends aussitôt que j'ai été blessée. Je laisse échapper un gémissement mais m'interdit de m'asseoir. D'un œil agité, je finis par retrouver la berge et Sim qui me fait des signes. Lui a pu retrouver la terre ferme rapidement, alors que j'ai, moi, été emportée au loin. Il va donc falloir que je retraverse le bassin. Avec cette chose sous l'eau, je ne suis plus sûre d'avoir le même courage. Pourtant, le même froid m'assaille et je sais que je dois quitter la *plane* au plus vite.

Tu dois y aller, Laura ! J'ai beau me le répéter, je suis tétanisée, le regard figé sur l'étendue bleue. Finalement, je trouve la force de plonger et nage jusqu'à la seule colonne qui me sépare de la berge. Ma jambe me ralentit et je prie pour qu'elle n'attire pas la chose avec le sang qui s'en échappe.Quand j'atteins la colonne, je me force à ne pas m'arrêter. Pourtant un bruit sourd me force à sortir la tête de l'eau. Je me fige et guette tout autour de moi. Le bruit était tout proche, je suis en danger. Terrifiée, je fais marche arrière et me hisse sur la colonne que je sais moins loin que la berge pour m'y abriter. Je vois Sim qui s'agite au loin et fait des aller-retours en me criant dessus mais je suis trop préoccupée par le danger de ces eaux pour l'écouter.

En scrutant l'horizon, j'aperçois un Appelé. *Il y a d'autres survivants !* pensé-je vivement alors que je pensais que seul Sim et moi étions indemnes. Il secoue ses bras pour capter mon attention, mais aussitôt, il disparait sous l'eau et une forme se dirige vers moi. Je crois d'abord qu'il nage dans ma direction mais je comprends vite que l'ombre qui passe vers moi n'est pas humaine. Mon cœur rate un battement. *Le mutant.* Tétanisée, je regarde la masse foncée laisser derrière elle une forme arc-en-ciel qui vacille à la surface de l'eau. Mes mains qui tremblaient de froid se mettent à trembler de peur. Cette fois c'est certain, toutes les *planes* sont remplies de ces créatures. C'est pour cela que Sim était pâle, il avait dû voir la bête. *Je ne remets plus un orteil dans l'eau !* J'observe bouche bée la taille démesurée de la créature qui passe à seulement quelques mètres de mon promontoire. D'ici, je vois nettement les écailles colorées qui dessinent son squelette depuis sa tête jusqu'à sa queue. Elle doit mesure trois mètres, peut-être quatre ou même cinq ; à travers l'eau il est difficile de savoir. Son corps est élancé et glisse dans les vagues avec l'aisance d'une créature marine. Pourtant, à ce que je discerne sous la surface de l'eau, elle possède aussi les membres d'une créature terrestre. Avec cette tête en longueur et ses écailles rigides, cette créature me fait penser à un reptile. *Oh non*. La puissance de cette mâchoire aurait dû me broyer la cheville. Si ce n'était qu'un jeu, alors la prochaine morsure sera fatale.

Je m'assieds sur la colonne, maintenant tétanisée par l'idée même de retourner dans l'eau et soulage ma jambe blessée. Je vais mourir de froid, ou alors d'une hémorragie à la vue du filet rouge qui s'écoule jusqu'à l'eau. Mon pantalon n'est pas déchiré, du moins pas entièrement. Je ne vois donc pas la plaie et m'interdis de soulever le tissu. Je serais capable de tomber dans les pommes.

- Laura ! me parviens la voix de Sim. (Je lève les yeux vers lui) Qu'est-ce que tu fais ? Il faut sortir d'ici !

Il se demande certainement pourquoi je reste immobile au beau milieu d'une *plane*. La vérité c'est que je suis terrifiée. S'il a vu la bête de ses yeux alors il devrait comprendre que je ne veuille pas quitter mon promontoire.

- Je ne peux pas ! crié-je à mon tour. Il y a un mutant dans l'eau !
- Je vais faire diversion, continue-t-il en utilisant ses mains pour porter sa voix.

Comment ça diversion ? Je me relève sur un pied quand je le vois partir en courant vers une muraille. Il ôte son sac à dos et s'approche du bassin. *Il ne va quand même pas sauter à l'eau ?* Au lieu de cela, Sim saisit son sac par les anses et se penche par-dessus le rebord pour le faire claquer à la surface de l'eau. D'un nouveau geste, il recommence et génère une suite d'éclaboussures et d'ondes sur l'eau. Je comprends qu'il veut attirer la bête vers lui pour me laisser le champ libre. J'aurais dû comprendre que les vibrations et le mouvement de l'eau attirent la chose qui se promène sous l'eau. Je me réjouis à l'idée de pouvoir traverser sans me préoccuper de ce qui pourrait m'attirer vers les profondeurs mais je ne peux m'empêcher de penser que Sim risque d'être la nouvelle proie de la bête. Je n'ai pas le temps de formuler cette pensée que l'ombre aux reflets colorés passe à toute vitesse à quelques mètres de mon promontoire. Elle se dirige droit vers la diversion de Sim.

- Écarte-toi ! crié-je du plus fort que je peux.

Sim se recule et au même instant une mâchoire immense jaillit de l'eau. Mon cœur s'arrête quand la tête de la bête retombe sur la berge et dévore du regard Sim situé quelques mètres plus loin. Je distingue alors nettement ses écailles sombres et sa collerette épineuse, caractéristiques de tous les mutants que j'ai croisés ici. *Sa gueule est énorme !* me dis-je en observant le reptile essayer d'atteindre mon ami en faisant claquer sa mâchoire dans le vide.

- Plonge ! me hurle Sim qui s'est écroulé au sol pour sauver sa vie.

Je suis tétanisée et pourtant une volonté venue de nulle part me propulse dans l'eau. Je crois que tous ces jours d'entrainement à acquiescer aux moindres remarques de Sim m'ont appris à lui obéir sans réfléchir. Ce réflexe est certainement en train de me sauver la vie. Je glisse sur l'eau et nage à toute vitesse dans un ultime effort en direction de la berge. Je m'interdis de regarder en direction de la créature qui, je l'espère, est encore loin.

Quand j'atteins finalement la berge et me propulse vivement hors de l'eau, je sens une aide agripper mon sac et me jeter sur la pierre. C'est Sim. Il est trempé de la tête au pied comme moi et son regard est encore plus sombre que d'habitude. Je jette un coup d'œil vers l'endroit où la bête était sortie de l'eau mais n'aperçois qu'une flaque d'eau. Sans m'adresser la parole, Sim m'agrippe pour me mettre sur pied et commence à courir en direction de l'hologramme.

- Attends, dis-je alors que je n'arrive pas à le suivre et qu'une décharge me traverse à chaque fois que je pose mon pied.

Il revient alors et passe mon bras par-dessus son cou. Sa deuxième main saisit ma ceinture et, alors que je pensais qu'il allait m'aider à marcher, me soulève et me traine vers la sortie. Avant de passer le mur holographique, je me retourne pour voir une dernière fois le monstre à la surface de l'eau jouer avec le cadavre d'un Appelé.

CHAPITRE 18

Nous passons le mur holographique sans que je prenne l'initiative de lire le chiffre qui y trône. Je suis épuisée, blessée et effrayée. Je n'ai qu'une envie : m'allonger sur le sol, aussi froid qu'il soit, et reprendre mon souffle. La douleur qui assaille ma cheville n'est même pas si douloureuse tant le froid a raidi mes muscles. Je suis presque sûre qu'ils compriment à eux seuls la plaie.

Sans surprise, nous atteignons un nouveau *deck* fait de hautes murailles dont la hauteur ne m'interpelle plus. Le sol est fait de pierre grise, foncée par l'eau présente dans une suite de flaques qui s'éloignent le long du premier couloir. Certainement la trace laissée par les Appelés sortis avant nous. *Nous sommes plus de deux survivants.* Mais alors que Sim relâche sa prise à ma ceinture pour me laisser glisser sur le sol, je sens immédiatement que je ne serais pas aussi à l'aise dans ce *deck* que je ne l'étais dans le précédent. L'air est humide, presque mouillé. Naïve, je crois d'abord que les *mackers* viennent de passer la *douche* et qu'ils ont aspergé le sol et les murailles de leur substance liquide, mais non. Ceci est bien l'ambiance naturelle du *deck*. *C'est angoissant.* En plus de cette humidité qui nous entoure, les couloirs sont si étroits qu'on ne perçoit presque pas la lumière du soleil, pourtant encore haut dans le ciel. Il n'y a pas de neige, seulement des flaques d'eau au sol et de la mousse sur les murs.

Je m'assieds en laissant échapper un gémissement d'inconfort ou de soulagement. Sim s'accorde le même répit et nous observons, muets, la *plane* à travers la porte toujours ouverte. La bête a disparu sous l'eau et le bassin ne ressemble qu'à l'étendue vierge de la mer. Si je ne venais pas de la traverser au péril de ma vie, je pourrais croire que cette eau n'a rien de dangereux. Mon cœur se calme doucement à mesure que je reprends mon souffle et les soulèvements brusques de ma poitrine laissent place aux tremblements causés par le froid qui se fait davantage ressentir. J'agrippe ma queue de cheval et, d'un vif coup de main, en extrais l'eau coincée entre mes cheveux. Je remarque à peine les gouttes qui glissent dans mon cou. Je suis trempée.

- Vos rationnements lance le *macker* de fin de *plane* que je n'avais même pas remarqué.

Au lieu de venir nous les apporter, il nous fait signe de le rejoindre. J'aimerais lui hurler qu'il pourrait faire un effort après ce que nous venons d'endurer sous ses yeux de spectateur mais Sim prend l'initiative de se lever pour moi. Lui aussi trempé jusqu'aux os et tremblant de froid s'approche énergiquement du *macker* et lui arrache presque les deux sacs des mains.

- C'était quoi cette *plane* ? s'exclame-t-il furieux. (Il lève son regard vers les murailles) On va avoir des choses à se dire ! continue-t-il en pointant le ciel.

S'il espère communiquer avec les hauts dirigeants, il gaspille son énergie. Je le laisse à son défouloir et m'impose finalement de regarder l'état de ma cheville. Rien qu'un coup d'œil et je comprends que la bête a mordu sans retenue. Mon pantalon est déchiré et le sang qui s'échappe de ma plaie coule en grande quantité, jusqu'à colorer le sol. Je soulève délicatement un morceau de tissu presque arraché et suis forcée de constater que ce n'est pas beau à voir. *Merde !* Sans perdre de temps, j'ouvre l'une des poches de ma veste et en sors ma deuxième paire de chaussettes, que Tom avait glissée ici lors de mon premier jour dans le Kiuju. Elles sont gorgées d'eau mais je m'en fiche. D'un adroit coup de poignet, je les tords et les essore puis je les noue l'une avec l'autre. J'entoure ensuite ma plaie avec et serre un second nœud pour comprimer la blessure. La douleur qui était juste là supportable devient soudainement vive et remonte le long de ma jambe. Je serre les dents et gémis pour la contenir en tâchant de ne pas succomber à l'appel du malaise. *Existe-t-il une plane de laquelle je ne ressors par blessée ?* songé-je en faisant l'énumération de mes maux dans ma tête.

Sim me rejoint et me tend mon sac de rationnement marqué de mon matricule : *559 07*.

- Prends un sachet rouge, me lance-t-il en voyant ma plaie.
- Je n'en ai plus qu'un, dis-je la mâchoire tremblante. La douleur est supportable, alors je le garde.
- Ton visage dit le contraire. Allons nous mettre à l'abri.

Il me tend la main. Je comprends qu'il est temps de partir. Il a raison, nous devons nous réchauffer rapidement si nous ne voulons pas mourir frigorifiés et soigner ma plaie. À en croire son allure, Sim n'a pas l'air blessé. Je me demande d'ailleurs encore comment il a pu traverser la *plane* aussi rapidement. *Nous aurons l'occasion d'en discuter plus tard.* J'attrape sa main et fais basculer mon poids sur ma jambe valide pour qu'il me redresse. Ce n'est qu'en me retrouvant debout, la tête par-dessus l'épaule de Sim que je remarque qu'une menace nous guette, ajoutant donc une raison supplémentaire à notre départ. Deux Appelés appuyés contre une muraille nous toisent avec insistance. C'est lâche de leur part, mais ils sont là pour tirer profit des Appelés exténués par la *plane*. Malheureusement pour eux, je ne suis pas d'humeur à les laisser repousser le moment où je m'assiérai devant un feu.

Je noue mon sac de rationnement sur ma poitrine et attrape le bras de Sim qui m'aide à marcher. *Je me demande à quoi ressemble le deck*, songé-je en avançant en direction d'un virage serré qui nous masque l'envers du décor. À quelques mètres de celui-ci, les deux Appelés se détachent du mur et s'avancent vers nous. Sim, qui était déjà crispé par le froid qui l'assaille, devient encore plus raide. Je réfléchis à la réplique que je vais envoyer à ces deux hommes pour les faire déguerpir quand Sim lance son bras dans son dos pour en ramener sa machette.

- Qu'est-ce que tu fais ? demandé-je aussitôt.
- Je les dissuade, grince-t-il.

Et en effet, à la vue de son regard sombre et de son arme, les deux Appelés s'écartent et abandonnent leur entreprise. Je les regarde à peine quand nous les dépassons mais tends l'oreille au cas où ils décideraient de nous suivre. Quelques mètres plus loin, qui me semblent être des kilomètres tant la douleur remonte violemment le long de ma jambe à chaque pas, nous prenons le virage et je m'arrête prise de stupeur.

Mes yeux s'élèvent et je parcours d'un lent regard les contours de notre nouveau *deck*. Je m'étais habituée à la vie inconfortable et insalubre du Kiuju mais les choses sont encore pires ici. L'humidité est entrée jusque dans les moindres fissures des murailles et y a amené la vie. Les pans de mur sont couverts de mousse et de plantes grimpantes à la couleur terne. Elles paraissent toutes visqueuses et détrempées. La neige qui recouvrait le précédent *deck* est ici à l'état liquide et recouvre le sol de flaques d'eau sale. Mais au-delà de la végétation qui a pris possession des lieux, la configuration du *deck* me fait trembler davantage. Ce n'est qu'un immense couloir d'à peine cinq ou six mètres de large. Les hautes murailles qui l'entourent empêchent les rayons du soleil de pénétrer jusqu'à nous ce qui nous plonge dans une ambiance de fin de journée en plein milieu de l'après-midi. Je comprends alors la présence de l'humidité, de la mousse et des flaques. Ce qui vit ici est à moitié mort.

Sim ne me laisse pas apprécier l'étendue du malheur

qui nous attend et me traine à l'intérieur de ce terrible endroit. En avançant dans les ombres des murailles, nous ne trouvons aucune placette. Ce *deck* n'est qu'un long et rectiligne couloir qui ne semble pas se terminer. Il y a néanmoins quelques foyers de deux ou trois mètres carrés creusés dans les murs. Certains sont en hauteur, d'autres au sol. Je regarde l'un des rares Appelés d'ici assis sur un tapis de mousse dans l'un des foyers. *C'est ici que nous allons devoir nous installer ?* Je n'y vois aucune solution à notre hypothermie. Les quelques feux allumés peinent à crépiter et dégagent à peine assez de chaleur pour un homme frigorifié.

Quand je fais le point sur ma situation, je regrette sincèrement de m'être enfuie du Couloir des Unifiés. Là-bas, j'y étais en sécurité et au chaud. J'ai l'impression que notre séjour ici va paraître une éternité. Nous allons devoir nous remettre rapidement pour ne pas tomber dans le futur morne que présage cet endroit.

Sim et moi trainons la patte jusqu'au bout du couloir avant de nous arrêter face à un mur. Je suis étonnée d'y trouver une intersection. À gauche, l'unique place de ce *deck* : le Cœur, qui semble vide d'Appelés. À droite, un couloir qui mène au départ de la prochaine *plane* avec sa grande porte menaçante. *Encore une.*

Sans grande hésitation, nous nous tournons vers le Cœur où nous avons besoin de trouver du bois pour faire un feu et de quoi soigner ma plaie. Sim m'aide à avancer jusqu'aux *mackers* gardant l'entrée, qui nous observent. Nous sortons notre plaque. Sim, devant moi, passe sans problème. L'un des *mackers* lui fait même une tape sur l'épaule en le félicitant d'être en vie. Je n'ai pas le droit au même accueil et suis directement interdite d'entrée. Je prends une longue inspiration pour garder mon calme. *Cette histoire commence à m'agacer.*

- Il y a prescription maintenant non ? demandé-je les dents

serrées. Comment suis-je sensée survivre si je n'ai pas accès à cet endroit !

- Ça, c'est pas notre problème, répond l'un des *mackers*.

D'instinct, une colère monte en moi et je pose ma main sur le manche de mon couteau. Que l'explosion du Cœur ait voyagé dans tout le Kiuju je m'en moque, mais que mes chances de survies soient réduites à cause d'idiots, ça je ne le permettrai pas.

- J'ai failli perdre ma jambe et ma vie en traversant une de vos *planes* de merde alors vous allez en faire votre problème ! (Je m'avance et dévisage le *macker*) Je n'ai pas l'intention de me laisser crever de froid en restant ici donc je vais entrer, que vous m'en donniez le droit ou non !

Le *macker*, qui ne doit pas recevoir des insultes pour la première fois garde son sang-froid.

- Et comment comptes-tu passer au juste ? me lance-t-il en caressant son fusil posé sur son torse.

Je suis prise entre l'envie de lui sauter à la gorge quitte à y passer ou à hurler d'impuissance. Ne voit-il pas que je suis exténuée et que je ne demande qu'à m'occuper de ma santé ? J'opte pour la deuxième option quand Sim s'approche de moi et me fait signe de me calmer.

- Garde tes forces pour te battre avec quelqu'un d'autre, me marmonne-t-il. Pas besoin d'être deux, je fais vite, déclare-t-il en repartant en direction du Cœur.
- Dépêche-toi alors parce que je gèle !
- C'est vrai que moi je meurs de chaud, lance-t-il en me dévisageant.
- Moi je me vide de mon sang ! crié-je avant de me retourner vers la première muraille que j'aperçois.

Je suis irritée à tel point que je pourrais insulter n'importe qui. Le froid me rend agressive et la douleur intolérante. Je sais pourtant que je dois faire preuve de sagesse et de patience pour m'en sortir ici. Mais cette *plane* éprouvante et ce *deck* moisi étaient imprévus au planning. Je m'appuie contre le mur recouvert de mousse épaisse et humide et me laisse glisser au sol. *De toute façon, je suis trempée,* songé-je en atterrissant dans une flaque d'eau trouble. Je voudrais retenir les tremblements qui m'assaillent mais je n'en ai pas la force. Je tourne la tête en direction du Cœur et observe Sim entrer sous la grande tente qui y trône. Je l'envie terriblement. Par expérience, je sais que le lieu est chauffé et que j'aurais pu y trouver un peu de réconfort. Au lieu de cela, je dois attendre dans ce couloir glacial à lutter contre les visions qui me traversent en regardant la place. J'y revois les corps d'Appelés tués par l'explosion puis l'assaut des *mackers*. Tout n'était que chaos et tristesse. Dans ce *deck*, tout est silence et froid. Nous n'avons croisé qu'une poignée d'Appelés en marchant jusqu'ici. Je me demande alors si c'est parce que la *plane* du bassin fût très meurtrière ou si la prochaine demande beaucoup de participants. D'ici je ne parviens pas à lire l'hologramme sur la grande porte.

Forcée de constater que je suis blessée et seule, j'espère que personne ne va venir me voir. Mes ravisseurs auraient peu de mal à me voler ou à me faire du mal. Je sais aussi que les *mackers* n'interviendraient pas en ma faveur. Je dois me faire une raison, je n'ai pas beaucoup d'amis ici. Me vient alors le visage de Gabin. Je l'ai abandonné sans même lui dire au revoir. Nous n'avions pas pris le même rythme ces dernières semaines et j'avais changé dans son regard mais il m'était toujours d'un grand réconfort. Je pose ma main sur mes yeux pour couvrir ma honte et retenir les larmes qui trahissent ma fatigue. *Tu as encore tout foiré, Laura !* Je me force à rester forte et décide de garder mon énergie pour la surveillance du *deck*. Je ne connais pas ses habitants, je ne sais pas s'il y a souvent des vols ou des agressions ici. Je ne sais pas non plus si elles sont punies comme dans les précédents *deck*s. Je dois alors protéger mes arrières. Cela me permet aussi de me concentrer sur autre chose que le froid et la douleur qui occupent mon esprit.

Après quelques minutes passées dans le silence, je commence à m'impatienter. *Qu'est-ce qu'il fabrique ?* pensé-je en commençant à haïr Sim qui tarde à revenir. *S'il prend son temps pour profiter de la chaleur du Cœur, il va m'entendre.* Mais à ce même moment, la toile de la grande tente vacille et son visage m'apparait.

- Enfin, soufflé-je en prenant appui contre le mur pour me relever.

Sim sort du Cœur et me rejoint en trottinant. Je reconnais sous son bras un petit fagot de bois qui, je l'espère, suffira à faire bon feu. Il franchit le barrage des *mackers* le temps que je me hisse sur ma jambe valide et me rejoint rapidement.

- Tu as de quoi soigner ma blessure ? demandé-je en hâte.

Il acquiesce l'air de dire : *Tu me prends pour qui ?* puis il m'attrape par le bras.

- Éloignons-nous le plus loin possible d'ici, dis-je en désignant d'un large mouvement l'opposé du *deck*. Je ne veux pas qu'on me traine dans une nouvelle *plane* cette nuit. Dans l'idéal quelque part où il y a moins de mousse, finis-je en grimaçant.
- Une autre exigence peut-être ? grogne Sim. Fenêtre avec vue sur mer ?
- Si c'est proposé si gentiment, réponds-je en lui rendant son grognement.

Mon camarade m'attire vivement vers lui pour me faire taire et commence à marcher. La douleur que me provoque la première foulée me coupe l'envie de riposter et je me contente d'avancer efficacement.

Nous trouvons un foyer en assez bon état où la mousse a déserté la pierre. Un Appelé était peut-être ici avant nous et a fait le ménage. Le foyer est creusé dans la muraille à un mètre au-dessus du sol.

- La hauteur nous gardera de l'humidité et du froid du sol, me précise Sim en arrachant les quelques plantes grimpantes qui gênent notre installation.

Une fois que nous avons nettoyé au mieux notre futur refuge, Sim m'aide à grimper et je me coince dans un angle pour m'y asseoir. Je retire mon sac en gémissant et récupère celui de mon ami. Pendant que j'essaie de garder les rationnements hors de l'humidité, Sim rassemble les branches qu'il a ramenées et allume un feu avec l'une de ses allumettes. *Comme quoi fumer peut sauver la vie*. À la vue de la première flamme, j'échappe un petit bruit d'excitation. Ma survie et mon confort dépendent de ce feu. Alors, dès que la chaleur commence à se faire sentir, je ne peux résister à leur attraction et approche mes mains tremblantes. Sim fait de même l'espace d'une petite minute puis me rejoint dans le foyer. Il décale nos sacs et s'assied près de moi.

- Il faut qu'on s'occupe de ta jambe, déclare-t-il en la pointant du doigt.

Trop aspirée par la chaleur des flammes, j'en avais oublié ma blessure. Je me tourne alors un peu et lui tends ma cheville qu'il prend délicatement pour la poser sur sa cuisse.

- Ça n'a pas l'air joli, dit-il en détachant le garrot que j'avais improvisé avec mes chaussettes de rechange.

Je n'oserais pas si bien dire. Sim remonte doucement le bas de mon pantalon nous laissant alors découvrir les dégâts. Plusieurs entailles autour de ma cheville semblent assez profondes. J'ai l'impression que ma chaussure a su protéger mon pied et mon articulation grâce à son épaisseur. Les lacets sont à moitié sectionnés et le cuir est déchiré à plusieurs endroits.

- Merci la chaussure, marmonne Sim en défaisant les lacets restants.

Il tire sur ma botte et la retire d'un coup sec. Je dois me mordre la lèvre pour ne pas crier. Mais ce n'est rien comparé à la douleur qui remonte par décharge quand il retire ma chaussette.

- Tu ne veux toujours pas prendre le sachet rouge ? me lance Sim. On n'a pas encore commencé à recoudre.

Je comprends par son regard que sa proposition est fortement recommandée. Sans réfléchir davantage, je cherche ma bourse à ma ceinture et saisis le sachet que je vide dans ma bouche.

- Attendons que ça fasse effet avant de commencer, demandé-je en serrant les dents.

Je sais que je viens d'utiliser mon dernier antidouleur ce qui me condamne à souffrir jusqu'à ce qu'on sorte de cet endroit. Alors que je pose ma tête contre la muraille le temps de souffler un instant, je me repasse toutes les étapes que j'ai affrontées. Si je compte bien, j'ai traversé déjà 4 *planes* toutes infestées de créatures mutantes assoiffées de sang. *À part la première. Était-elle un moyen de nous mettre dans le bain ?*

- Sim, commencé-je le regard perdu sur la cime des murailles. Penses-tu qu'il y ait une fin à cet enfer ?
- Je pense qu'ils n'ont pas de raison de nous enfermer ici à vie, répond-il en s'allumant une cigarette. Ça leur coûte des vivres et des hommes. Tous ces *mackers* ne travaillent pas gratuitement.

Sa remarque m'interpelle.

- C'est vrai ça, marmonné-je. Qui sont ces gens ? Viennent-ils de Torn ?

Sim hausse les épaules. Comment aurait-il la réponse après tout ? Un système comme le Kiuju doit demander des ressources colossales pour son fonctionnement. Cela signifie que des personnes sont consentantes à nous faire subir cette épreuve interminable. *Les Possédants.* Puis, je me souviens qu'eux aussi sont appelés. *Qui sont alors les hauts dirigeants et leurs sbires ?*

- Et à quoi ça sert ? continué-je à voix haute. Est-ce que nous sommes une sorte de divertissement pour eux ? Ils nous regarderaient pour assouvir leurs pulsions sanglantes. Comme une arène de combats de chiens ?
- Laura, je n'ai pas la réponse à tout ça. Je pense qu'il faut se contenter d'avancer sans trop se poser de questions. Parce que de toute façon nous n'y pouvons rien.
- Mais nous ne savons même pas vers quoi nous avançons.

C'est peut-être encore pire après.
Sim hausse un sourcil en me regardant.

- Je vois mal ce qui pourrait être pire, lance-t-il.
- Les Glorieux n'ont rien de glorieux. Ils ont perdu toute envie de vivre. Ce sont des fantômes. Puisque nous n'en sommes pas encore à ce stade, je suppose que la suite doit être horrible.
- Ça, c'est juste des conneries de classe ! Personne n'a jamais affirmé qu'ils étaient les victorieux du Kiuju. Leur plaque est marquée d'un G oui, mais il n'y a écrit nulle part que ça signifie : Glorieux.

Sim a peut-être raison. La fin n'est peut-être pas à Torn, en tant que Glorieux. Si c'est le cas alors nous ne rentrerons jamais chez nous. Je ne reverrai plus jamais ma famille et je ne saurai pas si elle va bien. Sim a fui la sienne mais moi je meurs d'envie de la retrouver. Je voudrais savoir si mon père est soigné, si ma mère a pu travailler assez pour chauffer la maison, si mon frère regrette qu'on se soit disputé et si ma grand-mère tient le choc. Je voudrais pouvoir leur envoyer une lettre pour leur dire que je suis en vie et que j'ai trouvé des compagnons de voyage. Je ne leur parlerais pas des horreurs que j'affronte ni de la faim et du froid qui menacent de prendre ma vie un jour. J'omettrais les combats au sang que j'ai menés et les créatures qui ont voulu attenter à ma vie. Je leur parlerais peut-être de Tom Martins, l'homme à qui je dois la vie et de Sim à qui je la dois encore plus. Je signerais de ma plus belle écriture en essayant de taire les tremblements qui ne quittent pas mes mains. Ils ne sauraient alors rien de la peur et de la tristesse que je ressens chaque jour. Je ne leur offrirais que l'espoir et le réconfort de me savoir en vie.

- Bon, on va s'y mettre parce que j'aimerais me réchauffer vite, reprend Sim qui jette son mégot dans les flammes de notre petit feu.

J'acquiesce, l'antidouleur a commencé à faire effet. Il sort alors de son sac trempé une petite boite en métal. Il l'ouvre et je découvre un kit de secours sec. J'en déduis qu'il vient du Cœur. Sim saisit une aiguille dont il brûle l'extrémité puis y passe du fil. Il prend ensuite une fiole d'alcool et se nettoie les mains avec. Puis sans prévenir, il fait couler un peu d'alcool sur ma plaie. Je comprends que l'antidouleur n'a pas encore totalement fait effet quand une puissante décharge s'empare de mon corps. Je tire ma manche et la prends entre mes dents. Sim ne s'arrête pas pour autant et attrape l'aiguille pour commencer à recoudre ma chair déchirée. Des gémissements de douleur sortent d'entre mes dents toujours serrées et mes membres se mettent à trembler. Je dirais plutôt que ce sont des spasmes, comme si je voulais évacuer la douleur ou m'enfuir en courant. Sim s'applique à faire de jolis petits nœuds. Je ferme les yeux. Je crois que je vais m'évanouir.

- Voilà, dit Sim alors que j'étais perdue dans l'afflux de sensations fortes.
- C'est fini ? demandé-je sans desserrer la mâchoire.
- Oui.

J'entends Sim brasser et ranger la boite en métal dans son sac. J'ose alors ouvrir les yeux et relâcher ma manche. Mon corps se détend d'un seul coup et un frisson me parcourt vivement le dos. J'essuie du revers de ma main la sueur de mon front en regardant mon camarade entourer ma cheville avec une bande en tissu sec.

- On va surveiller de près que ça ne s'infecte pas. Tu prendras un sachet vert pour qu'on soit sûr. Mais pas maintenant, on va éviter de mélanger les substances, finit-il en faisant allusion au sachet rouge que j'ai avalé il y a peu.

Je hoche la tête, encore sonnée par la douleur et observe Sim se lever en déposant ma jambe sur le sol. Il retire aussitôt sa veste trempée et saute hors du foyer en évitant le petit feu. Il essore alors son vêtement qui se vide de plusieurs litres d'eau. Sim lance sa veste dans le foyer puis retire son sous-pull et son t-shirt.

- Qu'est-ce que tu fais ? lui lancé-je. Il fait super froid, tu vas tomber malade.
- Au contraire, répond-il en essorant ses vêtements un à un. En restant trempé, on favorise l'hypothermie. Notre corps peut se sécher tout seul mais pas avec ça sur le dos. (Je grimace) Passe-moi ta veste, me lance-t-il.

J'hésite mais son regard insistant ne me laisse pas le choix. Je me détache alors du mur et retire mon manteau à contrecœur.

- Le reste aussi, continue-t-il vivement.
- Le pantalon aussi ? grogné-je.
- Oui, tout, dit-il en retirant le sien.
- Super, soupiré-je. On a qu'à dire à tous les Appelés de venir mater aussi.
- Comme si on en avait quelque chose à faire. (Sim saisit mon juste au corps que je lui lance) À ce stade, c'est une question de survie.

Parle pour toi, songé-je en me souvenant des regards déplacés que j'ai reçus de nombreux Appelés. Je me tortille et retire non sans difficulté mon pantalon en essayant d'éviter ma cheville. Je me retrouve alors presque nue sur une surface en pierre glaciale. Étrangement, je n'ai pas plus froid qu'avant. Le foyer, creusé dans la muraille nous protège du courant d'air dans le couloir du *deck*. Je me rapproche instinctivement du feu et me mets en boule, sur une jambe, en essayant de contenir mes tremblements.

- Et maintenant ? demandé-je alors que Sim a retiré l'eau de tous nos vêtements. On peut les remettre ?
- Non, il faut qu'ils sèchent.

Ça va prendre des heures ! me retiens-je de dire. Au lieu de cela, j'observe Sim placer un à un nos vêtements sur des morceaux de bois à la verticale. Je suppose que c'est un étendage de fortune. Puis, il cherche dans nos sacs à dos nos couvertures et les déplie. *Elles sont trempées aussi.* Il les essore puis, en tend une au-dessus du foyer. Il coince méticuleusement les coins dans des fissures de la muraille avec de petits morceaux de bois. L'abri s'écroulera à la première averse mais elle contiendra la chaleur créée par le feu. Finalement, Sim termine son bricolage et va s'asseoir dans un angle du foyer. Ce n'est qu'alors que je remarque les marques sur son torse nu. Sim est un homme trapu mais malgré sa couche épaisse de muscles je distingue un corps maigre. Sim ne mange sûrement pas assez pour sa carrure. Mais ce n'est pas ça qui m'interpelle. Ce sont ces marques sur sa poitrine et son épaule gauche. On dirait la cicatrice d'une longue plaie faite à l'arme blanche. Comme une signature. *Les Signeurs !* Je peine à le croire. Sim aurait été victime de ce groupe d'individus. Il fouille dans son sac mais je ne peux m'empêcher de l'imaginer au sol, un Appelé au-dessus de lui, lui tranchant la poitrine. *C'est impossible*.

- J'ai pris une couverture sèche au Cœur.

Mes yeux s'illuminent alors qu'il passe le tissu autour de lui.

- Viens par là, me dit-il en tendant une main vers moi.

Je fronce les sourcils quand je comprends qu'il m'invite contre lui.

- Je n'ai aucune arrière-pensée, dit-il en me voyant hésiter. On va juste faire du peau à peau pour se réchauffer.

Un courant d'air vient jusqu'à moi et le tremblement qui parcourt mon dos m'aide à accepter. Je m'approche alors de Sim et il m'accueille entre ses jambes avant de refermer ses bras autour de moi en me tirant contre son torse.

- Tu es gelée, constate-t-il en un frisson que je sens parcourir sa peau. Moi qui pensais qu'on allait se réchauffer l'un l'autre.
- Désolée.

Il rajuste la couverture qui nous entoure et crée de cette manière une bulle à la fois moite et chaude. Sa peau encore humidifiée est brûlante et malgré une retenue que je m'impose, je m'appuie un peu plus chaque seconde contre lui pour en profiter. Étonnamment, il ne bouge pas. Pas même quand je finis par poser ma tête sur sa poitrine. Je suis épuisée et je sens que lui aussi. Il se laisse reposer pleinement contre la muraille, accompagnant son repos d'une lente et forte respiration.

- J'ai besoin de fermer l'œil une seconde. Tu peux surveiller nos affaires ?
- Oui, réponds-je cherchant du regard nos armes.
- Merci, marmonne-t-il faiblement alors que son sommeil l'emporte déjà.

En quelques secondes à peine, il s'endort, me laissant pour seule garante de notre survie. *Il me fait confiance,* songé-je en repensant à la fois où il m'avait avoué l'inverse. Toutes ces heures à m'abîmer les mains, à souffrir et à combattre auront servi au moins à ça. Je me demande s'il m'en veut d'avoir soudainement migré. Moi, je m'en veux. Je nous ai séparés de la sécurité du Couloir des Unifiés et de nos amis. Je l'ai séparé de Juq. Et pourtant il ne me l'a toujours pas reproché. Il n'a encore rien dit à propos de mon coup de sang. Pas même quand il m'a rejoint dans la *plane*. Il s'est contenté d'un haussement d'épaules.

J'ai envie de pleurer. Parce que je ne me sens pas capable de nous sauver tous les deux si un Appelé surgissait devant le foyer, mais aussi parce que je voudrais être avec Gabin. Je dois me rendre à l'évidence, aujourd'hui j'ai provoqué le début d'une migration en cascade. Ce *deck* n'est pas habitable. D'ici quelques jours ou semaines, nous serons à bout de vivres et notre moral sera altéré par l'ambiance humide et sombre de cet endroit. Nous devrons migrer, nous éloignant un peu plus de Gabin et Juq. S'enchainera ensuite une quête du *deck* habitable. Étape à laquelle nous pourrons attendre nos camarades et nous reposer. Si ce *deck* n'arrive jamais, alors nous devrons continuer à deux et dire adieu au confort d'une aventure à plusieurs. Mon entrainement me prouvera si j'ai ma place ou non dans l'hostilité du Kiuju et, je l'espère, me mènera jusqu'à sa sortie.

CHAPITRE 19

Pendant que Sim se repose et que je médite sur mes actes, le soleil se couche et bientôt l'étroit *deck* est plongé dans la pénombre. *Il va faire encore plus froid.* Je suis contente d'avoir retrouvé une température corporelle proche de la normale et d'avoir cessé de trembler. À en croire les gouttes qui dégoulinent encore sur le sol, nos vêtements ne seront pas secs de si tôt et je vais devoir rester contre Sim encore un moment. C'est loin de me déplaire. Il est aussi chaud que le feu face à moi et sa présence me rassure.

De temps en temps, je lève la tête et regarde Sim dormir. *Il est plutôt beau quand il n'a pas les sourcils froncés,* songé-je en l'observant, apaisé, dans son sommeil. J'ai envie de caresser sa barbe qui a pris quelques millimètres ces derniers jours. En poussant, elle masque l'angle de sa mâchoire et le rend moins sévère. *Pourquoi quelqu'un comme lui s'occupe de moi ?* Je sais que s'il le désirait, il pourrait continuer seul. Je voudrais savoir pourquoi il était si troublé de me voir partir et pourquoi il a décidé de me suivre jusqu'ici alors que le Couloir des Unifiés lui offrait un tel confort.

- Pourquoi suis-je spéciale à tes yeux ? murmuré-je.

Je n'aurais pas le courage de lui demander face à face. Je repose ma tête sur son torse et mes yeux rencontrent sa cicatrice. *Qui peut faire une chose pareille ?* Je pose mon doigt sur la petite boursoufflure et, doucement, le fais glisser jusqu'à son épaule.

Sim remue et se réveille au même moment. Il déglutit et tourne sa tête vers moi. Je le regarde de mon air le plus innocent. *Oups.*
- Qu'est-ce que tu fais ?
- C'est un Signeur qui t'a fait ça ? demandé-je avant qu'il me reproche de l'avoir tiré de son sommeil.
- Ça ne te regarde pas.

J'ouvre la bouche pour répliquer mais je suis interrompue par un puissant cri. Je fais un bon et Sim sursaute en posant d'instinct sa main sur sa machette qu'il avait volontairement disposée près de lui. Ce n'est qu'après coup que nous nous rendons compte que ce n'est qu'un cri d'agonie. Un Appelé du *deck* nous partage son malheur et sa douleur. Le cri reprend et est suivi par de longues secondes de gémissement. Je peux ressentir toute la souffrance de cette personne. Il n'est pas blessé physiquement, il est détruit de l'intérieur. Sim repose son arme et un frisson me parcourt le dos. *Est-ce que je vais finir comme ça moi aussi ?* songé-je en comprenant que cet Appelé ne supporte tout simplement plus l'isolement et les conditions de vie qui nous sont imposées. Quelques secondes plus tard, nous entendons d'autres hommes crier et chahuter avant que les gémissements cessent.
- Les *mackers* l'ont fait taire, en conclut Sim qui attrape un de nos sacs de rationnement.

Nous mangeons silencieusement un morceau de pain accompagné d'un talon de jambon. Exceptionnellement, le rationnement contient un fruit que nous nous partageons. *C'est leur manière de lutter contre le Scorbut.* Après avoir constaté que nous n'avions pas de carte métallique qui nous donnerait un indice sur la prochaine *plane*, nous rangeons nos sacs et préparons le foyer pour la nuit. Le matériel est rassemblé près de nous, quitte à mettre les vêtements en boule, pour qu'il soit plus facile de les surveiller.

Quand le soleil se couche pour de bon et que nous nous

retrouvons plongés dans le noir, je retrouve l'angoisse qui me prenait les tripes avant de partager les tentes des Unifiés. Je me sens à la merci de tous et sans lumière, j'ai l'impression que le danger est partout. Nous remettons du bois dans le feu et nous replaçons dans un coin du foyer pour dormir.

Sim décide de prendre le premier tour de garde mais je n'arrive pas à trouver le sommeil malgré ma fatigue. Je divague entre moments d'absence et sursauts, croyant que je suis menacée. À chaque fois, Sim me regarde bizarrement l'air de dire : *Qu'est ce que tu fabriques ?* Puis je referme les yeux en espérant me reposer. Le *deck* est extrêmement silencieux, même trop. Si bien qu'après plusieurs heures, un Appelé tourmenté, que je suspecte d'être le même que tout à l'heure, se met à hurler et fait trembler les murailles. Il me vaut un sursaut terrible et une accélération de mon rythme cardiaque qui durera pendant plusieurs dizaines de minutes. Sim, constatant qu'après même plusieurs heures je ne trouve pas le sommeil me propose d'échanger. J'accepte, bien consciente qu'il perd de son temps à surveiller les alentours alors qu'il pourrait dormir. Lui n'a aucun mal à fermer l'œil et l'angoisse qui m'habitait devient plus forte. Je choisis même de garder mon couteau dans ma main, juste au cas où.

La nuit passe sans que je réveille Sim pour qu'il prenne son tour de garde. Je m'occupe de garder le feu vivant et lutte contre mon angoisse. Ces longues heures sont rythmées par des gémissements et des cris d'Appelés que je ne vois pas. *Ce deck est hanté.* Mais je crois plutôt que toute cette douleur et ces maux étaient cachés par la cohue des Appelés dans les autres *decks*, m'empêchant alors de les entendre.

Je suis tellement apaisée par le lever du jour et des quelques rayons de lumière qui percent qu'à la minute où Sim ouvre les yeux, je sombre à mon tour. La sieste n'est que de courte durée, quand des images d'horreur me tirent de mon sommeil. Je suis surprise de voir Sim accroupi auprès du feu, son juste au corps et son pantalon sur lui.

- Le reste est encore mouillé, précise-t-il en me passant les vêtements que je peux remettre.

Ce n'est que bien plus tard dans la journée que nous pouvons nous habiller correctement et retrouver un semblant de confort. Nos vestes, plutôt épaisses, ne sont toujours pas sèches et nos chaussures restent humides. Nous choisissons alors de passer la journée à ne rien faire et en profitons pour nous reposer.

C'est l'une des rares fois où nous débriefons vraiment d'une *plane*. Je demande à Sim comment il a pu la traverser si vite et il m'affirme que le courant était en sa faveur. Puis, pourquoi il est resté si longtemps à m'attendre alors qu'il aurait pu quitter les lieux.

- Il n'y avait aucun Appelé à l'horizon, je ne risquais pas de perdre ma place, affirme-t-il. Alors, autant t'aider.

Ces brèves explications ne me satisfont guère et pourtant j'ai l'impression qu'il est honnête. Lui me demande de lui raconter avec précision ma migration, ce que je fais en essayant d'effacer l'image du corps d'un malheureux mort à la surface de l'eau de mon esprit.

Nous ne parlons pas beaucoup plus car je profite de la journée pour dormir — trop effrayée pour le faire la nuit.

Quand la nuit tombe à nouveau, nous nous enroulons dans nos couvertures sèches et nous collons l'un à l'autre. J'aime ce moment où je me retrouve plus proche de Sim et de sa protection mais je déteste que ce soit quand nous sommes entourés par l'obscurité.

***

Les jours qui suivent se ressemblent tous. Je dors si mal la nuit que je préfère monter la garde. Quand le jour se lève, je dors quelques heures puis Sim s'en va en direction du Cœur. Je n'aime pas qu'on soit séparés. Étrangement, j'ai aussi peur qu'il tombe sur quelqu'un de malfaisant que d'être agressée. Souvent, je m'assois au bord du foyer et observe les quelques Appelés du *deck*. Près de nous, un groupe de trois hommes a pris place. Ils me regardent souvent l'air surpris de voir ici. Quand Sim rentre, ils le font avec encore plus d'insistance. Je me demande s'ils envient notre duo ou s'ils s'imaginent que nous formons un couple. Cette pensée m'échappe toujours un sourire. Un peu plus loin, un homme s'est installé seul. Je pense que c'est lui qui crie toutes les nuits. Je vois bien à son visage qu'il est épuisé. Pour trouver d'autres groupes sédentaires, il faut s'approcher du Cœur. Je les distingue vaguement de là où je suis. Ce sont des Appelés encore forts qui planifient leur migration. Il y a aussi les rôdeurs qui traversent le *deck* toute la journée. Je ne les apprécie pas. Leur regard fouille dans nos affaires dans l'espoir de pouvoir y dérober quelque chose. Quand ils passent près du foyer, je prends soin de les renvoyer fermement. Ils ne m'écoutent pas tellement quand je suis seule, mais quand Sim est là, ils déguerpissent à toute vitesse.

En fin de matinée, Sim revient et m'apporte les nouvelles qu'il a récupérées au Cœur : les *mackers* qui évacuent le corps d'un mort, des combats non autorisés ou autres. Mais bien souvent, il n'y a rien à raconter. Une habitude qu'il n'a pas perdu du Couloir des Unifiés est de revenir avec un paquet de cigarettes neuves. Il s'assoit au bord du foyer et s'en allume une aussitôt. J'ai essayé plusieurs fois de lui demander comment il arrivait à s'en procurer gratuitement au Cœur — puisque de manière évidente nous n'avons rien à offrir en échange — mais il ne m'a jamais vraiment répondu. Selon lui, on peut vendre des informations pour n'importe quoi, mêmes quand elles sont en réalité un tissu de mensonge. Une fois sa cigarette consumée,

Sim soigne ma jambe et change le pansement. Ensuite, nous mangeons. C'est à ce moment que nous discutons le plus. Je lui demande ce que nous allons faire.

- Est-ce que nous ferions mieux d'attendre les autres ou bien de migrer sans eux ?
- Gabin n'est pas en état de traverser une *plane* avec sa blessure et il n'a aucune chance si Juq ne le forme pas un peu à la survie, m'explique Sim. Ils seront là dans plusieurs semaines. Nous n'avons pas tout ce temps.

Nous décidons alors de migrer en direction d'un meilleur *deck* pour les attendre plus confortablement.

Une autre fois, je lui demande s'il m'en veut de l'avoir séparé de Juq.

- Ça me fait de la peine mais nous serions passés par là dans tous les cas. Tu as rendu la tâche plus simple en me forçant à te suivre.
- Tu aurais pu me laisser partir seule.
- Non.

Comme toujours, je ne récolte pas grand-chose des intentions et émotions de Sim. Alors pour être sûre de continuer la conversation et de nous garder du silence, je lui demande comment nous allons récupérer des informations sur la *plane*. Il devient tout de suite plus bavard et m'explique tous les stratagèmes qu'il espère mettre en place. Il m'apprend à prendre soin de mon couteau avec la pierre à affûter de ma ceinture mais aussi à rallumer le feu et à le garder vif. C'est dans ces moments que je comprends qu'il veut me léguer tout son savoir pour m'élever à son niveau. Je le regarde, s'appliquer avec patience à me montrer tous les gestes que je n'arrive pas à reproduire, encore et encore. *Qu'est-ce que je serais sans lui ?*

***

Une nuit, alors que Sim est endormi et que je veille auprès du feu, les cris d'agonie de l'Appelé se mettent à résonner dans le *deck*. Cette fois, plutôt que de l'écouter silencieusement en attendant qu'un autre aille le faire taire, je décide de me lever et d'aller à sa rencontre. Étrangement, je laisse mon couteau à Sim et prends sa machette que je considère plus efficace pour me défendre. Je ne pars qu'une petite minute. *Je vais voir et je reviens aussitôt, il ne lui arrivera rien,* songé-je en regardant mon ami endormi. Silencieusement, je quitte le foyer en prenant soin de vérifier qu'il n'y ait aucun rôdeur qui profiterait de ce moment pour aller voler nos vivres et je m'éloigne en direction des cris. Ma cheville a déjà bien cicatrisé alors je n'ai plus mal quand je marche. Je ressens seulement une certaine raideur au niveau de ma peau, sur laquelle j'essaie de ne pas trop forcer par peur de faire sauter les points de suture.

Le couloir, plongé dans la pénombre, m'empêche de voir l'Appelé tout de suite et ce n'est qu'après quelques mètres que je le vois allongé sur le sol, torturé par son sommeil. *Il dort,* songé-je surprise de ne pas le retrouver les yeux grands ouverts à hurler face au noir qui l'entoure. Malgré l'atmosphère humide et effrayante du *deck*, mêlée aux cris de l'homme, je n'ai pas très peur. Je redoute seulement un mouvement brusque de l'Appelé. Toujours la machette à la main, je lui donne un rapide coup de pied dans les jambes pour le faire taire puis je fais volte-face. Je me suis promis de ne pas m'éloigner trop longtemps. Je retourne rapidement en direction de mon foyer éclairé par le feu qui y crépite et remarque qu'une ombre inhabituelle s'y trouve. *Un rôdeur.* La peur m'assaille à la seule pensée que ce puisse être un Signeur et qu'il s'en prenne à Sim. Mais au lieu de paniquer et de courir en sa direction, je hâte le pas et m'approche silencieusement de lui. Mon cœur est serré mais je garde mon calme en passant dans son dos. L'Appelé est un homme vouté qui fouille très silencieusement dans nos affaires, un couteau à la main. Je me souviens alors de ma rencontre avec Sim et de la manière dont il avait fait fuir l'Appelé qui essayait de profiter de moi. Lentement, je crispe mon poing sur la machette et la déplace contre le cou du rôdeur.

- Un cri ou un mouvement brusque et je te tranche la gorge, lui chuchoté-je pour ne pas réveiller Sim.

L'homme se fige aussitôt.

- Repose tout ça et recule, continué-je en pressant un peu la lame contre sa peau.

Il s'exécute et fait marche arrière doucement. Je suis méticuleusement son mouvement en vérifiant qu'il ne se serve pas de son arme.

- Pose ton couteau, ordonné-je avant de le laisser s'en aller.

Il ouvre la bouche pour marchander mais je ne suis pas d'humeur à mettre en danger ma vie et celle de Sim pour faire plaisir à un voleur. Je ne le laisse alors pas argumenter et insiste dans mon geste et mon regard. L'Appelé lâche son arme sur le sol du foyer et recule aussitôt de plusieurs mètres.

- Tire-toi maintenant.

Mon ordre est étonnamment convaincant et le rôdeur recule dans l'ombre à une distance suffisante pour éloigner sa menace. Mais, avant qu'il ne disparaisse complètement dans la nuit, je fais glisser son couteau par terre et donne un coup de pied dedans dans sa direction. Le voleur se rue dessus et s'enfuit ensuite en courant. *Aucun Appelé ne peut survivre sans son couteau.*

- Tu aurais dû le garder, dit Sim qui est sorti de son sommeil. On n'a jamais trop de deux couteaux.

Je suis à peine étonnée de le voir éveillé. Il l'était peut-être même depuis le début et voulait voir comment j'allais gérer la situation.

- Il cherchait juste à manger. Je lui ai fait passer l'envie de revenir, pas besoin de le condamner.

Sim hausse les sourcils, insatisfait par ma réponse.

- Tu es trop gentille.

- J'essaie de garder un peu d'humanité.

Sim échappe un rictus d'amusement. *Il peut penser ce qu'il veut.*

- Aucun Appelé n'a choisi d'être dans cet endroit miteux à lutter pour sauver sa peau, continué-je en remontant dans le foyer. On ne peut pas lui reprocher de vouloir s'en sortir. Par contre, je lui aurais tranché la gorge s'il avait posé son arme sur toi, finis-je en attrapant une couverture.

Sim, surprit par mes propos, ne répond pas et me regarde, muet, m'asseoir contre lui. Ça le surprend peut-être mais moi aussi je suis prête à le protéger. Je l'ai compris depuis que nous sommes arrivés dans ce *deck*. Si l'on veut sortir du Kiuju, il faut le faire à deux. Les cavaliers seuls finissent par ne plus trouver de raison de se battre et tombent dans la folie.

***

- Nous devrions commencer à chercher des indices pour migrer, suggéré-je un jour alors que nous mangeons notre rationnement. Il ne nous en reste plus beaucoup.
- Qu'en dit ta blessure ? continue Sim.
- Il faudra bien la protéger au cas où la *plane* serait insalubre mais je pense que je pourrai courir. Dans le pire des cas, je prendrai un sachet vert et nous resuturerons les points qui auraient sautés.

Sim hoche la tête, il a l'air convaincu par l'idée. Je sais que ma blessure est fraichement raccommodée et qu'au moindre faux mouvement elle se rouvrira mais nous n'avons plus tellement le choix.

- J'irai au Cœur cet après-midi, dit Sim. Ce sera un bon début.
- Encore ? lâché-je. Tu en viens.

Il ne répond pas. *J'ai l'impression qu'il me fuit.* S'il y avait des indices au Cœur il les aurait trouvés depuis un moment.

- Ne devrions-nous pas plutôt aller marchander avec des Appelés ?
- C'est ce que je ferai au Cœur.
- Très bien, cédé-je en me retenant de lever les yeux au ciel. Moi, j'irai à la place de départ pendant ce temps.
- Je préfèrerais que tu gardes le feu.

J'ai envie de soupirer mais il a raison, nous ne pouvons pas laisser le foyer seul. Je suppose qu'il sera plus efficace que moi, donc j'acquiesce d'un geste de la tête.

- Super, faisons ça, conclut Sim en fermant son sac de rationnement. Je commence à en avoir marre de cet endroit miteux.
- Ça ne t'effraie plus de devoir migrer ?
- Non. Plus depuis que je le fais avec toi.

Sim se lève à ces mots et saute hors du foyer. Je ne sais pas si je dois rougir ou même lui demander ce qu'il voulait dire par là. Je le regarde, muette, adosser son sac à dos et prendre son arme avant de partir en direction du Cœur en me faisant un petit signe. *Il m'a sourie,* remarqué-je en lui rendant son geste.

Le temps passe et je me retrouve de nouveau seule, assise sur cette pierre humide et inconfortable. Les nuits passées sur le sol m'ont complètement tordu la colonne vertébrale et j'ai mal de partout. Je voudrais faire un petit tour à pied pour dégourdir tout cela mais je suis coincée ici à repousser les Appelés qui rôdent en broyant du noir. Au bout d'un moment, je remarque que le groupe de trois Appelés non loin de notre foyer me regarde. *Ils ont peut-être des infos eux,* songé-je en les observant à mon tour. Une irrésistible envie d'aller les voir me traverse accompagnée de la peur qu'ils aient de mauvaises intentions. Étrangement, ils ne sont jamais venus m'embêter et se sont toujours contentés de me dévorer du regard. Je suis certaine qu'ils craignent de devoir subir la colère de Sim si jamais il les surprenait à essayer de profiter de moi. *Ils ne me feront rien*. Je me décide finalement à aller les voir. Leur foyer étant près du nôtre, je pourrai surveiller le feu de là-bas. Je rassemble mes affaires, dont les deux rationnements presque vides, mon sac à dos dans lequel je plie nos couvertures et mon couteau ; je remets une branche dans le feu puis quitte le foyer.

Les trois Appelés se retournent à l'unisson quand ils remarquent que je m'approche d'eux. Le plus âgé, je suppose, se lève et vient à ma rencontre. Il n'oublie pas son arme — instrument indispensable pour discuter dans le Kiuju, et croise les bras quand je m'arrête devant lui. Maintenant que je suis ici, je ne suis plus sûre d'être en sécurité.

- Bonjour, commencé-je en supposant que c'est un bon début pour former une relation de confiance. (Il me répond d'un froncement de sourcils) Mon compagnon et moi avons décidé de nous rendre à la prochaine *plane* bientôt. Nous avons déjà de bonnes informations dessus mais je cherche à m'assurer que notre source ne nous a pas menti.

L'homme serre un peu plus ses bras et me lance un regard méfiant. *Bon début, Laura,* songé-je à peine honteuse de mon mensonge.

- Je vous donne tout ce qu'il nous reste du rationnement en échange d'une info, finis-je.
- J'ai une meilleure idée, dit-il finalement. Vous nous dites ce que vous savez et je ferai la même chose.

Si tu crois que je vais te laisser me berner, pensé-je insatisfaite par sa réponse.

- Ce n'est pas ce que j'ai proposé, repris-je d'une voix plus ferme.
- Dans ce cas, il faudra m'offrir plus que ton rationnement, lâche-t-il en me toisant de bas en haut.

Ses idées obscènes sont si fortes qu'elles parviennent jusqu'à mon esprit et m'arrachent une grimace de dégoût. *Les hommes ne pensent-ils qu'à ça ?* La confiance qui m'habitait en venant ici dégringole et je me sens alors menacée. Je feins alors un mouvement de recul pour mettre fin à la conversation mais un bruit inhabituel nous sort tous deux de notre négociation. Je me retourne aussitôt en comprenant que l'agitation et les cris que j'entends viennent du Cœur. Cette fois, ce n'est pas un Appelé qui agonise ou se perd dans ses cauchemars. Ce sont des cris réels d'affrontement et de révolte. Mon cœur se serre.

- Sim, échappé-je à demi-mot en réalisant qu'il se trouve là-bas.

Mon sang ne fait qu'un tour et la décision d'aller voir ce qu'il se passe se prend en une fraction de seconde. Mais alors que j'entreprends de m'échapper en courant, une main agrippe mon bras. D'un coup d'œil par-dessus mon épaule je vois les trois Appelés debout me dévorant du regard. *Ils ont compris que Sim ne viendrait pas à mon secours.* La colère que je ressentais déjà s'accentue portée par l'inquiétude que je ne puisse pas aller chercher Sim à temps si ces trois-là m'en empêchaient. Je serre alors mon poing et l'abats sans réfléchir sur le visage de l'homme qui m'agrippe. *Vous ne vous attendiez pas à ça,* songé-je en jaugeant sa surprise. Son visage devient rouge mais avant qu'il ne puisse rendre mon coup je lance mon genou à la rencontre de ses parties et il s'écroule au sol. *Toujours viser là où ça fait mal.* Les deux autres Appelés se ruent sur moi mais j'ai le temps de les esquiver et de donner à l'un d'eux un coup dans la mâchoire avant de partir en courant. Par chance, ils ne me poursuivent pas et je m'éloigne en écoutant leurs insultes obscènes et répugnantes.

Le Cœur n'est pas tout près et je sens que ma blessure à la cheville n'apprécie pas que je coure. Si je continue, les points de suture vont sauter mais je me fais une raison, la santé de Sim est plus importante.

Quand j'arrive à la fin du couloir, une ligne de *mackers* qui séparent le *deck* en deux moitiés m'empêche d'aller chercher

Sim. Je comprends en voyant des Appelés se faire trainer du Cœur à la place de départ que la *plane* est ouverte. À la seule pensée qu'il traverse sans moi, un frisson me parcourt le dos et tout mon corps devient froid. *Il n'en est pas question !* Je me précipite alors vers la ligne de *macker* et le cherche du regard. Mais malgré toutes les personnes trainées de force pour remplir la *plane*, je ne le vois nulle part. Je sais pourtant qu'il est là.

Les *mackers* trainent le dernier Appelé et la ligne qu'ils formaient se resserre en direction de la porte de la *plane*. Les cris des hommes que l'on force à vivre l'horreur du Kiuju me fendent le cœur et me pétrifient à la fois. Quand les *mackers* entrent dans la placette, je regarde en vitesse le Cœur à la recherche de Sim mais je n'y vois que deux hommes à l'entrée de la tente. J'espère qu'il est caché derrière eux mais je sais bien qu'il n'y a plus personne ici. *Ils l'ont emporté*. Je fais alors volte-face et me précipite vers le cercle des *mackers* qui se resserre doucement autour de la terrifiante porte de la *plane*. Dans la cohue violente et bruyante des Appelés qui se battent pour s'échapper, je cherche le visage de mon compagnon. Quand je crois l'apercevoir de l'autre côté de la petite foule, je ressens un puissant soulagement étrangement couplé à la peur d'être séparée de lui. J'agrippe alors l'épaule d'un *macker*.

- Laissez-moi passer ! m'exclamé-je. (Il ne bouge pas) Je veux participer à la *plane*, dis-je plus fort. Laissez-moi passer !
- Le groupe est plein, crache-t-il en me bousculant pour que je recule.
- Alors, faites-moi prendre la place de quelqu'un d'autre ! ordonné-je furieuse qu'il ne lui vienne pas à l'esprit qu'une volontaire pouvait remplacer un Appelé trainé de force. Lui, dis-je en pointant un homme qui se débat violemment pour sortir du cercle.

Le *macker* ne m'écoute pas mais je suis déterminée à entrer avant qu'il ne soit trop tard. Sans demander l'autorisation, je décide de me faire toute petite et d'entrer de force entre deux *mackers*. Ces derniers, trop occupés à retenir les Appelés qui essaient de sortir, ne parviennent pas à m'empêcher d'entrer et je me faufile rapidement au milieu de la foule. Je joue des coudes et avance entre les hommes pour rejoindre mon compagnon. Je l'atteins en quelques secondes à peine et l'agrippe par la manche. Son regard se tourne vers moi et je reconnais une forme de soulagement et de surprise quand il me reconnait.

- Laura ! s'exclame-t-il en m'attrapant par les épaules pour me tenir proche de lui alors que je suis bousculée par des Appelés. Qu'est-ce que tu fais ici ?
- J'ai senti que quelque chose se passait. Je suis venue aussitôt. Je ne pouvais pas les laisser nous séparer.

Sim reste une seconde impassible puis m'attire dans ses bras. Je suis un peu surprise mais passe mes bras autour de lui. Je me rends alors compte qu'il s'en sert pour chuchoter à mon oreille.

- J'ai eu quelques informations sur la *plane*. Laisse-les tous partir devant puis nous courrons en direction de la sortie.
- Pourquoi ? échappé-je alors que mon cœur s'accélère en réalisant que nous nous apprêtons à migrer.
- Fais-moi confiance, continue-t-il en me serrant contre lui.

Son étreinte est cette fois réelle et je m'accroche à lui alors que la peur monte doucement en moi. *Ne me dit-il pas ce qu'il sait par peur que je panique ? Est-ce une façon de me protéger ?*

- Ne pars pas tout seul, supplié-je en repensant à toutes les *planes* que nous avons traversées en même temps sans pour autant être ensemble. Je t'en supplie.
- D'accord, murmure-t-il alors qu'un tremblement s'empare du sol.

Nous nous séparons et regardons, impuissants, la grande porte s'ouvrir.

CHAPITRE 20

La porte de la *plane* se soulève lentement à mesure que les Appelés se calment en réalisant qu'ils n'ont pas d'autre choix que d'y participer maintenant. Je n'ai pas lâché la manche de Sim. Ce contact m'aide à rester calme, car je sais que lui n'a pas peur.

Les tremblements cessent et je découvre, par-dessus la rangée d'Appelés devant moi, notre nouveau champ de bataille. *Il y a forcément une bestiole quelque part,* songé-je en la cherchant du regard. Mais aucun monstre n'apparaît. La *plane* est relativement petite, on peut apercevoir l'hologramme de la sortie très nettement. Entre lui et nous se trouve une étendue plate recouverte de végétation terne. Quand je me mets sur la pointe des pieds je parviens à distinguer des roseaux et des plantes aquatiques peu hautes. Sous elles se trouve une étendue d'eau boueuse. *Un marécage ?*

Les *mackers* qui ferment le cercle nous poussent dans la *plane* et je me retrouve à suivre machinalement Sim dans l'arène. Mes yeux fixent l'hologramme de sortie en me disant qu'il n'est vraiment pas loin et qu'en donnant le meilleur de moi-même je pourrais l'atteindre avant d'autres Appelés mais les instructions de Sim me reviennent : *Laisse-les partir devant. Pourquoi ne pas courir tout droit ?* Cette longueur d'avance risque de nous empêcher de sortir à temps. De plus, je voudrais traverser avant qu'un mutant déchaîné fasse son apparition.

Une fois tous les Appelés rassemblés dans la *plane*, la lourde porte retombe en me faisant sursauter. La seconde qui suit, tout le monde se met à courir. Je suis impressionnée par le changement radical d'attitude de certains qui étaient, il y a une minute, désespérés à l'idée d'entrer et qui, maintenant, sont habités par l'envie d'atteindre le prochain *deck*. Les sanglots et cris de désespoir se sont transformés en furie. Furie qui les pousse à bousculer leurs concurrents quitte à les faire tomber dans le marécage en espérant qu'ils s'y noient. Je les regarde partir devant, comme Sim me l'a demandé et j'entreprends de les suivre après qu'ils m'aient tous dépassée.

- Attends, dit fermement Sim en me barrant le chemin de son bras.

Je ne comprends pas ce qu'il essaie de faire mais son regard est sérieusement tourné vers les Appelés qui s'engouffrent un peu plus dans l'étendue boueuse. *Il va nous tuer,* pensé-je en vivant les secondes à rester immobiles comme des heures. Je regarde les autres avancer difficilement dans l'eau leur montant jusqu'au-dessus des genoux et j'estime que je pourrais avancer aussi vite qu'eux. Après un moment, j'écarte le bras de Sim et me précipite vers le marécage, me rattrape et me ceinture avant que je mette un pied dans l'eau trouble.

- Laura, non !

Au même moment, des Appelés se mettent à crier et je lève le regard pour apercevoir un banc de poissons jaillir de l'eau pour s'en prendre à eux. Mes yeux s'écarquillent quand leur bouche s'ouvre, remplie de dents taillées comme des silex. Je recule aussitôt et Sim me lâche. Les petites créatures d'une vingtaine de centimètres s'agrippent aux membres des malheureux et se mettent ensuite à frétiller frénétiquement. De cette manière, leurs dents plantées dans la chair la déchirent petit à petit laissant échapper des cris de douleur à leurs victimes. Les Appelés se débattent en balayant de leurs armes les bêtes mais leur nombre est si grand qu'ils ne parviennent pas à s'en séparer.

- Comment on va traverser ça ? lâché-je en observant impuissante des hommes et femmes se faire manger vivants par des poissons carnivores.
- Attendons qu'ils soient rassasiés, déclare Sim.

Ses mots me font l'effet d'un coup dans le ventre et me donnent envie de vomir. Je pose ma main sur ma bouche en imaginant l'eau trouble se teinter de rouge alors que nous serons sagement sur la rive.

- On ne peut pas laisser faire ça, dis-je.
- Quelle autre option avons-nous ?

Je ne sais pas, songé-je en me tournant vers Sim dont le visage est devenu plus pâle. Pourtant, il ne trahit aucune émotion pour les malheureux qui meurent sous ses yeux. Ma poitrine se gonfle d'incompréhension et de peur.

- C'est ça l'info que tu as trouvée au Cœur ? lancé-je peu assurée. Attendre qu'ils n'aient plus faim ?

Il hoche lentement la tête.

- Oui. (Il attend quelques secondes avant de continuer) Après, il faudra entrer tout doucement dans l'eau sans la faire bouger. S'ils ont assez mangé, ils ne viendront pas nous attaquer.

Je n'arrive pas à comprendre comment il peut dire cela avec une telle certitude. Habituellement, nous arrivons à peine à obtenir une info sur la créature de la *plane* et aujourd'hui il revient avec un mode opératoire complet pour leur échapper. J'ai peur qu'il se soit fait avoir et que cela cause notre perte.

- Qui t'a dit ça ? Est-ce qu'on peut lui faire confiance ? Pourquoi ne pas profiter qu'ils aient déjà une proie pour traverser ?
- Non, réplique précipitamment Sim comme pour m'empêcher de passer à l'action alors qu'il perçoit mon agitation. Il faut attendre.

Je ne sais pas quoi répondre à cela mais je suis tiraillée entre l'écouter et tenter ma chance dans le marécage. Quand je regarde la *plane*, je vois un Appelé parvenir jusqu'à l'autre rive en écartant un poisson mutant du revers de son couteau. Il finit ensuite sa course boitant jusqu'à l'hologramme et disparait.

- Nous pourrions y arriver, déclaré-je en regardant les Appelés se débattre dans les eaux peu profondes. Si nous avançons silencieusement comme tu l'as dit.
- Non, continue Sim en s'approchant de moi. (Il attrape mon bras et cherche mon regard perdu en direction de l'hologramme) Fais-moi confiance.
- Je t'ai toujours fait confiance mais là je ne le sens pas.
- Moi si, dit-il d'une voix posée et sûre. Tu sais que je ne fais jamais rien sans raison. Attendons, s'il te plaît, répète-t-il alors une énième fois.

Une fois encore, je cède et le suis quand il m'invite à m'asseoir sur la rive. Nous nous retrouvons tous les deux à regarder, impuissants, des Appelés tomber à l'eau et disparaître sous les crocs des mutants affamés. Chaque fois que j'entends un gémissement, mon cœur se serre et mon corps tremble un peu plus. Un nouveau trésaillement me parcourt à chaque victime et une pensée me traverse : *Ça pourrait être moi*. Deux personnes parviennent tout de même à échapper au marécage et finissent leur migration.

Petit à petit, la *plane* se calme et les cris et agitations des Appelés se transforment en gémissements. La frénésie des poissons fait place à l'accalmie que seules quelques bulles osent perturber. À un mètre à peine de mes pieds, l'eau s'est foncée. *Du sang mélangé à de la vase*.

J'essuie mon nez et mes yeux humides d'un revers de la main et me lève en voyant du mouvement à la surface de l'eau. Je saisis la machette dans le dos de Sim resté assis et je m'approche du marécage. D'un vif coup, plein de haine et colère, je plante la lame dans la vase en traversant l'être à l'origine du remuement de l'eau. Quand je retire l'arme, je découvre le corps encore nerveusement agité d'un poisson aux dents acérées. *Saleté de mutant,* pensé-je amèrement en reconnaissant la collerette aux reflets colorés sur son dos. Je pose la créature sur la berge et retire la lame qui traverse son corps. J'ai beau la regarder agoniser, je ne ressens aucune satisfaction. Je n'arrive pas à oublier toute la souffrance que ces mutants ont causée à tant d'Appelés depuis que je suis ici. *Combien de morts ? Combien de mutilés ?* Gabin n'est certainement pas le seul.

- Je vous hais, craché-je en direction du poisson qui s'agite en cherchant l'eau.

Mon corps se met à trembler de colère.

- Je vous hais ! dis-je plus fort avant de le hurler une fois de plus. Je vous hais !

Sans que je puisse contrôler mon bras, j'abats la machette sur la créature et la traverse une nouvelle fois. Ce geste fait naître en moi une décharge d'animosité. Je sens une force jaillir de mes tripes et prendre le contrôle de mes muscles tandis que je deviens spectatrice de mes propres gestes. Mon bras arme et abat la lame de Sim à plusieurs reprises sur le poisson à mesure qu'il disparait en morceaux. Mon visage est devenu rouge et chaud, je sens que je perds mon sang-froid. Je l'entends aussi alors que mes cordes vocales hurlent dans une voix déchirante toute la haine que j'ai emmagasinée depuis des mois. Au bout d'un moment, mon ami qui me regardait silencieusement se lève et intervient pour stopper ma frénésie qu'il sait vaine et malsaine.

- Laura, arrête ça, dit-il en m'attrapant par les bras.

Il glisse sa main jusqu'à la mienne et attrape le manche de son arme pour me la retirer.

- J'en ai plus qu'assez de cet endroit ! hurlé-je en me cramponnant au manche.
- Je sais, dit-il posément en écartant les doigts de ma main.

La machette tombe au sol et Sim saisit mes deux avant-bras avant de les croiser sur mon torse pour me serrer contre lui.

- Je vais tous les tuer !
- Calme-toi.

J'ai envie de récupérer cette machette et de courir dans l'eau pour planter chacun des mutants un à un. Je suis habitée par une haine déferlante qui, si je ne la contrôlais pas, serait prête à faire du mal à Sim pour me libérer. Je n'arrive pas à chasser les images de tous les créatures qui m'ont terrifiée et blessée. Je repense à tous mes proches que j'ai été forcée de quitter pour venir ici. À quel prix ? Celui d'assister à la mort d'innocents qui n'ont eu nul autre choix que de suivre le destin inhumain qu'on leur imposait. Je voudrais retrouver les hauts dirigeants et leur planter mon couteau dans le cœur pour leur faire subir toute la douleur qu'ils nous infligent.

Après quelques secondes à gesticuler pour quitter l'étreinte de mon compagnon et mettre mon plan à l'action, je cède à sa patience et vide mon énergie dans un unique coup de pied dans ce qu'il reste du mutant au sol. Mon corps est encore animé par la colère mais j'ai réussi à reprendre le contrôle de mon esprit. Étrangement, la peur et la tristesse ont disparu. Je ne ressens plus rien.

Sim desserre lentement son étreinte en surveillant que je ne parte pas en courant dans le marécage.

- Tu es calmée ? demande-t-il d'un ton sec. Ne fais rien de stupide, finit-il en me relâchant complètement.

Il se penche pour ramasser sa machette et la secoue pour la débarrasser des morceaux de chair collés à la lame.

- Je pense qu'on peut essayer de traverser, déclare-t-il en la rangeant dans son dos. (Il pointe un doigt autoritaire vers mon visage) Ne fais pas tout foirer sinon je te jette à l'eau et t'utilise comme diversion pour sortir sans toi.

Ses mots sont clairs mais je sais qu'il n'en arrivera pas là. Je tiens à la vie. Je hoche alors la tête et Sim me donne les quelques instructions qui nous serviront à traverser en sécurité. Je me demande toujours comment il a pu avoir des informations si précises.

Je prends une longue inspiration pour calmer mon cœur qui bat à cent à l'heure et me concentre pour ne pas regarder les corps déchiquetés qui flottent à la surface. Si je pense à la vitesse à laquelle ces bêtes ont dévoré tous ces Appelés, je vais paniquer et perdre de nouveau mon sang froid.

- Passe devant, me dit Sim alors que nous nous avançons vers la rive. Je marcherai à ton rythme.

Je serre le manche de mon couteau et le sors de son étui. Je dois pouvoir me défendre si un mutant s'en prend à moi malgré nos précautions.

Je m'arrête une seconde devant l'eau boueuse et me concentre. *Tout doucement.* Puis, je plonge un premier pied dans l'eau calme. L'eau remplit ma chaussure et je pose mon deuxième appui le plus lentement possible dans le marécage. *Maintenant, tu t'arrêtes,* m'ordonné-je en me répétant les instructions de Sim. J'attends que l'eau cesse de remuer autour de mes jambes et j'avance d'un nouveau pas, m'enfonçant alors dans une vase collante. Je regarde les alentours à l'affût d'un mouvement à la surface qui m'indiquerait que des mutants arrivent jusqu'à moi et j'avance mon autre pied. Je suis arrivée à hauteur de genou, c'est maintenant à Sim d'entrer dans l'eau sans créer trop d'agitation. Je me fige alors et le regarde par-dessus mon épaule. Comme moi, il entre tout doucement dans l'eau et avance de quelques pas jusqu'à être immergé. Puisqu'il suit mon sillon, il s'arrête juste dans mon dos. Ce n'est qu'après avoir attendu une dizaine de secondes à la recherche du danger qu'il me fait signe de continuer. *Plus le droit à l'erreur.* Maintenant que nous nous éloignons de la rive, nous ne pourrons plus y revenir en courant si nous voyons de l'agitation. Nous serons coincés dans le marécage. De plus, la vase qui agrippe mes chaussures rend les déplacements difficiles.

Le plus lentement possible, je soulève ma jambe et l'avance en espérant ne pas remuer trop. Le plus difficile est de me retenir quand je le repose. Je fais exprès de faire de petits pas pour ne pas perdre l'équilibre. Sim juste derrière moi reproduit mes mouvements à la perfection. À chaque fois que je soulève ma jambe, je regarde la boue remuer et former des nuages immergés. Je frissonne chaque fois que l'un d'eux se déforme dans une forme semblable à un poisson.

Nous avançons très lentement et après une dizaine de minutes nous n'avons même pas atteint la moitié du marécage. J'ai envie de faire une halte mais je ne dois pas casser le rythme que nous avons imposé aux eaux du marécage. Cela pourrait attirer l'attention des mutants. Parfois, un insecte traverse à la surface de l'eau et feint le passage d'une créature sous-marine. À ce même moment, mes doigts se serrent sur mon couteau.

Je lève le regard quand nous arrivons à mi-chemin et je remarque que nous marchons en direction d'une forme sombre à la surface de l'eau. *C'est un Appelé,* conclus-je en serrant la mâchoire. Je ravale les sentiments de colère qui montent en moi et cherche un moyen de le contourner sans casser le rythme. Mais, alors que j'imagine passer à droite du corps, je découvre des dizaines de tâches réfléchissantes qui se dessinent dans la boue.

- Ils sont tous là, dis-je doucement à Sim.
- Oui, je les vois, répond-il aussitôt. Ne t'arrête pas.

Je continue ma progression mais entame tout de même un large virage pour les éviter. Je tourne vivement la tête quand un objet passe par-dessus moi et atterrit à plusieurs mètres sur notre gauche. Le projectile peu lourd retombe sur l'eau sans bruit mais crée une onde assez puissante pour attirer toutes les bêtes vers lui. Je manque de laisser échapper un cri de surprise quand un nombre incalculable de créatures tracent leur chemin jusqu'à lui. L'une d'entre-elles passe si près de nous que je dois éviter sa collerette aux reflets colorés qui manque de toucher ma lame. Je comprends vite que Sim est à l'origine de cette diversion.

- Qu'est-ce que tu as lancé ? demandé-je.

Sans dire un mot, il passe sa main devant moi et me montre le morceau de roseau qu'il tient dans sa paume. Je suppose alors qu'il l'a arraché un peu plus tôt à une plante. *Ça va nous sauver la vie,* songé-je en voyant les créatures tournoyer autour du projectile qui flotte sur l'eau.

Je reprends alors ma trajectoire initiale et continue en fixant l'autre rive. Je ne la quitte pas des yeux quand nous passons tout près du corps sans vie. Je ne regarde pas non plus les morceaux de chair qui restent accrochés à mon pantalon quand nous traversons l'eau devenue rouge près de la scène de crime. J'avance tout droit en gardant le rythme. Si bien que je me rends à peine compte que nous arrivons sur l'autre rive quand mes pieds émergent lentement de l'eau.

Mon corps s'immobilise quand je réalise que je suis sur la berge et je regarde Sim se débarrasser des bouts de roseaux qu'il lui reste. Je replace mon couteau dans son étui et regarde l'étendue d'eau encore calme. C'est comme si notre passage n'avait laissé aucune trace.

- C'était si simple, dis-je doucement en imaginant que si les autres Appelés avaient eu la même information que nous ils auraient pu être épargnés.

Sim range aussi son arme et s'éloigne en direction de l'hologramme affichant : 7. *Dire que cinq autres personnes auraient pu survivre.*

C'est la première fois que je ne me presse pas pour sortir de la *plane*. Je sais qu'aucun Appelé ne prendra ma place. Je traverse le mur holographique d'un pas lent. *Je ne suis même pas fatiguée.*

CHAPITRE 21

Je rejoins Sim qui m'attend sur le sol en pierre du *deck*. Un *macker* nous tend deux sacs en toile : nos rationnements, que j'attrape sans même les regarder. Cette *plane* a enflammé le mépris que j'ai envers les hauts dirigeants et leur Kiuju assassin. Cette animosité s'étend jusqu'aux *mackers* qui nous gardent comme du bétail et nous regardent mourir.

- Allons nous laver les jambes, déclare Sim qui agit comme si de rien n'était. Je parie que ce marécage était infesté de bactéries et ta plaie pourrait s'infecter.

Vidée de l'envie de répondre ou même de dire quoi que ce soit, je hoche la tête et cherche à ma ceinture la petite bourse à sachets. J'en sors un aléatoirement, sachant qu'il ne me reste qu'un bleu et deux verts, et tombe avec chance sur un anti-infectieux. Nous nous éloignons de la *plane* toujours ouverte mais dont aucun Appelé ne sortira plus et passons devant un groupe d'hommes qui nous dévisagent. *Je sais ce que vous cherchez, mais vous n'aurez rien de moi*, songé-je en leur rendant leur regard menaçant, le sachet vert entre mes dents. J'arrache un bout de plastique que je leur crache presque dessus et aspire le liquide gélifié sans les quitter des yeux.

- Ils savent où chercher leurs prochaines victimes, marmonné-je à Sim alors que nous passons devant un autre groupe d'Appelés penchés sur un malheureux au sol.

À en croire son pantalon trempé et les tâches rougies sur ses vêtements, c'est un Appelé qui a réussi à sortir de la *plane* avant nous. Comme si son calvaire n'avait pas été assez dur, il doit maintenant se battre avec tous ces vautours qui trainent à la sortie des *planes*.

- Ça va devenir monnaie courante, me répond Sim en observant la scène.

Déjà dans le précédent *deck*, des Appelés tiraient profit de la faiblesse des migrants pour les agresser. Tous commencent à comprendre le fonctionnement du Kiuju et profitent de chaque occasion pour prendre l'avantage. On pourrait croire qu'un endroit où sont envoyés de force des hommes et femmes serait propice à la solidarité ; mais nous nous en éloignons un peu plus chaque fois que nous nous enfonçons dans son antre. Je l'ai même vu dans le regard de Sim quand il a quitté la *plane* sans porter un seul regard aux martyrs qui ont perdu leur vie pour sauver la nôtre.

Nous nous éloignons de la *plane* et arrivons très vite au centre du *deck* : une large place en étoile remplie d'Appelés bruyants. Je suis contente d'y découvrir des murailles parfaitement nettoyées, sans la moindre trace de plantes grimpantes. Je pourrais croire que les *mackers* y ont récemment passé la *douche* mais le sol est poussiéreux et sec. *Je préfère ça aux flaques d'eau stagnantes.*

Quand un rayon de soleil vient chauffer mon visage, je comprends pourquoi les Appelés perdaient la tête en restant longtemps dans l'atmosphère morne du précédent *deck*. Je m'arrête et ferme les yeux juste un instant pour profiter de la fine chaleur qui caresse mes joues. Quand je les rouvre, je découvre un nouveau lieu de vie où sont rassemblés les plus aguerris des Appelés. Depuis la Place des Combats, je n'ai pas vu une pareille concentration d'hommes et de femmes robustes. J'imagine que c'est à partir d'ici que ceux qui veulent quitter le Kiuju se distinguent des Appelés qui ont abandonné l'idée de migrer. Les hommes que j'ai en face de moi n'ont plus peur des mutants qui les attendent dans les *planes*. Peut-être même qu'ils ont hâte de les retrouver.

Je balaye la grande place du regard, l'air pensif. Dans un coin, deux hommes trapus affûtent leurs couteaux. Un peu plus loin devant l'entrée du Cœur, des Signeurs s'échangent des sachets colorés et se signent mutuellement les bras. Je suis étonnée de voir beaucoup de cavaliers seuls qui scrutent le *deck* avec attention. Les cernes sous leurs yeux m'indiquent qu'ils n'ont pas eu une bonne nuit de sommeil depuis longtemps. Le danger est partout. Il est dans les rôdeurs, pareils à ceux du précédent *deck*, qui font le tour des couloirs en fouillant dans les affaires des autres. Il est dans les Appelés aguerris qui cherchent à affaiblir leurs futurs adversaires pour prendre l'avantage dans la *plane*. Il est aussi dans l'agressivité des *mackers* qui ici ont l'air moins cléments. Je remarque aussi les regards affamés des hommes sur moi. *Je ferais bien de me méfier. Ceux-là n'ont pas croisé de femme depuis un moment.*

Je reprends mon chemin derrière Sim et le suis dans la salle d'hygiène qui se trouve au bout d'une des branches de la place en étoile. Deux *mackers* à l'entrée nous dévisagent puis nous jouons des coudes avec d'autres Appelés pour accéder à un lavabo.

- Retire tout, dit Sim qui commence déjà à dénouer ses lacets. Tu as peut-être attrapé des sangsues.

Cette idée me dégoûte et je suis alors son exemple en retirant mes chaussures que je jette sous le robinet, accompagnées de mes chaussettes. *Hors de question que je quitte mon pantalon dans ce deck.* À la place, je relève le bas de mon pantalon et examine ma peau à la recherche de nuisibles pendant que l'eau s'écoule dans le lavabo. Par chance, je n'ai rien mais l'un de mes points de suture n'a pas tenu le choc. Je passe alors une à une mes jambes sous l'eau en me contorsionnant pour les lever jusqu'au lavabo et en profite pour rincer abondamment le bas de mon pantalon. Si des bactéries ou des bêtes y sont coincées, je veux m'en débarrasser au plus vite.

Une fois propre, j'essore mon pantalon au mieux et je sèche ma peau avec un coin de ma couverture. Par chance, ma plaie ne s'est pas rouverte et ne saigne pas, mais il serait bon de refaire le point par précaution. J'enfile ensuite mes chaussettes de rechange avant de nettoyer mes chaussures couvertes de vase. Sim reproduit mes gestes et nous finissons de nous laver de la *plane* en quelques minutes.

- Comment as-tu su que les eaux seraient remplies de poissons carnivores ? demandé-je alors que nous remplissons nos gourdes.
- J'ai eu cette info au Cœur, répond-il simplement.

Il m'énerve à ne jamais rien me dire, songé-je alors que l'agacement monte en moi.

- Peux-tu être plus précis ? insisté-je en le regardant fixement. Qui était ta source ?

Sim surprit par ma vivacité, met quelques secondes à répondre.

- C'était un homme, la trentaine qui ne voulait plus migrer et qui a vu de nombreux départs de la *plane*. Qu'est-ce que tu cherches à savoir au juste ? ajoute-t-il avec agacement.
- Je pense que tu me caches des choses.
- Oh ? s'étonne Sim en levant les sourcils. Désolé de ne pas avoir tenu un rapport détaillé de mes aller-retour au Cœur.

Ne mélange pas tout, grogné-je sans lui dire, agacée qu'il refuse toujours de me parler.

- Je ne fais pas allusion à ça. Cet homme, ta source, même s'il a vu des dizaines d'ouvertures de *plane*, il n'aurait jamais pu savoir que les poissons dévoraient les Appelés. La porte se ferme bien avant.
- J'en sais rien, peut-être que certains Appelés se sont précipités plus vite que d'autres dans le marécage.

- Et certains poissons dévorent les êtres humains plus vite que d'autres aussi ? ironisé-je pour souligner l'absurdité de ses propos.
- Peut-être.

Je lève les yeux au ciel.

- Tu m'exaspères, dis-je en rebouchant vivement ma gourde.
- Je t'exaspère ?

Je pose mes mains sur le rebord du lavabo et réfléchis. Il ne peut pas comploter derrière moi depuis tout ce temps et en même temps m'aider à migrer. Cela n'aurait aucun sens. Ce doit alors être autre chose, dont il ne pourrait pas me parler. Un secret qu'il protège malgré qu'il fasse équipe avec moi.

- Est-ce que tu es de mèche avec un *macker* ?
- Non, répond Sim défiguré par son ébahissement.
- C'est lui qui t'a dit qu'il fallait attendre que les poissons soient rassasiés pour traverser sans être inquiété ? continué-je sans prendre en considération sa réaction. Car ça, tu n'as pas pu l'inventer ni toi ni ta source.
- Je ne connais aucun *macker*.
- Mais tu connais beaucoup de choses sur tout le Kiuju. Je commence à me demander sérieusement pourquoi tu pars tous les matins au Cœur.

L'incompréhension et l'agacement que je lisais dans le regard de mon compagnon se changent en colère et son ton devient menaçant :

- Laura, arrête ça.
- Tu ne me dis jamais rien et pourtant tu sais toujours tout. Je te suis dans tes décisions depuis le début, je t'ai même fait la faveur d'aller me battre contre des brutes pour te faire plaisir et tu veux encore me dire de me taire ?
- Tu penses m'avoir fait une faveur alors que je t'ai appris à te défendre et à sauver ta peau ? (Sim secoue la tête l'air ahuri) Tu ne comprends vraiment rien, marmonne-t-il.
- Dans ce cas, explique-moi ! cédé-je en haussant la voix.

- Très bien ! s'écrit Sim en jetant sa gourde dans le lavabo.

Nos cris attirent le regard de tous les Appelés de la salle d'hygiène. Seul le tintement du métal, qui rebondit contre la vasque, tranche le silence qui nous entoure à présent. *Calme-toi Laura*. La honte de lui avoir crié dessus après tout ce qu'il a fait pour moi m'atteint et je saisis ma gourde pour chasser les pulsions qui m'assaillent. Je la range dans mon sac avant de le passer énergiquement sur mon dos. J'attrape ensuite mes chaussures et mes chaussettes trempées et prends une longue inspiration.

- Je t'attends dehors pour entendre ton explication, dis-je tout doucement avant de sortir.

Je sens que les récentes épreuves que nous avons traversées Sim et moi ont tiré sur nos nerfs et que nous sommes tous deux sur le point de péter les plombs. Si je ne lui offre pas un peu de temps, j'ai peur de le regretter.

Arrivée dehors, je m'appuie contre la muraille et masse mes paupières pour me calmer et chasser les images du marécage qui me hantent. J'ai beau essayer, je ne peux m'empêcher de voir tous ces corps qui flottent à la surface depuis que nous avons quitté la *plane*. Ils se mêlent aux autres morts qui ont croisé ma route dans le Kiuju et tournoient sans relâche. *Allez-vous-en,* supplié-je en essayant de m'éloigner de ces visions d'horreur.

Je rouvre les yeux et Sim apparait sur ma gauche, les pieds nus, chaussures à la main.

- Allons nous mettre là-bas, dit-il en désignant un espace peu occupé contre une muraille qui entoure la place.

Je le suis et nous nous asseyons sur le sol poussiéreux et sale en posant nos affaires près de nous. J'appuie ensuite ma tête contre le mur, le regard droit face à moi en attendant que Sim prenne la parole.

- Si je ne te dis pas tout, ce n'est pas parce que je veux t'exclure, déclare-t-il d'une voix posée.

Surprise qu'il avoue enfin, je tourne mon regard vers lui sans l'interrompre.

- Je pensais que du moment que nous nous en sortions vivants, tu n'avais pas besoin de tout savoir.
- Non, je n'ai pas besoin de tout savoir mais j'aimerais que tu répondes à mes questions quand je t'en pose. J'ai l'impression que tu esquives tous les sujets.
- Non. (Il marque une pause puis soupire) Je savais pour les poissons carnivores parce que je connaissais la *plane*. Ce n'est pas l'homme du Cœur qui m'a expliqué comment traverser sans danger. Je le savais par expérience. Lui m'a juste montré sa carte métallique marquée d'un poisson.

Je lui lance un regard interrogateur.

- Parce qu'avant que je te rencontre j'ai moi aussi traversé des *planes* et celle-ci était l'une d'entre-elles.

Je comprends alors que personne ne lui a soufflé des instructions pour survivre dans le marécage et qu'il n'est alors lié à aucune source dans le Cœur. Mes spéculations sur sa possible relation avec un *macker* sont tout simplement fausses. Toutefois, je ne comprends pas comment il aurait pu déjà traverser la *plane*.

- C'est impossible, marmonné-je.
- Si. Parce que le Kiuju change constamment pour nous tromper. Je suis resté dans un *deck* pendant très longtemps. (Il hausse les épaules) Suffisamment pour que la *plane* soit déplacée jusqu'ici apparemment. C'était un coup de chance.

Je n'appelle pas ça de la chance, songé-je en imaginant la peine qu'il a dû ressentir en sachant qu'il devait laisser des Appelés courir à leur mort pour sauver notre peau. Malgré tout, cela nous a permis de survivre à cette migration.

- Ma cicatrice à l'épaule, reprend Sim décidé à me confesser tout ce qu'il a refusé de me dire jusqu'ici. C'est un Signeur qui me l'a faite.

Mon cœur se serre. *Je le savais.*

- C'était une femme, mon ex-alliée à vrai dire. J'ai fait sa connaissance, à elle et Juq, dans un *deck* après que nous ayons traversé notre première *plane* ensemble. Nous avons décidé de nous allier mais ça n'a pas duré. Elle a rapidement changé de camps après avoir fait la rencontre des Signeurs. Elle m'a laissé ça le soir où elle est partie. Juq en a une aussi.

Je n'ose plus parler. Je n'en demandais pas tant et pourtant j'ai l'impression que sa confession me permet de le comprendre un peu plus maintenant. J'imagine que le traumatisme d'être trahi et écorché par sa partenaire ne donne pas envie d'en parler.

- C'est l'une des raisons pour lesquelles nous nous sommes sédentarisés, finit Sim. Il fallait soigner ça.

Il pose sa main sur la poitrine et frotte à travers ses vêtements la cicatrice qui le marque depuis ce jour. Je le regarde divaguer dans ses souvenirs certainement douloureux. À sa place, je me serais certainement apitoyée sur mon sort. Mais lui ne montre rien. Si je ne l'avais pas vu torse nu, je n'aurais jamais soupçonné une telle marque sur son corps. Cela explique son envie de tout contrôler et son besoin de sécurité.

- Est-ce pour cette raison que tu ne me dis pas tout ? demandé-je soudainement traversée par une idée. Parce qu'en gardant ces informations tu sais que je ne partirai pas avec en profitant de toi ? Pour être sûr que ça ne se reproduise pas ?

Sim fait la moue puis baisse les yeux en souriant légèrement.

- Sauf ton respect, tu ne tiendrais pas longtemps sans moi. Et je sais que tu as conscience de ça.

J'échappe un rire de contrariété en sachant qu'il a parfaitement raison.

- Oui, si je pars je suis cuite, avoué-je.

Sim garde son sourire une seconde de plus puis l'efface en reprenant son air grave.

- Non, je n'ai pas peur de ça, reprend-il en faisant référence à ma question. Mais je pense avoir développé une certaine retenue suite à cet incident. Cet endroit nous change.

Je hoche la tête. Il a raison, les Appelés deviennent méfiants à mesure qu'ils progressent dans le Kiuju. Chaque phrase est étudiée et dite dans un but précis. Je me demande toutefois pourquoi il m'a suivi dans ma fuite et pourquoi il accepte ma compagnie dans cette aventure après avoir vécu une trahison. Il devrait être solitaire et méfiant.

- Est-ce que je peux te demander pourquoi tu m'aides ? Tu t'en sortirais tellement mieux sans avoir à me trainer derrière toi.

Sim feinte un haussement d'épaules, peu sûr de ce qu'il veut répondre puis dit :

- Tu m'aides à lutter contre la solitude.

Sa confession me frappe et je me demande soudainement : *Est-ce qu'il m'aime ? Au point de risquer sa vie ?*

- Tu n'y gagnes pas au change, dis-je un peu gênée par sa déclaration. Je suis de très mauvaise compagnie.
- C'est sûr que tu n'es pas facile à vivre, dit-il en souriant. Mais j'aime ton caractère, il est explosif et imprévisible. Je trouve que tu es courageuse et ça me donne envie de sortir d'ici. Le Kiuju veut nous diviser mais je ne pense pas qu'on s'en sortirait seul, même moi. (Il lève son regard vers le mien) Je n'ai pas l'impression de te trainer derrière moi.

Étrangement, je ne sais pas quoi répondre. Il vient de balayer d'une simple phrase tous mes doutes. J'ai même l'impression qu'il a fait rougir mes pommettes. Alors, plutôt que de dire une phrase dont les mots n'auraient aucun sens, je pivote et passe mes bras autour de son cou.

- Merci, chuchoté-je.

Une de ses mains se pose sur mon épaule et la caresse sans un mot. Je ne sais plus pourquoi j'ai douté de lui. Il a toujours été bienveillant et sage, jamais il ne nous aurait mis dans une mauvaise posture. Ses instructions dans la *plane* étaient fondées et j'aurais dû le savoir plutôt que de laisser parler ma peur. *Je ne douterai plus,* songé-je bien déterminée à quitter ce Kiuju avec Sim.

Nous décidons de manger quelque chose et ouvrons nos nouveaux rationnements. Sans surprise, nous découvrons le même menu que nous avons l'habitude d'avaler. Je retiens un soupir d'insatisfaction et plonge ma main dans le sac à la recherche d'un fruit qui saurait m'apporter un peu de réconfort. Pas de chance, cette fois-ci nous n'avons que du chocolat. *C'est déjà bien.* Je plonge la main pour l'attraper et sens quelque chose de froid sous mes doigts et retourne le paquet pour y trouver une carte métallique. Mon sang se presse contre mes tempes alors que je réalise que c'est un indice sur la prochaine *plane. Agis normalement,* pensé-je vivement en me rappelant que je suis la proie de nombreux Appelés qui doivent certainement scruter mes mouvements. Je fais alors glisser la carte dans le sac et sors mon chocolat. Je profite de le porter à ma bouche pour cacher mes lèvres et dire tout bas :

- Sim. J'ai une carte.

Lui, qui était en train d'avaler un morceau de pain, fronce les sourcils l'air de dire : *Qu'est-ce que tu me dis ?* m'obligeant à répéter.

- J'ai une carte, articulé-je en essayant d'être le plus silencieuse possible.

Le visage de Sim s'illumine et je comprends qu'il a saisi ma phrase.

- Ça dit quoi ?
- Je ne sais pas. Je n'ai pas regardé.
- Eh bien fais-le, dit Sim sur le ton de l'évidence.

J'aimerais bien, mais j'ai des dizaines d'Appelés qui me toisent de haut en bas, voudrais-je lui lancer. Je mords un nouveau morceau de chocolat et balaye la place du regard. Je n'ai pas rêvé, ils sont des dizaines à me regarder sans gêne. *Ils n'essayent même pas d'être discrets.* Le plus naturellement possible, j'ouvre mon sac en toile et fais mine de fouiller dedans pour retourner la carte. Je découvre alors, marquée dans le métal, une empreinte d'animal que je n'arrive pas à identifier. C'est une patte à cinq doigts légèrement palmés. Je casse un morceau de pain et referme le sac.

- Alors ? marmonne Sim la bouche pleine.
- Je n'ai pas reconnu l'empreinte.

Mon compagnon fait la moue et je comprends dans son regard qu'il n'est même pas surpris de mon incapacité à déchiffrer la carte. Il attrape alors son rationnement et me le lance entre les jambes avant de saisir le mien. Il l'ouvre aussitôt d'un air nonchalant et, en une seconde à peine le referme, la miche de pain dans les mains. Je le regarde, impatiente d'avoir son analyse. Il sort sa petite lame et découpe une tranche de pain pour donner du sens à sa diversion.

- Un batracien, je dirais.
- Encore un marécage ? demandé-je la main devant la bouche. (Il hausse les épaules) J'en ai marre de toute cette flotte, grogné-je en regardant mes chaussures dégoulinantes.
- Essayons d'y réfléchir, dit Sim en rangeant la nourriture.

Le reste de la journée, nous rangeons nos affaires — étalées n'importe comment, dans nos nombreux sacs. Sim refait un point de suture à ma cheville en me rassurant : la plaie était déjà en bonne voie de cicatrisation donc je ne risque pas d'infection. Finalement, je me rends compte que j'ai eu beaucoup de chance avec cette morsure. Ma chaussure ayant bien protégé toute mon articulation, je n'ai aucun mal à me mouvoir malgré ma guérison en cours.

Nous faisons le choix de ne pas aller chercher de bois pour faire un feu aujourd'hui car nous préférons observer les Appelés avant. L'idée de me laisser seule ici pendant qu'il irait au Cœur ne rassure pas Sim qui sent lui aussi la tension de ce *deck*. Nous passons alors le reste du temps à regarder les hommes et femmes qui nous entourent pour mieux les comprendre. Nous repérons très vite un nombre important de Signeurs partout dans le *deck*. Ils ont presque tous le visage mutilé par leur propre signature et ne trainent qu'entre eux.

Quand, plusieurs fois, des Appelés viennent pour nous marchander des informations ou des vivres, nous les renvoyons sans trop attirer l'attention. Encore une fois, malgré l'insistance de certains d'entre eux, je me rends compte de la force de dissuasion qu'à Sim. C'est comme une aura qui l'entoure et chasse les mauvaises intentions. Mais cela n'empêche pas certains Appelés de venir me faire des avances grossières qui me provoquent à chaque fois un haut-le-cœur. *Viens prendre du bon temps avant de crever,* disent les plus courtois. Les autres n'ont souvent pas le temps de finir leur phrase que Sim ou moi leur envoyons un coup bien placé. Mais bien souvent, je cache ma peur derrière une attitude menaçante. *Ne les laisse pas croire que tu es à leur merci.*

Ce défilé dure jusqu'à ce que la nuit tombe et que ne reste plus que le poids de leur regard sur moi.

- Je ne suis pas sûre de trouver le sommeil, confié-je à mon compagnon alors que nous sommes enroulés l'un contre l'autre dans nos couvertures pour nous tenir chaud.
- Je ne suis pas très confiant non plus. Je n'aime pas l'ambiance de ce *deck*.
- Il est effrayant. Je me demande d'où sortent tous ces Appelés. Le précédent *deck* était pratiquement vide. Pire, il n'abritait que des personnes désespérées. Ces gens-là sont des bêtes.
- C'est surement le signe que nous approchons de la fin.
- Parce qu'il n'y a que des Appelés remontés à bloc ?
- Oui, dit Sim en haussant les épaules. Les *decks* aussi ont changé. J'ai l'impression qu'ils sont de plus en plus pensés pour stimuler les Appelés. On ne pourrait pas se sédentariser ici. Il n'y a aucun endroit où se poser.

Je regarde la place plongée dans la pénombre et constate qu'en effet, seuls quelques feux éclairent les hommes et femmes qui dorment à même le sol. Il n'y a pas de tentes ici, pas de confort. Les hauts dirigeants veulent nous voir bouger.

- Tu penses qu'on pourrait vérifier ça ? demandé-je.
- À quoi tu penses ?
- Peut-être que les marchands savent quelque chose au Cœur. Tu pourrais aller leur tirer les vers du nez. Je serais ravie de savoir qu'il nous reste peu de *planes* à traverser.
- Je pourrais aller voir, oui, mais tu penses pouvoir rester seule ici ?
- Si je reste volontairement près des *mackers* je pense que ça devrait aller, soupiré-je peu convaincue.
- Méfie-toi. J'ai l'impression que certains ont choisi leur camp, lâche Sim en pointant son regard vers un *macker* glissant discrètement un objet dans la paume d'un Appelé.

Un frisson me parcourt le dos. Il a raison, plus nous avançons plus les *deck*s deviennent inhospitaliers. Si même les *mackers* nous tournent le dos, il ne reste plus grand-chose pour garantir notre sécurité. Je ne sais pas si je tiendrais longtemps sans Sim à mes côtés mais je voudrais quand même qu'il aille chercher quelques informations au Cœur. Ce serait aussi l'occasion de vérifier notre supposition sur la prochaine *plane*. Cette patte de batracien cache peut-être autre chose auquel nous n'avons pas pensé.

- J'irai vérifier tout ça demain si j'estime que l'atmosphère est calme, déclare Sim après que je lui ai soumis l'idée.

CHAPITRE 22

Je l'avais senti, la nuit se passe sans que je ferme l'œil. Sim non plus ne dort pas beaucoup. À nous deux, nous récupérons quelques heures de sommeil à peine. L'air est frais et gonflé de menaces. Nombreux sont les rôdeurs qui profitent de l'obscurité pour voler. Nous les entendons trainer dans la place et se faire repousser par des cris toute la nuit. Quand je parviens à fermer l'œil, je revois en flash les corps sans vie des Appelés tués dans la *plane*. Ces images me tirent du sommeil et me donnent d'affreux frissons. Je n'arrive pas à penser à autre chose qu'aux prochaines épreuves qui nous attendent. J'imagine le mutant palmé qui habitera la *plane*.

Ce n'est qu'après des heures d'angoisses que le soleil perce. C'est à ce moment, quand l'air se réchauffe tout doucement et que la lumière est très basse, que le *deck* est le plus calme. Les rôdeurs se sont cachés et dorment peut-être. Je suis fatiguée mais soulagée de pouvoir enfin baisser un peu ma garde.

- Je pense que je vais y aller maintenant, me glisse Sim éveillé lui aussi.

J'aimerais pouvoir profiter de cette accalmie pour dormir mais je reconnais que c'est le moment idéal pour me laisser seule. La place est silencieuse et calme. Si Sim s'éclipse discrètement je ne devrais pas être trop embêtée.

- Prends un sac de rationnement. Comme ça, il nous restera quelque chose si on vient me voler le reste.
- Si cette situation arrive, j'espère bien que tu sauras leur faire passer l'envie de te prendre quoique ce soit, me répond Sim en retirant la couverture qui l'entoure.

Je voudrais en être aussi sûre, songé-je en feignant un sourire d'approbation. Peu convaincue, je lui tends son sac.

- Sait-on jamais, dis-je. Ça peut aussi servir pour troquer un renseignement.

Sim n'insiste pas et saisit le rationnement qu'il noue à son sac à dos. Il se lève ensuite et s'éloigne en direction du Cœur en déclarant :

- Je fais vite.

Ses mots me rassurent à peine et une angoisse refait surface. Je sais qu'elle est liée à cet endroit car je n'éprouvais pas cela dans le précédent *deck* – quand Sim partait. Ici, je peux ressentir la menace qui m'entoure, chose qui était presque inexistante là-bas.

Pour m'occuper l'esprit, je plie la couverture de Sim et la range dans mon sac à dos. *Une chose de moins à voler,* songé-je en zippant la fermeture éclair. Je pense ensuite à la carte métallique toujours dans mon rationnement. Si jamais on venait à me voler ma nourriture, elle partirait avec. Je profite alors de l'accalmie pour la glisser discrètement dans une poche de mon pantalon qui se ferme sur ma cuisse. *Personne ne pensera à chercher ici.* J'avale un morceau de pain et me rends vite compte que je n'ai plus rien pour m'occuper. J'en viens alors à mes instincts primaires et me ronge les ongles jusqu'au sang. Mes mains, qui étaient déjà couvertes d'hématomes liés aux combats aux poings, s'enlaidissent alors un peu plus. Mon regard se balade dans la place en quête d'une attitude suspecte. Mais étrangement, les Appelés qui s'éveillent tout doucement ne m'inquiètent pas.

Après plusieurs minutes, que je trouve longues à mesure que le soleil se lève, je commence à m'impatienter et souhaite vivement que Sim revienne. Les Appelés sont en train de s'agiter tout doucement. Il n'y a toujours pas de rôdeur mais le silence a fait place aux discussions peu discrètes de certains. Je me rends aussi compte que le *deck* est plus rempli qu'hier. *Une plane vient de se vider ?* C'est peu probable puisque nous venons tout juste d'en sortir. Les migrations sont espacées de plusieurs jours en temps normal. Je suppose alors que les Appelés qui étaient au Cœur en sont tout simplement sortis. Je scrute les alentours à la recherche de Sim sans le trouver. Au lieu de cela, je distingue un groupe d'Appelés se former. L'un d'eux, plutôt grand et trapu, s'avance dans la place et s'arrête au centre, entouré de plusieurs hommes. Je fronce les sourcils. *Ce n'est pas normal,* songé-je en posant machinalement ma main sur mon sac et mon couteau.
- Chers Appelés, s'écrit alors l'homme au centre.
Mon cœur s'accélère et mon dos frissonne en comprenant que quelque chose se trame. *Sim, ramène-toi !*
- Montrons aux hauts dirigeants ce qu'ils ont fait de nous !
Aussitôt après avoir hurlé ses mots, l'homme fait un signe de la main et tous les Appelés qui l'entourent se dispersent en courant. Mon sang ne fait qu'un tour quand ils s'approchent des personnes installées autour de la place pour la nuit et les attaquent ; non pas aux poings mais avec leurs lames. *Des Signeurs !* La foule se met alors à hurler et à se débattre contre eux.

Je saute sur mes pieds et passe mon sac sur mon dos. En un instant, le *deck* si paisible se transforme en place de combat meurtrière. Partout où je regarde, des Appelés sortent leur arme et ripostent contre les Signeurs devenus incontrôlables. Je pense d'abord que les *mackers* vont intervenir rapidement mais il n'en est rien. *Pas encore,* songé-je en repensant à l'explosion du *deck*. Je sens que mes membres hésitent à céder aux tremblements et à la peur mais je me force à utiliser mon intelligence. Je suis préparée pour ce genre d'évènement grâce à Sim et la solution se trouve dans ma tête.

Je serre les poings et me donne l'énergie d'agir. Deux pensées me viennent : survivre et retrouver Sim. Je laisse alors ma couverture tomber au sol sans m'en préoccuper et entreprends de traverser rapidement la place en direction du Cœur. Je sais qu'en me faisant discrète je peux éviter le combat et m'en sortir jusqu'à retrouver mon compagnon. Après, il saura quoi faire.

Cours ! Je m'élance alors à travers la foule agitée. Je prends avantage de deux hommes qui se battent et passe près d'eux à toute vitesse. Derrière, un groupe de Signeurs est sur le point d'encercler plusieurs Appelés démunis. Je les contourne volontairement et décide de longer la muraille pour éviter leur piège. Faute de chance, je tombe nez à nez avec un homme terminant le travail sur une femme inerte, au sol. Il lui trace une longue ligne à la lame sur le bras et se redresse. Je m'arrête net quand son regard assassin se porte sur moi. *Réfléchis ! Ne cède pas à la peur !* Il est grand et large. Ses mouvements sont lents. Il n'a qu'une arme : un couteau dans sa main droite. *S'il tend son bras et te touche, tu es morte. Cours.* Je fais volte-face et reviens sur mes pas à la recherche d'un autre chemin. Ma respiration devient petit à petit haletante à mesure que mon cœur s'accélère. Ce ne sera pas aussi simple que ce que j'avais imaginé.

Je me fais petite et agile et passe entre les Appelés qui se battent. Le *deck* est en folie, les cris venant de toute part perturbent ma concentration et je me surprends à sursauter à chacun d'eux. *Mais où sont les mackers ?* songé-je en n'en voyant aucun.

Soudain, une main agrippe mon bras et met fin à ma course en m'attirant en arrière. Je suis projetée au sol et glisse sur plusieurs mètres. Le choc est violent mais pas suffisamment pour me faire perdre le contrôle. Je me relève aussitôt et découvre un nouveau Signeur qui me toise silencieusement. D'un coup d'œil autour de moi, je me rends compte que je suis coincée contre une muraille. Lui l'a aussi compris et s'approche de moi en serrant ses poings. *Il n'a pas d'arme. Grand, peu trapu mais musclé.* Cet homme semble en très bonne forme et ne fera qu'une bouchée de moi. Je serre alors la mâchoire et dégaine mon couteau.

- Recule, dis-je d'une voix ferme en tendant ma lame dans sa direction.

L'homme n'a que faire de mes menaces et avance rapidement vers moi en armant son poing. Je comprends qu'il ne se laissera pas impressionner par un couteau et décide de passer moi aussi à l'offensive. Je m'élance vers lui et trace une large ligne avec mon couteau dans sa direction. Il recule d'un pas pour l'esquiver puis, habilement, saisit mon poignet et me tire vers le bas. Sa force est vive et je ne peux m'empêcher de m'écrouler au sol. Sans attendre, le Signeur se positionne au-dessus de moi et me frappe au visage. Ma tête touchée par son poing tape une deuxième fois sur le sol en pierre. Mon esprit s'embrume aussitôt et des étincelles s'ajoutent à ma vision. Si je n'avais pas l'expérience du combat aux poings, je serais incapable de riposter en lui plantant mon genou dans les côtes. L'homme s'écarte une seconde et j'en profite pour lui coller à mon tour mon poing au visage dans un cri de revanche.

J'ai lâché mon couteau dans ma chute et dois me contenter de mes mains pour seule arme. *Ce n'est pas un problème, j'ai fait ça pendant des semaines.* Je monte ma garde et enchaine un deuxième coup avant d'esquiver celui du Signeur qui ne se laisse pas faire. Après un court échange, il prend le dessus et me force à reculer pour encaisser les coups. Mon dos heurte la muraille et ma confiance d'estompe. *Merde.* Le Signeur sourit et envoie son poing droit sur mon visage. Il ne me reste qu'une option, pencher la tête pour qu'il atteigne la pierre ;

chose que je fais et qui me sauve la vie. À en croire son regard inchangé, l'homme n'a même pas eu mal. Je lui rends son coup au visage qu'il n'esquive même pas. Sa tête est à peine balancée sur le côté. Quand ses yeux reviennent sur moi, je comprends qu'il en a plus qu'assez. Sa main s'ouvre vivement et il la place sous ma gorge. Il appuie progressivement en me plaquant encore plus contre la muraille. Ma respiration se coupe en un instant. Mes mains se précipitent alors sur son poignet pour le faire lâcher mais sa prise est serrée. *Non, pas comme ça*, songé-je en sentant mes forces diminuer. Je martèle son corps de coups mais il ne bouge pas. Je suis trop faible face à lui. Il approche sa tête tout près de mon visage. Ses yeux sont animés par l'envie de tuer.

- Meurs ma jolie, murmure-t-il tout doucement. C'est ce qu'ils veulent de nous.

Ma vue devient peu à peu floue. Ses yeux disparaissent et les cris aux alentours s'estompent à mesure que ma vie m'échappe.

- Meurs, répète-t-il.

À bout de souffle, je laisse tomber mes paupières et espère qu'il lâchera prise en croyant que je suis morte. Mais soudainement, un coup de feu retentit et je m'écroule au sol.

Ma poitrine se gonfle d'air en un réflexe puis j'écarquille les yeux. Au loin, dans la tourmente générale, je distingue des hommes habillés en gris clair pénétrer dans le *deck* en courant et brandir des matraques et des armes de poing. *Les mackers arrivent enfin,* compris-je sans les distinguer correctement. Devant mon visage posé sur la pierre gelée, je discerne des gouttes de sang perler sur le sol. La seconde qui suit, le Signeur qui m'avait prise pour cible s'écroule à son tour, sans vie.

- Laura, dit une voix qui me semble extrêmement lointaine.

Sim ? pensé-je en un sursaut de vie. *Il faut que je le retrouve !* Encore sonnée par le manque d'oxygène, j'essaie de me mettre debout mais des vertiges m'assaillent. Quand je lève la tête, tout le *deck* se met à tournoyer autour de moi. Je m'applique alors à prendre de longues inspirations sachant bien qu'il faut que je me ressaisisse avant qu'un nouveau Signeur s'en prenne à moi.

- Laura, lève-toi ! s'écrit la voix qui me semble plus claire à présent.

Je me laisse tourner sur le dos, encore incapable de me lever et observe autour de moi. Ma vue n'est pas tout à fait nette mais je reconnais un *macker* se pencher par-dessus mon corps. Cette voix, qui connait mon nom, ne peut appartenir qu'à une seule personne.

- Tom ? soufflé-je alors qu'il s'accroupit près de moi.

Il n'a pas besoin de répondre, je reconnais la chaleur qui émane de lui quand il est à proximité. Il approche une main de mon visage et la fait glisser sur mon front en écartant mes cheveux décoiffés par mon affrontement. Son contact est doux et chaud et se mêle étrangement à la migraine qui torture ma tête.

Je cligne des yeux et il m'apparait soudainement parfaitement net. Ses grands yeux verts me transpercent et je reprends le contrôle de mon corps comme s'il venait de me réanimer. L'image, comme au ralenti, de Tom m'apparaissant en gardien devant le chaos du *deck* me semble irréelle. Pourtant il est bien là. Je me délecte de sa présence et de son regard comme si le temps s'arrêtait. Mais, alors que je voudrais qu'il laisse sa main posée sur mon visage pendant des heures, il agrippe fortement la anse de mon sac à dos.

- Debout ! dit-il en me tirant vivement.

J'agrippe son épaule et je me retrouve, en un instant, dressée sur mes jambes, collée à lui. La chaleur qu'il déposait sur mon visage m'envahit alors complètement. Je suis prise d'un second souffle puis capturée par sa voix.

- Il faut que tu partes d'ici tout de suite. Cours en direction de la *plane*. Je m'assurerai qu'il ne t'arrive rien.

Je secoue la tête, incapable de me retirer de son étreinte qui agit sur moi comme un aimant.

- Non, ne me laisse pas, bafouillé-je le regard plongé dans le sien.
- La *plane* est ouverte, dit Tom en posant une main sur mon épaule. Il faut que tu saisisses ta chance avant qu'il ne soit trop tard.

Son regard me supplie de lui obéir mais je n'en ai aucune envie. Je veux rester ici, où le temps s'arrête et où seuls ses yeux me préoccupent. Je sais qu'avec lui tout est plus simple. La peur disparaît et je n'ai plus à lutter pour rester en vie.

- Fais-moi confiance, reprend alors Tom d'une voix plus douce comprenant certainement que je m'accroche à lui comme à une bouée.

Je reste figée, niant l'évidence de ses mots. Il me repousse et me force alors à me détacher de son aura. Quand la chaleur qui me remplissait est balayée par la froideur du *deck* et que j'entends de nouveau les cris des Appelés qui se battent, mon hypnose disparaît. Je saisis alors à nouveau l'ampleur de la situation. Il faut que je parte au plus vite pour sauver ma vie.

- Va-t'en, me dit une dernière fois Tom.

Je me plonge une dernière fois dans son regard addictif, puis je fais volte-face en direction de la prochaine *plane*. Je cherche mon couteau sur le sol et le ramasse en vitesse avant de partir, m'éloignant du corps sans vie du Signeur dont Tom vient de me sauver.

Je n'ai aucun mal à contourner les Appelés qui se font interrompre petit à petit par les *mackers* venus en grand nombre. J'arrive rapidement vers la place de départ de la prochaine *plane* dont l'entrée est grande ouverte. C'est une porte de sortie idéale mais je m'arrête prise d'un élan de conscience et fais volte face en direction du Cœur. *Sim !*

Haletante, je repars en courant à travers la foule. Je bouscule des Appelés et arrive rapidement devant la place du Cœur. Elle est gardée par une large ligne de *mackers*. Derrière, j'en vois d'autres tirer des personnes de la large tente. L'image de l'explosion du *deck* me vient à nouveau et je la chasse pour crier à répétition :

- Sim !

Je ne le vois nulle part et sais que je ne peux pas rester ici. J'hésite alors à faire le tour du *deck* sachant pertinemment qu'il est là quelque part. Mais le temps presse et Tom m'a offert une porte de sortie. *Tant pis. Je ne peux pas abandonner Sim.* Je me faufile alors rapidement entre des Appelés pour me rendre à la salle d'hygiène, pensant qu'il s'y cache peut-être. Mais, distraite par un Signeur couvert de sang qui me jette un regard glacial, je trébuche et heurte quelqu'un. La personne m'agrippe par le bras et je me retourne vivement pour l'attaquer. Ma lame est arrêtée net par une longue manchette et je reconnais aussitôt mon ami.

Son visage est pâle et sérieux mais il va bien. Je n'ai pas le temps de lui sauter au cou et lui agrippe le bras pour l'entrainer avec moi.

- La *plane* ! dis-je rapidement.

Étonnamment, il me suit sans rien demander et nous parvenons rapidement à la grande porte. Deux *mackers* plantés là nous toisent rapidement mais ne montrent aucune objection quand nous nous approchons de l'entrée. Un peu hésitante à l'idée de traverser une *plane* si tôt après avoir migré, je jette un coup d'œil par-dessus mon épaule et contemple le *deck* ravagé où se mêlent *mackers* et Appelés. *Même si les combats s'arrêtaient, tout ne serait que mort et animosité.* Mes yeux balayent les scènes de violence à la recherche de Tom, priant pour qu'il aille bien. Mais je dois m'interrompre à la vue de deux Appelés qui arrivent en courant vers nous. Cette fois-ci je n'ai plus le temps de réfléchir et j'entraine Sim dans la *plane*.

CHAPITRE 23

Sim et moi franchissons l'immense entrée de la *plane* et arrivons dans une minuscule clairière qui donne directement sur une forêt épaisse. Tous deux pris dans l'élan, nous nous y engouffrons sans même réfléchir aux créatures qu'elle abrite certainement.

Rapidement, mes pieds s'enfoncent dans une terre molle et grasse. Sim est passé devant et écarte de son arme les branches et lianes qui se dressent devant lui. Ici, pas de sentier ou de passage, nous avançons à l'aveugle dans la forêt. *Le paysage est magnifique*, observé-je en prenant conscience de ce qui nous entoure. Habituée à la pierre froide et grise des *decks*, j'en avais oublié la beauté de la nature. Mes yeux sont émerveillés par la profondeur de la végétation. Les racines et les plantes exotiques semblent s'étendre à l'infini. Éclairée par les rayons de soleil qui percent la ramure des arbres, elle semble encore plus belle. Je voudrais m'accroupir au milieu des hautes herbes qui poussent entre les troncs et humer l'odeur fraiche de la végétation. Au lieu de cela, je tranche à répétition buissons et branches en détruisant cette oasis.

Malgré mon émerveillement, mon esprit est fatigué et tourmenté par ce qu'il vient de vivre au milieu de tous ces Signeurs. Je ne cesse de penser à Tom, me demandant s'il va bien, s'il a pu mettre un terme à cette tuerie et si je le reverrai. Après quelques minutes, je sens le contre coup de mon affrontement venir et faire ployer mon corps.

- Attends ! lancé-je à Sim alors que mes jambes peinent à me maintenir debout.

Il s'arrête et je tombe à genou, prise de terribles tremblements. Je pose une main sur mon front et m'octroie un moment pour digérer la tentative de meurtre que je viens de vivre. Sim, haletant lui aussi, me regarde silencieusement en reprenant son souffle. Après une minute de répit, je passe mes doigts sur ma gorge devenue douloureuse en revivant l'étranglement du Signeur.

- C'était quoi ça ? demandé-je en réalisant la violence de l'attaque. Pourquoi ils se sont mis à tuer tout le monde ?
- Je ne sais pas, répond mon ami entre deux respirations.

Je relève la tête et l'observe, appuyé contre un tronc. Sa machette, qu'il tient fermement en main, est recouverte d'herbes mais aussi de traces rouges dont je ne veux pas connaître l'origine.

- Ça va toi ? lancé-je alors que mes tremblements se calment.
- Ouais. (Il prend une respiration haletante) Toi ?
- J'ai failli crever, réponds-je amèrement en me relevant.
- Bien joué alors. T'es une vraie tueuse maintenant.
- Je n'ai tué personne, dis-je en frottant mon pantalon couvert de boue. J'ai juste couru dans ta direction.

J'omets volontairement l'aide de Tom. Pendant que nous reprenons notre souffle, je jette un coup d'œil dans les environs. La forêt est très épaisse, si bien que je ne vois aucun pan de muraille à travers les arbres. Même le ciel est difficilement perceptible.

- Soyons très attentifs, suggéré-je. Avec un environnement si dense, on risque de se faire surprendre par un mutant.

Sim acquiesce d'un mouvement de tête.

- Je ne sais pas comment on va sortir d'ici, déclare-t-il. Nous aurions dû longer les murailles pour être sûrs de ne pas tourner en rond.

- Nous pouvons toujours revenir sur nos pas, dis-je en pointant notre passage très nettement dessiné dans la végétation.
- Non, on perdrait du temps.

Il est vrai que nous n'avons aucune idée de la direction à prendre. Nous ne savons pas non plus si des Appelés ont déjà rejoint le prochain *deck*. Nous devons être le plus efficace possible. Pas question d'attendre que le temps passe comme dans le marécage.

- Dans ce cas, n'en perdons pas plus, dis-je en faisant signe à Sim de reprendre notre route.

Nous progressons lentement dans cette forêt semblable à une jungle en friche. À part le grincement des branches sous nos pieds et les insectes qui nous survolent, nous n'entendons personne. J'en viens même à me demander si nous ne sommes pas les premiers à entrer dans la *plane*. Je n'oublie pas non plus la bête palmée que nous sommes sensés croiser ici. Mon couteau, que j'empoigne fermement, est prêt à l'accueillir mais pas mes jambes. Bien que je me sois remise des émotions en faisant un gros travail sur moi, je n'en garde pas moins une fatigue nerveuse.

J'aurais dû prendre un couteau plus long, songé-je en remarquant l'aisance avec laquelle Sim arrive à trancher les éléments qui nous freinent. Je me colle alors à lui et marche dans ses pas. Le sol boueux et les feuilles mortes ralentissent notre progression en nous faisant faire des écarts. Je manque de me tordre la cheville deux fois en glissant et suis pratiquement sûre d'avoir fait sauter de nouveaux points de suture.

- À terre ! m'enjoint soudainement Sim qui s'accroupit en vitesse.

Je suis son instruction et sens mon cœur prendre une nouvelle accélération. *Un mutant ?* Sim me fait signe d'être silencieuse. Je tends alors l'oreille et reconnais les bruits de pas d'un humain qui court dans notre position. À mesure qu'il s'approche, j'entends sa respiration puis le son des branches qu'il écarte. *Il va dans le mauvais sens.* Ou alors nous sommes en train de tourner en rond. Sim écarte une large feuille et je découvre à travers les hautes herbes la silhouette d'un homme chétif courant vers nous. Je n'arrive pas à distinguer d'ici s'il s'agit d'un Signeur et donc, s'il représente une menace pour nous. Je voudrais volontiers éviter un nouvel affrontement.

- Il nous fonce dessus, chuchoté-je sans savoir comment intervenir.

Mon compagnon pose son index sur sa bouche puis avance discrètement de quelques pas. Je le regarde, muette, jusqu'au moment où l'Appelé arrive à notre niveau. Sim se lève d'un bon et se rue sur l'homme pour lui couper la route. Il lui attrape les épaules et le jette au sol. L'Appelé crie d'abord de surprise puis se couvre le visage avec son bras pour se protéger. C'est à ce moment que je saute sur mes jambes pour le voir distinctement. *Ce n'est pas un Signeur,* compris-je à son allure effrayée.

- Cette chose m'a touché ! bafouille l'Appelé au sol en masquant toujours son visage.

Je me rapproche de Sim qui fronce les sourcils. Nos deux armes en main au cas où il ferait un geste de trop nous lui demandons :

- Le mutant ? Qu'est-ce que c'était ?

Il ne nous répond pas et se relève dans la précipitation. Sa main, qui couvrait son visage se retire alors et je recule d'un pas quand j'aperçois sa joue. L'Appelé, au sommet de la panique, ne s'inquiète même pas de nous et reprend sa course effrénée. Je l'observe partir, mon esprit projetant en boucle l'image de sa peau couverte de cloques humides et visqueuse.

- Du venin, déclare Sim qui a vu lui aussi la marque pâle sur le visage du pauvre homme.
- Hein ? dis-je en me tournant vers lui pour qu'il m'en dise plus.
- Le mutant doit être un animal venimeux. Tout me semble logique maintenant. Certains batraciens utilisent du poison pour tuer leur proie, ramené à l'échelle d'un mutant ça donne

ça.
Mon dos se glace. Un contact avec cette créature et nous serons défigurés à vie. Avec cette jungle épaisse, elle peut se cacher n'importe où.
- Qu'est-ce qu'on peut faire pour éviter ça ? demandé-je.
- Rien. Il faut avancer.

D'un grand coup de machette, Sim entaille une touffe de fougère et nous reprenons notre marche. Je suis encore moins rassurée que tout à l'heure. Maintenant que je sais quelle est la menace, je m'imagine paralysée au sol, le venin pénétrant ma peau et me défigurant petit à petit, après qu'un crapaud géant m'ai léché le visage par surprise.

Nous avançons encore quelques minutes en silence et ne trouvons encore aucun signe de la sortie. *Nous devrions revenir sur nos pas et suivre la muraille, je suis sûre que nous trouverions la sortie plus rapidement,* songé-je en regardant Sim tailler un énième arbre. Il ouvre le passage et enjambe un tronc avant qu'une ombre défile devant mes yeux et le plaque par terre. Je fais d'abord un bon en arrière, surprise de ne pas l'avoir entendue arriver puis me précipite pour aider Sim. Je saute par-dessus le tronc et saisis vivement le sac de l'assaillant qui le tient au sol. En un coup vif, je le projette sur le côté. Il tombe quelques pas plus loin avant de se relever rapidement me révélant alors son visage couvert de cicatrices. *Un Signeur !*

Je n'ai pas le temps de tendre la main à Sim pour l'aider à se relever qu'une deuxième ombre surgit et se rue sur moi. Prise par surprise, je ne parviens pas à éviter le poing qui vient s'écraser sur ma joue et me fait chuter. Mon crâne heurte le sol violemment et ma tête se remplit de vibrations. La migraine qui me torturait déjà s'amplifie immédiatement, m'arrachant une grimace. *Deux fois en une journée, c'est trop.* Toutefois, le sol mou de la forêt a amorti le choc et je parviens à reprendre mes esprits rapidement. Je lève alors la tête et vois Sim s'immobiliser, regard béant, devant une femme. *Frappe-là,* pensé-je dans un ordre muet mais il reste figé jusqu'à ce que je me remette debout. Je le bouscule en reprenant l'équilibre ce qui le fait enfin reprendre ses esprits. Quand je lève les yeux, une femme à peine plus âgée que moi me décroche un large sourire narquois.

- Mignonne, me lance-t-elle avant de faire retomber ses lèvres.

Je comprends alors que son sourire n'est large que grâce aux deux entailles qui le prolongent. *Encore une Signeuse,* songé-je en reconnaissant là une signature d'automutilation.

La situation semble maintenant bien complexe. À ma droite un Signeur en furie et à ma gauche sa compagne au sourire révélateur de sa folie. Sim se met dans mon dos et lève sa machette en direction de l'homme. Je comprends que nous n'aurons pas la possibilité de nous enfuir en courant et qu'il faudra d'abord se débarrasser de ces deux-là. Je serre le poing et me rends aussitôt compte que j'ai échappé mon couteau en tombant. Je le cherche du regard et plonge dans sa direction quand je le distingue sous une fougère. Mais la femme ne m'en laisse pas l'occasion et se rue immédiatement sur moi. J'ai à peine le temps d'esquiver son coup qui visait ma tête, qu'elle enchaine avec un second qui vient se loger dans mes côtes. La douleur est vive mais je n'ai pas le temps de m'en soucier. Dans un geste vif, je saisis ses cheveux et la tire en arrière. Elle pousse un cri de douleur que je fais taire en la frappant au visage ; chose qui fait naître en elle une rage qui se dégage dans son regard. La seconde qui suit, elle m'assaille de coups de poing que je pare du mieux que je peux.

Dans mon dos, j'entends également Sim se battre contre le Signeur. Ils poussent tous les deux des cris de douleur ou de rage alors qu'ils s'échangent des coups. J'arrive de mon côté à stopper la déferlante de poings de mon adversaire et à la plaquer au sol. J'en profite pour jeter un regard à Sim qui saisit le poignet de son assaillant pour lui faire une clé de bras et l'immobilise contre un arbre. *Il s'en sort bien, évidemment.*Il a même largement pris l'avantage sur son adversaire. Je crois moi aussi en avoir terminé avec la Signeuse mais elle réussit à se retourner et à m'envoyer un coup. Elle se libère alors et saute sur ses jambes. Notre affrontement reprend alors et nous échangeons de nouvelles frappes. *Elle est forte.* Après un échange de coups, nous nous retrouvons au sol et notre combat devient moins propre. Nous nous tirons les cheveux et utilisons nos pieds ou genoux pour atteindre l'autre. J'arrive finalement à m'asseoir sur son buste en lui tenant les bras.

Toutes deux haletantes, nous nous échangeons un regard haineux. Mes cheveux tout ébouriffés tombent sur mon visage et occultent mon champ de vision. *Qu'est-ce que je fais maintenant ?* pensé-je en sachant que si je la lâche elle va en profiter pour m'avoir. Je lève les yeux et retrouve mon couteau qui n'est qu'à un mètre ou deux de moi. Je prends alors le risque de lâcher mon assaillante et je tends le bras pour saisir mon arme. Mais il n'est pas assez long et je dois me pencher pour l'atteindre. La Signeuse profite du transfert de mon poids pour se dégager partiellement et elle lance sa main à sa ceinture. En un instant, elle dégaine une petite lame et je saute sur le côté pour esquiver le coup qu'elle dirige vers moi. Je roule sur le sol puis attrape mon couteau. Quand je me retourne, la femme se met debout et se jette sur moi. Je n'ai pas le temps de l'esquiver et réagis en un réflexe, tendant alors mon bras vers elle. Mes yeux s'écarquillent quand je sens son corps s'empaler sur mon arme. La femme s'immobilise aussitôt et son visage pâlit. Je la vois se vider d'énergie vitale et s'écrouler sur elle-même tandis que son sang glisse sur mon couteau.

- Tu l'as tuée ? s'exclame alors Sim dont la voix me transperce telle une balle de révolver tant elle est puissante.

Ses mots résonnent doucement dans ma tête comme un écho. Je laisse alors s'écrouler le corps sans vie de la Signeuse en lâchant le manche de mon arme. *Qu'est-ce que j'ai fait ?*

Je recule vivement d'un pas et me colle contre un arbre.

Je veux m'écarter de l'atrocité en essayant de nier la réalité. Une étrange sensation monte en moi : un mélange entre honte et peur incontrôlable. Cette impuissance me fige et mon regard se baisse doucement vers le corps sans vie. Mon couteau est toujours planté dans son abdomen et le sang continue de couler sur le tapis d'herbe et de feuille au sol. Je me mets à trembler. *Non, je ne veux pas devenir une meurtrière,* pensé-je en réalisant que les petits spasmes de la femme sont synonymes de mort imminente.

Le deuxième Signeur se met à hurler en découvrant la scène. Sim lui donne alors un coup, du manche de sa machette, dans la tempe. L'homme s'écroule instantanément puis mon compagnon accourt vers moi. Mais alors que je crois qu'il va m'attraper par le bras et me tirer loin d'ici, il se précipite vers la femme à terre. Dans l'incompréhension, je le regarde soulever sa tête et vérifier son pouls.

- Elle est morte, marmonne-t-il.
- Qu'est-ce que tu fais ? demandé-je d'une voix tremblante.

Sim retourne la femme et appuie sur la plaie ventrale sans retirer mon couteau. Je ne comprends pas ses gestes.

- Sim ? Qu'est-ce que tu fais ? répété-je alors que je voudrais qu'il vienne me réconforter plutôt que d'essayer d'empêcher l'inévitable en stoppant l'hémorragie d'une Signeuse qui a voulu me tuer.

Il ne me répond pas et son visage devient livide. *Qu'est-ce qui lui prend ?* Je me souviens de toutes les fois où il me poussait à être quelqu'un que je ne suis pas. Aujourd'hui, c'est arrivé et voilà sa réaction : porter secours à mon adversaire. C'est insensé.

- Pourquoi as-tu fait ça ? demande-t-il après de longues secondes de silence. N'y avait-il donc aucune autre solution ?
- Qu..quoi ? réponds-je avec surprise.
- Tu l'as tué. Elle se vide de son sang, continue-t-il en essayant toujours d'arrêter l'hémorragie.

Quel autre choix avais-je ? C'était elle ou moi. J'ouvre la bouche pour essayer de répondre quelque chose mais un bruit surgit des arbres non loin et je suis attirée par une ombre dans le feuillage. Je reconnais instantanément la coloration turquoise foncé qui se détache du vert de la forêt. Je recule alors précipitamment de plusieurs pas quand une créature semblable à un lézard visqueux d'une cinquantaine de centimètres descend à toute vitesse d'un tronc.

- Un mutant ! (La bête saute de l'arbre et court dans notre direction) Sim va-t'en !

À ma plus grande surprise, Sim reste immobile, tenant toujours la femme dans ses bras. J'attrape alors la machette qu'il a laissé tomber au sol et me précipite vers le mutant qui bondit dans sa direction. Je trace un arc avec la lame et tranche la bête qui s'enfuit aussitôt dans un buisson. J'ai le sentiment qu'elle n'était pas seule et que nous ne devrions pas tarder à en voir arriver d'autres.

- Il ne faut pas rester ici, dis-je en retournant vers mon ami.

Je l'attrape par le bras et le tire pour qu'il se relève mais Sim me repousse et reste figé.

- Mais qu'est ce qu'il te prend ! hurlé-je en tombant au sol en trébuchant sur une racine. Elle est morte !

Il ne daigne même pas se tourner vers moi ou me regarder. Un puissant vide se forme alors en moi. *Est-ce qu'il a honte de moi ?* La forêt ne me laisse pas le temps de réfléchir et les feuillages se mettent à se mouvoir tout autour de nous. *Ils viennent à cause du sang.* Si nous restons ici, nous deviendrons leur prochaine proie et je n'ai pas envie d'être victime de leur venin.

- Sim, partons !

Mais il ne bouge pas. Ma poitrine se gonfle de peur et d'impuissance. Je sais que si nous ne bougeons pas, nous risquons la mort.

- Je t'en prie, continué-je alors que j'entends les créatures se rapprocher.

Son silence persiste mais je ne parviens pas à rester ici. Mon instinct me hurle de m'enfuir et je ne peux pas lui désobéir. Alors, après avoir essayé une énième fois de tirer Sim de force, je me retourne et prends mes jambes à mon cou. Mon cœur s'accélère et mes jambes se mettent à courir. Je traverse les herbes hautes, coupe entre les arbres et les buissons. Sans lame pour écarter les obstacles sur ma route je suis griffée par les branchages. Mais rien ne saurait m'arrêter. Je suis prise d'une frénésie. Je comprends que je ne m'enfuis pas parce que les mutants menaçaient ma vie mais parce que je veux m'éloigner de cet endroit où j'ai pris la vie d'un être humain. *Comment ai-je pu faire ça ? Je suis un monstre*.

CHAPITRE 24

Prise par ma tourmente, je traverse les bois à toute allure et arrive finalement dans une petite clairière où je me laisse tomber au sol. Mes mains se plaquent sur ma tête et mon corps se recroqueville avant que je pousse un cri de libération. Toute ma peur et ma honte s'échappent et je réalise que j'ai laissé Sim seul au milieu d'un groupe de mutant. Je relève aussitôt la tête et me retourne pour faire demi-tour mais suis arrêtée à la vue de l'encadrement de la porte de sortie. Un hologramme y trône et oscille doucement en affichant : *3*. Mon cœur se serre. *Si je m'en vais, quelqu'un va prendre ma place,* songé-je en calculant qu'avec Sim il ne restera qu'une place pour un autre Appelé. Ma frustration augmente d'un cran et je me retiens de hurler à nouveau. Je prends une longue inspiration et essaie de faire abstraction de toutes les images qui défilent dans la tête pour me concentrer.

Après quelques secondes à regarder l'hologramme, je décide de rester ici jusqu'à ce que Sim arrive en veillant à ce qu'un seul Appelé franchisse le seuil de la porte.

- Sim ! crié-je en direction de la forêt.

Pitié, faites qu'il soit en vie et qu'il entende ma voix.

- Sim ! Par ici !

Je me tais ensuite à la recherche d'une réponse mais seul le silence me parvient et me fait regretter encore plus de l'avoir abandonné. *Il est mort. Il serait déjà là sinon,* conclus-je en connaissant les capacités de mon compagnon. Une goutte de sueur tombe de mon front et atterrit sur mon nez avant de glisser sur ma joue comme une larme. J'ai préféré fuir que de faire l'effort de le trainer avec moi et en voici le résultat. Je m'en veux tellement.

Mon regard se fige entre les arbres et cherche un mouvement qui serait synonyme d'espoir. Mais rien. Pas même le vent ou les feuilles ne bruissent. Je choisis de faire le tour de la clairière en me convainquant que Sim a pris le mauvais chemin et est perdu quelque part dans ces bois. Je crie son nom à chaque arbre en écartant les branches et herbes hautes mais rien n'y fait. Soit la forêt est trop dense et il ne peut pas m'entendre, soit c'est moi qui suis sourde.

Soudain, à l'autre bout de la clairière, une ombre apparait dans les fourrés en bordure de forêt. Je plisse les yeux et me dirige d'instinct vers la porte de sortie qui est par chance tout près. Les herbes s'écartent et deux Appelés apparaissent. Je suis d'abord ravie en croyant qu'il s'agit de Sim puis apeurée quand je réalise qu'il n'en est rien. Ils tournent tous les deux la tête vers la sortie et se mettent à courir frénétiquement vers elle. *Ils vont prendre sa place,* songé-je en ne sachant quoi faire pour l'en empêcher. Je me rapproche en courant de la porte et m'arrête devant.

Je me sais faible mais je dois tenter quelque chose alors je m'élance à leur rencontre en brandissant mes poings pour seule arme. Comprenant que je cherche à les empêcher de quitter la *plane,* les Appelés font un crochet et essaient de me contourner mais j'ai le temps d'en intercepter un et de le plaquer au sol de toutes mes forces. Aussitôt, je brandis mon poing et l'abats sur mon adversaire qui n'en a que faire.

- Dégage, me crie-t-il en m'écartant.

Trop faible pour le retenir, j'essaie de le rattraper mais il s'éloigne trop vite et traverse l'hologramme qui passe alors de 2 à 1. *Non*

! Je tombe à genou face à la porte et comprends qu'il n'existe plus aucun avenir dans le Kiuju avec Sim. Si je franchis cette porte, je l'enferme dans cette *plane. Je ne peux pas faire ça.*

C'est comme si quelque chose me comprimait violemment la poitrine et que malgré ma lente respiration je perdais doucement le contrôle de mes émotions. J'angoisse. Parce que je sais que les possibles avenirs qui me restent sont flous et bercés de solitude. Vais-je céder et sortir en coinçant Sim ici si je vois un Appelé arriver en courant dans mon dos ? Vais-je plutôt le laisser partir et m'enfermer délibérément dans cette *plane* ? Ça se trouve, il est mort. Je n'en sais rien. Mais s'il revient et que je lui offre la dernière place pour rejoindre le *deck*, alors c'est peut-être moi qui vais mourir. *J'aurais dû demander à Tom ce qui arrive à ceux qui restent coincés dans les planes*. Cette ignorance m'angoisse et pourtant je sais que je dois donner ma place à Sim. Il l'a mérite tellement plus que moi. Je ne serais pas là aujourd'hui sans son aide.

Je porte mes mains au visage pour retenir mes pleures. Je vais être séparé de lui alors que je croyais que nous finirions ensemble. *Pourquoi n'est-il pas parti avec moi ?* J'ai beau chercher une solution, il n'en existe aucune. *Nous serions déjà dans le deck à cette heure-ci.*

J'entends un bruissement dans mon dos puis une main se pose sur mon épaule. Je me retourne brutalement, prête à sauter sur l'Appelé qui va prendre la place de Sim en traversant cet hologramme, mais à ma plus grande surprise, c'est mon compagnon que j'aperçois. Mon cœur se serre plus fort. Je me lève en un bond.

- Sim c'est terrible, il ne reste qu'une place.
- Oui, c'est ma faute. J'ai trop trainé.

Ses yeux sont gonflés et sa voix plate, presque morne.

- Tu dois sortir avant qu'un autre Appelé arrive, lui dis-je vivement.

Il secoue doucement la tête en posant ses mains sur mes épaules.

- Non, dit-il tout bas. Toi vas-y. Ma place est ici.

Les mots me manquent. Je ne comprends pas ce qu'il me dit.

- M.. mais pourquoi ? De toute façon, je vais mourir si je continue seule. Toi tu as une chance.
- Cesse un peu de te dévaloriser. (Il attrape sa plaque coincée sous sa veste et la fait passer autour de son cou) Allez, dit-il en la posant dans ma main. Et n'oublie pas ce que je t'ai appris.
- Non, dis-je vivement.

Je repousse sa plaque et recule. Je ne peux pas sortir en le laissant ici, j'aurais l'impression de lui voler sa liberté.

- Je n'ai pas envie de rentrer à Torn, continue-t-il. Toi si.

Je reste une fois de plus sans voix. Oui, c'est vrai que je meurs d'envie de quitter le Kiuju, mais pourrais-je me regarder en face si j'y parviens en le sacrifiant ?

J'ouvre la bouche pour rétorquer mais une ombre apparait au loin. C'est un Appelé. Nous n'avons plus beaucoup de temps.

- S'il te plaît. Je ne veux pas me battre avec toi.

Il perçoit la pression dans mon regard et donne un coup d'oeil par-dessus son épaule, constatant alors la personne qui arrive en courant.

- Moi non plus, dit-il avant de s'approcher et de me saisir par les épaules de nouveau.

Cette fois, son étreinte est plus forte et d'un vif geste il me fait reculer. Mes pieds glissent sur le sol et je ne parviens pas à l'arrêter.

- Non ! lancé-je en comprenant qu'il veut me faire traverser de force.

Mais mes mots sont vains et un instant plus tard sa force me projette en arrière. Mon champ de vision se trouble quand je transperce l'hologramme et je tombe sur la pierre du *deck*. Sim lance sa plaque dans l'ouverture de la porte et l'immense bloc de pierre s'écroule, écrasant avec elle ma dernière image de mon compagnon.

CHAPITRE 25

Je me redresse en sursaut et bondis en avant mais c'est déjà trop tard. La porte est close et Sim a disparu. Mes mains s'appuient contre la pierre froide en tremblant et mon front se pose contre elle à mesure que je réalise ce qu'il est en train d'arriver.

- Non, soufflé-je sans énergie.

Mon cœur se serre et m'écrase la poitrine. *Il était juste là*. Des tremblements s'emparent de mes bras, puis de mon torse. *Ce n'est pas possible*.

- Non, répété-je.

Je secoue la tête doucement et essaie de chasser de mon esprit l'angoisse que la perte de Sim me provoque. *Ça ne peut pas être vrai*. Mais tout est bien réel, il est de l'autre côté de cette porte, piégé dans la *plane*. Et moi je suis ici, après l'avoir abandonné. Je suis soufflée par une vague de culpabilité qui me noue la gorge et me donne la nausée.

- Qu'est-ce que j'ai fait ? lancé-je alors qu'un sanglot monte dans ma gorge.

Je réalise que je n'ai pas su rendre la moitié de ce que Sim m'a apporté. Depuis notre rencontre, il m'a tout donné sans raison et je n'en avais pas pris la mesure jusqu'à ce que je réalise qu'il ne sera plus à mes côtés. Mes jambes cèdent sous mon corps et mes larmes commencent à couler. *Reviens,* prié-je en me tenant le visage. Un puissant sanglot me laisse échappe un cri puis je perds le contrôle de mes émotions. Elles me remplissent et deviennent incontrôlables, crispant mes muscles et écrasant mes tempes. C'est comme si tout ce qui me faisait tenir debout et continuer cette aventure venait de s'écrouler. Sans Sim, je suis seule. Sans lui, je suis impuissante et effrayée. Je n'ai jamais été celle dont il était fier. Celle qui peut se défendre seule et faire face aux épreuves du Kiuju. Tout cela n'était que le résultat de la force et de la protection qu'il m'apportait. Sans lui, je suis incapable de survivre ici et même en sachant cela je n'ai rien fait pour empêcher cela.

Toujours collée contre la muraille, je vide mon corps de toute la tristesse qui l'habite. Je me fiche de paraître faible. Je ne désire qu'une chose : faire machine arrière et serrer Sim dans mes bras. Je revois en boucle son visage sérieux et ses traits droits qui lui donnent son air si sévère. Mais je sais qu'il ne l'est pas et qu'en un fragment de sourire tout son visage s'illumine. Je le veux ici, à mes côtés, en train de me disputer. Je veux entendre sa voix grave et franche. Mais je n'entends que les sanglots et ma respiration saccadée. J'échangerais tout ce que j'ai pour pouvoir me coller à lui sous une couverture. Sentir sa respiration calme et apaisante. Je donnerais tout pour chasser le froid que je sens m'encercler et m'enfermer dans la solitude. J'ai beau m'entourer de mes bras pour imiter sa présence, je me sens plus petite et seule que je ne l'ai jamais été. *Reviens,* me répété-je. *Reviens.*

Je sens quelque chose contre ma cuisse et écarte mes cheveux encore ébouriffés de ma fuite pour apercevoir un *macker* pousser mon sac de rationnement contre moi. Je comprends par son regard qu'il faut que je le prenne parce qu'il s'apprête à quitter son poste. Tous les Appelés sont sortis, la *plane* est fermée, il n'a plus rien à faire ici. Si je ne garde pas mes vivres, quelqu'un viendra me les prendre avant même que je ne m'en aperçoive. J'agrippe alors le sac dans ma main tremblante et le colle contre ma poitrine avant de m'enrouler autour comme s'il s'agissait d'un oreiller. Mes larmes repartent et je revois mon compagnon dans tout ce qui m'entoure.

Je l'imagine en train de me couper des fines tranches de viande quand l'odeur du rationnement me monte au nez. Je le vois dans la démarche du *macker* qui s'éloigne fier et sûr de lui. Je le sens contre moi alors que nous luttons contre le froid de la pierre, semblable à celle sur laquelle je suis recroquevillée maintenant. Il est même dans l'odeur du feu qu'un Appelé a allumé plus loin, alors que je l'imagine fumer sa cigarette. *Je suis tellement désolée*, songé-je en me demandant ce qu'il fait en ce moment. Est-il allongé dans l'herbe de la clairière à admirer le ciel ? Est-il emmené de force par des *mackers* ? Est-il en train de se battre contre des mutants qui l'auraient rejoint en dehors des bois ? Est-il retourné auprès des Signeurs que nous avons abandonnés dans la forêt ? Je me demande. *Penses-tu à moi ?* Mon esprit ne peut se défaire de son image. J'espère profondément que sa vie ne s'arrête pas aujourd'hui et que le Kiuju offre une seconde chance aux Appelés coincés dans les *planes*. Peu sont ceux qui rentrent à Torn mais j'ai espoir qu'il en fera partie.

Ma tête s'embarrasse de trop de questions qui ne cessent de me tourmenter. Elles m'occupent tellement que j'en oublie mon environnement. J'ai quitté une *plane* et suis dans un nouveau *deck*. Cela est aussi synonyme de danger et je m'en rends de nouveau compte quand des bruits de pas, s'approchant de moi, me parviennent. En essuyant mes yeux du revers de ma manche je parviens à apercevoir une silhouette peu rassurante me surplomber. Je comprends vite qu'il ne s'agit pas d'un *macker* et que l'issue de cette rencontre ne sera certainement pas courtoise. Pourtant, je n'ai pas la tête à discuter avec quelqu'un ; encore moins s'il vient pour profiter de ma tristesse.

- On a un coup de pas bien ? me lance l'homme avec l'arrogance d'un Appelé ayant survécu longtemps dans le Kiuju.

- Dégage ! lui lancé-je la mâchoire encore tremblante de ma crise de larmes.

L'Appelé émet un grognement d'insatisfaction. Il pensait peut-être pouvoir faire la causette avec une des rares femmes qui arrivent aussi loin dans le Kiuju. Pas de chance pour lui, je n'ai d'yeux que pour une personne aujourd'hui. Mais cette personne n'est plus là, parce que je l'ai abandonné.

- Que dirais-tu de venir un peu avec nous ? continue l'homme en s'écartant de façon à ce que j'aperçoive deux de ses camarades l'attendre en retrait.

Ma mâchoire se crispe. Il n'aura pas fallu longtemps pour que des Appelés essaient de m'amadouer. Le souvenir de Sim venant à mon secours lors de notre rencontre me revient en flash et fait remonter des larmes jusqu'à mes yeux. Les trois silhouettes se floutent à nouveau et ma lèvre supérieure se remet à trembler. *Sim. J'ai tellement besoin de toi.*

- Intéressée ou pas ? demande l'homme qui me surplombe prit d'impatience. (Il s'accroupit face à moi) J'ai l'impression que t'as besoin de compagnie.

Mon regard se noircit. Je voudrais être seule mais cet Appelé au visage pâle ne semble pas être du même avis. Je cligne des yeux pour éclaircir ma vue puis je toise ses cheveux négligés et sa barbe devenue longue d'avoir vécu si longtemps ici. *Comment ose-t-il me proposer de le remplacer ? Il n'égale pas même son ombre.*

- Va te faire voir, grogné-je alors en le dévisageant.

Je sais que ce genre d'Appelé n'en a que pour mes ressources. Ils campent devant la sortie des *planes* dans l'espoir d'y trouver une âme fatiguée et peinée. Il est bien trop bête pour croire que je ne l'ai pas compris.

- J'aurais aimé faire ça de manière courtoise mais tu ne me laisses pas le choix, dit alors vivement l'homme en tendant son bras vers mon rationnement.

Sa main agrippe le sac en toile mais j'avais anticipé ce geste depuis qu'il s'est présenté à moi. Je le serre alors fortement contre ma poitrine et de mon poing vacant, je frappe mon adversaire au visage. L'Appelé surpris recule en grognant et appuie sur sa joue pour faire taire la douleur qui le lance certainement. *Imbécile,* pensé-je en imaginant qu'il pensait avoir affaire à une pauvre femme démunie.

Je me lève et contiens mes émotions encore fortes qui crispent mes muscles. Je veux simplement qu'il s'éloigne et me laisse.

- À quoi tu joues ? me lance nerveusement l'homme devenu rouge. Tu crois qu'on va te laisser t'en sortir si tu résistes ? (Il s'approche d'un pas) Regarde autour de toi. Tu es seule.

Ce dernier mot résonne en moi comme une balle venue traverser ma poitrine. Elle me brise les os et termine sa course dans mon cœur. Mais au lieu de rationaliser la situation et de remarquer qu'ils sont trois face à moi alors qu'aucun *macker* n'est aux alentours ; je ferme mon poing et balance mon sac de rationnement dans mon dos. Avant même qu'il touche le sol, je me jette sur l'Appelé et l'assaille.

Rapidement, il me rend mes coups accompagnés de raclements de gorge et d'insultes mais je remarque qu'il n'a rien d'un bon combattant. Il ne vaut pas même le pire adversaire que j'ai pu affronter dans la Place des Combats. En quelques secondes à peine, j'arrive à intercepter deux de ses frappes et coince ses bras sous une de mes aisselles.

- Perdu, lui chuchoté-je en le transperçant de mon regard.

L'instant qui suit, j'enfonce mon poing dans son plexus et il s'écroule au sol, paralysé par l'afflux nerveux qui remonte à son cerveau. Mes poings sont tremblants, je revois dans son corps inerte la Signeuse que j'ai laissé mourir un peu plus tôt dans la *plane*. Elle est liée à l'abandon de Sim et ce souvenir me blesse à nouveau.

Je relève la tête et vois les deux compagnon du type rappliquer. *Tu aurais dû le savoir Laura.* Cette journée a été très éprouvante, émotionnellement et physiquement, et je me retrouve encore ici à devoir me battre. J'ai contemplé la mort depuis mon réveil. Accompagnée de la crainte et la tristesse. Je n'ai pas envie de forcer cet affrontement alors je me recule pour les laisser récupérer leur camarade. Ce comportement est bien naïf. Les deux hommes n'ont que faire de l'Appelé que j'ai laissé à terre et viennent directement prendre leur revanche.

En comprenant que je ne pourrai pas affronter deux hommes à la fois je cherche mon couteau à ma ceinture mais cette démarche est vaine puisqu'il est resté dans la *plane*, dans le corps de la femme que j'ai tué. J'arme alors mes poings et tente de leur faire face mais je suis dépassée par leur nombre. J'arrive à lancer quelques coups mais en peu de temps l'un d'eux arrive à immobiliser l'un de mes bras laissant à l'autre le champ parfaitement libre pour m'assaillir de coups. Je ne peux plus lutter et je subis la douleur en silence. Elle me broie les os et tord mes intestins. *Que penserait Sim ?* songé-je en étant moi-même spectatrice de ma défaite.

Quand mes adversaires terminent et me lâchent, je m'écroule au sol habitée de spasmes atroces. Leur chef avait raison, je ne pouvais rien faire contre leur assaut. Je suis seule et faible. Cette constatation m'étrangle et je me remets à pleurer. Perdue dans mes souffrances, je laisse les hommes récupérer mon sac de rationnement puis me fouiller.

- Lâchez-moi ! crié-je en sanglot alors que l'un d'eux récupère ma bourse à sachets.

Je lui envoie un coup de pied qui ne l'atteint pas puis il s'écarte et s'éloigne en récupérant le corps encore évanoui de son camarade.

CHAPITRE 26

Le froid qui monte depuis le sol gelé vient se mêler à mon froid intérieur. Celui qui me rappelle que je suis seule et que je n'ai rien fait pour empêcher ça. Il fait trembler mes muscles, crispe ma mâchoire et m'inonde de douleur. Les ecchymoses que m'ont laissées les Appelés ne sont que des échos de la peine horrible qui me déchire. Elle est partout en moi. J'ai beau me mettre en boule pour rassembler les morceaux de mon être qu'il me reste, je me sens seule. Je me sens démunie. Mes larmes glissent dans un flux continu jusqu'au sol et se mêlent au reste d'une neige fondue. Elles forment une petite flaque sur laquelle repose mon visage déformé par les sanglots. *Maman*, appelé-je alors que je perds tout espoir. *Je veux rentrer à la maison.*

À mesure que les minutes passent et que le seul son de mes pleurs fait doucement place à ma respiration puis au silence du *deck*, je réalise que ces derniers mois ont été une suite d'abandons et d'échecs. D'abord l'Appel où j'ai refusé l'aide d'Oly et Marc qui avaient pourtant voulu payer ma taxe. Ce jour, j'ai abandonné mes amis et ma famille. Je les ai laissés affronter l'hiver seuls et suis partie en direction du Kiuju. J'avais peur mais j'étais stupide. Ensuite, ce fut Gabin. Je l'ai petit à petit mis de côté en accordant mon temps et mon énergie à Sim. Je me suis transformée sans l'attendre. Le laissant perdu face à la nouvelle personne que je devenais : violente et impassible. Je me rends compte que cette transformation n'était qu'une façade, car aujourd'hui j'ai abandonné Sim et je redeviens la fille qui est entrée tremblante dans le Kiuju. *Ils me manquent tous tellement.*

Après ce qui me semble être une éternité à gésir sur ce sol glacial, je commence à ressentir les effets du froid sur moi. Celui qui vient du sol. Couplé à la fatigue d'avoir quitté en précipitation le précédent *deck*, échappé à la mort plusieurs fois et pleuré toutes les larmes de mon corps, il me gèle jusqu'aux os. Ma transpiration a humidifié ma peau qui n'arrive plus à se réchauffer mais malgré cela, je ne ressens pas l'envie de bouger. Je ne le mérite pas. *Tout ça, c'est de ta faute. Si je dois mourir de froid ici, je l'auras bien cherché !* J'ai le sentiment que cette punition est méritée et qu'elle m'apprendra quelque chose.

***

La nuit est tombée maintenant et je suis toujours allongée sur la pierre froide du *deck*. Je n'ai vu ni *macker* ni Appelé venir jusqu'à ce coin reculé. Personne n'aime s'approcher d'une *plane*. Ce n'est ni un coin stratégique pour les Appelés quand la *plane* est fermée ni un lieu à garder en sécurité pour les *mackers*. J'y suis donc seule, petit à petit recouverte par la noirceur de la nuit qui se dépose sur moi. Sans feu à proximité, je ne vois pas ce qui m'entoure. Seule une minuscule lumière que je distingue au bout du couloir m'indique la direction à prendre pour retrouver les autres Appelés — qui doivent se réchauffer auprès d'un feu.

Bizarrement, je n'ai pas peur. Après ce qu'il vient de m'arriver que pourrais-je redouter de pire ? Je n'ai plus rien. Mon couteau est de l'autre côté de cette immense porte en pierre, quelque part avec le corps d'une femme au sourire tranché.

Mon rationnement s'est envolé avant même que je l'ouvre et mes sachets médicaux aussi. Je n'ai pas de quoi me défendre ni de quoi me tenir en vie. D'ici quelques jours je serai pareille aux miséreux qui venaient mendier du pain devant le Couloir des Unifiés. Et je mérite cette sentence.

***

Au milieu de la nuit, alors que je ne trouve pas le sommeil, je me repasse ma journée en boucle et je frissonne à chaque fois que j'y vois une forme de violence.

- Non, gémis-je les yeux fermés alors que se mêle entre rêves et pensées le souvenir de Sim. Ne souris pas, continué-je en revoyant son visage d'adieu.

Il se mêle à celui de Gabin qui apparait en flash. *Tu nous as abandonnés,* murmure-t-il. *Tu as fui,* continue Sim. *Tu es lâche.* J'appuie mes mains sur mes oreilles. *Arrêtez,* supplié-je.

***

L'aurore pointe et le soleil se lève doucement. Mon corps est figé de froid. J'ai tellement tremblé que ma mâchoire est douloureuse. Les rayons lumineux qui se déposent sur moi sont une bénédiction vers laquelle je tends mes bras. Je roule sur le dos et me laisse baigner par sa chaleur. *Tu ne mérites pas ce réconfort,* me murmure une voix dans ma tête.

Je passe toute la journée à ce même endroit, sans bouger. J'ai froid. Je sens que mon corps lutte pour me réchauffer mais ma tête a décidé qu'elle ne trouverait aucune solution à ce problème. Elle écarte le froid et la faim et m'inonde d'images.

Encore et encore.

***

La nuit qui suit est encore plus froide. Je sens de la neige se déposer sur mon visage. Je suis si froide qu'elle ne se liquéfie même pas. Ce n'est que lorsque je pose mes doigts sur mes lèvres et que j'ai l'impression d'embrasser des pierres que je me décide à bouger. Je pivote difficilement, car mon corps s'est raidi à rester immobile, puis je desserre les sangles de mon sac à dos. La douleur qui remonte dans mes doigts quand je saisis avec précision les attaches et tire dessus est atroce. *Bien fait,* songé-je en gémissant. Je le retire et me rends compte qu'il m'isolait du froid quand mon dos se met à trembler. À tâtons ensuite, aveuglée par la noirceur de la nuit, j'ouvre la fermeture éclair figée par le gel puis je cherche à l'intérieur du sac. Ma main se pose immédiatement sur le tissu de la couverture de Sim que j'avais rangée là avant qu'il parte au Cœur. Je la retire du sac et le referme les mains tremblantes. Je le replace dans mon dos, consciente de la barrière thermique qu'il me procure puis déplie méticuleusement la couverture. Je m'enroule dedans puis je m'écroule de nouveau au sol. Elle agit immédiatement, comme si je venais d'allumer un feu de cheminée. En la caressant, je me dis que si nous avions cette technologie à Torn les Impécunieux ne mourraient pas de froid chaque hiver. La toile est particulière et isole bien mieux mon corps que n'importe quel autre tissu que j'ai connu chez moi. Je rapproche la couverture de mon visage pour profiter encore plus de la chaleur qui vient doucement atténuer la sensation de froid mais je suis aussitôt submergée par la nostalgie. *C'est celle de Sim.* Je reconnais son odeur et des larmes remontent de nouveau jusqu'à mes yeux. Entourée par la douce température et l'odeur qui me rappelle les nuits à lutter contre le froid avec Sim, je lâche un sanglot que j'avais essayé d'étouffer toute la journée.

***

Le lendemain matin, je me réveille d'une nuit éprouvante. J'ai réussi à fermer l'œil mais ce n'est que la résultante de plusieurs journées d'épuisement. Mon corps a simplement sombré dans un sommeil physiologiquement indispensable. Je ne me sens pas mieux. J'ai toujours froid. De manière raisonnable puisque je suis enroulée dans une couverture, mais toujours recroquevillée sur moi-même. *Que fais-tu là ?* me lance une voix dans ma tête. *Où est Sim ? N'as-tu pas l'impression d'avoir pris sa place ? Comment penses-tu t'en sortir à présent ? Tu es perdue. Tu es seule.* Ces pensées me hantent pendant des heures. Elles me rappellent que Sim méritait bien plus que moi cette place dans le *deck*. Lui aurait su s'en sortir. Il n'aurait pas laissé des Appelés le dépouiller. Il aurait peut-être même déjà migré à l'heure qu'il est. Au lieu de cela, j'ai pris sa place et je me morfonds sur ce sol gelé.

La tête prise entre mes mains qui essaient de faire taire mes tourments, je remarque à peine mon estomac qui me demande à manger. Je finis tout de même par attraper ma gourde et bois tout son contenu d'une traite. En plus d'être affamée, j'étais assoiffée. *Tu vas mourir de faim,* me dis-je sentant l'odeur du feu des Appelés venir jusqu'à moi. Je les imagine en train de dévorer mon rationnement. Ils ne s'inquiètent pas de m'avoir laissé sans vivre. Ils se moquent de savoir si je vais mourir sur ce sol ou non. *Je m'en moque aussi. Je n'ai plus personne pour qui avancer.*

Le soir, je suis surprise de voir une équipe de trois

mackers s'avancer jusqu'à moi. Je crois d'abord qu'ils viennent pour la *douche* mais l'un d'eux me pousse du bout de son pied et me fait rouler sur le dos.
- Vivante, déclare-t-il simplement avant de repartir.
Plus pour longtemps, songé-je en les observant s'éloigner au bout du couloir et tourner en direction du reste du *deck*.

***

Le jour qui suit arrive vite car je trouve le sommeil rapidement, mais il n'a rien de réparateur puisque je suis hantée par des images violentes. Je me réveille en sursaut alors qu'un mutant me bondit à la gorge puis me rendors aussitôt happée par l'épuisement. Les visages de Sim et Gabin prennent ensuite le relai et me plongent dans le remords et l'angoisse.

Le matin, je suis aussi fatiguée que la veille. Mon corps, vidé d'énergie, cherche tous les moyens de regagner en vitalité. Je m'étonne alors à faire des siestes en plein jour. La faim est devenue gênante maintenant et je me rends compte que seulement trois jours sans manger suffisent à affaiblir gravement un corps. Même sous le soleil de midi, je tremble et je suis frigorifiée comme au milieu de la nuit. Mon esprit s'embrume plus vite et j'entends de plus en plus de voix dans ma tête. *Tu vas mourir ici*, disent-elles. *Il y aura bientôt une tombe vide en plus à Torn.*

En fin d'après-midi, alors que mon épaule a maintenant pris la forme du sol tant je suis restée dans la même position, je distingue deux silhouettes apparaître au bout du couloir et trottiner vers moi.
- Elle est encore là, lance l'un des deux Appelés.
Je lève un peu la tête et les yeux vers eux. Je reconnais alors

les hommes qui m'ont volé mes vivres quelques jours plus tôt. Bizarrement, je ne ressens rien. Je n'ai pas envie de me venger ni même de les oublier. Je n'ai tout simplement pas la force de les affronter.

- Toujours en train de se lamenter ? me demande l'un d'eux en s'accroupissant devant moi.

Je le regarde sans y prêter grande attention, puis je laisse la fatigue refermer mes yeux.

- Attention à ce que tes joues ne se creusent pas trop. Ça va abimer ton joli petit minois.
- Je t'avais dit qu'elle était mignonne, lance l'autre resté debout.

L'Appelé accroupi pose alors sa main sur mon visage et le tourne de droite à gauche pour mieux me toiser. Cela me force à rouvrir les yeux et à lui décrocher un regard de désapprobation.

- Lâche-moi, ordonné-je en attrapant son poignet.

Il me repousse alors violemment et ma tête frappe le sol en retombant.

- Tais-toi, dit-il. Moi je veux savoir à quoi elle ressemble là-dessous, continue-t-il en saisissant ma couverture.

Il l'écarte d'un grand geste que je n'arrive pas à empêcher. Il pose ensuite ses mains sur ma veste et commence à l'ouvrir. Mon cœur se presse alors que je comprends la menace qui me guette.

- Dépêche-toi avant que les *mackers* arrivent, dit l'autre en riant.

À son tour, il vient s'accroupir près de moi et pose ses mains sur ma ceinture. J'essaie de le repousser en gesticulant mais je constate bien vite que mes mouvements sont impuissants.

- Laissez-moi tranquille, crié-je en reculant comme je peux.

Les deux rient et m'agrippent en passant leurs mains sales sur tout mon corps. Ils m'immobilisent sans peine et la peur monte en moi. L'un soulève mon sous-pull et passe ses doigts gelés sur mon ventre. *Pas ça,* supplié-je au bord des larmes.

- Lâchez-moi ! crié-je à nouveau alors qu'ils détachent ma

ceinture. Arrêtez !

- La ferme ! m'ordonne soudainement l'un des deux en prenant mon visage à pleine main recouvrant alors ma bouche. Un mot de plus et je te découpe.

Mon corps se fige en remarquant qu'il s'apprête à attraper son couteau. Je ferme alors les yeux et prie pour qu'ils fassent ça vite et partent aussitôt. Un sanglot m'échappe mais je retiens mon étranglement. Je me sens si démunie. Tout mon corps se verrouille et je sens des larmes monter silencieusement à mes yeux. *Si seulement je ne m'étais pas laissée affaiblir de la sorte... J'aurais pu les repousser.* Je comprends maintenant l'impuissance que ressentaient ces Appelés laissés pour morts dans les *decks*. Ceux qui ont décroché un jour et qui depuis sont devenus la proie des plus aguerris. *Sim*, supplié-je en sachant qu'il aurait su quoi faire alors que j'entends les râles pervers de mes agresseurs. *Tout mais pas ça*, songé-je les yeux plissés à m'en faire mal. À ce moment, je regrette que le froid et la faim ne m'aient pas emporté plus tôt. Je préfèrerais mourir que les laisser avoir mon corps.

- Éloignez-vous d'elle, lance une voix perçante sortie de nulle part.

Elle traverse le couloir silencieux et vient frapper mes tympans comme une balle. Mes agresseurs ressentent aussi son tranchant et écartent immédiatement leurs mains qui étaient posées sur moi. J'ose ouvrir les yeux pour guetter qui est à l'origine de ces mots mais n'aperçois que les silhouettes retournées de mes agresseurs.

- Putain les *mackers*, chuchote le plus proche de moi pris par surprise. Cassons-nous !

Merci. J'attrape aussitôt les pans de ma couverture pour m'enrouler dedans — recouvrant chaque parcelle de mon corps jusqu'à mes cheveux et réajustant un peu mes vêtements. Je me recroqueville en vitesse et prie pour être débarrassée rapidement de cette menace. Les deux Appelés se lèvent en un bond et j'aperçois alors, dans l'ouverture de ma couverture, les rangers claires de trois *mackers* qui s'arrêtent à quelques mètres d'ici. Mes deux agresseurs s'empressent de les contourner pour s'enfuir mais je comprends que l'un d'eux est saisi par un *macker* et plaqué contre la muraille. Malgré le son tamisé par ma couverture, j'arrive à entendre les mots qu'il lui crache amèrement :

- Je te conseille de te faire très discret. La prochaine fois que je tombe sur toi, je t'arrache de ce *deck* et te jette dans une *plane*. Je me ferai ensuite un malin plaisir à te regarder te faire déchiqueter par les mutants jusqu'à ce qui ne reste plus rien de toi à enterrer. Je suis assez clair ? (Le *macker* marque une pause suivie d'un gémissement que je devine être celui de l'Appelé) Maintenant, tire-toi.

Mon agresseur détale en direction du *deck* et rejoint son camarade qui l'attendait plus loin. Je suis à la fois soulagée et terrifiée. Je savais que cette menace était réelle. J'avais de nombreuses fois senti les regards pervers des Appelés sur moi, mais jamais je n'avais imaginé vivre une telle expérience. Elle était violente et tétanisante. J'avais l'impression qu'ils allaient repartir avec un bout de moi et que ça me détruirait pour toujours.

Les *mackers* restent immobiles le temps que les Appelés détalent puis le plus proche des trois se tourne et déclare :

- Laissez-moi et allez vérifier le reste du *deck*.

À ces mots, les deux autres s'éloignent en faisant claquer leurs rangers sur la pierre, me laissant seule avec un seul homme. Bizarrement, je ressens la même peur qu'il y a quelques minutes. Personne n'a l'assurance que ce *macker* est bon et qu'il ne va pas profiter lui aussi de moi. Il s'approche et je resserre l'étreinte de mes poings sur la maigre couverture qui me sépare de lui. Il s'arrête juste devant moi et s'accroupit en posant une main sur mon épaule.

- Laura, est-ce qu'ils t'ont fait du mal ?

La peur qui avait comprimé si fort mon cœur s'échappe et j'écarte en précipitation la couverture. *Tom ?* Sa voix était si grave et autoritaire que je ne l'ai pas reconnu. Pourtant, je sens aussitôt la chaleur se déposer sur moi à l'endroit où il a posé sa main. Je découvre son visage et mes yeux se remplissent de nouveau de larmes, cette fois-ci de soulagement. *Il n'y avait que lui pour connaitre mon nom.* J'agrippe le tissu de son pantalon clair pour me lier à lui dans une étreinte vive et soudaine. Elle est contrôlée par mon instinct, cherchant désespérément le réconfort et la sécurité. Tom, qui était accroupi, tombe sur les genoux, surprit par ma force et je me précipite contre lui.

- Doucement, déclare-t-il alors que je ne peux contrôler mon désir de me coller à lui.

Mes doigts agrippent ses vêtements et mon visage s'engouffre dans les plis de sa veste, déversant alors un flot incontrôlable de larmes. Tout ce temps à gésir sur le sol glacial et à maudire mon existence ; toute la peur et la souffrance ; tout disparaît dès qu'il est là. Je peux ressentir sa force dans ses bras qui m'entourent doucement pour calmer mon chagrin. Il se penche au-dessus de moi et fait rempart contre toutes les horreurs du Kiuju. Je sais qu'il ressent ma peur. Il sait que jamais encore je n'avais été aussi démunie qu'aujourd'hui. En quelques jours à peine, j'ai connu la douleur et le déchirement. J'ai traversé l'impossible, m'épuisant pour rester en vie et j'ai perdu toute envie d'avancer au moment où la *plane* s'est refermée sur Sim. Après cela, la solitude m'a inondée et j'ai subi les conséquences d'une errance sans but.

Tom attend silencieusement que ma crise passe en caressant mon dos. Son calme et sa chaleur m'enrobent et me bercent dans une atmosphère semblable à une pause au coin d'une cheminée. Ces quelques minutes volées qui ne pourraient pas avoir lieu si nous étions entourés d'Appelés me font me sentir à la fois vivante et faible. Je sais qu'il n'a pas le droit d'être ici mais j'ai besoin de lui. Sa présence est comme une drogue, elle détend mes muscles crispés et soulage mes maux. Rien ne m'importe plus que ses bras qui me tiennent contre lui.

- Où étais-tu ? demandé-je la voix encore fractionnée par mes pleurs. Ils ont voulu... (Une inspiration haletante coupe ma phrase) Ils voulaient...

Ma voix se brise alors que j'imagine ce que ces Appelés auraient fait de moi s'il n'était pas arrivé à temps.

- Je sais, comprend-il. J'aurais dû empêcher ça. Pardonne-moi.

Je resserre mon étreinte sur lui. Il n'a rien à se faire pardonner, il est arrivé au bon moment, comme toujours. Il a tenu sa promesse de veiller sur moi. Il est là, à me consoler mais sait-il à quel point je suis désespérée ? Je voudrais qu'il sache que j'ai tout perdu, que je ne suis plus qu'une Appelée démunie.

- Tom, je n'y arriverai jamais. C'était déjà insurmontable mais cette fois c'est impossible. Je n'ai plus rien. Et Sim est... (Ma voix se brise à nouveau) Il est mort.

À ces mots, qui rendent la réalité encore plus insupportable, mon corps cède à un nouveau sanglot.

- Toute seule j'en suis incapable.
- Laura... reprend-il d'une voix à la fois lasse et gonflée d'empathie. Pleurer n'arrangera rien. (Il écarte mes cheveux de ses doigts pour passer sa main sur ma joue couverte de larmes) Regarde-moi.

Doucement, il m'oblige à me redresser et à m'écarter de lui mais je n'arrive pas à le lâcher et mes mains restent agrippées à ses vêtements.

- Tu arrives au bout, commence-t-il en posant son magnifique regard sur moi. Tu dois rester forte et continuer à avancer. Ne pense pas aux épreuves qui t'ont abattues et concentre-toi sur la suite. Il faut du courage, je le sais, mais tu en es capable.
- Je suis épuisée, avoué-je. Je veux rentrer chez moi.

Je voudrais qu'il comprenne que j'ai essayé. J'ai suivi les instructions de Sim pour devenir plus forte. J'ai traversé toutes les *planes*, mais ce Kiuju n'en finit pas.

- Il n'y a qu'une façon de sortir d'ici, c'est de continuer, déclare Tom.

Je secoue la tête, refusant d'y croire.

- Tu pourrais m'aider toi. Il doit bien y avoir un moyen de me faire sortir en douce. (Il écarte cette idée de son regard) Aide-moi, imploré-je.
- Je regrette.

Mon cœur se brise une seconde fois. *Si lui ne peut rien faire alors qui ? Cette aventure ne trouve sa fin que dans la mort ou la souffrance ?* Soudain, une sensation brûlante monte en moi et me remplit de colère. S'il n'existe pas d'issue positive, je veux en être libérée.

- Dans ce cas, tue-moi, dis-je en cherchant l'arme de poing rangée à sa ceinture.

Ma main se précipite sur l'étui mais elle est vite recouverte par la sienne.

- Arrête ça, me dit-il d'une voix plus autoritaire.

Son regard est tranchant mais il ne me fera pas changer d'avis. Je suis épuisée de cette vie. Mes jours sont remplis de l'horreur qui revient en écho dans mes rêves quand j'arrive à trouver le sommeil. Il ne peut y avoir qu'une fin à cela : la folie ou la mort. Je ne laisserai pas le Kiuju me changer.

- Tue-moi, répété-je en l'implorant.
- Il en est hors de question.
- Je croyais que même si tu n'y étais pas autorisé, tu m'aiderais à quitter cet endroit. Libère-m'en. Je t'en supplie.
- Je ne peux pas.
- Pourquoi ? rétorqué-je blessée qu'il trouve une nouvelle excuse pour me laisser souffrir. Tout le monde se fiche qu'un *macker* tue un Appelé !
- J'en suis incapable.

Mon entêtement s'arrête instantanément. Ses mots ne sont pas explicites mais son regard l'est. Il m'aspire et je lis dans le vert de son iris qu'il est lui aussi lié à moi par une force qu'il ne maîtrise pas. Quelque chose qui l'empêche de pointer son arme sur moi. En un instant, tout s'éclaire et je comprends pourquoi il m'apparaît toujours aux moments les plus difficiles. *C'est pour ça que tu veilles sur moi ?* lui demandé-je d'un regard. Je saisis alors que plus tôt, il n'a pas menacé les Appelés parce qu'il agissait comme un *macker*, mais parce qu'il leur refusait la seule pensée de s'approcher de moi. Contraint par son statut il ne pouvait pas mettre à exécution ses désirs vengeurs mais au fond il ne demandait qu'à leur trancher les mains qu'ils avaient osé poser sur moi.

- Oh… Tom, murmuré-je en comprenant le dilemme auquel il est confronté entre amour et raison.

Ma poigne se desserre de l'étui de son arme et je le laisse prendre ma main.

- Je t'en prie, dit-il. Reprends-toi et continue. Je sais à quel point c'est difficile mais tu ne dois pas abandonner. Si ce n'est pas pour toi, fais-le pour ton ami. Penses-tu qu'il aurait voulu que tu le pleures nuit et jour jusqu'à te laisser mourir ?

Tom m'entoure de ses bras et m'attire vers lui. Je le laisse me remplir de son aura et de sa chaleur si confortables. Il m'attire tout près de lui, si proche que ses lèvres effleurent mon cou et son souffle fait frémir ma peau. La tête dans le creux de son épaule, je ressens son pouls soudainement s'accélérer.

- Fais-le pour moi, murmure-t-il.

Ma respiration se coupe et mon sang se presse contre mes tympans. C'est comme si son emprise sur moi prenait une dimension supplémentaire. Je la sens glisser sur ma peau puis pénétrer ma chair jusqu'à mon cœur. Elle le saisit et le serre. Ce lien, que je savais nous lier mais qui se relâchait à chaque fois que le Kiuju nous séparait, se tend vivement et m'attire vers lui comme un aimant. Il m'appelle. Je l'ai toujours désiré, depuis le jour où il m'a fait goûter à son étreinte, mais aujourd'hui j'y ai pleinement accès. Il m'invite. Je peux me tenir là, contre son torse, sans avoir l'impression de lui voler de son aura. *Je le veux,* songé-je en en prenant possession. Guidée par un puissant désir, je me colle encore plus contre son torse et le tire vers moi. Je veux sentir la force de ses bras m'entourer et son souffle chaud dans mon cou brûler ma peau. Je veux sombrer dans cette atmosphère jusqu'à en mourir étouffée.

- D'accord, cédé-je.

Je me battrai encore un peu pour retrouver ses bras et les laisser m'encercler à jamais.

- Mais ne t'éloigne pas trop, demandé-je toujours effrayée à l'idée de traverser le Kiuju seule.
- Je ne serai jamais loin.

J'ai peur, mais je sais que c'est la solution. J'ai l'assurance d'être en sureté dans les *deck*s avec Tom à mes côtés et je pense pouvoir traverser les *planes. J'en suis capable. Sim aurait voulu ça.*

Je lève les yeux et aperçois, à l'angle du couloir, les silhouettes des deux *mackers* revenir d'un pas lent. *S'ils me voient dans ses bras, Tom aura des ennuis*. Je m'écarte alors de son aura qui m'est si précieuse. À peine l'ai-je quitté que mon instinct me hurle de retomber dans ses bras. Je dois lutter pour ne pas y céder et je recule en attrapant ma couverture dans laquelle je m'enroule. Tom me lance d'abord un regard interrogateur puis comprend mon comportement en jetant un œil par-dessus son épaule. Quand il repose ses yeux émeraude sur moi, il me remercie d'un sourire. Il passe ensuite une main dans l'une des poches de sa veste et en sort quelque chose qu'il dépose sur le sol.

- Ne pleure plus, me dit-il doucement en caressant furtivement ma joue. J'ai confiance en toi.

Tom se lève et m'embrasse d'un regard. Ma poitrine se serre quand je comprends qu'il va de nouveau s'éloigner et laisser le froid du *deck* me recouvrir. Je profite alors des dernières secondes de ses yeux sur mon visage avant qu'il ne se retourne et s'éloigne vers les deux *mackers* qui le rejoignent, emportant avec lui le rayonnement qui l'entoure.

CHAPITRE 27

J'ai regardé Tom disparaître au tournant du couloir et ai senti la fraicheur du *deck* me recouvrir de nouveau. J'ai encore peur que les Appelés reviennent s'en prendre à moi mais je me sens moins démunie. Je sais que Tom refera surface au moment où je serai en danger. Il me l'a promis et je l'ai senti. *Maintenant, trouve un moyen de sortir d'ici.* Je n'ai plus d'arme et il est hors de question que je migre sans. Mon couteau m'a sauvé la vie à de multiples reprises alors je dois m'en procurer un nouveau. Mais d'abord, je dois me remettre sur pied.

Quand je baisse les yeux, je remarque le petit sachet bleu posé devant moi. *Merci*, songé-je en revoyant Tom le poser avant de partir. Je prends le médicament dans ma main et me demande si j'en ai vraiment besoin ou si je pourrais le garder pour plus tard. Je suis exténuée et je n'ai pas mangé depuis des jours, mais est-ce que ce coup de jus ne serait pas trop éphémère ? Si je prends le sachet maintenant il me permettra de me lever pour aller faire le tour du *deck* et pourquoi pas trouver un indice sur la prochaine *plane*. Mais, ne serai-je pas de nouveau trop faible quand l'heure de la migration aura sonné ? Une fois que les effets positifs du médicament auront disparu ? *Je le prendrai avant d'entrer dans la plane,* me dis-je en refermant mon poing sur le petit sachet.

Je rajuste mes vêtements détachés par mes agresseurs et me promets de leur faire payer leurs actes si je les croise à nouveau. Je passe mes mains sur mes joues pour écarter tout reste de larme et faire abstraction de mes peines. J'ouvre ensuite mon sac à dos et cherche dans les petites poches les barres comestibles que je n'ai jamais consommées. Elles sont minuscules, quelques centimètres à peine, mais me permettront de calmer ma faim. *Trois barres, trois jours,* songé-je en les posant sur le sol. *Si tu n'es pas partie à ce moment-là, c'est que tu n'es pas assez intelligente,*. Je sais que de cette façon, je force mon esprit à chercher des solutions et mon corps à se surpasser dans l'attente du prochain rationnement.

- Allez, dis-je tout haut en ouvrant l'une des trois barres.

Je la porte à la bouche et mords vivement dedans. Je me rends rapidement compte qu'elle est remplie de vitamines et de nutriments essentiels qui ont été assemblés dans un but curatif et non gustatif. La texture est molle et collante, le goût trop salé. Pour la première fois, je regrette la viande séchée et le pain dur que le Kiuju à l'habitude de nous servir. Une fois que j'ai fini mon maigre repas, je suis prise d'une soif désagréablement persistante. Ma gourde étant vide, je me décide à aller à la recherche de la salle d'hygiène. *Il faudra bien y passer,* songé-je pour faire taire ma peur d'avancer dans le *deck* sans Sim à mes côtés. Je range soigneusement les deux barres comestibles dans mon sac et y ajoute ma couverture. Ensuite, je rassemble mes cheveux décoiffés depuis des jours et les noue proprement. *Sois impeccable et ils croiront que tu es en pleine forme,* me dis-je pour booster encore un peu ma motivation et atténuer ma peur. J'hésite à retirer ma ceinture pour éviter que les Appelés remarquent mon étui à couteau vide, mais me dis qu'il en sera de même. Pas d'arme visible signifie pas d'arme tout court. Ils s'en rendront forcément compte. Tout repose alors sur mon attitude qui doit demeurer droite et menaçante.

Non sans peine, je me dresse sur mes pieds. Les jours passés sur le sol à m'affaiblir n'aident pas mon corps qui est pris d'une violente chute de tension. Secouée par des vertiges, je titube jusqu'à une muraille et attends que le mal passe en fermant les yeux. *Fais un effort ! Quel piteux état.* Quand je rouvre les yeux quelques secondes plus tard, mon regard se pose sur un objet brillant à moitié sous ma chaussure. Je fais un pas sur le côté et découvre la plaque de Sim. Je me penche pour la saisir et l'observe dans le creux de ma main. En caressant son nom inscrit dans le métal, je ressens un pincement au cœur. *Pour Sim,* songé-je en ravalant ma souffrance pour la convertir en force. Je saisis ensuite la chaînette et la passe autour de mon cou. La plaque, glacée par la pierre sur laquelle elle gît depuis des jours, vient rejoindre la mienne. Je la serre sur ma poitrine et me décolle du mur.

Je rajuste une dernière fois ma veste et mon sac à dos puis m'avance les poings serrés. Au bout de quelques mètres, le couloir tourne sur la gauche. Je force mes jambes à continuer et à ne pas céder à la peur, puis je pénètre dans le *deck*. Je découvre alors une place rectangulaire de plusieurs centaines de mètres carrés dans laquelle sont rassemblés bon nombre d'Appelés. Je suis étonnée d'en voir autant, croyant qu'à mesure que j'avance dans le Kiuju nous serions de moins en moins nombreux. Ce n'est apparemment pas le cas puisque je compte à première vue entre cinquante et soixante Appelés juste dans cette place. Je repère rapidement l'entrée du Cœur qui est gardé par quatre *mackers* et un peu plus loin la salle d'hygiène. Je me dirige vers cette dernière en forçant tous mes actes à avoir un but afin d'éviter d'attirer les regards sur moi. Une personne errante et lasse devient une cible facile pour tout rôdeur.

En traversant entre les feux allumés – aussi bien contre les murailles qu'au beau milieu de la place, j'aperçois deux nouveaux couloirs qui étaient masqués par des Appelés. *J'irai les explorer plus tard.* J'entre dans la salle d'hygiène et y remplis rapidement ma gourde. Je remarque que plusieurs Appelés ont l'air de squatter les lieux sous la tutelle du *macker* qui garde l'entrée. Sentant leurs regards intéressés sur moi, je m'asperge rapidement le visage d'une eau glacée, bois à volonté puis je fais demi-tour. Me voilà débarrassée de tout besoin physiologique.

Je décide de faire un tour complet du *deck* pour m'assurer de rester en mouvement mais aussi pour collecter des informations. Le premier couloir que j'emprunte est peu large et assez sinueux. Je n'y croise que très peu d'Appelés, souvent avachis contre les murailles ou errant sans but. Sans surprise, j'arrive au départ de la prochaine *plane*. La porte est si grande qu'elle prend toute la largueur de la petite place. Au centre, un Appelé est assis en tailleur et fixe inlassablement la muraille qui le sépare des prochains mutants. Je le toise discrètement et ne remarque aucun équipement particulier. Il porte un couteau à la ceinture, un sac à dos à peine remplis et a recouvert sa tête d'un drap semblable à une écharpe. *Rien d'inhabituel là-dedans.* Je me dirige vers la porte et contemple d'abord le chiffre : 4, qui trône au-dessus de ma tête puis je passe une main contre la pierre. Elle est vieille est craquelée, comme celle qui recouvre tous les murs de cet endroit. Quand je m'approche des jointures entre la porte et la muraille, je parviens en grattant un peu à trouver des grains de sable. Ils sont à peine plus clairs que la roche et dégringolent en cascade jusqu'au sol. Curieuse de vérifier ce premier indice, je parcours toute la porte du regard et vérifie les résidus au sol. *Une plage,* pensé-je en retrouvant du sable un peu partout dans les crevasses. Je m'accroupis et passe une main sur un petit sillon bien rempli. Le sable y est très fin et doux. Je le passe entre mes doigts et réfléchis à quelle créature cette *plane* pourrait cacher. *Encore une créature marine ? Je vais devoir nager dans une eau gelée à nouveau ?* Mais quand je me redresse et que je croise le regard du *macker* en poste ici, je comprends que la réponse réside dans ce sable. Il ne faut pas que je cherche dans l'eau, le mutant sera terrestre. Un petit frisson de satisfaction me parcourt le dos quand je réalise qu'il s'agit d'un désert et non d'une plage. Cela explique la finesse du sable et pourquoi il s'incruste dans la plus petite des entailles de la roche. Je ferme les yeux et cherche quel type de bête pourrait s'y cacher. Je pense d'abord aux insectes puis aux prédateurs terrestres et volants. Ce pourrait aussi être des charognards. Toutes ces informations me donnent matière à réfléchir et je décide de m'éloigner de cette placette avant que la *plane* ne s'ouvre. Je dois maintenant me procurer du matériel pour migrer en sécurité.

De retour dans la place principale du *deck* — là où se concentrent toutes les menaces, je sens mon cœur se serrer de nouveau. Les Appelés ici sont tous plus effrayants les uns que les autres. Malgré une aventure épuisante, ils sont presque tous encore bien portants. *Plus de la moitié sont des Signeurs,* conclus-je. Je remarque aussi que les *mackers* sont plus nombreux à patrouiller que dans mes souvenirs. Cela signifie certainement que la menace est de plus en plus présente à mesure que je progresse dans le Kiuju et que les Appelés ont compris que pour avoir de meilleures chances de réussite il faut réduire celles des autres. Je compte quatre *mackers* à l'entrée du Cœur et un groupe de trois autres qui fait les cent pas. *J'aimerais que Tom soit l'un d'entre eux,* songé-je en constatant tristement qu'il a été remplacé par ses collègues. Ce renforcement de la sécurité me permet de relativiser sur la menace qui me guette, mais je n'en perds pas mes appréhensions pour autant. Chose qui me déplait plus, c'est d'observer que malgré leur air détaché, les *mackers* semblent avoir leurs préférences. Je remarque notamment que les gardiens du Cœur discutent très amicalement avec un Appelé en particulier. Sans surprise, c'est un Signeur. Je le reconnais nettement grâce à la longue balafre qui lui recouvre la joue droite. *Ils sont de partout.* Je suis étonnée que les *mackers* lui prêtent de l'attention puisque le but des Signeurs est de semer le chaos dans les *decks*. D'après Sim, ils veulent se rebeller contre le système or, les *mackers* sont le système. Je me contente de froncer les sourcils et traverse la place rapidement.

Un coup d'œil sur le côté et je constate que je n'accèderai pas au dernier couloir de ce *deck* qui est bien gardé par un groupe d'Appelés. Il doit probablement s'agir d'une place semblable au Couloir des Unifiés qui est privatisé par un groupe d'individus. Sans Sim pour aller négocier une place, je ne me risque pas à y pénétrer.

Au lieu de cela, je choisis de m'installer à l'écart pour passer la nuit. Tant que la lumière naturelle me permet d'y voir, je cherche rapidement un endroit calme du regard et m'y presse. Étrangement, je ne suis pas dérangée ou interpellée et peux m'y rendre sans trop attirer l'attention.

Je m'écarte de la place remplie de menaces et vais m'installer à l'entrée du couloir qui mène à la précédente *plane*. Je sais qu'il est vide puisque j'y ai passé des jours sans y voir personne. Je m'appuie contre une muraille et m'assieds sur le sol. Je souffle en atteignant le sol. Je suis épuisée et pourtant je n'ai rien fait. D'un regard, je vérifie que mon emplacement est optimal. Ici, je suis sous la surveillance des *mackers* qui peuvent me voir de leur poste, et suffisamment à l'écart des Appelés pour leur passer l'envie de me toiser. J'ai même un panorama idéal sur eux afin de les étudier encore un peu. J'espère trouver la solution de mes problèmes parmi eux.

À mesure que la nuit tombe, je m'interroge sur mes options. *Je pourrais voler un couteau à l'un des Appelés*, songé-je d'abord. Il me suffirait de rôder une fois l'obscurité venue et d'attendre que l'un d'entre eux s'endorme pour lui dérober son arme. *Trop risqué*. Il y a trop de feux. Même si j'étais la plus discrète possible, tout le monde me verrait grâce à la lumière qu'ils génèrent. Je serais alors l'ennemie de tous les Appelés qui me prendraient pour une rôdeuse. Je repousse moi-même ces hommes et femmes qui profitent de notre sommeil pour venir nous voler. En plus d'attirer le mépris, devenir l'un d'eux ne me donnerait pas très bonne conscience. Je n'exclus pas non plus le risque d'être prise sur le fait et mise en pièce par un Appelé furieux. *Oublie cette idée !*

Pourquoi pas me créer une arme ? songé-je. J'écarte aussi cette idée. En plus d'être une piètre bricoleuse, je ne sais pas où trouver le matériel nécessaire.

La meilleure idée reste de s'en procurer une et le moyen d'y parvenir est d'entrer dans le Cœur. Sim m'a souvent raconté ce qu'il pouvait s'y trouver et j'y ai moi-même aperçu des étals d'armes. Malheureusement, je sais que je n'ai aucune chance d'y entrer seule. Mon matricule est fiché et les *mackers* me refusent systématiquement l'entrée. Je ne suis pas sûre non plus de pouvoir m'y faufiler en douce. L'entrée n'est pas très large et elle est gardée par quatre *mackers* jour et nuit.

Déprimée de ne pas trouver de solution, je me laisse dépasser par le temps. La nuit tombe petit à petit et recouvre le *deck* avant que je trouve une idée. Grâce à la lumière des feux, j'observe une énième fois les Appelés, espérant trouver chez eux la réponse à mes questions. Certains sont endormis si profondément que l'envie d'aller les voler me démange. Je dois pourtant me retenir en constatant le nombre important de leurs camarades qui montent la garde.

Doucement, la température tombe et la nuit s'épaissit. Je repense alors aux bras de Tom qui m'encerclaient il y quelques heures. Je voudrais qu'il soit là pour me réchauffer et calmer mon cœur qui bat plus vite maintenant qu'il est parti. Chaque bruit, chaque mouvement m'inquiète et je me demande si l'on va venir me faire du mal. Il m'est impossible de fermer l'œil, même le temps d'une sieste. J'ai bien trop peur. L'incident de ce matin me terrifie. Je sens de nouveau les mains de mes agresseurs sur moi, j'entends leurs voix et leurs désirs pervers. J'ai envie de céder aux tremblements et aux pleurs mais je sais que je dois rester vaillante. Je m'imagine alors lovée contre le torse de Tom et essaie de passer la nuit tranquillement.

***

Sans surprise, je fais une nuit blanche, prise dans la tourmente de mes peurs les plus sombres et de mes regrets les plus douloureux. Je suis heureuse quand j'aperçois les premiers rayons de soleil percer au-dessus des murailles. Dévorée par la faim, je sors précipitamment une de mes barres comestibles et l'avale. Ce n'est ni savoureux ni rassasiant mais j'ai l'impression d'avoir petit-déjeuné et de pouvoir commencer la journée sur le bon pied. Malheureusement, le manque de sommeil me fait mentir puisque je n'ai pas de force. Rien qu'ouvrir ma gourde dont le goulot a été figé par le givre cette nuit est une épreuve. Je soupire grossièrement et un nuage de vapeur d'eau apparaît devant mon visage. *Bouge-toi sinon tu vas crever ici.* Je me force alors à me lever et à faire plusieurs aller-retours dans le couloir vide pour activer mon corps. Le temps étant vraiment froid ce matin avec ce ciel découvert, je décide de conserver ma couverture et de l'attacher autour de mon cou pour en faire une cape. Je me demande pourquoi je n'ai pas eu l'idée de faire ça plus tôt, car elle conserve très efficacement la chaleur.

Une fois mon corps éveillé et mon esprit actif, je retourne contre la muraille et regarde le *deck* s'éveiller. *Trouve une solution,* me dis-je en scrutant chaque recoin de la place avec l'espoir que la solution m'apparaisse comme par magie. *Sim t'a mieux formé que ça !* grogné-je honteuse de mon inaptitude à résoudre mon problème. Mais alors que je lutte avec mon idée embrumée, mes yeux se posent sur un visage et mon esprit s'illumine. *Voici ma porte d'entrée.*

L'opération me semble tout de même risquée mais rien n'est aisé dans le Kiuju. Je tourne l'idée dans ma tête, en essayant d'imaginer tous les scénarios. Dans le meilleur des cas, je n'ai même pas besoin d'entrer dans le Cœur et on me sert sur un plateau d'argent l'arsenal dont je rêve. Dans le pire des cas, je termine battue ou sans option. *J'ai connu bien pire que cela.* Il ne me reste qu'une barre comestible et mes forces commencent vraiment à faiblir. Si je dois migrer sans arme, il faut le faire au plus tôt. Je me lève alors en serrant les poings. Cette solution étant la seule que j'ai, je dois tenter le coup. *Sim n'aurait pas approuvé ça.* Je serre tout de même sa plaque contre ma poitrine pour me donner de la force et traverse la place.

Je profite du lever du jour et de l'inattention de la plupart des Appelés et me rapproche d'un groupe placé non loin du Cœur. Parmi eux, j'ai repéré un Appelé qui est très proche des *mackers* qui en garde l'entrée. La cicatrice qui lui tranche la joue est si singulière qu'elle est reconnaissable depuis l'autre bout du *deck*. À mesure que je m'avance et que le groupe remarque que je m'intéresse à lui, tous les regards se tournent vers moi. Mes poils se hérissent peu à peu et j'ai du mal à avaler ma salive ; le stress et la peur s'emparent de moi. Je fais peut-être une grosse bêtise mais je suis à court d'options. Je m'arrête juste devant eux et dirige mon regard vers l'homme à la joue marquée. C'est un Appelé très sûr de lui. À en croire sa posture et la façon dont il fait signe aux autres de ne pas intervenir, je comprends qu'il est leur chef. *Ça m'arrange. Je suis sûre que personne ne critiquera sa décision.* J'hésite d'abord sur la manière dont je dois lui adresser la parole puis me décide à simplement lui lancer :

- On peut parler ?

Le Signeur qu'il est s'en réjouit et se mord la lèvre inférieure. Il se détache ensuite de la muraille contre laquelle il est appuyé et s'approche de moi.

- Avec plaisir, répond-il en me faisant signe de m'écarter du

groupe et de le suivre vers un coin plus tranquille du *deck*.
Je parviens à calmer ma respiration qui aurait tendance à tromper mon stress et souffle doucement pour me calmer. Le Signeur s'arrête finalement et croise les bras.
- Alors, commence-t-il. Pourquoi une fille comme toi se balade seule par ici ? Tu n'as pas trouvé de compagnon digne de ta compagnie ? Je pourrais arranger ça, si tu décidais de nous rejoindre.
- Je ne suis pas là pour ça.

Mes mots lui arrachent une petite grimace de contrariété.
- Dommage, dit-il. Une signature aurait été sublime (Il tend son index vers moi et caresse légèrement le bas de mon visage) sur ton menton par exemple.

Comprenant qu'il me prend pour un objet de convoitise, je saisis vivement son avant-bras et le rejette. Je dois m'assurer de rééquilibrer les autorités. Si dialogue il doit y avoir, nous devons être sur un pied d'égalité.
- Je suis là pour te proposer un marché, dis-je la mâchoire serrée. Si tu n'as pas le temps pour ça, je suis sûre que d'autres se feront une joie d'accepter.

Contrarié, il grogne légèrement puis il lâche :
- Je t'écoute.
- Mon matricule est fiché, ce qui me refuse l'accès au Cœur. J'ai besoin que tu m'y fasses entrer.
- Mademoiselle a des ennuis.
- Je sais que tu es de mèche avec les *mackers* qui gardent l'entrée.
- C'est vrai, tu as frappé à la bonne porte. Mais tu m'as parlé d'un marché, or je ne vois aucune contribution de ta part.
- J'y viens. Fais-moi passer et je te donne ceci, dis-je en sortant la carte métallique de ma poche.

Je veille à ne montrer que le verso au Signeur afin qu'il ne remarque pas l'empreinte du mutant de la *plane* précédente. Je suis persuadée qu'il n'a pas migré récemment mais je préfère me méfier. Certes, sa relation avec les *mackers* du Cœur me confirme qu'il est dans ce *deck* depuis un moment mais cela signifie aussi qu'il a accès à plus d'informations que le commun des Appelés. Il sait alors peut-être pour les mutants de la précédente *plane*.

En voyant l'objet, le visage du Signeur s'illumine et il pousse un petit couinement de joie. Je range aussitôt la carte avant que d'autres la remarquent et attends sa réponse.

- Tu es pleine de ressources, dit-il.
- Intéressé ou non ? le pressé-je afin qu'il n'ait pas le temps de réfléchir à une stratégie pour me la subtiliser plutôt que d'accepter mon marché.
- Seul un fou refuserait un tel trésor. Ou s'en séparerait, observe-t-il en appuyant son regard sur moi.
- Je sais ce qu'il y a dessus, réponds-je aussitôt. Elle n'a plus de valeur pour moi.
- Tu pourrais la troquer pour beaucoup.
- C'est ce que je suis en train de faire.

Le Signeur se lèche les dents de devant et réfléchit quelques secondes.

- Que convoites-tu de si précieux au Cœur ?

Ma poitrine se gonfle. Son comportement ne me plait pas beaucoup.

- Mon marché ne tient que si tu me fais entrer sans poser trop de questions, le préviens-je prise d'impatience.

Je sais que ce que je lui offre vaut de l'or et qu'il n'a pas su cacher son excitation quant à l'acquérir. J'en profite alors pour préciser ma requête.

- Tu m'attendras à l'entrée en empêchant les *mackers* de venir me chercher et je te donnerai la carte à mon retour. Si je suis interrompue par l'un d'eux, adieu la carte. Tu ne me suis pas et tout ce qui se passe sous la tente ne te regarde pas.

À mesure que je parle, le Signeur grimace et fronce les sourcils.

- Pas de question à la sortie ni à l'entrée. Les *mackers* ne traitent qu'avec toi. Tu ne leur montres même pas mon visage. Compris ?

Il penche la tête sur le côté et tord sa bouche avant de déclarer :

- Si je ne peux pas entrer alors je ne garantis rien sur ce qu'il se passera au Cœur. Je peux retenir les *mackers* qui sont dehors mais pas ceux qui seront déjà à l'intérieur.
- Ça me va, dis-je en lui tendant la main pour acter notre accord.

Le Signeur regarde ma poigne avec dégout et l'écarte. Il attrape alors un pan de sa veste et dévoile une petite lame à sa ceinture.

- Il n'y a qu'un moyen de traiter avec les Signeurs, déclare-t-il le sourire aux lèvres.

Il veut me signer ?

- C'est hors de question !
- C'est le deal, déclare-t-il les dents serrées. Il doit être scellé, sinon il ne vaut rien.
- C'est moi qui prends des risques en te montrant que je possède une carte.
- Tu prends un risque mais tu ne me donnes aucune garantie.
- Ce n'est pas parce que tu m'auras tranché la peau que je te prêterai allégeance.
- Non, non, me corrige le Signeur en secouant son index. La signature sert d'avertissement. Si le marché est rompu, la lame ne fera pas qu'effleurer la peau. Ton corps n'oublie pas le contact de l'acier sur sa peau, il saura te rappeler à l'ordre si tu décides de te jouer de moi.

C'est ridicule. Le Kiuju est la menace, je n'ai pas besoin de signature pour me rappeler que tout le monde ici veut ma mort.

Mes pensées sont si fortes qu'elles parviennent à mon interlocuteur qui enchaine aussitôt :

- Je te signe ou tu te débrouilles toute seule.

Ma mâchoire se serre. Il représente ma seule option pour accéder au Cœur et me procurer une arme. Si je ne parviens pas à obtenir un couteau, je mets ma vie en danger pour la prochaine migration. Ma poitrine gonflée, je prends la décision rapidement de soulever ma manche et de lui tendre le dos de mon avant-bras. *N'y réfléchis pas trop,* me dis-je avant de laisser la peur me faire faire demi-tour. *Tu n'as pas le choix.* Le Signeur me décroche un immense sourire de satisfaction et sort d'un coup sec une petite lame de son étui. Il caresse ensuite ma peau comme s'il s'agissait d'une matière précieuse puis il y pose sa lame délicatement. Le poing serré pour contenir la douleur, je l'observe enfoncer sa lame dans ma chair et tracer une ligne sinueuse. Il n'appuie pas beaucoup, juste assez pour me faire saigner et marquer à jamais ma peau. La sensation qui m'envahit est aiguë et pénible. Je dois me concentrer pour ne pas lui offrir la satisfaction de m'entendre grogner de douleur. Après qu'il ait entaillé ma peau sur une dizaine de centimètres, j'écarte mon avant-bras et mets fin à son art abject.

- À moi maintenant ! lancé-je en recouvrant ma signature de ma main gauche pour stopper le saignement.

Le Signeur me regarde avec satisfaction et me tend simplement le manche de sa petite lame. Je peux lire dans son regard une fierté sans équivaut. *Il vit pour cette dose d'adrénaline. Je suis son trophée.* Si cette marque sert d'avertissement alors il aura aussi le sien. C'est un moyen de m'assurer qu'il fera sa part du marché. Je saisis la petite lame et il relève à son tour sa manche. Je découvre alors son bras complètement recouvert de signatures. Elles sont si nombreuses qu'elles se croisent et dessinent un quadrillage terrifiant. Je contiens ma surprise et mon dégoût et remarque un petit espace de peau lisse où je pose la lame. Je m'applique ensuite à tracer une petite croix en un trait. Le couteau est parfaitement aiguisé et l'exercice est d'une facilité déconcertante. Contre toute attente, le Signeur ne se crispe pas et pousse même un léger gémissement de plaisir. *Ces gens sont tarés,* songé-je en finissant. Ma marque se distingue des autres par sa forme. J'en suis ravie. Grâce à cela, je sais qu'il n'oubliera jamais que je lui ai offert ma première signature. Je retire la lame puis la tends au Signeur.

- Te voilà l'une des nôtres, me glisse-t-il mielleusement en contemplant sa plaie comme s'il s'agissait d'une œuvre.
- N'imagine pas qu'un jour je puisse devenir comme vous, réponds-je.
- C'est inscrit sur ta peau, articule-t-il avec un air satisfait qui m'arrache une amère impression d'avoir été manipulée.

Il récupère sa petite lame et l'essuie sur le tissu de son pantalon avant de la ranger.

- Maintenant, fais-moi entrer, ordonné-je sèchement pour masquer ma crainte d'avoir été trompée.
- Tout de suite, répond-il en baissant sa manche.

CHAPITRE 28

Je suis le Signeur à travers la place. Nous slalomons entre les feux et les groupes d'Appelés qui nous regardent à peine. Les mains moites de savoir si mon plan va fonctionner ou non, je contiens mon souffle pour paraître la plus sûre possible. Le long de mon bras, je sens glisser sur ma peau un fin filet de sang qui vient stagner dans le creux de ma main. J'ai baissé ma manche pour cacher ma plaie mais les gouttes qui tomberont bientôt sur le sol trahiront ma discrétion.

Quand nous arrivons à portée des *mackers* qui gardent l'entrée, je baisse la tête et reste un peu en retrait. Le Signeur va droit au but et s'adresse directement à ses camarades de crime. Le petit matin nous accorde une tranquillité non négligeable. Aucun Appelé ne vient demander son entrée au Cœur et le Signeur peut alors négocier en toute discrétion. De ma place, j'entends à peine les mots qu'il échange avec les *mackers*. De temps à autre, il se tourne légèrement vers moi et me désigne vaguement.

Après quelques minutes, le Signeur s'écarte et vient à ma rencontre. Il croise les bras et me chuchote rapidement :

- Ils t'offrent l'accès mais tu as moins de trente minutes pour ressortir.

Si peu ?

- Pourquoi ? demandé-je. Le deal ne mentionnait pas de temps limité.

- Eh princesse, je t'ouvre déjà l'accès au Cœur alors ne perd pas plus de temps à bavarder et vas faire ce que tu as à y faire. Je ne suis pas de mèche avec tous les *mackers* du Kiuju et leur relève se fait dans trente minutes. Donc, débrouille-toi pour sortir avant sinon tu te feras épingler.

Ma mâchoire se crispe.

- Si tu préfères, on peut attendre leur prochaine garde. Mais elle peut être aussi bien demain que dans une semaine.
- Je n'ai pas tout ce temps. J'y vais maintenant.
- Autre chose, reprend le Signeur avant que je m'échappe. S'il se passe quoique ce soit à l'intérieur : attaque, meurtre, vol… et que ça se sait. Personne ne viendra à ta rescousse. Je n'ai rien vu, rien entendu et les *mackers* non plus.
- Tu fais de longs discours couplés à de belles signatures mais tu es le premier à foutre le camp.

Le Signeur grimace et fronce les sourcils. Je me moque de ses menaces, il n'a jamais été question de faire de lui mon allié. Si ça tourne mal, je me débrouillerai seule.

- Je ne vais pas perdre plus de temps si tu as terminé, dis-je en écartant le Signeur du passage.

Il m'interrompt aussitôt et plaque sa main sur ma plaie en déclenchant une décharge dans mon avant-bras. Je me retourne et le dévisage alors que mon corps se crispe sous la douleur.

- N'oublie pas notre accord, me lance-t-il en faisant plisser la large signature sur sa joue.
- Sois-là à ma sortie et tu auras ce que je t'ai promis, craché-je amèrement.

Il retire sa main puis me regarde partir d'un œil perçant. La tête baissée, je pars alors en direction du Cœur. Mon cœur est serré par la peur d'échouer et de ne pas trouver ce que je cherche mais aussi de sortir trop tard. Je n'ai aucune idée de ce que les *mackers* réservent aux Appelés qui enfreignent le règlement. Une part de moi m'assure que tout ira bien puisque Tom pourrait plaider en ma faveur ; mais une autre me prévient qu'il ne s'est jamais mis directement en travers des règles pour m'aider. *Ne te rate pas*, me dis-je alors en passant devant les quatre *mackers* de l'entrée. Je sens leur regard me parcourir avec méfiance. Ils ont beau être de mon côté sur ce coup, ils n'hésiteront pas une seconde à me retrouver une fois l'accord terminé pour me faire regretter mes actes.

Passer à travers l'écran de *mackers* est une nouveauté pour moi. Je découvre pour la seconde fois seulement l'atmosphère d'un Cœur. La place est grande et froide comme partout dans le *deck* mais ici règne un air de Torn. Les murailles qui encerclent la place comme des remparts m'isolent de l'agitation du *deck* et me guident jusqu'à l'entrée de la grande tente. Je ne m'attarde pas trop et écarte la porte en toile pour pénétrer dans le marché couvert.

Je suis d'abord envahie d'une vague de chaleur qui ravit mes terminaisons nerveuses. J'ai l'impression de pénétrer dans une boutique du Nord de Torn. D'un coup d'œil je reconnais l'agitation des vendeurs derrière leur étal mais aussi l'abondance des vivres qui s'y trouvent.

Je relâche la toile de l'entrée et m'arrête pour chercher un vendeur d'armes. À l'entrée se trouve un étal chargé de pains en tout genre. Il serait aisé d'en voler un et de partir en courant s'il n'y avait pas un *macker* posté juste à côté. Derrière, une table est surchargée de petits objets en apparence inutiles. Des cartes, des livres ou d'autres babioles qui ne servent qu'à alourdir un sac à dos. Plus loin, j'aperçois un vendeur de viande, lui aussi accompagné d'un *macker* et non loin des piles de couvertures qui cachent la petite femme qui les propose. Je compte en tout sept étals mais seuls deux sont gardés par des *mackers*. *Ils nous empêchent de voler de la nourriture*, compris-je en sachant qu'il s'agit de la ressource préférée des Appelés. Je serais moi-même tentée de tendre mon bras vers une miche de pain tant mon estomac le réclame.

Je me détourne de cette distraction et me souviens de mon objectif : une arme, et du temps qui défile. Je m'avance alors dans la tente peu remplie, certainement parce que le soleil n'est pas encore très haut dans le ciel et cherche des couteaux. Je tombe rapidement devant un stand peu rempli où sont exposées quelques armes blanches derrière une cage de fer. *Pourquoi n'y a-t-il pas de macker ici ?* Je doute que la barrière métallique suffise à arrêter les Appelés. Je comprends toutefois son utilité en voyant la longueur des lames proposées. Elles sont si longues que même un voleur aguerri n'arriverait pas à les faire passer à travers les barreaux. *La nourriture est plus facilement subtilisable.*

Je parcours les armes des yeux mais aucune d'elles ne me convient. Il me faudrait un couteau moins long qui puisse être facilement transportable et maniable. Je lève alors les yeux et découvre qu'une deuxième partie du stand se trouve derrière une toile qui forme comme une pièce à l'intérieur du Cœur. *Les couteaux doivent se trouver là-dedans.*

À ce même moment, une silhouette apparait et se glisse derrière moi.

- Laquelle préfères-tu ? me demande une voix basse et sombre.

Je me retourne surprise et découvre un homme à peine plus grand que moi glisser contre mon épaule et se déplacer derrière le stand d'armes.

- Celle-ci ? dit-il en passant sa main entre les barreaux de la barrière de fer pour caresser la lame d'une arme très longue. Elle est impitoyable. Un baiser de son tranchant et ton adversaire succombera dans une marre de son sang. Excitant non ?

Je ne réponds pas et fronce légèrement les sourcils face à son comportement peu habituel. Il pointe une autre arme, plus petite et ronde.

- Celle-là est malicieuse et perverse. Elle se glisse sous la peau et tue en un geste. (Il saisit une troisième arme aux bords faits d'écailles) Quant à elle, continue-t-il. Sa caresse est destructrice. Si elle pénètre en toi, elle ne peut en ressortir sans t'arracher la chair. C'est diablement jouissif.

L'homme pousse un gémissement et passe ses mains sur tout son corps en fermant les yeux. *Répugnant*, songé-je en l'observant prendre son pied en décrivant des armes. J'en viens aussitôt à me demander qui il est. Sim ne m'a jamais expliqué qui étaient les personnes qui tiennent les étals. Je suis assez sûre qu'elles sont des marchandes de Torn qui ont conclu un marché avec le Kiuju. Je ne vois que cette possibilité pour avoir accès à autant de vivres ou d'armes. Je me demande par contre ce qui les motive à venir ici. Les Appelés n'ont rien à leur offrir. Nous n'avons pas d'argent et tous les échanges qui se font au Cœur se font grâce au troc. *Tu n'as pas le temps de réfléchir à ça*, me dis-je en reprenant mes esprits.

- Avez-vous des couteaux ? demandé-je. De cette longueur, dis-je en écartant mes deux index d'une vingtaine de centimètres.
- Tu cherches la discrétion ? Fine comme tu es, ça ne m'étonne pas.

Je voudrais le corriger et lui faire comprendre que je ne suis pas fine mais maigre parce que je suis sous-alimentée depuis des semaines mais cela ne ferait pas avancer mon affaire.

- J'ai ce qu'il te faut, déclare-t-il en s'éclipsant dans la petite pièce derrière lui.

Quand il disparaît, je pousse un léger soupir de stress. Je ne sais pas ce que je vais pouvoir troquer contre cette arme. Je ne possède qu'une chose de valeur et je dois la conserver pour la confier au Signeur qui m'a tranché la peau. Je plisse les yeux quand une idée des plus déplaisantes m'apparait. Je me torture l'esprit avec des projections de la scène que je m'apprête à jouer et me décide enfin. *Ça marchera forcément*.

Je fais évacuer le stress qui m'emplit à grande vitesse en sautillant sur place puis j'attrape le haut de mes joues et les pinces. Je me mords les lèvres et les humidifie abondamment les suçant. Il me reste ensuite à ouvrir ma veste, dé-zipper partiellement mon sous-pull et écarter les pans de ma cape. En attendant le retour du marchand, j'essuie le sang qui coule le long de mon bras et en utilise un peu pour rougir encore plus ma bouche. Il pénètre dans les crevasses de mes lèvres gercées et les pique, leur donnant un avant-goût de ce que je vais leur faire subir.

Quand le marchand refait surface, mon cœur saute un battement. Je suis à la fois apeurée, excitée et angoissée. Je connais cet exercice, je l'ai pratiqué tous les jours à l'exploitation agricole et pourtant je redoute un loupé. L'homme parle de ses armes comme des femmes et gémit à la moindre caresse, il devrait être facile à amadouer.

L'homme s'approche du stand en tenant une peau en cuir dans laquelle se trouvent plusieurs lames. Il les étale devant moi puis lève les yeux. En une fraction de seconde, je reconnais la surprise dans son regard quand il constate ma féminisation express. Il n'en fait pourtant pas état et me montre un de ses couteaux.

- Celui-là me semble parfait pour toi, dit-il en approchant une lame d'à peine dix centimètres.
- Puis-je ? demandé-je en pointant l'objet.

Je tends volontairement ma main sur le manche de l'objet et effleure la peau de l'homme. Il ne montre aucune réaction mais je sais que je suis en train d'attirer son attention. Je coince l'arme entre mes deux index et l'approche de mon visage.

- Elle est trop petite, dis-je tout bas avant de poser mes lèvres sur la lame.

J'embrasse le métal sous les yeux attentifs du marchand puis lui rends l'arme en me mordant la lèvre. Je remarque alors une ceinture sur laquelle sont attachées deux dagues de vingt et trente centimètres. Elles sont rangées l'une à côté de l'autre et forment à elles deux un arsenal très intéressant.

- Je veux celles-là, dis-je en les pointant du doigt.

L'homme détache finalement son regard de moi pour étudier ma demande.
- Oui bien sûr ! dit-il. Elles sont magnifiques n'est-ce pas ?
- Sublimes.

Le marchand ouvre de nouveau la bouche pour flatter des dagues en étant encore plus explicite qu'il ne l'a été avec les précédentes armes. Voyant qu'il s'éternise et que l'heure tourne, je l'interromps en posant mes mains sur l'étal et en me penchant vers son visage.
- Procédons à l'échange, demandé-je vivement en plongeant mon regard dans le sien.

L'homme rougit, ce qui m'enchante, et déglutit à la manière d'un chien devant lequel on agiterait une friandise.
- Qu'as-tu à me proposer ? demande-t-il un peu bégayant.
- Amène-moi à l'intérieur et je te montre, dis-je en faisant rouler ma lèvre entre mes dents tout en dévorant le marchand du regard.

Mes propres agissements me feraient lever les yeux au ciel mais le marchand à l'air de mordre à l'hameçon. *Tu as déjà fait bien mieux que ça à l'exploitation !* me gronde une petite voix dans ma tête alors que je me laisse ouvrir la voie derrière l'étal. Le marchand ouvre la porte en tissu et nous disparaissons tous les deux dans la pièce.

D'un rapide coup d'œil, je me rends compte que l'endroit est rempli d'armes et que je ferais bien de ne pas me rater si je ne veux pas finir au bout d'une pique. *C'est maintenant !* m'ordonné-je quand le marchand se tourne vers moi.

En un geste ample et rapide je fais glisser mon sac et je lance ma veste au sol. Je détache ensuite lentement ma cape et la lâche devant moi. Le marchand écarquille les yeux quand je retire vivement l'élastique qui retenait mes cheveux.
- L'offre n'est à prendre qu'une fois, dis-je en le voyant rester immobile.

Je retire mon sous-pull et son regard accepte l'invitation. À ce même moment, mon cœur double sa vitesse de battement. Non pas parce que je suis excitée mais parce que je comprends l'ampleur de ce que je propose. *Ne va pas trop loin.* Le marchand me saisit vivement les hanches et m'attire vers lui. Je dois me retenir de le rejeter quand ses lèvres grasses et épaisses s'emparent des miennes. Un goût immonde : mélange salé et amer entrent alors dans ma bouche. Ses mains remontent le long de mon dos puis redescendent pour agripper mes fesses. C'est le mouvement de trop, je sais que si je n'ai pas le plein contrôle sur cette situation, je vais perdre.

- Non, dis-je alors vivement en le faisant reculer. (Je feins quand même un sourire pour ne pas le braquer) C'est moi qui paye alors c'est moi qui donne le rythme. Allonge-toi, ordonné-je d'un mouvement du menton.

Pour le motiver un peu, je caresse ses joues rondes et frotte mon index sur ses lèvres. En appuyant légèrement, je le guide vers le bas et je suis surprise de le voir s'exécuter en me dévorant du regard. Une fois assis sur le sol, je l'enjambe et le pousse pour qu'il s'allonge avant de m'asseoir sur son torse. Commence alors une suite de caresses et de baisers qui le font frissonner. À chacune de ses touches, mon corps devient un peu plus froid. *Fais-le cesser,* m'ordonné-je quand mon corps est au bord de la nausée. Vivement, je saisis ses mains et les plaques au sol. Le marchand ronronne d'excitation croyant que c'est lié aux baisers que je laisse dans son cou suant pour le distraire. Mais la seconde qui suit, je tends ma main vers ma couverture posée juste là et la ramène vivement. Je me redresse et souris à l'homme avant de l'embrasser une ultime fois. Puis, sa bouche étant grande ouverte, je m'écarte et plonge le tissu de la cape entre ses lèvres. Avant qu'il ne puisse riposter, je saute sur ses bras, posant un pied sur chacun de ses coudes et bloque ses mouvements. Je m'étonne d'être assez forte pour continuer à faire rentrer la couverture dans sa bouche tout en gardant l'équilibre sur son corps qu'il agite pour se sauver.

Quand j'estime que sa gorge est suffisamment obstruée, je lui pince le nez et attends que le manque d'oxygène vienne à bout de ses dernières forces. Le marchand se débat de longues secondes mais finit par s'affaiblir jusqu'à devenir immobile. C'est quand son visage commence à devenir bleu que je décide de le libérer. Je retire la couverture de sa bouche et m'écroule sur le sol à côté de son corps inerte. *Je l'ai tué ?* me demandé-je vivement en reprenant ma respiration. Par chance, j'ai arrêté suffisamment tôt pour que ses poumons se remettent à fonctionner avant qu'il décède. Je regarde son buste se gonfler très doucement puis s'aplatir timidement. *Il n'est pas en forme, mais il n'est pas mort.*

- Ne reste pas là, dis-je tout haut pour me motiver à fuir au plus vite avant qu'un *macker* ne pénètre ici.

Je me relève alors en titubant et cherche mes affaires. Je rassemble rapidement mon pull et ma veste que j'enfile puis j'attrape mon sac à dos. Mon cœur bat la chamade et mon visage est brûlant. L'homme est vivant, je le sais grâce au faible mais régulier rythme de sa respiration. Pourtant, je suis effrayée de ce que je viens de faire. J'ai l'impression d'avoir franchi une limite et d'avoir volontairement fait le mal.

Je récupère ensuite ma couverture à moitié recouverte de la salive du marchand et la noue autour de mon cou. Mon apparence doit être identique à celle que j'avais en entrant. Je fais pendre la partie humide du tissu et grimace quand je sens son contact contre ma cuisse. Rapidement, je rassemble mes cheveux et les noue de mes mains tremblantes.

Je m'accroupis ensuite près du marchand et lui défais sa ceinture puis descends son pantalon et ses sous-vêtements jusqu'aux genoux. *Dépêche-toi !* Je mets en place la scène pour faire croire à un rapport consenti, tourne l'homme sur le côté pour faire croire qu'il a succombé au sommeil et essuie même ses joues recouvertes de sa salive qui s'échappait de sa bouche quand il essayait de se débattre. Je frotte mes mains sur mon pantalon pour me séparer de cette substance qui me dégoûte puis je cherche le registre de transaction. Il est posé sur une petite table à côté duquel se trouve un déjeuner à peine entamé.

Je saisis le stylo pincé dans le calepin et griffonne à l'image d'autres transactions, le nom des armes troquées et l'apport du client. Je me demande d'abord comment je dois nommer cela puis finis par écrire un mensonge : *échange de renseignements*. J'attrape le morceau de pain fourré à la viande puis je quitte la pièce en vitesse.

L'air nouveau qui remplit mes poumons décompresse ma poitrine et j'ai l'impression d'être soulagée d'un poids. Je me dirige vers l'étal et récupère les deux étuis où sont rangées les dagues puis les attache à ma ceinture. J'arrache presque l'étui vide de mon ancien couteau tant mes mains tremblent et la peur me submerge puis je me précipite de l'autre côté de l'étal. Je slalome à toute vitesse entre les Appelés puis quitte la tente du Cœur en espérant ne pas avoir été remarquée par les *mackers*.

Ce n'est que dehors que je me rends vraiment compte de ce que je viens de faire. Mon corps l'a compris depuis longtemps et a commencé à m'alerter du danger par des angoisses et des spasmes. Je dois plaquer mes mains contre ma poitrine pour retenir leurs mouvements. Mes lèvres sont brûlantes et sentent encore le goût répugnant de la bouche du marchand. Je voudrais cracher et baver jusqu'à m'en laver complètement.

Les quatre *mackers* qui m'ont fait entrer sont toujours en poste mais discutent avec un cinquième duquel je ne me souviens pas. *Ils sont en train de céder leur garde.* Je hâte le pas et rajuste les pans de ma cape pour qu'ils recouvrent ma ceinture et mets en évidence le pain que j'ai subtilisé. Ainsi, je passe l'écran de *mackers* sans même attirer leur attention qui est toute prise par leur conversation bruyante.

Une fois dans la place, qui me semble bien plus agitée

qu'à mon départ, je cherche rapidement du regard mon Signeur et le trouve appuyé contre une muraille à guetter mon arrivée. Sans attendre ou lui laisser le temps de m'interroger, je marche vers lui et sors la carte métallique de ma poche.

- Jolie miche, me dit-il d'un large sourire en se détachant du mur.

Je sais qu'il se moque de moi, croyant que j'ai troqué ma carte pour du pain mais il n'a pas la moindre idée de ce qu'il s'est passé lors de mes trente minutes dans le Cœur. Il tend la main vers moi et je plaque dans son creux l'objet métallique.

- Nous sommes quittes maintenant, dis-je en serrant sa poigne.

Je me retourne aussitôt après avoir reçu l'approbation de son regard. Je n'ai vraiment pas envie de subir ses remarques et suppositions. J'ai aussi l'impression que si je le regarde trop longtemps, il va voir dans mon regard l'acte que j'ai dû faire pour arriver à mes fins.

Alors que je m'éloigne en direction de la salle d'hygiène pour me séparer de toutes ces odeurs et sensations collées à mon corps, j'aperçois la silhouette de trois *mackers* venus compléter la relève du Cœur et l'un d'eux s'avère être Tom. À sa simple vue, j'ai l'impression que mes jambes vont céder sous moi. *Pas maintenant !* La honte me submerge et son regard croise le mien. L'effet qu'il a sur moi est inchangé et mon cœur manque de sortir de ma poitrine, mais je ne peux pas affronter le vert de ses yeux. J'ai l'impression qu'il peut voir à travers moi et qu'en quelques secondes il saura ce que j'ai dû faire pour avancer. *Il ne doit jamais savoir,* pensé-je prise d'une nausée. Incapable de rester là, à lui présenter un visage qui n'est plus le mien, je baisse la tête et m'enfuis dans la salle d'hygiène. J'ai tellement honte.

Je bouscule presque deux Appelés en entrant et me rue vers un robinet. Là, je coince la miche de pain entre mes jambes puis fais couler l'eau à flot en plaçant mon visage entier sous le jet. Je dois me laver de cette honte, de ce qu'il vient de se passer. Je ne veux plus avoir son goût sur les lèvres ni son odeur sur ma peau. Je voudrais pouvoir laver ma mémoire et oublier à jamais la salissure que j'ai fait subir à mon corps. Nerveusement, mes mains frottent vivement ma peau déjà abimée par le froid dans une douleur qui ne suffit pas à faire disparaître son touché sur moi. Tout est toujours là. Une boule se forme dans mon ventre et remonte dans ma gorge dans un sanglot que je voudrais retenir. Je crois que je pleure mais l'eau qui ruisselle sur mon visage couvre mes larmes. Après quelques secondes, je m'accoude au lavabo et appuie mes doigts sur mes yeux. Je dois me reprendre. Je souffle alors longuement les émotions qui se bousculent dans ma poitrine. *Allez Laura ! Tu as fait ça pour sauver ta peau, tu n'avais pas le choix.* J'essuie mon visage puis rince le bas de ma cape avant de récupérer la miche de pain. Je dévisage les Appelés qui ont assisté à mon hystérie puis sors en les bousculant de nouveau. Ils peuvent venir me chercher maintenant, j'ai deux lames à leur planter dans le ventre.

Je me force à ne pas chercher Tom du regard pour ne pas avoir envie de pleurer à nouveau. Je préfère tourner directement en direction de la prochaine *plane*. Je veux quitter cet endroit au plus vite. Il me rappelle que j'ai vendu mon corps à un inconnu avant de l'étouffer et que j'ai trompé un Signeur. Quand les deux voudront me retrouver après avoir découvert la supercherie, je serai foutue.

La place d'avant *plane* est comme toujours très vide et froide. Je compte bien deux Appelés assis là mais à part le *macker* qui surveille, je ne distingue aucune attitude inquiétante. Je m'avance le plus près possible de la grande porte et m'assieds en tailleur sur le sol. En remontant la fermeture éclair de ma veste jusqu'en haut, j'enfouis mon menton derrière le tissu rigide et me noie dans la honte. Mes lèvres ont beau être propres, je sens encore la pression des baisers répugnants du marchand. Pire que cela, les images de son corps nu alors que je le déshabillais pour couvrir mon crime m'apparaissent en flash et me forcent à fermer les yeux. *Je déteste cet endroit.*

En serrant mon poing contre ma poitrine, je sens la plaque de Sim s'entrechoquer avec la mienne et je repense à tout le chemin qu'il m'a aidé à parcourir. Je me demande s'il serait fier ou déçu de ce que je viens de faire. Aurait-il honte de moi ? J'essuie mon nez que je sens couler alors que le chagrin revient puis rouvre les yeux. J'ai réussi dans mon entreprise à dérober un repas. Au moins mon estomac y trouvera son compte. Je ravale alors mes sentiments et mords dans le pain. Sans surprise, mes dents s'affairent avec vigueur, hâtées par ma faim, mais je n'y trouve aucun plaisir. Dans la mie, une farce faite de viande et d'herbe a plutôt bon goût mais mon esprit associe trop cette nourriture au marchand, me coupant tout appétit. *Il réussit même à me dégoûter de mon premier repas depuis des jours,* songé-je en revoyant son visage gonflé. Ma gorge est tellement serrée que j'ai du mal à avaler. Mon estomac a beau m'en demander davantage, j'ai l'impression que chaque bouchée me lie un peu plus à ce marchand à qui j'ai vendu mon corps.

Tout va bien, tu ne lui as rien offert de toi, tu as toujours eu le contrôle. Ce n'était qu'un jeu, me rassure une partie de mon esprit.

Tu l'as laissé te toucher et croire que tu lui appartenais après t'être pendu au cou de Tom, m'accuse une autre. *Après t'être juré de retrouver ses bras — à lui.*

- Arrête de te torturer, dis-je tout haut pour interrompre mon esprit.

Mais à peine ai-je avalé une bouchée de plus et cessé de penser au Cœur que toute la honte revient quand je vois entrer dans la place un *macker* : Tom.

Il avance, l'allure détendue et fait mine de faire une patrouille mais je sais qu'il vient pour moi. *Va-t'en,* supplié-je en sentant son regard sur moi. Je pose ma main sur mon visage en fermant les yeux et prie pour qu'il fasse demi-tour. *Je vais bien, tu peux repartir.* Mais rien ne fonctionne et je comprends qu'il se tient juste devant moi quand son aura réchauffe doucement mes épaules. L'envie de me pendre à son cou ou celle de disparaître de honte me déchirent. J'ouvre finalement les yeux, comprenant qu'il attendra aussi longtemps qu'il le faudra puis je lève le regard vers lui.

- Qu'est-ce qui est arrivé à ton bras ? demande-t-il simplement.

Je remarque alors que mon sang a repris son écoulement et que du rouge teinte petit à petit la peau de ma main.

- Il te reste des bandages ? Tu ne dois pas laisser ça saigner sinon la plaie va s'infecter dans la *plane*.

Je suis à la fois ravie et inquiète qu'il ait repéré ma blessure. Il sait probablement aussi d'où elle vient.

- Tu ne devrais pas rester avec moi. Les Appelés sont en train de t'observer, dis-je en cherchant un moyen pour qu'il n'essaie pas d'en savoir plus mais aussi pour le protéger.

Tom ne m'écoute pas et s'accroupit vivement avant de soulever ma cape pour chercher dans mon sac à dos.

- Ils peuvent me regarder, répond-il. Dans quelques heures, tu les auras enfermés dans la *plane* et ils ne représenteront plus aucune menace, ni pour toi ni pour moi.
- La *plane* s'ouvre bientôt ?
- Oui, vers midi. Relève ta manche.

Je lâche alors la miche de pain entamée et fais ce qu'il me demande. La signature du Signeur apparait alors encore plus impressionnante que tout à l'heure. Du sang a recouvert tout mon avant-bras au contact du tissu de mes vêtements. Tom attrape ma main et la tire vers lui. À son contact, un frisson me parcourt le bras et une chaleur m'envahit.

- Est-ce que c'est la dernière ? demandé-je en l'observant entourer minutieusement la bande autour de ma plaie.
- Non, mais tu arrives au bout, déclare-t-il.
- Je sais que tu ne veux rien me dire mais j'aimerais savoir à quoi tout ça sert. Quel est le but de cet endroit ?
- Je voudrais t'en parler mais je ne peux pas.
- Tu es sur écoute ? On t'observe ? Tu n'as qu'à hocher la tête.

Tom s'interrompt et penche la tête en me regardant. Je lis dans ses yeux que cela n'y changerait rien. Que j'ai beau essayer de lui arracher les mots de la bouche, il n'en sortira aucun indice. *Il finira bien par craquer,* songé-je rongée par la colère de ne rien savoir et l'envie de lui soutirer des informations.

- Est-ce que ce sera terminé une fois que j'aurai franchi la dernière *plane* ? (Tom serre la bande une dernière fois et noue l'extrémité pour la faire tenir) Est-ce que je rentre chez moi après ? Y a-t-il d'autres épreuves encore plus dures que celle-ci ? Est-ce que...

Tom pose soudainement sa main sur ma joue et appuie son pouce sur mes lèvres pour me faire taire.

- Chut, souffle-t-il doucement en me caressant du regard.

Je laisse ses yeux devenir mon seul panorama et la chaleur de sa main me remplir de confiance. Il pourrait me demander n'importe quoi, je le servirais sans réfléchir pour être sûre de retrouver ce confort. Ce serait si facile si j'avais le même pouvoir sur lui.

- Dis-le-moi, le supplié-je la bouche encore collée à son doigt.
- Je peux juste te dire que c'est ta porte d'entrée vers la liberté. Mais pour ça, tu dois d'abord finir le Kiuju.

Il retire sa main de mon visage et porte ses doigts à ses lèvres pour, tendrement, les embrasser. Je suis trop happée par cette unique révélation que je ne réalise pas que, dans son geste, il m'envoie un baiser. *La porte d'entrée ?* songé-je en interprétant négativement ce mot.

- Tu vas y arriver, dit-il en s'écartant.

J'attrape aussitôt le premier vêtement qu'atteignent mes doigts et l'empêche de se relever.

- Qui a-t-il après le Kiuju ? demandé-je en comprenant que la porte d'entrée n'est que le début et que je ne retrouverai peut-être pas ma famille de si tôt.

Tom me regarde muet et je comprends qu'il est inutile d'insister. Je relâche alors ma prise et le laisse se relever. Je sais qu'il ne me ment pas mais je sais qu'il ne peut pas m'en dire plus.

Je le regarde alors s'éloigner de nouveau sans pouvoir le retenir, emportant avec lui la confiance qu'il me transmet et la chaleur dont je raffole.

J'aurais aimé qu'il m'embrasse moi, pensé-je en regrettant qu'il ait approché ses doigts de sa bouche plutôt que s'être penché sur mes lèvres.

CHAPITRE 29

Ce que m'a dit Tom trotte dans ma tête pendant des heures. L'idée de ne pas rentrer chez moi après en avoir fini avec le Kiuju me terrifie. Pourtant, je sais que je ne serai plus la fille qui a quitté Torn. À l'image des Glorieux, je serai déformée par les souvenirs atroces du Kiuju. Chaque matin, je reverrai le Signeur qui m'a laissé une marque indélébile sur l'avant-bras. Au moment de me changer, je me souviendrai de toutes les mains sales qui ont osé se poser sur moi. Je sentirai mon corps se glacer et trembler jusqu'à ce que je me recouvre d'habits si épais que ma peau ne sentira plus jamais le toucher de quelqu'un. Chaque jour à l'exploitation, je sursauterai à l'approche d'un chien ou d'un autre animal qui approcherait trop vite, m'obligeant à aller travailler dans les champs. Chaque soir, je serai terrifiée à l'idée de marcher seule dans le noir puis je ne trouverai jamais le sommeil. Je sais que mes cauchemars ne me quitteront pas après avoir quitté cet endroit. Ils se déformeront et mon esprit créera des souvenirs encore plus terrifiants, cumulant toutes les images qui ne disparaitront jamais. Enfin, dans chaque visage, dans chaque sourire, je reverrai Gabin, ou bien Sim ; espérant qu'ils soient en paix, morts ou vivants.

Je me demande si Tom viendrait avec moi. Je ne sais rien du mode de vie des *mackers*. Sont-ils résidents de Torn eux aussi ? Ou bien serai-je forcée de choisir entre ma maison et ses bras ?

***

C'est l'heure, compris-je quand le *macker* qui garde la porte de la *plane* s'agite et porte son index à son oreille. J'engloutie en plissant les yeux le reste de pain sans en prendre du plaisir et refais rapidement les lacets de mes rangers. Je serre ensuite les lanières de mon sac à dos au point de m'en couper la respiration et l'attache à ma ceinture. Une main posée sur l'une de mes deux armes, je me lève en distinguant une rangée de *mackers* apparaitre depuis le couloir menant au reste du *deck. Ma première plane en solo depuis la disparition de Sim,* songé-je en constatant que mon cœur n'est pas plus affolé que ce que j'imaginais. Les autres Appelés se lèvent à leur tour. En les comptant rapidement je remarque que nous sommes exactement le bon nombre : 4. Nous nous toisons rapidement du regard. Chacun sait que l'autre est son adversaire si j'en avais la force, je les mettrais au sol dès nos premiers pas dans la *plane* pour être sûre qu'ils ne prennent pas une longueur d'avance sur moi mais je suis trop faible pour tenter une telle opération.

Je tourne mon regard vers les *mackers* qui s'approchent. Tom n'est pas parmi eux. D'une certaine manière, cela me rassure, car je n'aurai pas la boule au ventre quand la grande porte me séparera de lui une fois dans la *plane.* Je me dirige, comme les autres Appelés, juste devant la porte et sens la présence des *mackers* dans mon dos. Quelques secondes plus tard, un tremblement secoue le sol et l'immense bloc de pierre se soulève lentement en laissant apparaitre un paysage de dune qui s'étend à perte de vue. J'avais donc vu juste pour le désert. En regardant au loin, je n'aperçois aucun hologramme mais plutôt un nuage grisonnant menaçant. Je dois plisser les yeux pour éviter le sable qui se met à tournoyer, porté par un courant d'air que je sens geler mes joues. Je ne sais pas quelle bête abrite ce paysage mais elle ne semble pas être la seule menace de cette *plane*.

Les *mackers* n'ont pas besoin de nous pousser, ils savent que nous avons tous consenti à cette migration. Nous avons déjà tous les pieds dans le sable avant même que la porte ne termine son ouverture. Nous savons que le temps presse et que c'est une épreuve contre la montre qui commence. Mais contrairement aux trois autres Appelés qui se mettent à trottiner en direction de la première dune, je reste un peu en retrait et les regarde prendre les devants, un arrière-goût du marais en mémoire. *Tu ne sais rien de cette plane, sois prudente,* me dis-je en espérant qu'aucun monstre ne va surgir du sable pour nous dévorer parce que nous attirons son attention en faisant trop de bruit.

Je prends le temps de tourner mon regard par-dessus mon épaule pour voir une dernière fois la ligne de *macker* avant que la porte ne retombe brusquement. L'onde qu'elle crée ne me fait plus sursauter, elle est devenue familière.

- C'est parti, marmonné-je en avançant en direction de mes adversaires que je distingue déjà à plusieurs dizaines de mètres devant moi.

Je décide de prendre de la hauteur pour mieux étudier le nuage de sable que je pense devoir traverser pour atteindre la sortie de la *plane*. Le sol est instable et il est difficile de progresser jusqu'en haut de la dune que je décide de gravir. De plus, je sens déjà du sable entrer dans mes rangers que j'avais pourtant resserrées. J'espère que la cicatrisation de ma cheville ne va pas trop en souffrir car je sens des grains frotter contre ma peau fragile.

Une fois au sommet de la dune, je suis d'abord estomaquée par la vue qui est magnifique. Je n'avais jamais vu autant de sable. Les plages de Torn ne sont pas très larges et souvent faites de galets. Ici, le paysage s'étend à l'infini dans une succession de collines lisses. Toutes plus hautes les unes que les autres, elles s'illuminent aux rayons du soleil dans un dégradé d'orange splendide. Mais à la frontière de ce que je considère être une tempête de sable, tout devient gris et abstrait.

Mon regard tombe ensuite sur les trois Appelés restés ensemble. Ils sont un peu en contrebas de ma position et semblent s'épuiser à essayer de courir dans ce relief instable. Néanmoins, leur stratégie est bien meilleure que la mienne. En slalomant entre les dunes plutôt que de les escalader, ils gagnent un précieux temps. Si je ne me dépêche pas, ils prendront vite de l'avance et je risque de les perdre de vue. Je choisis alors d'avancer sur les crêtes afin de toujours avoir un œil sur eux. Je les garde sur ma gauche, un peu devant moi en suivant leur cadence. De cette manière, je les laisse affronter le danger avant moi et j'analyse la situation depuis ma hauteur. *Tu serais fier de moi,* pensé-je en imaginant Sim me féliciter d'utiliser ma tête.

Après avoir marché quelques minutes, je me rends compte que cette *plane* est différente. Évidemment, c'est la première que je traverse seule depuis ma séparation avec Gabin puis Sim. Je ressens alors la solitude de leur absence mais ce n'est pas ce sentiment qui m'intrigue. L'atmosphère est plus souple, plus calme qu'auparavant ; comme si les Appelés et moi avions passé un cap. Nous avons toujours peur, c'est certain mais nous ne sommes plus paniqués par les épreuves qu'impose une *plane*. Nous connaissons les risques, nous savons que nous pouvons mourir et pourtant nous approchons cette étape avec sagesse. Paniquer ne m'a jamais aidée à quitter une *plane* et l'exemple du marais est le plus probant. Les Appelés qui s'y sont jetés la tête la première ont été ses premières victimes. Je me demande à quel point notre esprit a assimilé l'appréhension du danger et la gestion du stress. Je me sens concentrée, en éveil, mais pas terrifiée. Je n'aurais jamais cru cela possible sans Sim à mes côtés pour me protéger. Cela ne signifie pas pour autant que je ne risque rien ou que je m'en sortirai indemne si je suis attaquée par un mutant. C'est pourquoi je reste méfiante et que mes instincts s'activent quand se met à gronder un étrange bruit venant du fond de la *plane*. Le vent qui glissait régulièrement sur mes joues se met à s'accélérer et j'ai la nette impression que le nuage de sable s'approche plus rapidement.

La tempête s'approche dangereusement et j'ai déjà du mal à avancer sans couvrir mon visage. Je décide alors de m'arrêter quelques secondes, quitte à laisser mes adversaires me distancer un peu et détache ma couverture nouée autour de mon cou pour faire une cape. Elle s'envole presque quand je desserre le nœud et qu'une rafale de vent me la fait glisser des doigts. Je la passe ensuite sur ma tête et m'en sers comme d'un foulard que j'entoure tout autour de mon visage jusqu'à ne laisser que mes yeux sans protection. Je m'assure que le tissu est coincé correctement puis je reprends ma marche.

Où sont-ils passés ? Je ne perçois plus aucune des trois silhouettes que je suivais. Je ne me suis retournée que l'espace d'une minute et pourtant cela a suffi à la tempête pour engloutir les trois Appelés. Sans la vue sur eux, je ne sais maintenant plus s'ils me distancent ou non. Je me hâte aussitôt, en espérant les rattraper et pénètre par la même occasion dans le nuage épais.

L'air est si dense et gonflé de sable que je ne peux pas voir plus loin que le bout de mes pieds. La progression dans cet enfer est presque impossible et le vent qui siffle contre la couverture qui couvre mes oreilles me rend folle. Je suis perdue dans un tourbillon de sons dissonants. Le paysage a disparu et je n'ai aucune idée de la direction que prennent mes jambes. Je suis parfois tellement aveuglée que je dois fermer les yeux pour avancer.

À un moment, alors que je suis incapable de lutter contre les forces qui se déchainent face à moi, je sens mon pied buter contre un obstacle et me faire trébucher. Je tombe maladroitement sur un rocher violacé qui sort de quelques centimètres du sable. *De la pierre ?* observé-je en regrettant amèrement le sol stable du *deck*. Je passe ma main dessus et écarte rapidement le sable qui le recouvre à mesure que le vent souffle. Je voudrais savoir s'il s'étend proche de la surface et donc s'il existe une voie plus praticable que ces dunes instables. Malheureusement, la tempête recouvre presque immédiatement chaque bout de terrain que j'arrive à dégager en passant ma main dessus. Je me mets alors à tâtonner le sol, pensant que je n'ai pas besoin de voir la pierre pour savoir qu'elle est là. Ce que je touche est assez dur sur des dizaines de centimètres mais quand ma main tombe dans un trou et touche quelque chose de vivant, je pousse un cri de surprise. Je précipite ma main à ma ceinture et saisis une de mes lames. À ce même moment, je vois émerger deux pinces et une carapace foncée du sable. Mon esprit ne cherche même pas à savoir de quel mutant il s'agit et ma lame transperce la bête. *Il y en a peut-être d'autres !* Je me relève alors d'un bond pour m'éloigner le plus vite possible.

Maintenant que je suis sûre que cette *plane* est habitée, je garde mon arme à la main et mes yeux ne quittent plus le sol. Avec cette tempête, je confonds les remous créés par mes pieds avec de potentielles menaces et je me surprends à faire des écarts inutiles.

Le vent est devenu si fort que de petites tornades se forment un peu partout autour de moi. Les dunes se confondent dans un paysage qui me parait uniforme et je me surprends à grimper une pente avant d'en dévaler une seconde sans le savoir. Trompée par le changement de dénivelé, il m'arrive plusieurs fois de tomber et de rouler jusqu'en bas d'une dune. Je dois alors lutter contre le vent pour me relever et retrouver le sens de ma marche. J'essaie pour cela de me fier à la direction du vent en le gardant toujours face à moi mais ce dernier se joue de moi en changeant constamment tel une girouette. *Ça ne s'arrête jamais ?* Mon corps faiblit face à la tempête et elle aura bientôt raison de lui.

C'est la première fois que je traverse une *plane* si longue et pénible. Habituellement, tout se joue sur un sprint mais aujourd'hui j'ai l'impression que ça n'en finira jamais. J'ai perdu mes adversaires de vue depuis longtemps et je me surprends à réaliser que je suis peut-être déjà piégée dans la *plane.* S'ils ont atteint la sortie avant moi, je n'ai aucun moyen de le savoir. De plus, tout ce sable dans l'air me cache le ciel, m'empêchant alors de savoir depuis combien de temps je marche dans cette tempête.

Les minutes me paraissent être des heures. Malgré mon foulard, le sable parvient à pénétrer contre mes joues et se stocke peu à peu à la base de mon cou. L'irritation qu'il provoque met mes nerfs à rude épreuve et pourtant je n'ai pas le courage de m'en débarrasser en réattachant ma couverture. Mes bottes bientôt remplies à ras bord qui ralentissent mes pas n'aident en rien. Je suis contente que Tom m'ait bandé le bras. Sans cette protection, ma plaie se serait certainement infectée au contact de tous ces grains qui s'infiltrent dans mes vêtements.

Je commence à me demander comment une *plane* d'une telle grandeur peut exister. Je sais que le Kiuju est plein de ressources, mais j'ai l'impression de faire une randonnée. Même en considérant que je m'égare parfois – ne garantissant donc pas une trajectoire très rectiligne, cela signifie que cet endroit s'étend sur des kilomètres. *C'est tout simplement impossible.* Si je ne trouve pas le mystère de cette *plane*, je vais y mourir de fatigue et cela ne fait pas partie de mes plans.

Je m'efforce de continuer ma marche désespérée en quête d'une porte holographique qui apparaitrait comme par magie à travers le rideau de sable. Mes yeux, à peine ouverts, devant lesquels je place mes bras comme barrière contre le vent, aperçoivent soudainement une forme au loin. Mon cœur rate un de ses battements. *Une muraille ?* Mais je me rends compte de mon erreur quand, en me rapprochant, je constate que la chose est en mouvement. Je deviens aussitôt plus anxieuse. J'ai croisé un mutant plus tôt mais d'après mes souvenirs il faisait quelques dizaines de centimètres de large. Ce que j'aperçois mesure plusieurs mètres. *Et si c'était la version adulte ?* La forme est trop sombre et floue pour que j'en distingue les contours avec précision. Inquiète de ce qui approche doucement dans ma direction, je décide de m'immobiliser et de me tapir sur le sol. Grâce à la tempête, je suis rapidement recouverte de sable et j'observe depuis ma cachette la menace avancer.

La forme grossit peu à peu et j'arrive mieux à la discerner. Elle se divise en deux puis s'étire dans la hauteur. *Ce sont des humains,* compris-je quand les deux silhouettes passent à seulement quelques mètres sur ma droite sans même me voir. Je comprends alors qu'il s'agit de deux Appelés qui sont toujours coincés dans la *plane*. Mon espoir grandit à nouveau. S'ils sont là, c'est qu'ils ne sont pas sortis donc il me reste une chance de terminer avant eux. Par contre, je n'arrive pas à comprendre pourquoi je les croise ici. Je pensais qu'ils m'avaient largement distancée. *La tempête les aurait-elle tellement troublés qu'ils ont fait marche arrière sans s'en rendre compte ?* J'accueille cette information comme une aubaine et attends qu'ils se soient bien éloignés avant de sortir de ma cachette. S'ils repartent en direction du départ de la *plane*, cela augmente grandement mes chances de trouver la sortie avant eux.

Le cœur chargé d'espoir, je me relève et me secoue. Le sable entre encore plus dans mes vêtements et m'extirpe une grimace d'inconfort. Malgré cela, je reprends aussitôt ma marche en me disant qu'au plus tôt je trouverai le *deck*, au plus tôt je pourrai me débarrasser de cette irritation qui prend bientôt possession de ma gorge.

***

Je marche et je trébuche, je tombe même, mais ne trouve rien. Après des heures, l'espoir qui avait ressurgi se tasse à nouveau. Je suis épuisée. J'ai l'impression d'avoir gravi une montagne et de l'avoir descendue. Chaque dune est un siphon à énergie. *Une pause,* pensé-je comme pour m'en donner l'autorisation. Je range mon arme que je tenais en main encore jusqu'ici et cherche ma gourde dans mon dos. Je dois me contorsionner pour ne pas avoir à quitter mon sac mais parviens à atteindre l'objet. Je me mets ensuite dos au vent et porte le goulot à mes lèvres en écartant la couverture. Tout en savourant le liquide qui vient soulager ma gorge, je regarde les tourbillons de sable se former face à moi. Je ne vois pas à plus de quelques mètres et tout me parait sombre. *Je ne veux pas passer la nuit ici.* Je n'ose même pas imaginer l'angoisse que cela serait de n'entendre que le vent siffler contre ma couverture en priant pour qu'aucun mutant ne vienne à ma rencontre. Je me retourne alors et reprends ma marche. Mais avec la fatigue je m'emmêle les pieds et tombe une énième fois. Cette fois, je n'arrive pas à freiner ma chute et dévale une pente. J'étais donc sur une crête. Ma chute s'arrête lorsque je heurte quelque chose de dur dans le bas de mon dos. Je gémis de douleur et me retiens de crier d'énervement pour ne pas attirer l'attention d'une potentielle menace. *Il faut que je me paye le seul rocher de la plane !* pensé-je à deux doigts de me retourner pour mettre un coup de pied dedans. À la place, je me redresse difficilement en frottant mes hanches douloureuses et pose mon regard sur l'origine de mes maux. Mais, alors que j'imaginais voir un rocher, mes yeux s'écarquillent devant la dépouille à moitié ensevelie d'un mutant. Mon corps se redresse en un bond et ma main dégaine l'une de mes lames. J'ai pourtant vu dès le début qu'il s'agissait qu'une dépouille et non d'un être vivant, mais l'instinct de survie est plus fort. Le tremblement d'adrénaline qui s'était emparé de moi se dissipe doucement et je m'autorise à regarder un peu mieux la créature. Ce n'est qu'après avoir réalisé que j'ai déjà croisé cette bête que je comprends qu'elle est morte de ma main. En comprenant ce que cela signifie, je manque de tomber à nouveau. *Ce n'est pas possible.* Le regard figé sur la carcasse sans vie, je réalise enfin. J'ai toujours marché contre le vent et je suis certaine de ne pas m'être trop égarée. Si cette théorie est bonne alors il n'y a qu'une seule raison pour laquelle je retrouve cette bête : les hauts dirigeants me font tourner en rond.

Mon premier réflexe est de regarder en l'air. J'espère apercevoir le sommet des murailles mais la tempête est trop dense. Je m'accroupis alors et réfléchis à cette hypothèse. Si je tourne en rond depuis des heures, cela signifie que la *plane* est circulaire, comme un beignet. Les murailles qui m'entourent forment alors deux cercles : l'un en bordure intérieure, l'autre extérieure. La porte de sortie est forcément sur l'une d'elles. Je n'ai qu'à trouver laquelle puis m'y diriger. Mais je dois être sûre de moi, sinon je vais perdre un temps précieux. Cela me forcerait à retraverser la *plane* pour atteindre l'autre cercle et je ne sais pas ce que cela représente. Elle peut faire plusieurs dizaines de mètres de large, comme plusieurs centaines ; tout est démesuré ici.

En y réfléchissant bien, les *planes* aboutissent toujours sur un *deck* après lequel se trouve une *plane*. Il est alors impossible que ces espaces se trouvent enclavés à l'intérieur de cette *plane* – dans le cercle de murailles intérieures. *Je dois chercher la muraille extérieure.* Le problème, c'est que je n'ai aucun moyen de savoir si elle se trouve sur ma droite ou ma gauche. Je soupire. Je suis forcée de m'en remettre au hasard et ça m'énerve. J'ai beau comprendre la complexité de cette *plane*, le Kiuju ne veut toujours pas m'aider à sortir d'ici !

Au hasard, je me lève et me mets à marcher. Je veille à bien garder le vent sur ma droite et hâte le pas. Rien ne m'assure d'être la seule à vouloir rejoindre la muraille. Qui sait, d'autres Appelés ont peut-être eu la même idée.

Le sable qui me parvient par le côté entre encore plus facilement sous ma couverture. Je suis obligée de protéger mes yeux d'une main sur mon arcade, tout en scrutant le sol à l'affût d'un mutant. Pendant de longues minutes qui me semblent être des heures, je glisse sur les dunes et lutte contre la tempête. Je perds presque espoir de tomber sur mon objectif quand le vent tourne et que je ne sais plus si je marche dans la bonne direction. Ce n'est qu'après un effort qui me coûte beaucoup, que le paysage face à moi m'apparait plus sombre. À travers le rideau de sable qui tourbillonne vivement, je distingue petit à petit la noirceur de la pierre d'une muraille se dresser sur mon chemin. *Enfin*, songé-je quand je suis assez proche pour être sûre de moi. Une minute plus tard, mes mains se posent sur le mur froid et je m'écroule de soulagement.

- Merci, murmuré-je le front collé à la roche.

Ma main se porte à ma poitrine et je serre la plaque de Sim à travers mes vêtements. Il serait fier de moi.

Je ne m'autorise qu'une brève pause, puis me redresse. Maintenant, je n'ai qu'à suivre la muraille en espérant tomber rapidement sur l'hologramme de sortie. Pour être sûre de ne pas tourner en rond une nouvelle fois, j'appuie la lame de mon arme sur la roche et y grave un long trait en zigzag d'un bon mètre de largeur. Si je repasse par ici, je le remarquerai à cette marque et saurai que j'ai fait fausse route. Je devrai alors traverser la *plane* de nouveau à la recherche de la seconde muraille et réitérer ce schéma. *J'espère ne jamais en arriver là.* Je n'ose même pas imaginer le désespoir qui m'habiterait si jamais je venais à m'être trompée de muraille.

Je pose une main sur la muraille et reprends ma marche. Une fois de plus, je m'en remets au hasard et décide d'avancer le vent dans le dos pour faciliter ma progression. Mes jambes sont tremblantes de fatigue et je suis épuisée par tout ce sable. J'espère sortir rapidement et ne pas tomber sur un mutant contre lequel je ne suis pas sûre d'avoir la force de combattre.

Le vent qui me fouette le dos et me pousse de l'avant me fatigue. Je sens mes jambes flageoler de plus en plus, à la limite de céder sous mon corps. Je n'ai qu'une pensée, celle du rationnement qui m'attend à la sortie de la *plane* que je rêve d'engloutir. Ma gorge me brûle à mesure que je respire de l'air chargé de sable. Chaque inspiration m'arrache une grimace. J'ai beau me tenir contre la muraille, mon corps se courbe de plus en plus manquant de s'écrouler à chaque pas. J'ai rangé mon arme qui était devenue pénible à garder en main. Je tiens maintenant ma couverture pour éviter qu'elle s'envole et pour l'éloigner de mes oreilles qui souffrent d'entendre le sifflement du vent depuis des heures. Je pense parfois à ma cheville que je sens s'abimer à mesure que le sable frotte contre ma blessure cicatrisante. Les points de suture tirent sur ma peau et j'espère qu'ils tiendront le choc encore un peu. *Que penserait Sim de moi ? Il se moquerait surement un peu.* Je sais pourtant qu'il serait à mes côtés pour m'aider à avancer, un bras dans mon dos à me soutenir. Sa présence me manque. Comme celle de Tom. Je voudrais qu'il soit là lui aussi, me portant contre son torse, comme il l'avait fait pour me sortir de la *plane* dans laquelle j'étais restée coincée. Je me blottirais dans ses bras à l'abri du vent et du froid.

Alors que je m'éloigne dans des projections réconfortantes où Sim et Tom sont à mes côtés, mon bras quitte la muraille. Mon corps, qui tenait alors debout grâce à cet appui s'écroule sur le sol comme un pantin sans marionnettiste. La chute est brutale mais pas très douloureuse. Je gémis, inquiète de savoir si j'ai la force de me relever mais en relevant la tête tombée dans le sable, j'aperçois une faible lumière vaciller sur ma droite. Dans une ouverture creusée dans la pierre, un hologramme scintille et m'accueille vers le prochain *deck. Je l'ai trouvé,* pensé-je au bord des larmes.

Maladroitement, mais poussée par l'adrénaline et la peur qu'un Appelé surgisse pour me passer devant, je me hisse sur mes jambes et titube vers le mur holographique. Le chiffre 1 qui y trônait s'estompe quand je passe à travers puis le bloc de pierre s'écroule dans mon dos en faisant vibrer le sol sous mes jambes. Ne parvenant pas à résister à cette onde de choc, je m'écroule à nouveau sur le sol , cette fois-ci sans m'inquiéter de devoir me relever. Je suis arrivée dans le *deck*.

CHAPITRE 30

Précipitée par le besoin de respirer de l'air pur et me débarrasser de tout ce sable coincé dans mes vêtements, je tire sur la couverture qui entoure mon cou et la projette sur le côté. Ma poitrine est aussitôt prise de puissantes convulsions, me faisant tousser sans interruption. Ma gorge irritée me brûle douloureusement à chaque inspiration et je recouvre rapidement le sol de ma salive mêlée au sable que je recrache. Après quelques secondes éreintantes, ma toux se calme et je me laisse rouler sur le côté pour reprendre lentement mon souffle. *C'était horrible,* pensé-je en réalisant que je n'ai jamais traversé une *plane* si éprouvante. Je n'aurais pas cru aimer la pierre du Kiuju autant que je l'apprécie aujourd'hui. Elle est lisse et stable. Tout l'inverse du sable contre lequel j'ai lutté pendant toute l'après-midi.

Toujours irritée par les grains que la tempête a glissés dans mes vêtements, je me résous à m'asseoir malgré mon épuisement et secoue ma tête. Une pluie de sable se déverse de mes cheveux et de mon visage que je frotte d'une main. Je retire ensuite mon sac et ma veste pour les secouer. Ils sont tellement pleins qu'une petite dune se crée sur le sol. Elle s'agrandit un peu plus quand je retire mes rangers. J'ai réussi à me séparer du plus gros mais il me faudra un nettoyage plus approfondi pour m'en débarrasser complètement. Je n'ose pas toucher à mes bandages à la cheville et au bras de peur d'exposer mes blessures au sable. Je lève alors la tête et scrute le *deck*. *Je dois trouver la salle d'hygiène !*

Je découvre avec surprise mais sans joie que mon répit sera de courte durée et que je devrai me passer de salle d'hygiène. À une dizaine de mètres à peine, au fond de l'unique place qui compose ce *deck*, se dresse l'immense porte de départ de la prochaine *plane*. Un mélange de colère et de désespoir me remplit en voyant y trôner le chiffre holographique : *2*, et que je ne compte qu'un unique Appelé dans le *deck* avec moi. *Ça ne désempirera donc jamais ?* pensé-je furieuse que le Kiuju ne me récompense pas d'avoir survécu à une *plane* mais qu'il m'y renvoie aussitôt. Je remarque également qu'il n'y a qu'un unique *macker* en poste et qu'il est près de la porte de la prochaine *plane*. Je cherche son collègue qui devrait se tenir juste à côté de moi. *Où est mon rationnement ?* Mon estomac se plaint lui aussi et je me laisse retomber sur le sol en soupirant. Le temps sera mon seul allié ici.

Après quelques minutes de repos, je me décide à bouger. Il est hors de question que je retombe dans la spirale négative du précédent *deck*. J'attrape mes affaires d'une main lasse et me relève. Ne serait-ce qu'en mémoire de Sim, je n'ai plus le droit de me morfondre et je dois avancer. Sa plaque qui pend à mon cou est là pour me le rappeler. Je titube alors, pieds nus, et jambes flageolantes en direction de la grande porte pour y chercher les indices qui pourraient m'aider à migrer. En passant, je laisse tomber mes rangers, mon sac et ma veste sur le sol que je sais en sécurité. En effet, la seule menace est un Appelé qui semble être plutôt tranquille. Je jette un regard attentif dans sa direction mais ne le vois même pas bouger. D'ici, je ne saurais dire s'il s'agit d'un homme ou d'une femme. S'il veut me voler mes affaires il faudrait qu'il soit très doué car je le remarquerais rapidement.

J'avance jusqu'à la porte et étudie attentivement son

contour en cherchant des indices dans les fissures de la pierre. À l'image de la précédente *plane*, j'espère trouver un élément pareil aux grains de sable qui me permettrait de me projeter dans l'épreuve qui m'attend. Malheureusement, la pierre est d'une propreté impeccable ; pas la moindre trace de terre ou de mousse. La surface n'est même pas humide. *Allez*, songé-je avec l'espoir de tomber sur quelque chose à mesure que je parcours les contours de la porte mais rien. Le Kiuju a cette fois décidé de rendre les choses difficiles.

Un peu déçue, je m'écarte de la porte sous le regard attentif du *macker* qui, à en voir son expression dubitative, se demande ce que je fais. Je serais tentée de lui demander ce qui se cache derrière ce bloc de pierre mais l'expérience m'a appris à ne pas gaspiller ma salive avec des *mackers* en poste. Même Tom se refuse à me donner trop d'indices. Je recule alors et retourne vers mes affaires. Mais en passant près de l'Appelé assis non loin, je remarque qu'il tient quelque chose de scintillant entre ses doigts. Curieuse, je plisse les yeux pour mieux voir. En évaluant sa taille, je comprends qu'il s'agit d'une carte métallique et mon sang ne fait qu'un tour. *Comment est-ce possible ? Nous n'avons pas reçu de rationnement.* Avec cet indice, l'Appelé a un avantage sur moi et puisque je n'ai aucune idée de ce qui nous attend, j'aimerais bien savoir comment il se l'est procuré pour en bénéficier moi aussi. Je change alors de trajectoire et m'approche de la personne. Ce n'est qu'arrivée à sa hauteur que je distingue son visage et comprends qu'il s'agit d'une femme. Ses cheveux presque rasés et son allure robuste pourraient me faire croire l'inverse mais une poitrine sur un corps maigre ne trompe personne. *Enfin un vrai rapport de force.*

L'Appelée lève le regard vers moi et fronce les sourcils. Sans attendre et en écartant les formalités de politesse qui n'existe plus dans le Kiuju, je lui pointe la carte.

- Comment as-tu eu ça ? On ne nous a pas distribué de

rationnement.

L'Appelée plisse d'abord les yeux, l'air de m'inspecter et resserre son poing sur l'objet pour être sûre que je ne puisse pas voir l'inscription qui y est gravée.

- Elle était posée au milieu du *deck*, affirme-t-elle d'une voix tranchante.
- Montre-la-moi.
- Je n'ai aucun intérêt à faire ça, continue-t-elle dans un geste de retrait.
- Si elle était là quand tu es arrivée alors tu n'as aucun droit dessus. Elle m'appartient autant qu'à toi. Laisse-moi la voir, ordonné-je en tendant la main.

Plutôt que d'obéir, elle échappe un petit rire de moquerie et me lance :

- Rien n'appartient à personne dans le Kiuju. Je suis la première à être arrivée et à l'avoir trouvée. Elle est à moi.

Je suis partagée entre l'envie de lui trancher la gorge de l'un de mes couteaux ou simplement de lui coller mon poing à la figure. *La fatigue te rend violente. Calme-toi Laura !* Je fais rouler mes épaules tout en serrant les poings pour me contenir. Cette carte métallique représente un trop gros avantage sur une *plane* qui se joue entre elle et moi pour que je migre sans la voir. Malheureusement, j'ai remarqué que le *macker* a les yeux rivés sur moi depuis que j'ai inspecté la porte et qu'à la moindre attitude menaçante il n'hésitera pas à me sanctionner. *Si seulement il pouvait être Tom,* songé-je en imaginant qu'il m'aurait aidée au moins laissé récupérer cet indice de force en passant cet incident sous silence.

Contrainte à la seule idée pacifiste qui me vient, j'ouvre la poche de mon pantalon et saisis le sachet bleu — offert par Tom, que j'avais laissé là. À contrecœur, je le pose dans ma paume et le présente à l'Appelée.

- Je t'en donne la moitié si tu me passes la carte, proposé-je.
- Je veux tout.

Et puis quoi encore ? pensé-je vivement en comprenant que nous ne deviendrons pas amies.
- Non, dis-je en sachant qu'elle est aussi épuisée que moi.
Si je prends cet énergisant, je sais qu'elle n'aura physiquement aucune chance contre moi. Si elle veut survivre, elle acceptera mon offre. Je ferme alors mes doigts sur le sachet et le porte à ma bouche. D'un coup de dents, je l'ouvre et en fais couler une grosse moitié dans ma bouche. *Maintenant elle n'a plus le choix,* pensé-je assez confiante et fière de la manière dont je lui impose mon choix.
- D'accord, crache-t-elle sans cacher son mécontentement.
Je tends alors la main dans sa direction. Elle pose la carte à l'intérieur mais serre ma poigne en attendant sa récompense.
- Le sachet, dit-elle.
- Ouvre la bouche, ordonné-je en sachant que si elle le garde pour le prendre juste avant la *plane* elle aura l'avantage sur moi.
L'Appelée m'obéit et je fais couler le reste du liquide bleu sur sa langue. Quand elle referme la bouche et suce le reste du sachet, je le lui retire vivement et le jette au sol. Je pose mon pied dessus puis arrache la plaque d'entre ses doigts. Je fais ensuite un pas de recul et m'empresse de regarder l'indice. Ce n'est que quand je découvre l'inscription sur le métal que je comprends que je viens de faire une terrible erreur. Je lève aussitôt les yeux vers la femme que je voudrais étrangler de s'être jouée de moi.
- Merci, me dit-elle mielleusement en savourant ma surprise.
Elle me sourit à pleines dents et lèche lentement le liquide bleu qui les recouvre. Rien que pour cette provocation, je pourrais lui sauter à la gorge et l'étrangler sans attendre. Mais au lieu de cela, je me contente de serrer les dents et m'éloigne d'elle par peur de céder à la colère. Je me contiens et essaie d'imaginer ce que Sim m'aurait conseillé. *Garde tes forces et fais-lui payer dans la plane.*

En arrivant vers mes affaires, je déverse tout de même

une partie de ma frustration en lançant la carte métallique sur mon sac. Elle rebondit et retombe sur le sol face visible, me laissant revoir avec dégoût l'empreinte humaine qui y est inscrite.

Le mutant que je vais devoir affronter n'est autre que l'Appelée à qui je viens de donner ma seule source d'énergie.

CHAPITRE 31

J'aimerais que la *plane* ne tarde pas à s'ouvrir car je suis gonflée d'énergisant et de rage. *Comment ai-je pu me faire duper de la sorte ?* me demandé-je en secouant une à une mes chaussettes pour les vider du sable qui y est coincé. Je nettoie mes pieds et enfile ma paire de rechange en jetant des coups d'œil furtifs en direction de l'Appelée. Elle a toujours son affreux sourire scotché aux lèvres, ce qui me rend folle. Je retire ensuite mon sous-pull et mon t-shirt pour les secouer à leur tour. Je me fiche d'être vue en petite tenue, je ne crois pas être menacée ni par le *macker* ni par cette femme. Je serais au contraire contente qu'elle vienne me chercher pour avoir une raison de lui en coller une. Je remets mes vêtements puis continue avec mon pantalon.

Une fois débarrassée de tout le sable que je peux retirer, je cherche ma dernière barre comestible puis me rhabille complètement avant de m'enrouler au chaud dans ma couverture que j'ai rattachée autour de mon cou. *Je dois être prête à sauter sur mes pieds dès que la porte s'ouvrira.* J'arrache à pleines dents la barre, les yeux rivés sur l'Appelée. J'espère qu'elle est suffisamment entrainée pour ce qui l'attend, car je suis habitée par une envie très inhabituelle d'affrontement. À en croire sa corpulence aussi mince que moi – d'avoir été sous-alimentée pendant tant de semaines, je n'aurai pas trop de difficultés à encaisser ses coups. Je devrai toutefois me méfier de la lame menaçante qu'elle porte à la ceinture.

J'ai affronté de nombreux adversaires à la Place des Combats et je sais grâce à cette expérience que Sim était un bon instructeur. Rares étaient ceux qui avaient une bonne technique ou stratégie. *Je dois tirer parti de cet apprentissage.* J'étudie alors les points faibles de ma cible tout en espérant qu'elle n'ait pas remarqué les miens.

***

Le temps a filé et j'ai eu beau fermer les yeux pour essayer de me reposer un peu, l'énergisant a bien fait son travail. Je suis à la fois exténuée et débordante d'énergie, mettant mon esprit à rude épreuve entre excitation et lassitude qui empêche mon corps de se détendre. Je sais que la migration arrive bientôt et je ne peux m'empêcher d'imaginer la *plane* qui m'attend. Y aura-t-il quand même des mutants ou serons-nous seules ? Si c'était le cas, je pourrais me venger sans m'inquiéter de mon environnement. J'en trépigne d'impatience, mais je ne me reconnais pas dans cette attitude. Une envie de violence et de rage me nourrit de l'intérieur. Je n'ai jamais vécu ça auparavant. Le Kiuju nous change avait dit un jour Sim, il avait raison.

***

Après une longue attente, le sol se met enfin à trembler, annonçant l'ouverture de la *plane*. Dès la première secousse, mon corps se tend et une adrénaline se diffuse jusqu'à mes orteils. Mon regard transperce celui de l'Appelée qui a elle aussi deviné que l'heure était arrivée. *Je vais lui faire regretter de s'être jouée de moi.*

Le *macker* n'a pas besoin de se manifester, nous sommes toutes les deux déjà sur nos pieds avant même que la porte ne bouge. Je ne peux m'empêcher de la fixer du regard. Je veux savoir à l'avance ce qu'elle va faire et avec quelle nouvelle ruse elle va essayer de m'avoir.

Quand le monstre de pierre se met à frémir et qu'il se soulève, je m'étonne à m'écraser au sol en même temps que l'Appelée qui a décidé de se glisser dessous pour prendre une longueur d'avance. La suivant pour empêcher cela, je m'allonge avec précipitation et nous roulons sous la porte. Il nous faut quelques secondes pour atteindre la *plane* tant l'ouverture est large. Une fois de l'autre côté, nous sautons sur nos pieds en rythme et nous nous mettons à courir sans prendre le temps d'observer les lieux. Ce n'est qu'après plusieurs mètres de course, que je relève la tête et constate que la porte de sortie n'est qu'à une cinquantaine de mètres de là. *C'est tout ?* Il n'y a que de la terre et de la pierre autour de moi. J'ai l'impression de revivre ma première *plane*, quand j'étais encore ignorante et paniquée. Il n'y avait qu'à courir tout droit, aujourd'hui aussi.

Au coude à coude, nous nous approchons rapidement de la sortie et l'Appelée sort son couteau qu'elle tend vers moi. C'est une manière de me dire de reculer mais je n'en ferai rien. Je préfère courir plus vite sans m'encombrer de cet accessoire mais soudainement, alors que nous étions presque arrivées au but, la porte se referme brusquement. Prises dans un élan de survie, nous peinons à freiner notre course et nous nous écrasons toutes deux contre la pierre. Mon esprit, qui à l'instant où la *plane* s'est ouverte a mis tous mes sens en éveil, préfère ne pas se demander pourquoi nous nous retrouvons coincées ici et réagit immédiatement en m'écartant du mur. Je pivote rapidement et donne un grand coup dans le poignet de l'Appelée appuyée contre le mur à seulement un mètre de moi. Sa poigne cède et son couteau tombe au sol. Aussitôt, elle se baisse pour le ramasser mais je suis plus rapide. Mon poing s'abat sur son visage et elle trébuche en arrière. Je me penche alors à sa place et saisis son arme que je lance de l'autre côté de la *plane*. Je me recule ensuite, contemplant les effets de l'adrénaline sur mon corps et le retardement de mon essoufflement après un sprint soudain. Sans quitter mon adversaire des yeux, je profite de ce moment pour analyser notre environnement.

La *plane* est vraiment petite et je suis étonnée de constater qu'elle est couverte par un plafond en pierre dans lequel sont insérés des néons blancs. Le sol est sec et terreux et les murs pareils à tous ceux que j'ai croisés dans le Kiuju. Aucune menace mutante ne devrait faire son apparition ici, je suis donc bien seule avec cette Appelée. *Mais pourquoi la porte s'est-elle refermée ?*

Mes yeux reviennent sur la femme qui a décidé d'aller récupérer son arme en courant vers l'entrée. Je la suis et la presse contre le fond de la *plane* pour l'empêcher de s'approcher de son couteau. Mais un léger tremblement se manifeste et la porte se rouvre. Comme synchronisées, nous nous remettons à sprinter vers elle. Nous parcourons quelques dizaines de mètres et la pierre retombe sur le sol, encore. Cette fois, je m'arrête avant d'atteindre le mur et fronce les sourcils. *La porte réagit à nos mouvements ?* songé-je en parcourant du regard la *plane* alors que l'Appelée se met à hurler.

- Ouvrez cette porte ! C'est quoi ces conneries ? continue-t-elle avant de marmonner des jurons incompréhensibles.

Je préfère garder mon calme et chercher la réponse à ce mystère en rebroussant chemin. Il y a peut-être un détecteur de mouvements qui referme la porte quand nous nous mettons à courir. Je recule et cherche sur le sol ce qui pourrait être un indice. Les yeux baissés sur le sol, je distingue alors une ligne fine creusée dans la terre. D'à peine cinq centimètres de large, elle coupe la *plane* en deux en séparant l'entrée de la sortie. *C'est ça.* Je m'approche timidement. Alors que mon adversaire est toujours en train d'envoyer des jurons aux hauts dirigeants, je m'arrête devant la ligne et tends mon bras par-dessus. J'ai d'abord peur que la porte s'ouvre et que je sois distancée par l'Appelée qui est plus proche de la sortie que moi, mais rien ne se passe. Je fais alors retomber mon bras et me tourne vers mon adversaire qui semble venir vers moi.

- S'ils veulent du sang, je vais leur en offrir, dit-elle le regard noir.

Je n'ai pas suivi la conversation qu'elle tenait avec elle-même mais je comprends rapidement qu'elle ne vient pas en amie. Je dégaine alors l'un de mes couteaux et lui fais rapidement comprendre qu'elle n'est pas la bienvenue. Elle me contourne en silence et se dirige vers son arme toujours au sol. Elle franchit la ligne qu'elle n'a surement pas remarquée et la porte frémit. Je suis certaine que la réponse se trouve ici quand elle se remet à courir vers la sortie et que la porte retombe aussitôt. Je souris. *L'une d'entre nous doit se trouver de l'autre côté de la ligne pour ouvrir la porte.* La zone doit détecter notre plaque, c'est pourquoi mon bras n'a rien actionné quand je l'ai passé par-dessus cette limite. Je prends alors une longue inspiration et me dirige vers la femme qui s'est remise à hurler.

Finalement, je suis plus à l'aise à l'idée de me battre à mains nues alors je range mon couteau et ferme mes poings.

- Tu voulais du sang ? lancé-je en m'approchant de la femme. (Elle se retourne défigurée par sa rage) En voici, finis-je en envoyant un coup à son visage.

Déconcentrée par sa colère elle a à peine le temps de l'éviter et j'atteins de sa joue brutalement. Aussitôt, la femme comme habitée par un monstre de rage, arme ses poings et me renvoie mon attaque. Nous échangeons plusieurs coups et je me rends rapidement compte qu'elle n'a rien de la grande guerrière que j'avais imaginée. Elle est déconcentrée et précipitée.

En à peine quelques gestes, je parviens à la plier en deux puis à la faire tomber au sol. Elle se tord de douleur après une frappe sèche dans l'estomac et je l'attrape par les jambes pour la traîner en direction de la ligne. Elle a beau gesticuler, je suis moi aussi sous l'emprise de la colère et de la détermination et parviens à la faire traverser — ouvrant par la même occasion la porte.

- Reste ici, dis-je sèchement en la lâchant au milieu de la *plane*.

Elle devrait savoir qu'elle n'a guère de chance face à moi. J'ai beau paraître faible, j'ai été entrainée par Sim pendant des semaines entières. Je connais la douleur des coups et leur impact sur l'organisme. Si je le voulais, je pourrais profiter de sa position défavorable — au sol, et en finir avec elle. Au lieu de cela, je fais marche arrière et me dirige en direction de la sortie. Finalement, j'aime bien cette *plane*, elle est plutôt simple.

- Comme c'est prévisible, marmonné-je quand la porte se referme devant moi.

Un coup d'œil par-dessus mon épaule et je retrouve l'Appelée dans mon dos. Elle a l'air mal en point mais je l'ai épargné. Je pense que j'aurais été moins clémente avec un homme, mais j'ai dû mal à terminer mes coups depuis mon affrontement avec la Signeuse dans les bois. Je me résigne tout de même à réengager le combat avec mon adversaire contre laquelle je gagne rapidement. Cette fois, c'est un coup aux genoux qui la fait tomber et je la refais passer de l'autre côté de la ligne.

- C'est terminé, dis-je en lâchant son corps. Tu t'es bien battue mais il n'y a qu'une place. Reste ici et je ne te ferai pas de mal.

La femme se redresse, le visage crispé depuis lequel je peux voir la douleur qui se répand en elle.

- Plutôt crever, dit-elle.

Je hausse les épaules, j'aurais répondu la même chose. Personne n'a envie de rester coincé dans une *plane*. Car personne ne sait ce qu'il se passe après.

L'Appelée se relève d'un bond, comme traversée par

une énergie nouvelle et se met à sprinter vers la sortie. Je reste immobile et la regarde franchir la ligne derrière laquelle je suis déjà. L'issue se referme alors, emportant avec elle tout l'espoir qu'avait cette femme.

- Oh mais ouvre-toi ! crie-t-elle en frappant sur la pierre.
- Elle ne s'ouvrira pas. Pas tant que nous serons toutes les deux ici, avoué-je. (Elle se retourne vers moi et je lui pointe la ligne qu'elle n'avait pas remarquée) L'une d'entre nous doit être de l'autre côté de cette ligne.

Son regard s'illumine, elle a compris. Elle revient alors vers moi en courant et me roue de coups. *Ce combat n'a aucun sens,* songé-je en évitant aisément ses assauts prévisibles.

Elle tend son poing à droite et je n'ai qu'à faire un petit pas sur le côté pour l'éviter. Puis elle l'envoie à gauche, et d'un simple crochet je la fais trébucher. Je me demande comment elle a fait pour arriver jusqu'ici sans savoir se défendre. J'ai eu tellement souvent besoin de mes poings que sans l'entrainement de Sim, je serais morte depuis un moment. *Elle doit être rusée.* Je finis par lui envoyer un coup vif dans les côtes pour qu'elle cesse ses va-et-vient.

- Je ne veux pas te faire de mal, dis-je épuisée de cet affrontement sans fin. Arrête.

L'Appelée fronce les sourcils et revient à la charge sans m'écouter. Je la frappe alors à nouveau et elle tombe à genou. Sa bouche est entre-ouverte et son souffle est haletant, comme le mien. Je m'approche un peu et pose une main sur son épaule pour la pousser en arrière. Épuisée comme elle est, elle s'écroulera au sol et je m'en irai.

- Tu t'es bien battue, répété-je en la poussant doucement.

Mais alors que tout me semblait scellé, son visage se tord de rage et elle tend son bras en direction de ma ceinture. Dans ma compassion, j'en ai oublié mes armes. Une de ses mains agrippe le manche de l'un de mes couteaux et l'autre se tend vers mon cou. Dans un geste vif, elle saisit ma couverture — que je porte comme cape et me tire en arrière. Surprise, je tombe au sol sur le dos mais l'Appelée n'utilise pas sa lame sur moi. Elle la plante derrière moi et s'enfuit en courant.

Je me redresse immédiatement pour la suivre mais je sens une force me contraindre au niveau du cou. *Elle a traversé ma cape avec le couteau.* Mon cœur s'affole aussitôt alors que je me retrouve coincée ; étranglée par ma couverture qui me cloue au sol à l'aide de mon propre couteau. J'ai d'abord l'idée d'atteindre la lame pour la retirer mais je n'y parviens pas. Alors rapidement, je porte mes mains à mon cou pour défaire le nœud qui m'empêche de me relever. Précipitées par la vue terrifiante de l'Appelée qui court en direction de la sortie, mes mains tremblent et peinent à défaire le nœud. *Je vais rester coincée dans cette plane.* Heureusement, j'arrive à me dégager et roule sur le côté, abandonnant ma couverture plantée par terre. Je saute sur mes pieds et sprinte en direction de la ligne. Je la franchis juste à temps et la porte se referme devant l'Appelée qui s'apprêtait à la franchir. Elle se retourne aussitôt et me transperce d'un regard noir.

- Raté, lui lancé-je en reprenant mon souffle les deux bras appuyés sur mes genoux fléchis. Tu es maline. Reviens donc qu'on en finisse, finis-je en lui faisant signe de me rejoindre.

Elle penche la tête et sourit avant de revenir doucement vers moi, le pas nonchalant. À présent, c'est trop tard, je n'ai plus de compassion pour elle. Je me disais qu'entre femmes nous nous épargnerions mais il n'en est rien. Si je dois la clouer au sol pour sortir je le ferai, car je sens mes forces diminuer à mesure que les effets du sachet bleu s'estompent.

L'Appelée arrive à mon niveau et le combat reprend. Les coups sont plus forts et mieux placés, comme si elle s'était finalement canalisée. Mais ça ne la sauvera pas. Ma technique est meilleure et mon rythme plus soutenu. Après une suite de trois coups dans l'abdomen, la femme tombe au sol et cette fois je ne m'éloigne pas. Je m'assieds sur son torse et dans un ultime geste, qui pompe toute mon énergie, je la frappe au visage. Sa tête rebondit sur le sol avant de s'immobiliser. Mon cœur se compresse, me demandant si je suis allée trop loin ; si elle est morte.

- Je t'avais dit de rester tranquille, dis-je la gorge nouée.

Mais je n'ai pas le temps de réfléchir et je bondis en arrière vers la porte qui me tend ses bras. *Cette fois, c'est bon*. C'était sans compter sur l'instinct de survie de mon adversaire qui — je le devine à la porte qui se referme devant moi, a réussi à se relever. Je me tourne et l'aperçois au sol, la tête dépassant tout juste de la ligne. Son nez est gonflé et du sang s'en écoule jusqu'à ses lèvres avant de perler au sol. Je suis forcée d'admirer son courage et sa force.

Un peu gênée par l'idée qui me traverse mais résignée à ne pas lui faire plus de mal, je gonfle ma poitrine d'une longue inspiration et passe ma main à mon col. Une plaque doit être détectée de l'autre côté de la ligne pour que la porte s'ouvre. *Par chance, j'en ai deux*. Je ne sais pas si c'est de la triche mais je m'en moque. J'en ai marre de me battre. Je suis fatiguée. Alors, j'arrache à pleine main la plaque de Sim qui pend à côté de la mienne sur ma poitrine. Je porte l'objet métallique à mes lèvres et l'embrasse, pensant qu'à l'image de tout ce qu'il aura fait pour moi, Sim me sauve encore une fois la vie. Puis, d'un geste vif, je la lance derrière la ligne. L'Appelée allongée au sol, observe la plaque la survoler et atterrir dans un coin de la *plane* après quelques rebonds. La porte s'ouvre aussitôt et je m'engouffre dans son antre sans me retourner ; laissant derrière moi mon adversaire qui se met à hurler d'incompréhension et d'impuissance.

CHAPITRE 32

La porte retombe dans mon dos et fait trembler le sol. En un instant, je suis plongée dans le noir et le silence. Mon corps tremblant de nervosité et d'épuisement se relâche d'un coup manquant presque de s'écrouler. Les effets du sachet bleu sont loin derrière moi maintenant et je ne suis pas sûre de survivre à un nouveau *deck* sans rationnement. Malheureusement, cet endroit ne ressemble en rien à un *deck*.

D'abord aveuglés par le changement de luminosité, mes yeux s'habituent doucement à l'obscurité et je perçois progressivement des points brillants dans le ciel dégagé. *C'est beau.* Je voudrais m'avancer vers elles et m'envoler pour quitter cet endroit maudit. Je tends le bras vers le ciel et ressens une légère brise caresser ma peau. Étrangement, ce n'est pas froid. C'est humide. En faisant glisser mes doigts les uns sur les autres, je sens des gouttelettes couler jusqu'à mon poignet. Je ne rêve pas, l'air est chargé d'eau.

Où suis-je ? me demandé-je en cherchant les Appelés et *mackers* qui peuplent habituellement les *decks*. L'absence de feu dans cette nuit m'empêche de voir l'étendue de cet endroit. Je me décide à faire quelques pas en avant mais trébuche rapidement quand mon pied loupe une marche invisible. Mes pieds, précipités pour reprendre mon équilibre, s'enfoncent alors dans une petite quantité d'eau stagnante qui s'arrête sous mes genoux. Je suis d'abord surprise et effrayée mais vite contentée par la chaleur qui s'empare de mes mollets. Depuis que je suis entrée dans le Kiuju je n'ai jamais senti pareil plaisir. Comme attirée par un aimant, je m'abaisse en direction de l'eau chaude et y plonge mes mains en gémissant. En fin de compte, je n'ai que faire de l'endroit où je me trouve, je veux plonger dans cette eau brûlante. À part dans les bras de Tom, mon corps est resté gelé pendant des semaines et réclame à présent son bain. C'est alors sans me préoccuper de ce qui pourrait habiter l'eau ou même de l'étrangeté de ce *deck* que je me laisse glisser dans le liquide. Doucement, la chaleur entoure ma peau et des frissons de plaisir me parcourent le corps. *C'est tout simplement irréel.* Sûre de me trouver en plein rêve pour profiter d'un bain bouillant au milieu du Kiuju, je ferme les yeux et me laisse envelopper par cette douce récompense. L'eau est si chaude que le contraste qui se forme avec ma peau glacée me brûle. Les gerçures de mes mains me démangent et mes plaies me piquent mais rien ne me ferait sortir de ce bain. Je ne pense même pas à l'Appelée que j'ai enfermée dans la *plane*. Rien d'autre ne m'importe que l'apaisement qui me remplit et fait disparaître mes tremblements. Cette eau est si addictive. Je pourrais m'y noyer.

En rouvrant les yeux, je distingue les étoiles peindre le ciel noir dans un paysage magnifique. *C'est forcément un rêve,* me dis-je en m'émerveillant devant ce spectacle. Le manque de sommeil me donne des hallucinations. Avec l'accommodation, j'arrive même à distinguer la vapeur d'eau s'échapper du bassin et s'envoler jusqu'en haut des murailles. Tout est irréellement magnifique, paisible et apaisant – l'inverse du Kiuju.

Après un moment, à la limite de céder à la fatigue et de m'endormir dans ce bain, un petit grincement attire mon attention. Je me redresse, forcée de reconnaître que je suis dans le Kiuju et que malgré le calme de ce lieu, je suis certainement exposée à du danger. Ma vue est nette et accommodée à l'obscurité mais je ne vois pas plus loin que quelques mètres.

Je scrute les horizons à travers l'écran de vapeur d'eau mais ne perçois pas l'origine du bruit qui s'est maintenant tu. Ce pourrait être n'importe quoi : un Appelé, un *macker*, un mutant ou même un piège. Par réflexe, je pose ma main sur le manche de mon couteau et tends l'oreille. Si cette chose s'approche, elle se manifestera de nouveau et je l'entendrai arriver mais, ce que je m'attendais être audible n'arrive pas.

Sans prévenir et dans un scintillement éblouissant, le *deck* est traversé par un puissant rayon lumineux. Mes yeux soudainement agressés se ferment aussitôt et mon cœur bondit. Quand je les rouvre, prête à affronter cette nouvelle menace, je découvre l'immensité du *deck* baigné d'une vive lumière rouge. Je peux voir pour la première fois l'étendue de cet endroit. Je suis cernée par de hautes murailles, au milieu d'un immense bain bouillant qui s'étend sur plusieurs dizaines de mètres. Le faisceau lumineux est si puissant que son rayonnement ricoche dans la vapeur du bain et se reflète à la surface de l'eau. Persuadée cette fois d'être dans un rêve tant le spectacle est inhabituel, je lève les yeux et admire cette lumière sanglante trancher la place en deux. Elle émane d'une fente dans la porte de la *plane* que je viens de quitter et termine sa course en un point rouge vif au milieu de la muraille qui me surplombe — face à moi.

Curieuse et méfiante, je m'avance lentement vers ce point d'impact, créant des cercles dans le bassin qui se teinte aussitôt et transforme l'eau en sang. Une fois assez proche pour l'observer plus précisément, je plisse les yeux en direction du point lumineux et essaie de comprendre ce qu'il est. *Il bouge,* compris-je en remarquant que le faisceau se déplace sur la paroi. Lentement, il frappe contre la pierre sombre et la brûle. Le mur lisse est alors creusé, dessinant, à force de combustion, des symboles dans la roche. *Qu'est-ce que c'est ?* Je lève les yeux et aperçois à la lumière rouge, le haut de la muraille recouverte d'inscriptions. Mon souffle se coupe en y lisant le nom d'hommes et de femmes gravés les uns à côté des autres. Les textes sont petits mais ils recouvrent toute la paroi jusqu'à son sommet. Je tourne sur moi-même et lis la même suite de noms partout autour de moi. Le *deck* en est recouvert.

Je recule de quelques pas et contemple sans voix cette liste impressionnante. *À qui sont ces noms ? Il y en a des milliers*. Mon cœur se serre et une idée me traverse l'esprit. *Ce pourrait-il que ce soit ceux des Glorieux ?* me demandé-je en pointant immédiatement mon regard vers le laser qui grave toujours la roche. Mes yeux se plissent dans une attente éprouvante alors que se dessinent progressivement les lettres : L, puis A. Mon corps se met à trembler dans une attente éprouvante. *Faites que ce soit ça.*

Ce *deck* est vide et ne contient aucune issue. Je ne vois qu'une explication, je suis arrivée au bout. Une excitation monte en moi. *C'est ça. Ce doit l'être !*

Après quelques minutes interminables, ma gorge se noue et des larmes me montent aux yeux quand j'arrive à lire en entier : Laura Diven. Mon nom, gravé dans la pierre encore rougie par le laser me surplombe et je comprends que c'est terminé.

Mes deux mains se posent sur mon visage alors que j'ai dû mal à réaliser. Se pourrait-il que ce soit un rêve et que tout cela ne soit que le fruit de mon imagination ? Je suis peut-être allongée sur le sol froid de la *plane*, assommée par l'Appelée qui m'a laissé sombrer dans un coma délirant. *Non*, me dis-je trop heureuse de ce que mon nom sur cette muraille représente. *J'ai réussi.*

Un grondement semblable à l'ouverture d'une *plane* mais plus faible me parvient et me sort de mes interrogations. J'écarte mes mains de mon visage et me retourne dans sa direction. En plissant les yeux, je vois un petit pan de la muraille à quelques dizaines de mètres de moi se déplacer. À en croire sa taille, c'est une porte un peu large à hauteur d'homme. Une faible lumière s'en échappe et j'aperçois une ombre la traverser puis pénétrer dans le *deck*. Le rideau de vapeur est épais et la luminosité trop basse pour que j'arrive à savoir s'il s'agit d'un *macker*. Ce n'est qu'avec le bruit de l'eau qui éclabousse à chacun de ses pas, que je comprends que la personne se rapproche.

Le temps de réduire la distance entre elle et moi et de passer sous le faisceau lumineux qui traverse le *deck*, l'ombre se transforme en silhouette masculine. Lentement, les ronds créés dans l'eau à mesure qu'elle avance me parviennent et l'homme passe le rideau de vapeur, me laissant enfin distinguer son visage. Un frisson me parcourt et mes lèvres se pincent. C'est Tom.

Cette fois c'est certain, je suis arrivée au bout. Je m'accroupis, envahie par une joie incontrôlable et un soulagement qui retire toute la tension qui me faisait tenir debout et saisis mon visage à pleine main. Je regarde Tom s'approcher d'un pas lent et assuré. Je voudrais courir vers lui, malgré la fatigue de mes jambes et faire éclabousser l'eau rougie autour de moi comme un feu d'artifice. Je voudrais sauter dans ses bras et m'écraser contre son torse, m'accrochant alors à son cou et le serrant pour être au plus près de son aura. Mais j'en suis incapable. Je me contente alors de savourer sa chaleur familière qui remplie progressivement l'endroit et se dépose sur mes épaules. Puis, lorsqu'il est suffisamment proche et que je peux distinguer nettement son sourire, je me redresse et lui demande :

- Dis-moi que tout ça est vrai.
- Tout est vrai, acquiesce-t-il. Tu as réussi.

Mon cœur se gonfle à nouveau. Il traverserait ma poitrine si c'était possible. Je n'arrive pas à y croire et pourtant mon nom est gravé sur cette muraille et Tom est là, me confirmant que c'est terminé. Cette fois, je ne peux m'en empêcher et me rapproche de lui avec entrain. Je me demande s'il réalise ce que ce moment représente pour moi. S'il sait combien mon corps est épuisé et mon esprit atteint. Je voudrais qu'il sente, comme moi, cet afflux euphorique qui me parcourt. Qu'il sache à quel point je suis heureuse. Je veux partager ce moment avec lui. Je dois le lui montrer. Je dois le voir dans ses yeux et le déposer sur ses lèvres.

Je m'approche alors encore, jusqu'à être à trente centimètres à peine de son corps, là où son aura est déjà si forte et attractive. Je contemple le vert si beau de son regard qui me transperce. Son sourire est parfait. Ses lèvres sont parfaites. J'écarte mes bras pour l'enlacer mais, à ce même moment, il fait un pas de recul et se tourne. Je découvre alors une silhouette dans le fond du bassin et interromps mon geste pourtant rempli de désir. La personne s'avance vers nous jusqu'à ce que la lumière rouge éclaire son visage. En une seconde, je sens ma tension chuter et mes jambes fléchir sous moi. Je crois m'écrouler au sol mais, dans un réflexe, Tom se retourne et m'entoure de ses bras pour me retenir. Il me rattrape et me colle contre lui quand je reconnais Sim revenir d'entre les morts. *C'est lui, ce ne peut être que lui,* songé-je en reconnaissant sa démarche et son visage anguleux. Mon esprit s'embrume et je réalise que mon corps, trop faible, est en train de s'évanouir, incapable de résister à l'afflux nerveux que provoque cette succession de chocs émotionnels. Ma vue se trouble et mes yeux se ferment mais j'ai le temps de voir la plaque brillante que Sim me tend. Elle tourne légèrement et, au passage d'un rayon lumineux, je reconnais l'inscription réservée aux survivants du Kiuju.

- Félicitations Laura, dit Sim au moment où je me sens partir. Tu es officiellement une Génie.

Vous avez apprécié ce roman ?

Soutenez l'auteure :

En laissant un avis sur Amazon

https://amazon.fr

En la suivant sur Instagram

@edition_lubie

Découvrez la suite :

LA VOIE DU GÉNIE

sur notre site
https://editionlubie.com

ou sur le site marchand
https://amazon.fr

REMERCIEMENTS

Ce récit est né de mon imagination il y a déjà 10 années, un soir après le lycée. Dans mon adolescence, j'avais l'habitude d'ouvrir une page vierge et d'y coucher quelques lignes, parfois plusieurs chapitres, pour immortaliser les folles histoires qui animaient mon esprit. Malheureusement, elles finissaient toujours par être laissées à l'abandon. J'avais le don pour commencer des récits, mais j'étais mauvaise pour les terminer. J'entends encore les plaintes de ma sœur quand je lui proposais une nouvelle histoire alors qu'elle attendait toujours la suite de la précédente. Pour « Kiuju », elle a eu un tome entier. Mais détrompez-vous, elle n'est toujours pas satisfaite et me demande toujours la suite, de cette histoire oui, mais aussi des autres.

Vous l'avez compris, je dois d'abord ce livre à ma sœur Fanny qui m'a tant aidé. Tant en me faisant confiance et en lisant tous mes écrits, qu'en m'alimentant de son imaginaire. Elle est une grande source d'inspiration et une alliée indéfectible vers laquelle je me tourne toujours en priorité. C'est elle qui m'a toujours poussée à terminer mes histoires. C'est en partie grâce à elle que j'ai pris goût à l'écriture et que j'ai eu envie de partager ce premier roman. Il y en aura d'autres, j'en suis certaine, et je sais qu'elle sera la première à les lire.

Je dois aussi beaucoup à mon papa, Laurent, qui m'a fait

découvrir la science fiction quand j'étais petite ; accompagnant ses trois enfants dans les grandes salles de cinéma et choisissant avec goût le film du soir quand nous préférions le canapé familial. Il arrivait aussi qu'il rentre le soir, un roman sous le bras et nous le tende – à ma sœur et moi, avec la certitude qu'il nous plairait. Il ne se trompait jamais.

Merci à ma maman, Virginie, qui s'endort devant les films de science fiction et s'ennuie des combats épiques mais qui n'a jamais cessé de croire en moi.

Merci à mon frère, Loïc, qui déteste lire et qui n'ouvrira peut-être jamais ce roman mais qui m'a fait découvrir les jeux vidéos quand j'étais adolescente. Ils sont une grande source de divertissement et d'inspiration pour moi mais aussi la raison pour laquelle je ne me suis mise à l'écriture.

Je dois beaucoup à ma famille, évidemment, qui m'a toujours épaulée, mais aussi à mes amis. Notamment à l'un de mes plus proches, Pierre. Il a été l'un des premiers à lire mes textes et à m'aider, avec franchise, à les améliorer. Nous nous rappellerons encore longtemps de mes ratés qui sont la base de nombreuses rigolades.

Merci à Héloïse, ma chère amie et à Mérovée qui m'ont tous les deux donné de leur précieux temps. Je sais bien que la science fiction n'est pas leur lecture de prédilection et pourtant, ils n'ont pas hésité à plonger dans mon récit pour m'aider à le parfaire.

Je remercie enfin tous mes proches, famille et amis, qui ont cru en moi et m'ont encouragée. Je ne suis pas romancière de carrière et j'écris d'abord par passion mais eux y ont vu une vraie prouesse.

Merci infiniment à tous.

Version 1.3
Mises à jour du 29 septembre 2023

ISBN (Broché) : 978-2-9581727-0-1
ISBN (Ebook) : 978-2-9581727-1-8

Dépôt légal : Mai 2022

Édition Lubie

https://editionlubie.com
editionlubie@gmail.com

Printed in France by Amazon
Brétigny-sur-Orge, FR

14899831R00251